U0165754

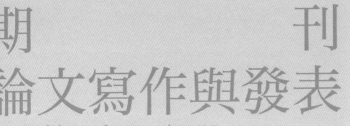

期 刊

# 論文寫作與發表

HOW TO WRITE A JOURNAL ARTICLE
OR PUBLICATION?

第一本針對華人學者投稿國際期刊的實務寫作專書

方偉達————著

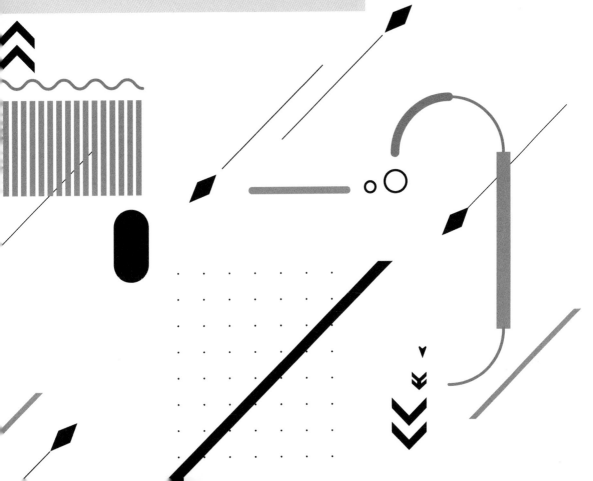

# 自　序

　　「論文」是什麼？「期刊論文」是什麼？我們東方人從小的訓練，就沒有寫期刊論文這一回事。以現今的觀念來說，論文是自然科學和社會科學研究工作者，在學術專論或學術期刊上發表研究成果的文章。

　　我對於論文的最初概念，源自成書於三世紀的重要典籍——《典論》中的〈論文〉。三國時代曹丕（187-226）在《典論》中的〈論文〉向來受傳統文學研究者所重視，係為中國文學史上第一篇專論文學的批評文章。

　　然而，《典論》中〈論文〉的概念，和現在西方所稱的學術論文概念中，相距甚遠。唯一東方人在投稿西方國家所出版的國際期刊被退稿時，只能以曹丕〈論文〉中的論述自我安慰。因為曹丕在〈論文〉上說：「文人相輕，自古而然。」因為文人相輕嘛！所以我的期刊論文刊登不了；也許被退稿了，只能自我安慰一下，不是我的文章寫不好，只是因為學者之間互相輕視嘛！曹丕又說：「蓋文章，經國之大業，不朽之盛事。年壽有時而盡，榮樂止乎其身，二者必至之常期，未若文章之無窮。」這又是一種文人皇帝在身為太子殿下時的一種自我期許，但是以現今的觀點來看，也太高估了文章的價值。

　　如果我們將西元三世紀的東方觀點套用在期刊論文寫作與發表上，不能說觀念完全錯誤；但是投稿的過程中，以這種東方傳統思維建構在期刊投稿上，將會傷痕累累。

　　首先，期刊論文不被接受，和「文人相輕」無關，因為

現在很多期刊都是雙盲式匿名同儕審查（double-blind peer reviews），一位審查者，在期刊刊登之前，也不知道審查到誰的稿件。此外，被退稿的原因很多，可能是論文寫作不佳、邏輯論述有問題、統計方法錯誤、研究態度不嚴謹有關；此外，在西方科技一日千里之下，期刊論文的生命週期（life cycle）有限。

人的壽命有期限，期刊論文的壽命也有期限，很多早期期刊的論述，已經由後期文章的理論所推翻。曹丕所說的「未若文章之無窮」是自我高估。

英國哲人波普（Alexander Pope, 1688-1744）曾說：「自然和自然的法則隱藏在黑夜之中；上帝說，讓牛頓出世吧！於是一切豁然開朗。」但是波普沒有想到的是，由於科學的演進，十七世紀牛頓（Isaac Newton, 1643-1727）撰寫《自然哲學的數學原理》之後，舊有科學革命產生的物理原理；也因為在二十世紀愛因斯坦對於相對論理論的發現，推翻了牛頓系統中絕對的時間觀念，而有了革命性的科學理論變化。因為在西方學科中，喜歡談到科學之間的典範轉移（paradigm shift），也就是新穎的論述會改變舊有的論述，在日新月異的時代考驗之下，很多研究結果即使在當代通過了檢驗，但是一旦理論過時了，就會遭到淘汰的命運。所以，沒有「文章之無窮」這回事。

然而，傳統東方文化的陰影籠罩於古代中國人的思維之中。從西元三世紀到十九世紀，中國用論文撰寫當作科舉考試的方式。隋煬帝在西元605年設下進士科取士，成為以後科舉的濫觴。科舉制度延續了一千三百多年，甚至現行臺灣的公務人員考選制度，亦是從科舉制度演變而來。這個制度，需要「關起門來

絞盡腦汁寫論文」。從明朝開始，科舉的考試內容陷入僵化的八股文，學者的思想被四書五經所束縛，導致官僚主義的陰魂籠罩全中國，讓中國的科學技術研究力量逐漸萎縮。這一套任官考選的制度，和西方文化中，通過理性學術思考撰寫期刊論文的方式，扞格不入。導致千年以下中國的科學思考模式，淪入更為黑暗的時代。

當然，中國不是沒有科技。李約瑟（Joseph Needham, 1900-1995）所談的《中國的科學與文明》，即《中國科學技術史》，談到古代中國科學。我看了半天，還是覺得我們過去即使有科技（technology），也無科學（science）；這些科技只知「其然」，不知「其所以然」，也就是，我認為科技即使囿於當代整體技術上的限制，在當時即使沒有進步發展的空間；但是科學的理論發展，依然有相當寬廣，可茲進步的論述空間。

當然，中國古代搞科技的人，沒有建造科學理論，甚至推翻科學理論的雄心，我們文化中缺乏「科學革命」（scientific revolution）的精神。我們的革命、只知殺人流血的革命、不知科學進步的革命──談到革命，人人色變，但是卻不知道，「革命」就是「革心」，是在理論中進行最後的淬鍊和啓迪。但是，最弔詭的觀念是，在西方，甚至在哈佛大學，謝平（Steven Shapin, 1943-）都說，西方沒有「科學革命」這回事。但是，這些學者崇尚的為「This idea must die」。也就是柏克曼（John Brockman, 1941-）編的書所談的：《這個觀念該淘汰了：頂尖專家們認為會妨礙科學發展的理論》（Shapin, 1998; Brockman, 2015）。

所以，東方和西方，在論文寫作和學術研究的態度上，差異就很大。中國讀書人崇尚孔子（551-479 BC），四書五經都以孔子思想為依歸，所有的理論不能超過孔子，因為孔子的形象被皇權時代營造成為學術發展的終極目標。但是，當學生樊遲請問學稼，孔子說：「吾不如老農。」；請學為圃，孔子說：「吾不如老圃」。

如果我們用這一套傳統重人文、輕實用的觀念，在近代學術頂尖的大學中進行教學，就不會設立農藝系和園藝系了。因為連孔子都覺得直接向農夫學習農稼和圃稼會比較好，大學生還需要向大學教授學習園藝和農藝的技藝嗎？孔子的學生子路問事鬼神，子曰：「未能事人，焉能事鬼？」曰：「敢問死。」曰：「未知生，焉知死？」《論語·先進第十一》。看起來中國人重視現實的安生樂命，崇古薄今，對於人類生命的起源，不感到興趣，也認為不重要。

因此，古代中國沒有西方神學悠久的歷史，也沒有科學和神學爭辯的歷史過程。學者對於死後世界，也缺乏科學探索的興趣。從科學的理解來看，中國科學從孔子時代，就注定了保守的命運。但是，「梅花寒中開，學問苦中成」。我還是相信傳統中國老祖宗的俗諺，只是我採用疑古的「思索」，代替信史的「死背」。當每天我在黎明前就會起床，開始一天的思索工作。碰到現實生活中不懂的疑惑，還是會對歷史所留下來的教誨和書籍起疑心。這是傳統中國讀書人所不准的，因為起疑是一種禁忌，為傳統宗教、科舉制度以及政治官場所不許的。這也是傳統中國文化中，最缺乏的科學精神。

西元1716年數學家萊布尼茲（Gottfried Leibniz）寫了《論中國人的自然神學》，為東方思想的保守性進行翻案，對「子不語怪力亂神」解釋如下：「孔子不願解釋自己關於自然事物的神靈思想；他認為在天空、時令、山脈以及其他無生命物的神靈當中，要崇敬的只是最高神、上帝、太極和理。但是他不相信民眾能夠將最高神，從自身感官所能接觸的事物中分離開來，所以他不想宣揚這種思想。」萊布尼茲指出，《論語》中的孔子很少談到天道，甚至敬鬼神而遠之，鮮明地表現了孔子的務實態度（秦家懿，1999）。

　　但是西方經歷了宗教改革之後，對於保守教派抑制人類思維方式，泯滅人類對於真理追求的作為，引起了有志之士的反感。隨著東方和西方交流越來越頻繁，有些傳教士寧可到東方這一塊神祕的沃土中來傳教，而不願意留在對於宗教意識逐漸淡薄的西方世界。法國耶穌會士德日進（Teilhard de Chardin, 1881-1955）在1947年寫下《遠東的精神貢獻》中說：「東西方相互靠近的問題已經被討論得那麼多，引起越來越多人的關注。據我看，結合是或早或晚要到來的，如果這種結合開始了，那麼它將按一種不同的方式進行，更像數條河流一起，沖向其中一條打開的缺口，穿過一道共同的屏障。」（德日進，2008）。

　　我們從德日進的論述中觀察，西方文化對於真理的辯證，是以科學為依歸。從十七世紀開始，笛卡兒（René Descartes, 1596-1650）對於現實世界「普遍懷疑」的主張，討論思考（心靈）和外在世界（物質）、人類靈魂、二元存在、空間占有的哲學關係。當然，這些討論自笛卡兒提出「我思故我在」，三百多

年來在西方哲學界是治絲益棼，到現在「心靈」和「物體」之二元對立關係，到底是唯物還是唯心，目前還是眾說紛紜，沒一個說得準。

科學發現是追求宇宙真理的一種真知表現。在西方，撰寫論文就是進行科學研究之後，展現科學研究成果的發表。從東方學者研究的角度來看，處於東亞邊陲地帶的華人學者以英文撰寫發表論文，在研究發表中，以英文投稿的比例越來越高的情形來看，東西文化匯燦，將以更為開放的方法，將期刊論文以更為眾人所知的方式進行。論文寫作方法，也將從學術祭壇上一步一步地走下階梯，進入俗世凡塵，以「文化脈絡」的角度，進行論文的發抒。因此，科學的進步，將納入全體人類的思想，不分東方和西方，並且以開放式期刊論文發表的形式，進行科學思維和真理的交流。

本書《期刊論文寫作與發表》是因應華人學者在學術上發表的需要，探討期刊論文的個人寫作心路歷程。並且思索初步踏入學術界的新人，如何進行社會角色扮演和學術領域攻堅的一本敘事書（narrative book）。在東亞國家，從一位博士生的訓練，要通過期刊論文寫作與發表，斷定是否能夠獨立研究，藉以評斷是否能夠獲得博士學位；到博士畢業後，好不容易爭取成為教授門下的博士後研究員。當一位博士後研究員之後，還要申請大學助理教授的教職，也是藉由論文發表質和量的評斷；當助理教授要升等為副教授，到副教授要升等為教授的漫長過程中，期刊論文的比重在學術評鑑和升等評分上所占的比例極高。雖然，我們的文化不是西方文化，但是為了能夠達到和國際學者之間的交流，

許多學科以英文為主，並在學術期刊上發表。但是，從期刊寫作的方式到投稿的過程，都是學術研究者淬礪奮發、夙夜匪懈的成長過程。這也是筆者願意賠上個人學術期刊論文的寫作時間，進行撰寫這一本《期刊論文寫作與發表》專書的原因，其目的是要探討學術論文發表的過程、方法和寫作方式，以過來人的心路歷程，提供給新進學者的參考。

美國圖書館學會（American Library Association, ALA）對於學術期刊的定義，認為期刊是：「定期或以宣告的週期出版，準備無限期發行的一種連續性出版品，通常出版週期短於一年。每期依據數字或日期順序編號發行，通常刊登獨立的論文、故事和其他作品；至於一般新聞的報紙、議事錄、論文集或機關團體的會議出版品都不屬於期刊的範圍。」然而，期刊論文的寫作方式，依自然科學和社會科學的方法論不同，撰寫方式亦有差異。筆者運用在國立臺灣師範大學理學院進行教學、研究，輔導學生撰寫學位論文，在校外進行社會公益演講、舉辦國際學術研討會、辦理環境教育活動，協助Marinus Otte總編輯主編*Wetlands*（SCI）期刊。在寫作SCI、SSCI期刊文章的空檔，利用2017年的寒假到春假期間，凌晨三、四點即起，振臂疾書進行《期刊論文寫作與發表》的撰寫工作。期間還到聯合國教科文組織所羅列的拉姆薩濕地公約總部，以拉姆薩公約科學技術審查委員會觀察員以及第一位臺灣學者參與拉姆薩公約專家會議的名義，到瑞士日內瓦參加了拉姆薩公約為期一星期的第20屆科學技術審查會議（20th meeting of the STRP, Ramsar Convention）。在旅歐期間，筆者還是勤寫不輟，確定全書強調期刊論文寫作與發表的世界觀

點，根本上應該確認「論文發表」是人類福祉（human welfare）的服務範疇（宋楚瑜，2014）。從論文撰寫上看來，指導知識，到建構知識，到解構知識，這些都是學問，但是「學問、學問」，要到豁然開朗的「大家知識」（grand knowledge），還有很長的一條路要走。

　　本書在寫作中區分為《期刊論文寫作與發表》〈基礎篇〉和〈應用篇〉兩個篇章，第一篇命名為〈期刊論文寫作與發表基礎篇〉，包含了做研究的基礎知識，內容涵括了研究理論與研究方法，以自然科學研究、社會科學研究、質性研究、量化研究、信度和效度等章節進行梳理。在〈期刊論文寫作與發表應用篇〉方面，納入論文規劃與管理，以申請計畫、擬定命題、擬定架構、資料管理進行論文撰寫前備知識的分析。在撰寫方法中，以撰寫摘要、正文、結論、列出書目進行剖析，以期刊論文進行應用分析，例如市場分析、審查程序、投稿過程、審查回復、文章刊登進行說明。此外，為了推動研究倫理與學術名譽，以專章探討學術剽竊、研究倫理的專門議題。在最後一章中，以期刊論文全盤進行策劃與設計，通過研究生涯策劃與經營，以規劃團隊，談到發表賦權、組織分享、自我成長，進行學術生涯滾動式管理規劃，以求學者未來學術發展的展望。全書應用整合性的研究方法和論文撰寫的參考文獻，進行文字編排和內容撰寫，形成以圖解、表格和文字等視覺化呈現的教科書。

　　《期刊論文寫作與發表》兼具闡釋理論觀念，建構實務know-how寫作技巧的優點，適用於學者撰寫國際期刊寫作時參考，並可用於研究所進行期刊寫作之專業訓練教材。本書力圖建

構國內外研究論文的理論體系，以扎實的理論和實務基礎，進行邏輯論述分析；在實務進階運用階段，佐以案例操作及規劃練習。本書藉由嚴謹的專書及論文考據方法，融合自然科學和社會科學的研究精神，將成果進行彙總，以提供行家斧正。

　　自序最後，總是想到祖先家訓。歷代祖先，縱有官居極品，貴為「帝王之師」，但是祖先遺訓，還是希望我們這些世代子孫，即使未能「在朝」貢獻所學，奉獻國家社稷；至少「在野」要當一位「傳道、授業、解惑」的教師。方氏族譜上記載著：「士永惟文雲，應可年成象。引錫希宏大，光朝肇本基。啓承時紹祖，忠孝世為師。新安江水長，遂遷域衍遠。」錫為中國古代以來印刷文物之重要工具，引錫是希望後代子孫讀書考試，執錫笏以諫明君，俾益良政治世，宏圖治國，以利澤天下。此一光宗耀祖之舉，需要依「風水、功德及讀書」方法，方可繼承祖先遺訓，俾世世代代教忠教孝，為「帝王師」、為「將帥師」、為「教授師」、為「世人師」。

方偉達

誌於臺北興安華城2017.06.07

（美屬波多黎各旅次中）

# CONTENTS
## 目　錄

期刊論文寫作與發表

# 楔子——《扉頁詩》

苦寒的孤漠
赤焰的沙煙
幻若沖天的浴火鳳凰

一種火的感覺

點盯人間千盞萬盞的
孤燈
聆聽　樓蘭外的古井
細微的鈴音
潛入
清涼的碧水
冽寒
心坎兒　點滴
如　涓流
如　凌韻
一種沙漠之　墾

方偉達寫於《駝鈴》（時年21歲）

1987.05.05

# 獻　詞

　　德日進說：「我們將通過不同心理素質、不同性格的相遇而獲得充實和豐富。」他認為人類是「地球的皮膚」，因為宇宙不斷地進化，當人類出現之後，地球從物質演化到靈魂生命，地球才形成了「智慧圈」（Noosphère）。所以，「智慧圈」是「走在與世界上的其他人共同匯聚的方向」。

　　　　～本書獻給十七世紀的《皇家學會哲學通訊》
（*Philosophical Transactions of the Royal Society*）～

註：《皇家學會哲學通訊》是人類歷史中最早出現的研究期刊。

第一篇

# 基礎篇

# 第一章

# 為什麼要做研究？

As our circle of knowledge expands, so does the circumference of darkness surrounding it.

當我們的知識之圓擴大之時，我們所面臨的未知的圓周也一樣。

—— 愛因斯坦 Albert Einstein, 1879-1955

## 學習焦點

　　本章從研究的「本體論」（ontology），談到研究的「認識論」（epistemology）。本體論主要探討學術研究存在的本身，從研究的哲學觀、系統觀，談到了研究的基本核心。也就是研究爲什麼要存在？研究的基本特徵是什麼？研究存在的價值是什麼？柏拉圖（Plato, 427-347 BC）談論過一個現存研究中的悖論（paradox），他說：「你爲什麼要做研究？如果你知道你在尋找什麼，爲什麼你要搜索它？你已經找到了嗎？如果你不知道你在尋找什麼，那麼，你還在尋找些什麼？」（Plato and Bluck, 1962）。柏拉圖的話，至今讀來依舊振聾發聵，餘音繞梁，引人回味無窮，甚至讓人忍不住停下來自我思考。在本章中，將以大量的哲學思維，討論上述「研究悖論」的根本問題。

　　本章以西方哲學爲體、西方哲學爲用，佐以東方的思想，探討期刊論文寫作的邏輯性，並且以東方的融合觀，進行文章的梳理與結論。在本章中，採用自然科學和社會科學大量的典故，是

為了要弭平斯諾（Charles Snow, 1905-1980）對於自然科學和社會科學之間產生鴻溝的不滿（Snow, 2013）。當斯諾說到：「當現代物理學的大廈不斷增高時，西方世界中大部分最聰明的人對物理學的洞察，也正如他們新石器時代的祖先一樣。」但是，這個鴻溝，是可以透過大腦的訓練和觀念的釐清，進行改善的。本章以「大科學」（gland science）的角度，進行研究課題的「提升」（promotion），希望透過「合作」（collaboration）與「創新」（innovation）的觀念，通過實驗、準實驗及非實驗的方式，進行整合性設計規劃，以利研究成果在期刊發表中，在研究方法上能夠取得更為精準的效果（Trochim and Land, 1982; Trochim, 1986）。我們希望在更高的基礎中，進行理論發展和技術融合（inclusion）。將「我」與「世界」的統一、「自性」與「他性」的統一，將「主觀的論述」與「客觀的論述」，進行科學論述上的融合與統一。

## 第一節　研究的哲學

　　研究的哲學是一種信仰，也是一種激勵學者在研究機構中努力科學研究的一股力量。二十世紀英國哲學家羅素（Bertrand Russell, 1872-1970）在《我的信仰》書中說：「科學使我們為善或為惡的力量都有所提升。」他談到科學，認為科學是那些我們已經知道的東西，哲學是那些我們還不知道的東西，哲學也是一種讓我們可以馳騁自我想法的特殊權力。他的文章可以總結在《我的信仰》中：「美好的生活源起自愛與知識的指導。」他又說：「我相信當我死亡了，我會腐爛，我的自我沒有什麼機會將繼續存在。當我不再年輕，但是我依舊熱愛我的生活。」（Russell, 1925）接著，他又很感慨地說：「沒有什麼是真實的幸福；也沒有永恆的思想和愛情的價值」。

在出版《我的信仰》這一本書之後，這一本充滿爭議，又因為太過偏激，讓他失去在美國大學任教的機會，卻讓他獲得1950年諾貝爾獎文學獎之一的書中，羅素談到這世界充滿了神奇的事物，他認為這個世界正耐心等待著人類變得更為聰明，好來發現這些神奇事物背後的真理。諾貝爾獎評選委員會認為他「代表了西歐思想，在言論自由中，最勇敢的君子，他卓越的活力、勇氣、智慧與感受性，代表了諾貝爾獎的原意和精神」。

我認為羅素一輩子的工作，和其他在大學孜孜不倦地教學，終其一生進行研究的所有學者一樣，都是希望能夠發現一種解釋世界本質之終極理想的邏輯語言，這種語言是科學，也是哲學。

## 一、研究的發軔

「研究」是什麼？我們一般說來，研究是一種通過系統調查過程，藉由理解過去的事實，通過實驗和驗證方法，發現新的事實，來增加或修改當代的知識。然而，研究是如何開始的，這是學界眾說紛紜的一種行為。人類自呱呱墜地以來，便對於天地萬物產生好奇心，開始了萬事萬物的觀察和研究。以中國古代的典籍來說，《周易繫辭》中描述人類始祖對於自然的觀察法，屬於一種素樸的研究行為。其中說道：「古者包犧氏之王天下也，仰則觀象於天，俯則觀法於地，觀鳥獸之文，與地之宜，近取諸身，遠取諸物，於是始作八卦，以通神明之德，以類萬物之情。」意思是，古時候伏羲氏治理天下，抬頭觀察天上日月星辰布列的現象，俯身觀察大地、山澤、水土高低的情形，後來又觀察了飛禽和走獸身上羽毛的紋理，以及適宜生存於大地中的生態環境，近則取象於人之一身，遠則取象於宇宙中的萬事萬物，於是創作了八卦，用來融會貫通，了解乾天坤地化育萬物、神奇高明的德行，而歸類出萬事萬物的情態。這是中國古代對於先民研究，最為傳神的一種描述。

研究要有「主體」，也要有「客體」。如果主體是人類，客體就是宇宙大地。但是現代人類，是什麼時候開始有了「物」、「我」可以判離的一種自我（self）感覺？人類如果能夠感知自身的研究，產生「研究感」

（the sense of research），需要產生心智，那麼，人類是什麼時候開始有心智（mind）的？人類為什麼會產生心智？人類祖先如何開始展開擁有心智般的研究？在研究過程之中，人類何時有了處理抽象及語文的能力？也就是開始以其觀察、思考、討論、研究、發明的成果，想辦法記錄成為文字資料，依據不斷的累積前人的知識與經驗，進而創造出日益文明的社會呢？這些都是在人類為什麼會研究的史學中，讓哲學家和科學家們傷透腦筋的議題。

　　哈佛大學李柏曼教授認為，現代人類在15萬年前出現（Lieberman, 2013）。哈拉瑞教授在《人類大歷史》中，說明10萬年前，地球上至少有六種人種；但是，目前只剩下我們這一種人種（Harari, 2015）。耶魯大學考古博士泰德薩《人種源始：追尋人類起源的漫漫長路》中說：「現今人類的祖先智人極有可能是因為八萬年前的一場突變，突然擁有了處理抽象及語文的能力。」泰德薩認為，在認知方面，符合現代人類首次出現在歐亞大陸，應該在六萬年前（Tattersall, 2012）。

　　如果說，人類祖先共同的集體記憶始於六萬年前。當時由於氣候產生變化，以狩獵、採集為生的人類祖先部分，被迫跟隨獵物離開非洲，前往新大陸。當時非洲和阿拉伯半島之間的海平面較低，阿拉伯半島上潮濕的氣候讓草木豐美，更適合人類居住。後來人類在四萬五千年前遷徙到東北非及中東地區，亞洲人種的祖先在三萬五千年前，經由歐亞大陸遷徙到達東亞定居。這些民族先遷徙到印度大陸，然後沿著海岸線到達南亞，之後抵達東南亞及中國大陸，形成了南亞民族和東亞民族。這些散布全球各地的後裔，都是源自於非洲，後來演化成為現在的全球人類社會。在冰河時期由於大陸沿海島嶼和陸地相連的關係，到了三萬年前，部分亞洲人種遷徙到了澳大利亞和巴布亞紐幾內亞。

　　現代人類因為氣候變遷的因素而進行播遷，展開了語言運用的溝通形式。但是語言的紀錄無法留傳，考古學家只能用人類頭骨了解咽喉中聲帶發聲的方式，據以判定六萬年前人類已經可以用語言溝通。普遍來說，有了語言之後，對於人類經驗的留存，還是有實體上的限制，於是又創造了

文字。但是，根據考古的研究成果，文字記錄出現的歷史很晚，最早的歷史發生於西元前3,500年之前。

　　人類最早的文字起源，為西元前3,500年的蘇美人的楔形文字。擁有黑頭髮的蘇美人在兩河流域創造了發達的文明，早期的楔形文字，擁有1,000個文字數量，使用削尖的蘆葦桿在軟泥板上刻寫，經過曬烤之後，成為楔形泥板，用來記錄經濟和行政文書。到了西元前3,000年，埃及產生象形文字。在中國，西元前2,000年的夏文化，其中的二里頭文化是中國最早有文字記錄的時代。在二里頭遺址中出土的陶器刻畫共有24個。這些刻畫符號，已經有初步記錄的特徵。這些擁有箭狀符號，也有線條化的文字，是中國最早文字的起源。後來，西元前1,400年，產生了殷商的甲骨文。因此，我們從考古紀錄來看，從人類祖先產生心智，以語言相互傳達，並且進行溝通，直到產生可以辨識的文字，進行記錄，歷經了相當漫長的歲月。

## 二、研究的定義

　　如果我們從人類產生研究的起源進行分析，可以說，人類因為對於自身和萬物產生好奇心，所以才有研究的動機。在古代，因為面臨生存的需要，文字的紀錄剛開始用於記錄經濟和行政文書，或是用於祭祀和占卜的需要。從自然科學研究的過程來說，人類的經驗是非常短暫的，也就是因為人類想要尋求真理，才有了研究的動機和結果。剛開始，人類創造神明，擁有宗教的信念，認為自然界的現象，是構築於「神明統治人類」、「人類建構神明」的互為主體的價值中，在許多民族中，擁有了神話，並且產生了祭司、薩滿、酋長等制度，以神權建立統治國度。

　　根據希羅多德的《歷史》記載，科學研究緣起於古希臘的愛奧尼亞（Ionia）。諾貝爾物理學獎得主薛丁格（Erwin Schrödinger, 1887-1961）在《自然與古希臘》這本書提到，因為古希臘得天獨厚的地理和歷史條件，促進了科學思想的萌芽（Schrödinger, 1996）。他論述了科學在古希臘發端的三點原因：因為居住在島嶼上的愛奧尼亞人，以來往於地中海之

間的航海謀生，促進了小亞細亞、腓尼基、埃及、義大利南方和法國南方海岸的貨物交換。在這充滿活力的商業交換過程之中，科學技術迅速發展，衝擊著古希臘思想家的理論。

希臘人泰勒斯（Thales of Miletus, 624-546 BC）精於研究，被歷史學者尊稱為「科學之父」。他可以準確預測到西元前585年5月28日發生的日全食，又能從金字塔的陰影計算出金字塔的高度。他拒絕仰賴神話的說法，解釋自然現象，對於科學研究影響深遠。可是希臘滅亡之後，在羅馬帝國以單一宗教定為一尊之後，所謂希臘文明中泰勒斯、蘇格拉底、柏拉圖以及亞理斯多德（Aristotle, 384-322 BC）強調的個人哲學和科學極致體現的程度，遭到宗教的壓抑。後來，文藝復興之後，個人主觀意識逐漸抬頭，理性主義及人本思想逐漸深植人心。

通過觀察最早西方人針對「研究」（research）這個術語，可以追溯於1577年的「recherche」。這是來自於「re」加上了「cerchier」的複合詞，或是「sercher」的複合詞，意思是「再搜索」，研究意味著對於事物的探索發明。

近代社會中的科學家們逐步發現自然中的規律，終於在十七世紀，產生了科學界劃時代的革命。新的邏輯、術語和共同的科學語言不斷產生。十七世紀之後，現代科學的研究主要分為兩大類：㈠基礎研究：增加科學知識的終極探究，建立並且發展理論基礎；㈡應用研究：採用基礎研究的理論，來解決現行實務上的問題，並且透過實作，開發新的過程、產品或是技術。

柯立博（Godwin Colibao）認為：「研究的定義包括任何數據、資訊和事實的搜集，以促進知識的發展。」克列斯威爾（John Creswell）指出：「研究是用於搜集和分析資訊，以增加我們對主題或問題的理解步驟，研究包括三個步驟：提出問題，搜集數據以回答問題，並提出問題的答案。」（Creswell, 2008）

## 三、研究的理論

「理論」（theory）這個英文單字，和研究（research）一樣，源起於十六世紀，代表考慮事物本質背後的理性解釋。理論和現實世界需要產生關係，才有實質上的意義。理論（theory）泛指人類對於自然現象和社會現象，依據現有的實證知識、經驗、事實、法則，經過科學方法進行假說驗證，經由歸納、演繹推理等方法，進行推論邏輯之總結，所產生的學說。在英語中，theory的字源為「theoria」，源自於古希臘哲學「θεωρία」，意味著「觀察、觀看、觀想」的意思。這個單字係指人類對於自然的理解，而不是透過實作，開發新產品之技術應用。

理論既然是由觀察產生，可見在東西方早期的研究方法中，對於自然現象都是採用最素樸的觀察行為，都會「仰則觀象於天，俯則觀法於地，觀鳥獸之文，與地之宜，近取諸身，遠取諸物」，產生了「觀象於天」的天文學；「觀法於地」的地質學和地理學；「觀鳥獸之文」的生態學；「與地之宜」的經濟學；「近取諸身」的社會人文科學；「遠取諸物」的自然現象科學。這些學科，透過基本的自然觀察，建構了人類本體的理性思維（rational thought）和邏輯思維（logic thought）。在荀子（310-235 BC）的《天論》中說：「天行有常，不為堯存，不為桀亡。」這是荀子的理性思維，他認為天體運行有一定的規律，不為堯的賢明而存在，也不因桀的暴虐而滅亡。

因此，任何自然科學和社會科學的產生，不管是東方還是西方，都是起源於對自然現象的觀察。人類藉由觀察實際存在的現象或邏輯推論，得到某種理論學說。但是，任何理論學說在未經過社會實踐或是科學試驗證明之前，只能屬於假說（hypothesis）。愛因斯坦說：「我認為只有大膽的臆測（speculation），而不是事實的積累（accumulation of facts），才能引領我們往前邁進。」如果上述的假設或是臆測，能夠藉由大量可以重覆觀察，或是實驗而進行驗證，並為後續的科學家進行鑑定，上述的假設，才可以稱為「科學理論」。

「科學理論」是用於理解、解釋和建立相關主題研究之後的預測和分析工具。在不同的學術研究領域之中，擁有不同的理論形式。理論在形式的本質來說，是句法性的（syntactic），可以形諸於文字，並且可以用文字的形式進行記錄。在各種不同的研究領域的理論，以自然語言（natural language）進行表達，或是以數學邏輯（mathematical logic）的形式在語言中表達。這些理論可以用數學、符號或是共同語言（common language）進行詮釋，並且遵循著理性思維或是邏輯原理進行演繹。

西方學者認為，在論文撰寫的時候，只有真實的命題，可以在數學系統之內導出，並且產生科學知識。因此，在科學知識系統的理論建構之後，需要具有對於現實世界的解釋能力（explanatory power），因為可以進行數學或是統計性的預測。一般來說，如果研究理論的形式，採取數學邏輯，特別是在模型中進行數學研究，並且以某種形式進行表達，稱為「推理規則」（rules of inference）。這些科學定理包括了數字概念中的算術（arithmetic）、空間的概念中的幾何以及統計學中機率的概念，希望藉由推理規則在觀察現象中產生定理，提供對現實世界問題的解決方案。

然而，在現代科學中我們是要接受前人所形塑的理論指導，成為理論大師的看門狗（bulldog）、是要建構自身的理論，成為一派學術理論的宗師？還是解構理論，將理論進行一步一步的拆解呢？有些學者認為，理論既然不是固定不變的，這些理論的結構，是由新的學者透過對於現實的觀察，經過理解其中的差異，進行理論建構。由於理論差異在其中理論的變化，其中理論的結構，也跟著變化，所以理論是不穩定的，是隨時可以修改的。羅素說：「我們所需要的，不是相信某種說法或信仰的意願，而是探究的意願。」不斷在前人的基礎上，將理論進行修正，這就是站在理論巨人肩膀上的好處，也就是可以看得更遠。

在牛頓的時代，科學家抱持著樂觀的態度，認為自然的法則和地球運行一樣，是千古不變的真理。到了二十世紀，「科學統一」（unity of science）的樂觀主義，受到卡納普（Rudolf Carnap, 1891-1970）、歐本

海默（Robert Oppenheimer, 1904-1967）與帕特南（Hilary Putnam, 1926-2016）等學者的青睞，這些強烈支持物理論（physicalism）的科學家認為，從化約論（reductionism）的觀點，可以奠基物理的基本模型，也就是科學在物理的基礎之下，我們可以理解世界運作的簡單基本法則，我們最終也能夠解釋自然、操縱自然，並且詮釋所有自然界的現象。

學者們從「奧坎剃刀」（Occam's razor）理論中，用削去法「削」掉不必要的存在假說。十四世紀位於英格蘭的薩里郡奧坎的威廉（William of Occam, 1287-1347），他是一位邏輯學家和方濟會修士，提出解決問題的法則，認為當兩個理論解釋能力（explanatory power）相同的時候，比較簡單的理論，或是存在假設比較少的理論，也比較「接近」真理。也就是說，化約論主張所有高層次理論學科，如心理學、生物學、生態學、分子生物學、遺傳演化學等，在理論上都可以化約到粒子物理學理論。如果理論A可以化約到理論B，則理論B可以解釋一切理論A能夠解釋的現象。因此，如果理論A假定了理論B的論域中不存在的東西，根據「奧坎剃刀」簡單性原理，理論A中的存在假定，在本體上是不必要的，這也是化約論的重點。

有極端的學者認為：「我們不需要什麼理論，因為理論都是理論物理學家運用化約（reduction）的方法做出來的，世界上哪有那麼複雜的現象，可以用這些簡單的理論所能夠說明的呀？」然而，這一種虛無主義（Nihilism），認為世界上生命的存在，沒有客觀意義和目的，並且不需要理解真相，這對於現實世界中，理論的建構，並沒有實質上的幫助。

由於現代社會需要處理個體和系統集體行為的關係，並且處理系統和環境相互作用的關係。從簡單模型到複雜系統理論，經歷了漫長的道路。從啓蒙運動時代的政治經濟學，到奧地利經濟學派，都談到市場經濟體系中自發型（spontaneous）的秩序，引發了經濟學家、政治家以及行為科學家探討複雜性的問題。諾貝爾獎經濟學家海耶克（Friedrich Hayek, 1899-1992）認為，人類世界的複雜性，應該建立於經濟學、心理學、生物學以及控制論（cybernetics）。貝提森（Gregory Bateson, 1904-1980）

認爲人類文化之間的互動，很像大自然的生態系統。1984年聖塔菲研究所成立，參加者包括了諾貝爾物理學獎得主基爾門（Murray Gell-Mann, 1929-）和安德森（Philip Anderson, 1923-），以及經濟學家諾貝爾獎得主阿諾（Kenneth Arrow, 1921-2017），至今全世界有五十多個研究所和研究中心專注於複雜系統理論。美國肯特大學教授卡斯特萊利（Brian Castellani, 1966-）認爲，目前研究出較爲知名的理論模型包含了代理人基礎模型（Agent-Based Modeling）、多元代理人系統（Robotics/Multi-Agent Modeling）、基礎案例複雜性模型（Case-Based Complexity）、交叉性模型（Intersectionality）、視覺複雜性模型（Visual Complexity）、E科學模型（E-Science）、全球網路社會模型（Global Network Society）、多層級複雜系統（Multi-level Complex Systems）等，如圖1-1。

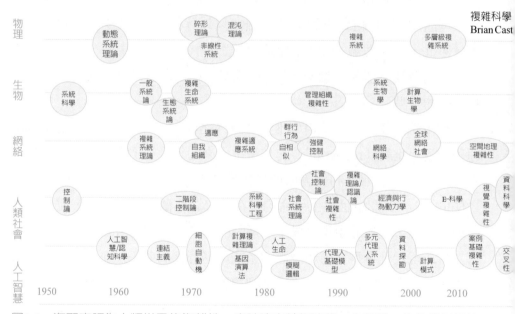

圖1-1　海耶克認爲人類世界的複雜性，應該建立於經濟學、心理學、生物學以及控制論，由卡斯特萊利（Brian Castellani）發展的科學歷程。

隨著自然世界現象的觀察越來越難、越來越複雜，越來越多的自然現象是科學無法解釋的，甚至在科學研究中產生了許多例外。例如，在

2016年過世的科學實在論學者帕特南（Hilary Putnam, 1926-2016）也逐漸從五〇至七〇年代的科學實在論者，轉變到七〇至八〇年代的內在實在論者；後來到了九〇年代之後，他又轉變成爲了實用主義的實在論者。帕特南在《理性、眞理和歷史》這本書中談到了「桶中之腦」（brain in a jar）的實驗（Putnam, 1981）。如果世界觀察的一切現象，都是虛假的，那麼有什麼才是眞實的呢？帕特南後來反對將心靈狀態化約爲物理現象，並且將焦點從物理本質，轉移到心靈事件對整體事物的理解。「桶中之腦」融合了莊周夢蝶、柏拉圖的「地穴寓言」、笛卡兒（René Descartes, 1596-1650）的「惡魔」和「我思故我在」的想法。這個幻境理論，還受到好萊塢的青睞，拍攝了《駭客任務》（The Matrix, 1999）、《全面啓動》（Inception, 2010）、《啓動原始碼》（Source Code, 2011）等電影。

## 著名的理論

1. 數學：群論、拓撲、數論、圖論、集合論、混沌理論、奇點理論。
2. 統計學：機率論、極值理論。
3. 物理學：牛頓力學、動態系統理論、狹義相對論、廣義相對論、量子力學、弦理論、超弦理論、大統一理論、M理論、混沌理論、圈量子重力論。
4. 化學：分子力學、量子化學、分子生物學、化學動力學、密度泛函理論、凝聚態物理學、奈米技術理論。
5. 生物學：演化論、遺傳漂變、表徵遺傳學、性比率理論、生活史進化理論、自然選擇理論、親屬選擇理論。
6. 生態學：成長理論、源－匯理論、環境系統理論、集合種群理論、耗散結構理論、中度干擾理論、生態系統理論、系統動力學理論、島嶼生物地理學理論。
7. 地理學：大陸漂移學說、板塊構造學說。

8. 氣象學：全球暖化理論。

9. 人類學：批判理論、超有機體論、文化形貌理論。

10. 文化人類學：傳播論、演化論、新演化論、結構理論、歷史特殊論、民族起源假說。

11. 醫學：機械模型論、化約論、細菌說、特定病源說、安慰劑、能量醫學理論。

12. 經濟學：微觀經濟、宏觀經濟、博弈論、人口論、消費理論、生產理論、成本理論、市場理論、分配理論、經濟循環理論。

13. 社會學：博弈論、功能主義、衝突理論、交換理論、理性選擇理論、社會行為論、符號互動論、批判社會理論、編碼／解碼理論。

14. 教育學：學習理論、建構主義理論、多元智力理論、後現代主義理論、人本主義理論、批判教育學理論。

15. 管理學：科學管理理論、權變理論、滿足理論、決策理論、系統理論、人際關係理論、雙因素理論、X理論—Y理論—Z理論。

16. 都市計畫學：中心地理論、城市區位理論、有機疏散理論、增長極限理論、全球化理論。

17. 人類環境學：社會規範、人類美德、生物倫理、保育倫理、永續發展、親生命假說、人類中心主義、生態女性主義、生態中心主義、人類生態學、生態經濟學、增長極限理論。

18. 心理學：古典制約、操作制約、認知理論、動機理論、構造心理學、機能心理學、行為主義心理學、格式塔心理學、精神分析、人本主義心理學、需求層次理論。

19. 哲學：一元論、二元論、多元論、實在論、否證論、思辨理性、邏輯實證論。

20. 文學：修辭學、詮釋學、新批評、形式主義、俄國形式主義、結構主義、後結構主義、馬克思主義、女性主義、同志理論、新歷史主義、解構主義、讀者反應理論、精神分析批評、心理分析批評、後殖民主義、

後現代主義。

21. 藝術：美學、符號學、批判理論、精神分析批評、性別研究、現代主義、馬克思主義批評、後結構主義、反現代主義、行為藝術、關係美學、接受美學、後殖民理論。

22. 音樂：樂理、旋律、音程、節奏、和聲、結構、曲式、織體。

23. 電影：蒙太奇理論、先鋒派理論、真實美學、長鏡頭理論、電影作者論、完全導演論。

24. 戲劇：劇場理論、符號互動論、敘事理論、戲劇治療理論。

25. 傳播：基模理論、有限效果論、子彈論、議程設置理論、沉默的螺旋理論、溝通理論、培養理論、分眾理論、第三人效果理論、大眾社會理論、批判學派理論、自我互動理論、「主我」和「客我」理論、新聞選擇的「把關人理論」、核心路徑—邊緣路徑理論。

## 第二節　研究的價值

在學術研究中，研究的價值就是需要在前人的理論中，建構自身的理論，修改前人的理論，或是進行理論的拆解。過去，科學的進展被認為是絕對真理。但是近年來，研究者「只為追求知識」或是「貢獻經濟成長」的研究思維，已經顯得正當性不足。近代學術由於著重於期刊論文發表，學術研究受到國家整體機制支持，但是太過於執著於論文期刊的篇數、刊登可能被引述較多論文，或是執著於頂尖期刊的發表，已有許多反省批評的聲浪產生。當前科學或學術論文價值的評定，係由重要的論文發表期刊來決定。因此，只要能夠因為學術身分和地位突出，在學術地位頂尖期刊發表論文，變成是評斷學術研究傑出的主流思維。

曾獲得諾貝爾物理學獎，擔任過美國能源部長的華裔科學家朱棣文（Steven Chu, 1948- ）曾說：「我們要的是解決問題，容我大膽的說，我們不需要科學論文。」朱棣文的意思是，學者本身過度主宰自身的利益，

如果要獲得社會資源，也應該符合獲取社會公共資源，擔負起向社會說明責任的基本要求。但是，在不同的社會情境、文化背景以及經濟條件之下，檢視研究價值，會有不同的評判標準。

詹志禹、吳璧純（1992）認為：「科學研究從頭到尾都受到價值的影響，譬如領域的選擇、問題的偏好、理論的比較、假設的形成、測量工具的選擇等，處處都涉及到知識論方面的判斷原則，包括：實證原則、邏輯效度、統一性、簡潔性等；此外，個人的世界觀、宗教觀等也經常涉入科學研究中。」

由此可知，近代的學術論文，是應該要面對社會質疑聲浪問題的解答過程，也不應該只有唯一的價值標準。因此，我們從研究中，隨時可以提出不同類型的問題，以及了解研究中的主要組成成分。我們以東西方名人為例，談到研究的價值，可分為追求真理、創造典範以及典範轉移三種價值。

## 一、追求真理

撰寫學術論文，是為了揚名立萬，還是追求知識中的真理？學術的本質與目標是以「熱情與理性全面陶冶知識與美德，以追求科學、理想以及真理」。可以這麼說，探求真理的本能，可能是人類追求終極科學的目標。在科學的觀點中，真理定義為與「事實」或「實在」（reality）一致性的概念。這些觀念，我們從歐洲科學的發軔古希臘談起。

古希臘文明雖然不是原發（autochthon）型的文明，基本上很多概念想法，來自於其他文明，例如：埃及文明、印度文明和波斯文明，但是西方世界在追求科學真理的歷史，一定會談到希臘文化，回顧古希臘歷史，西元前五世紀的古希臘哲學家巴門尼德（Parmenides of Elea, c. 515 BC）在《論自然》中說：「真理被認為是永恆的、不變的。」柏拉圖認為：「尊重人不應該勝於尊重真理。」闡釋了人類探求真理的內在本性。希臘人對於真理的追求，可以和現行的西方主流思維，相提並論。

亞里斯多德（Aristotle, 384-322 BC）的形式邏輯體系和歐幾里德

（Euclid of Alexandria, 323-283 BC）幾何原理，構建嚴謹的理論體系，成為科學理論探索的基礎。二十世紀科學家愛因斯坦認為，這是西方科學發展的兩大支柱之一。愛因斯坦寫給史威瑟（J. S. Switzer）的信中曾經說：「西方科學的發展，是以兩個偉大的成就為基礎。希臘哲學家發明形式邏輯體系（在歐幾里德幾何中），以及在文藝復興時期發現通過系統的實驗可能找出因果關係。」（Calaprice, 1996）

在西方學術鍛鍊的過程中，在信仰真理、信賴知識，並對自我實踐充滿自信。西元前五世紀阿爾克梅翁（Alcmaeon of Croton）發現主管感覺和動作的器官是腦而不是心臟。西元前三世紀的阿里斯塔克（Aristarchus of Samos, 310-230 BC）認為居於宇宙中央的不是地球，而是太陽。西元前三世紀阿基米德（Archimedes of Syracuse, 287-212 BC）發現了力學中的槓桿定律，並以實驗進行流體力學中的浮體定律。後來，埃拉托色尼（Eratosthenes of Cyrene, 276-194 BC）通過不同地點的天文觀測，以及地面距離，計算出地球的圓周長為47,000公里，與現代科學測量誤差不到17%。

希臘哲學家的科學觀測行為，誠如亞里斯多德的《形而上學》中所說：「最初人們是由於好奇而開始哲學思考，先是對日常困惑的事情感到驚奇，然後逐步對那些重大的現象，如月亮、太陽和星辰的變化，以及萬物的生成產生疑問。一個感到疑難和驚奇的人，會覺得自己無知。」「人們是為了擺脫無知，而進行哲學思考者，顯然他們是為了真知而追求知識，並不以某種實用為目的。」

近代自然科學的真理，是採用邏輯的科學方法獲得，並且經過驗證而來。在理性、客觀的前提下，運用知識理論和實驗證明真理，並且將知識的研究歸納和系統化之後，形成科學真理。西元十一世紀末之後，歐洲各國相繼成立大學，將亞里斯多德奉為學術權威。到了十二世紀，西方人重新審視希臘文化，開始研究希臘哲學和科學的思考模式；但是近代自然科學，則是在反對古希臘科學的爭辯之中產生。西元1543年，哥白尼發表《天體運行論》，質疑天主教的「地球中心說」，推動「太陽中心說」，

史稱「哥白尼革命」。哥白尼認爲：「人的天職在勇於探索眞理。」到了西元1632年伽利略（Galileo Galilei, 1564-1642）出版《關於托勒密和哥白尼兩大世界體系的對話》，紀錄他在西元1610年觀測到的環繞木星公轉的四個衛星，證明並非所有天體都是環繞地球旋轉，這是人類觀測眞理過程的紀錄。後來，學者質疑天主教詮釋聖經的說法，企圖復興古希臘時期的科學知識。在伽利略之後，牛頓在1687年發表《自然哲學的數學原理》之後，物理學、天文學、生物學、數學、醫學以及化學的思想都經歷了根本性的變化。這些理論，融合了笛卡兒的《哲學沉思集》觀點，建基於自我認知，他以「我思故我在」的理論，試圖尋找不容置疑的眞理。哲學家史賓諾沙（Baruch de Spinoz, 1632-1677）的《依幾何次序所證倫理學》，以歐幾里德的幾何學方法，列出一組公理和公式，從中產生命題、證明、推論，以及對於倫理學的解釋。在十七世紀之後，西方世界由宗教保守觀點，轉變爲現代科學的基礎，並且轉化了整個宇宙的認知。

## 二、創造典範

人類研究是爲了創造眞理和典範（paradigm）。什麼是典範呢？典範包括人類在進行活動時，所使用的一切概念（concepts）、假定（assumptions）、價值（values）、方法（approach）以及證驗眞理的基準。典範這個字詞源於希臘文paradeigma，有模式（pattern）、模型（model）或是計畫（plan）的意思，指的是一切適用的實驗情境或是程序。

柏拉圖創造典範一詞，希望用於其理念（ideas）或形式（forms）的觀念中，以解決對於眞理爭端討論的方式。日耳曼哲學家李希騰堡（Georg Lichtenberg, 1742-1799）認爲「典範」就是一個示範性的科學成就，我們可以採用此一科學成就作爲模型，以一種類比的過程，來進行科學問題的解答。後來，維根史坦（Ludwig Wittgenstein, 1889-1951）在語言遊戲的概念中談到「典範」，希望循著類比性的過程，讓科學問題得到解答，尋求科學的眞理。

牛頓（Isaac Newton, 1643-1727）寫給虎克（Robert Hooke, 1635-1703）信上曾說：「如果我比別人看得更遠，那是因為我站在巨人的肩上。」牛頓不是謙虛，而是強化論證。我們在本書第二章中，會詳述這個故事（P.64）。後世科學家不斷地在前人的基礎上，將理論進行鞏固，依據啓發性的事實，以提高事實基礎的預測力，並且闡明典範本身，並可以將這個世界看得更清楚。例如，亞里斯多德在〈論天〉一書中，對於「地球是圓的」論證，給予哥倫布很大信心，因此發現了美洲新大陸。亞里斯多德在《動物誌》中，寫下動物解剖、分類以及胚胎學的知識，啓迪了達爾文發展演化論的基礎。德謨克利特（Democritus, 460 -370 BC）的原子論，認爲萬物都是由不可分割的原子所組成。後來，盧克萊修（Titus Lucretius Carus, 99-55 BC），寫了一首長詩〈物性論〉，闡述原子論思想，成爲道爾頓（John Dalton, 1766-1844）建立化學原子論的典範。

這一種「創造典範」及「固守眞理」的觀念，在西方世界同時也受到質疑。西元前五世紀，當希臘哲學家巴門尼德在《論自然》中創造「眞理」的觀念，但是希臘哲學家皮浪（Pyrrho of Elis, 365-275 BC）前往印度學習，從那裡得到了「沒有什麼是可被肯定地被認知」的想法。之後，阿爾克西拉烏斯（Arcesilaus of Pitane, 316-242 BC）以「沒有事物能被絕對肯定」的概念，批判絕對眞理的概念。在西方世界中，科學懷疑論者是在科學認知的基礎上，質疑科學的眞理信仰。哲學家尼采（Friedrich Nietzsche,1844-1900）就曾經說：「沒有眞理，只有解釋。」羅曼‧羅蘭（Romain Rolland, 1866-1944），說：「如果你想獨占眞理，眞理就要嘲笑你了。」大部分的科學家是科學懷疑論者，通過系統性的調查和科學方法，測試某一種主張的可靠性，科學懷疑論者在經過實證之後，會放棄一些超越理解的觀察經驗，以及超越系統性的超驗假說。

## 三、典範轉移

達文西（Leonardo da Vinci, 1452-1519）說：「眞理是時間的女兒。」爲了剷除各種偏見和幻想，科學家前仆後繼地展開學術上的冒險，

窮極一生追求眞理。十九世紀發現化學元素週期表的俄國科學家門得列夫（Dmitri Mendeleev, 1834-1907）就曾經描述這個現象，並且感慨地說：「一個人要發現卓有成效的眞理，需要千百萬個人在失敗的探索和悲慘的錯誤中，毀掉自己的生命。」科學家從實證科學的觀點進行嚴謹的探討時，整體社會價值與個體價值，同時也需要借助整體人類生命力量進行建構。

當孔恩（Thomas Kuhn, 1922-1996）在其名著《科學革命的結構》（*The Structure of Scientific Revolution*, 1962）中闡述了「典範」在科學發展過程中的重要性之後，典範的意義有了重大的轉變（Kuhn, 1996）。孔恩由動態科學的觀點，來闡釋科學的起源與發展。他認爲自然科學中產生的科學概念及方法，稱爲上述的「典範」。「典範」形成了科學理論中的「後設假設」（meta-assumption），對於科學研究工作有所啓迪，以進行更爲深度科學的研究。

但是，一旦這個典範的預測力遭到懷疑，少數的科學家會採取一種迥異於常態科學的態度與方法來試驗。英國學者博克（Edmund Burke, 1729-1797）說：「一個人只要肯深入到事物表面以下去探索，哪怕他自己也許看得不對，卻爲旁人掃清了道路，甚至能使他的錯誤，也終於爲眞理的事業服務。」蘇聯前領袖史達林（Joseph Stalin, 1878-1953）雖然不是科學家，卻也延續他的觀點，曾經說過：「科學所以叫作科學，正是因爲它不承認偶像，不怕推翻過時的舊事物，很仔細地傾聽實踐和經驗的呼聲。」

例如，亞里斯多德在《物理學》中斷言事物的運動，是由於推動者不斷地推動，如果沒有推動者，就不可能有運動。但是，伽利略發現運動慣性定律，徹底推翻了亞里斯多德的想法。

談到物質的基本元素，古希臘人相信原子是不生不滅的觀念，認爲物質都是由最少的、不可再分的物質粒子，意即「原子」所構成的。原子是構成宇宙永恆的磚塊，萬物都自原子所出。但是德國諾貝爾化學獎得主奧斯瓦爾德（Friedrich Ostwald, 1853-1932），都曾堅決否認原子的存在。

奧斯瓦爾德認為能量是唯一真實的實在，物質元素並不是能量的負載者，而只是能量的表現形式。

　　談到物質和能量之間的關係，門得列夫在創造元素週期表之後，認為元素是固定不變的，他和英國物理學家開爾文（Load Kelvin, 1824-1907）都不相信元素可以嬗變。但是，1902年物理學家拉塞福（Ernest Rutherford, 1871-1937）與化學家索迪（Frederick Soddy, 1877-1956）發現放射性原子是不穩定的，放射性原子自發性地放射出射線和能量，自身衰變成另一種放射性原子，直至成為一種穩定的原子為止。但是當這個主張被發現時，拉塞福也感到猶豫，因為元素可以嬗變，太像早已被化學家否定了的煉金術的「偽科學」。

　　如果後來的科學家所提的假設成功地驗證了，便開闢了新的典範。即便失敗，也容易擺脫舊有的典範，以便進行新的嘗試，於是在科學社群中即可出現一種百家爭鳴的多元化研究活動。孔恩稱為這種研究為「非常科學」（extraordinary science）的研究活動，當這一種新的典範為學界所共同接受之後，並取代了舊有的典範，在科學意義的轉變過程中，原有典範的不可替代性，改變成為典範的暫時性，這種科學發展的過程稱為「典範轉移」（paradigm shift），如圖1-2。

理論創新

創新構想，產生新的典範，形成典範轉移

典範轉移時間軸

圖1-2　新的典範為學界所共同接受之後，並取代了舊有的典範，這種科學發展的過程稱為「典範轉移」。

資料來源：Science as an invention by Andrei Kuryan (Powerpoint slides, p. 21, p. 23)
　　　　　https://www.slideshare.net/enterlina/science-as-invention-andrei-kuryan

在孔恩的想法中，「典範」並不侷限於單一的理論或是學說，而是包括了科學研究中的定律、學說、應用、實驗工具與方法等。典範的意義除了包含「模式」、「模型」、「公理」的意義，並且形成科學研究的標準程序或方法，或是形成價值判斷的「後設理論」。「典範轉移」甚至成為科學理論發展的必要過程，開創了一套新的理論工具、新的實驗方法，甚至是科學界的實驗規則、實驗標準以及科學語言。誠如哲學家波普爾（Karl Popper, 1902-1994）談到，在二十世紀，人們提出假設嘗試解決，然後通過「證偽」的方法，來刪除錯誤，進而產生新的學說。隨著問題越來越深入的研究，不但累積了新的科學知識，並且以新理論取代了舊理論。

## 四、研究價值的典範轉移

過去的科學研究，是為了知識進展；現代世界的學術研究，受到國家機器和學術體系交互影響，因為過度制度化的運作規範，大量的科學成果在標準作業模式中產出之後，斷喪了知識判準價值的人性特質。「是科學還是不是科學」，不是由「可不可觀察或測量」來界定；而是由「接不接受有理由的批判」來界定（詹志禹、吳璧純，1992）。由於過度講求批判，失去了知識創造真正的價值。因此，我們談到知識型的出版，一定會談到現行期刊論文的制度。自然科學界愛好排名，和科學家喜歡從實驗室清楚地定義世界，具有高度的關係。但是，從社會科學的角度來看，並不是需要這種價格和排名取向的定義，而是需要重新定義研究的價值，例如說，研究典範是在追求知識流動，而不是強調知識累積；研究典範是透過互助合作，而不是強調競爭進入論文發表的階段，如圖1-3。

我們回顧到2011年5月12日《自然》（*Nature*）的社論，談到如何判斷科學研究的價值，談到科學家應該要努力提出研究的公共價值，而不僅僅是產出研究論文而已。如果基礎科學研究是來自於納稅人的金錢，那麼如何衡量一篇期刊論文的價值呢？我們是否應該審慎考慮投資報酬率，也就是論文是否產生了「公共價值」。這些公共價值，不僅包括經常討論的知識和經濟準則，也含有對決策者、參與制定議程的利益相關者以及和公

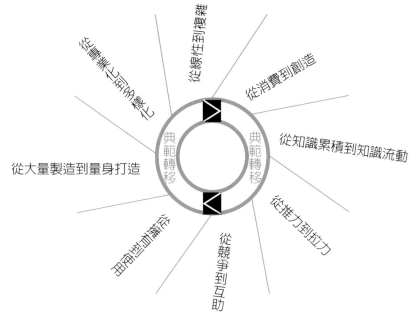

圖1-3　隨著研究問題越來越深入，不但累積了新的科學知識，並且以新理論取代了
　　　　舊理論。

眾傳播有用的資訊。

　　政治大學企管系講座教授司徒達賢在2011年的《天下雜誌》專欄談到學術研究的價值時認為，影響研究的實用價值，最關鍵的是研究過程中研究者心目中的「對話對象」是誰？因此，若想提升學術研究的實用價值，學者們首先必須經常和實務界進行交流，然後才可能知道在科學研究理念與方法上，已經知道了哪些？還有哪些不知道？從認識所構思的「研究問題」，其研究成果才可能對實務界產生有價值的建議。

　　十七世紀英國科學家培根（Francis Bacon, 1561-1626）曾批評純粹科學說：「科學的真正與合理的目的，在於造福於人類生活，用新的發明和財富豐富人類生活。」到了十九世紀，德國哲學家馬克思（Karl Marx, 1818-1883）看到了純粹科學研究，已經無法滿足科技進展的腳步，他認為：「科學絕不是一種自私自利的享樂。有幸能夠致力於科學研究的人，首先應該拿自己的學識為人類服務。」馬克斯採用歷史決定論的學說，通

過物質經濟生活條件，來說明一切科學發展的歷史。但是，馬克思是從辯證唯物主義中得知物質科學，他採用歷史唯物主義，認爲歷史進程由生產關係和階級關係構成，並且以機械性原理，解釋社會歷史規律的成因，卻無法解釋人心自私自利的成因。他也無法預測，後世採用他的理論，發動了腥風血雨的流血革命，造成人類歷史中最大的生靈浩劫。

在微觀的科學世界中，科學家同樣有這種感慨。我們從十八世紀牛頓的機械論，到了二十世紀初，愛因斯坦在1905年發表了「相對論」、「光電理論」和「布朗運動」相關論文，爲世界揭開了量子及高能物理的世紀。但是，愛因斯坦也無法解釋目前的微觀世界的量子世界，狂亂而有秩序。但是這些世界，背後的主體是什麼？這也是目前所有的研究，積極探討的議題。現代研究，都是基於對物理世界的了解，如何了解人類大腦世界？如何了解人類感知？如何理解我們所處的社會？以及這個世界最後的基本原義是什麼？

當然，沒有人眞正知道我們如何才能理解這個世界。哲學家們至少在距今二千年前，一直在爭辯這個問題。所以，我們要看當代科學家如何解決這個問題。我們考慮兩個主要的思想學派，包括了實證主義（positivism）和後實證主義（post-positivism）。在後實證主義時期，哲學家專注於波普爾的否證論和孔恩的科學革命觀，但是也有學者開始注意到「後孔恩時代」的發展。這些發展對了解人的本質、知識的本質、科學的本質以及民主的本質，非常重要（詹志禹、吳璧純，1992）。此外，二十一世紀的自然科學界同時也考慮了社會科學中的相對主義（relativism）、主觀主義（subjectivism）、解釋學（hermeneutics）、建構主義（constructivism）、解構主義（deconstructivism）以及女權主義（feminism）等論述。

## 科學有可能終結嗎？

在學界，有許多學者寫過「終結」的書，好像寫完終結的書，這世界就會停止運轉，從此進行了學術上的一種了結。例如，哈里斯（Sam Harris）

寫過《信仰的終結》，或是福山（Francis Fukuyama）寫過《歷史的終結與最後一人》。福山後來寫了《政治秩序的起源》、《政治秩序與政治衰敗》，修正了他的想法。我為了以科學的觀點，了解西方宗教，將無神論的四騎士所撰寫的書籍看了一遍，包含了丹尼特、道金斯、哈里斯以及希欽斯的書找來看過，例如道金斯《自私的基因》等書。後來，我又將耶魯大學教授卡根的書《令人著迷的生與死》翻了一遍（Kagan, 2012）。

看過一遍之後，我不擔心《信仰的終結》和《歷史的終結》，我比較擔心的反而是「科學的終結」（The End of Science）。

我記得美國學者裴傑斯（Heinz Pagels, 1939-1988）寫過《理性之夢》（*The Dream of Reason*），1999年牟中原（前國家科學委員會副主委）在天下文化出版中文翻譯本時，訂名為《理性之夢：這世界屬於會作夢的人》，2016年第三版發行時，書名改為《理性之夢：科學與哲學的思辨》。這本書英文版在三十年前出版時，談到平行計算、奈米科技，在三十年之後，還是科技界常用的東西（Pagels, 1989）。

我的研究應用過退火模擬、基因演算、類神經網路等模擬，都是書上談過的東西，我感慨世界科技進步的緩慢，在科學哲學上，三十多年來，也沒有太多的進展。因為，二十世紀初，愛因斯坦推測了重力波，到了二十一世紀，需要2,000位科學家的努力，才證實了重力波。我們的科學，原創性在哪裡？

二十一世紀三大主流科學：「大腦科學」、「宇宙科學」和「生命科學」。以宇宙科學來說，從愛因斯坦的相對論，到量子科學的平行宇宙（multiverse 或 meta-universe）、弦理論、超弦理論，物理開始變成玄學，很多事物，不可量測，只能玄談，也失去科學實證的意義。這些理論屬於哲學的範疇，不能完全算是科學，也無法獲得實驗證明，充滿了「後實證主義」（post-positivism）的味道。談理論物理的書，看起來像是科幻小說。至於最近最夯的大腦科學，我們以功能性磁振造影（fMRI）知道大腦在血液和氧氣運作的部位，但是我看了之後，還是不知道心智（mind）和

認知，怎麼來的？也就是說，「我」（Self）是怎麼來的？所有的科學家都不能告訴我們說：「人類的認知，是怎麼來的？一夕之間，人怎麼就變成人了？」

六萬年前，當人類思維出現在地球之時，一夕之間，人類就有了認知，開始追問。當人類在地球旅居這一段時期，開始對於夕陽西下，感慨時光不再；開始思考：「我是誰？」、「誰造了我？」、「是不是人都會死？」「那，（開始驚懼、害怕、睡不著覺）⋯⋯我會不會死？」然後，遑遑不可終日，套句最後卡根《令人著迷的生與死》的答案：「我一定會死。」

在對於死亡的恐懼之餘，我們會對於冬日長夜將盡，在微黯的灰濛情緒中，感到心靈的空虛和寂寥。同時，對於情緒的了解，我們也知道神經傳導物質，包含了血清素、多巴胺、正腎上腺素和八個基本情緒，如羞辱、遇險、恐懼、憤怒、厭惡、驚喜。當血清素、多巴胺分泌時，代表愉悅；當血清素、多巴胺、正腎上腺素分泌時，代表興奮，但是我們不知道感知到的本體，也就是「我」（Self），是怎麼來的，是誰在感覺這些情緒？也就是說，我的意識和心智，是怎麼來的？是如何運作的？

人類對於自身的了解是那麼少，更不要說對於宇宙的了解有多少。未來對於二十一世紀三大主流科學，大腦科學、宇宙科學以及生命科學，還有漫長的道路要走。

## 第三節　研究的邏輯

從研究的哲學談到研究的價值，再從研究的價值談到研究的邏輯。這是一種從研究的「本體論」（ontology），談到研究的「認識論」（epistemology）。本體論主要探討研究存在的本身，也就是研究為什麼要存在？研究的基本特徵是什麼？研究存在的價值是什麼？

當我們知道研究的價值之後，認同研究的價值，覺得發表期刊，在夜深人靜的夜晚，或是杳無人聲的清冷的晨霧中，撰寫期刊文章，感到具

有人生的價值和意義，我們才開始要進行這一件枯燥乏味的工作嗎？ 卡內基（Dale Carnegie, 1888-1955）曾經說：「改變想法就能改變結果。正確的思想會使任何工作都不再那麼討厭，使自己從工作中獲得加倍的快樂。」那麼，如何了解期刊論文的寫作方式？如何了解期刊論述的本質和發展規律呢？也就是說，我們要如何探討人類如何「認識知識」？如何建構「知識的結構」，了解客觀知識和真實世界的關係呢？

甚至，怎麼讓期刊論文寫作的過程中，比較快樂？也就是說，如何可以發表論文，讓成果廣為人知？還有，是不是發表成功之後，我們比較快樂？或是從論文的寫作過程中，就可以得到快樂呢？

從卡內基的故事中可以發現，卡內基曾經參加過12次在瓦倫斯堡州立師範學院的演說比賽，屢戰屢敗。經歷失敗後，卡內基發奮振作，重新挑戰演說比賽。在1906年卡內基以《童年的記憶》這一篇撫慰人心的演講，感動了在場的評審，獲得了勒伯第青年演說家獎。他在《卡內基溝通與人際關係—— 如何贏取友誼與影響他人》中，大量引用蘇格拉底、亞里斯多德的法則，以激勵人心。

我不知道，卡內基「改變想法就能改變結果」這一句話有沒有邏輯觀念，但是既然他是人際溝通成功學的大師，我們姑且信之。本節中我們要追求成功的寫作方式，需要知道撰寫論文的基本認識，理解論文在論述的前提、過程、規律以及推演思路，以認識如何知道知識的真理程序。

一般人可能認為研究是一種非常抽象和複雜的技術，甚至談到研究中「理論建構」而色變。如果我們談到期刊論文的寫作，就是在進行理論的建構、拆解、重整、重組、翻新或是包裝，很多人會覺得期刊論文的寫作很難，也很枯燥乏味。但是，在抽絲剝繭之下，期刊論文研究是一種在不同部分或階段，進行理論組合的程序。在研究過程的程序中，包含了開始、中間過程以及結束。我不能說，撰寫期刊論文是一件讓人興味盎然的心智活動；但是，期刊的寫作，是一件理性思辯的過程，過程雖然機械化，但是有系統可循。尤其我們順著哲學邏輯系統出發，學習到邏輯的思辯，不管是在論文的發抒上，或是在追尋人生真理的踽踽道路上，具備理

性思維的邏輯方法，是成長過程中，不可或缺的基礎。

　　本節我們談到邏輯（logic），又稱為理則、論理、推理或是推論，在論文寫作中，以發展及建構論文寫作的知識，以及寫作論文中需要具備的基本邏輯概念。邏輯的字根源起於希臘語邏各斯（λóγος），最剛開始的意思，有詞語、思想、概念、論點、推理之意。最後這個字發展為英文中的邏輯。但是這個概念，引進東方的時間很晚。1902年嚴復（1854-1921）翻譯《穆勒名學》，翻譯成「名學」，國父孫中山先生（1866-1925）在《治國方略》翻譯成「理則」，當時日本人翻譯這個名詞為「論理」，統稱為一種推論和證明的思考過程。

## 一、邏輯系統

　　在研究的現代觀念出現之前，哲學家採用邏輯推理（logical reasoning），進行實證研究。在邏輯系統（systems of logic）中，我們討論如何兩個主要的邏輯系統進行研究。其中包含了「歸納的推理方法」（inductive methods of reasoning）以及「演繹的推理方法」（deductive methods of reasoning），這兩種方法，與現代研究方法息息相關。歸納是哲學研究的科學方法；演繹法是哲學研究的推理方法。在本節中，我們從三個方向來探討：「歸納推理」、「演繹推理」以及第三種方法——「溯因推理」（abductive reasoning），來思考論文撰寫的方式推理研究（Trochim and Donnelly, 2006）。

### (一)歸納法（inductive methods）

　　歸納法是在撰寫論文的一種基本方法。有「科學之光」尊稱的英國人培根（Francis Bacon, 1561-1626）在1620年出版了一部著作《新工具論》（*Novum Organum Scientiarum*）（*New Instrument of Science*）。他以拉丁語寫成，其中提到了歸納法，以觀察和實驗為基礎的科學認識理論。《新工具論》的標題頁，描述了穿過位於直布羅陀海峽兩側的大力士赫克力斯神像支柱之間的帆船，代表著從地中海的出海口到大西洋的航道。赫克力斯神像支柱為地中海的邊界，培根希望開闢新的探險路線，以實證調

查粉碎舊有的科學觀點，並且理解世界。

培根說：「促進科學和技術發展的新科學方法，首先要求的是尋找新的原理、新的操作程序和新的事實。這類原理和事實可在技術知識中找到，也可在實驗科學中找到。當我們理解了這些原理和知識以後，就會產生技術上和科學上新的應用。」在撰寫歸納法的研究工具時，培根詳述了一個新的邏輯系統，稱爲培根法（Baconian）（Heese, 1968）。培根希望有別於亞里斯多德所撰寫的邏輯論著《工具論》中的論文邏輯和三段論法。因爲他認爲《新工具論》中的歸納法，勝於亞里斯多德所發展的演繹法。因此，從上述的觀點來看，培根是奠基現代科學論述的第一人。

在這一本書中，培根認爲發現事物的本質，是一個簡單的歸納過程。他採用歸納推理（inductive reasoning），尋找自然現象性（phenomenal nature）。培根所發展的歸納法，是藉由假設的過程，將大量事實搜集起來，以進行事實整理。也就是說，將這些大量的經驗事物，進行整理，然後運用推導模式，解釋證據，並且進行對於未來的預測。培根在當時，請求英王詹姆斯一世頒布命令，去搜集全世界的知識。培根認爲，將大量事實搜集起來，是採用歸納方法的首要要求。培根說：「只要有一部篇幅六倍於老普林尼的《自然史》那樣的百科全書，就可以解釋自然界的所有現象。」

卡納普以機率的概念，詮釋歸納法。他認爲使用歸納法，能讓科學家更爲重視重複實驗機率的理論。馬克思評估培根的思想時曾說：「科學是實驗的科學，科學的方法就在於用理性的方法去整理感性材料，歸納、分析、比較、觀察和實驗是理性方法和重要條件。」

但是，有人會開始懷疑了。因爲培根的歸納法由於對假設不夠重視，以致於培根認爲將觀察資料加以系統整理，正確假設就會明顯披露，但事實並不如此。一般說來，進行假設是搜集事實的先決條件。進行假設是爲了對於在事實的選擇上，避免離題太遠，並且確定事實是否與題目有關。此外，我們耗盡一生的精力想要知道事情的答案，是否有可能達到「窮首耗經、羅列事實、蕩盡家財、竭盡推理」的境界呢？也就是說，如果我們

經過沒有透過假設，沒有形成一種前提，我們花了許多功夫，但是我們可以必然推出結論嗎？

　　例如：「所有的天鵝全都是白色的。」在歐洲人的觀點來說，這是眞的，因爲歐洲的天鵝都是白的。但是等到十七世紀歐洲人發現了澳洲，看到當地的黑天鵝，人們才知道，原來「所有的天鵝全都是白色的」的論點，被證明是錯誤的。在這個例子中，「所有的天鵝全都是白色的」這個命題，否定了「黑天鵝」的存在。由於理論上可能存在「觀測到黑色天鵝」這個反例，「所有的天鵝全都是白色的」，這個主張被否證。哲學家波普爾以理性批判主義，反對經驗主義，並且認爲觀測歸納法不一定是對的，他提出「可反證性」、「可證僞性」（falsifiability）的觀點，說明「這些結論必須容許邏輯上反例的存在」。波普爾認爲，「眞」是不能被證明的，只有「僞」才可以被證明。因此，一切從經驗得來的假說、命題和理論，必須在邏輯上容許反例的存在，才是科學的，如圖1-4的說明。此外，波普爾認爲，一個理論的內容越複雜，越容易證明是錯的，證明爲眞實的機率就會變低。例如說：⑴地球是橢圓形的；⑵地球是橢圓形的，運行的軌道也是橢圓形的。⑵的敘述比⑴更爲複雜，而且有較大可能性，會被證明爲僞。

　　根據前面的定義，歸納推理不是永遠「有效的」，因此，也不會一定

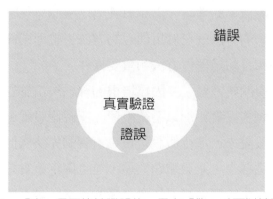

圖1-4　波普爾認爲，「眞」是不能被證明的，只有「僞」才可以被證明。所以科學研究，不在於圖上顯示的「眞實驗證」，而在於錯誤驗證，也就是「證誤」。

是「可靠的」。但是，歸納推理並不是完全不可靠，需要大量搜集文獻及事實，才能建構一定的可靠性，採用這樣的歸納推理產生出來的論證，才是較為可靠的論證。

## 波普爾的「可證偽性」

### 證偽一定是對的嗎？

哲學家波普爾的「可證偽性」理論有其獨特之處，但是證偽原則，並不是適用於所有的科學。當科學家發現證據與假設不符時，不會馬上說明原有的理論是錯的，而是會加上「輔助性假說」（auxiliary assumption），以彌補原有理論的不足。例如，天文學家的觀察，發現天王星的運行軌道，和牛頓定理所計算出來的結果不同。但人們並不會馬上否定牛頓定理，而是提出輔助性假說，認為牛頓定理沒有錯。科學家預測太陽系還有一顆行星，影響了天王星的軌道。最後，證實這個行星是海王星。也因此我們需要列入輔助性假說，並且進行推測，才能說明將理論證明是錯的。

## (二)演繹法（deductive methods）

笛卡兒在《談談正確運用自己的理性在各門學問裡尋求真理的方法》中，提出演繹法。笛卡兒是個科學的懷疑主義者，他認為：「只要是任何一種看法，只要我能夠想像到有一點可疑之處，就應該當成是絕對虛假地的拋棄掉。」又說：「凡是我沒有明確地認識到的東西，我絕不把他當成是真的接受。」笛卡兒通過懷疑，認知何者為真、何者為假。也就是所謂的假的東西，實際上是要經過檢定，才能確認為真的。

笛卡兒的「普遍懷疑」（universal skepticism），形成了人世間最大的問題。也就是「主體『我』的存在」。他認為，將一切內心的想法都拋棄掉之後，只有現在這個正在懷疑一切的「我」是存在的，思考行為才能夠繼續進行。所以，他說：「我思故我在。」（我懷疑，故我存在）。笛卡兒在十七世紀所提倡的理性主義思想，開始了科學革命的啟蒙運動。

笛卡兒認爲，當前提成立，那麼結論必然成立，這種推理過程稱爲演繹推理。如果前提爲眞，則結論一定爲眞的推理過程，我們稱爲有效的推理，因此演繹推理是有效的。進一步說，如果能確保前提是眞的，那麼這種演繹推理，我們稱之爲可靠的推理，如圖1-5。

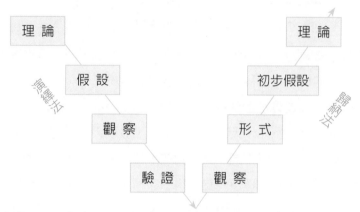

圖1-5 歸納推理透過觀察和假設，形成理論；演繹推理透過理論形成假說，透過觀察進行驗證，需要採取假設演繹推理（hypothetico-deductive reasoning）的技巧。

但是，演繹推理最大的問題，是我們無法確保前提的「眞實性」。因爲演繹推理像是一臺精準的機器，其中的邏輯相當嚴密，當機器中的零件緊密結合、運作相當順暢的時候，我們卻無法保證機器製造出來的產物是什麼。演繹法的假設需要進行驗證時，往往有一段漫長的演繹程序，這種演繹是通過數理推演。因此，需要借助於假設演繹推理（hypothetico-deductive reasoning）的技巧。我們根據假設前提，加以演繹而得到結論的推理方式。也就是建構於抽象符號的推理，這個推理的過程很簡單：「A小於B，B小於C，則A小於C嗎？」基於假設前提A＜B，B＜C，我們演繹而得A＜C，得到A小於C的結論。演繹推理是一種邏輯的推理方式，在演繹的過程中，我們要刪除不合邏輯的假設，保存合乎邏輯的假設。從論證的「結構」進行邏輯分析，不受到內容眞僞的限制。

## (三)溯因法（abductive methods）

　　歸納法告訴我們趨近於事實真理的方式，並且鞏固現有的想法；演繹法告訴我們透過推理過程，刪除不合理的假設。但是以上這兩種方法，都不能告訴我們在事物推理的過程當中，什麼是真理背後的最佳解釋過程。皮爾斯（Charles Peirce, 1839-1914）指出溯因推理，是不同於歸納和演繹的第三種推理，他剛開始的時候，將溯因稱爲「假設」、「逆推」，但是皮爾斯在1901年之後，改稱這種方法是「溯因」。皮爾斯後來將溯因視作一種家族類似概念，指出溯因性歸納開始於事實的集合，他運用最大概似法，進行推理到最佳解釋的過程。換句話說，它是開始於事實的集合，並推導出最合適解釋的推理過程。

　　皮爾斯發展溯因法，是有鑑於大量的典範失去了原有的依據，需要運用倒傳遞的概念進行原因的釐清。於是，他開始注意到新的事實，並且回溯原因。例如：

　　「令人驚訝的事實結果C被觀察到了。」

　　「如果最初的原因A會影響C，所以產生C的結果，當然也不會出人意料之外。」

　　「因此，有理由猜測A是真的存在。」

　　在此，我們假設A的原因是一個嘗試性的猜測，是否可以被承認，應該取決於A是否以足夠的證據，足以解釋引起驚奇的現象C。皮爾斯認爲，這是溯因作爲推理的重要特徵，通過對於解釋上的考慮，而產生猜測性假設。

　　在這個例子中，我們稱之爲「溯因的推理方法」（abductive methods of reasoning）。這是一種爲事物尋找原因或者解釋的推理方式，可以理解爲演繹論證的反面論證。大部分推理都可以被歸類爲是歸納推理和溯因推理。但是溯因推理和歸納推理一樣，不是永遠「有效的」，也不會一定是「可靠的」。也就是說，前提成立，都不一定必然保證結論一定成立。

以歸納法而言，一個相反的例子，就可以駁倒歸納推理；以溯因法而言，一個其他原因，即可讓溯因推理的可信度下降。以上這些論述，都是可以仔細分析的關鍵因素。一般來說，比較好的溯因推理法，應該能夠找到事物的最佳成因或是最佳的解釋，如圖1-6。

## 溯因為什麼重要？

### 因為原因比結果重要

在圖1-6中，我們採用演繹法和溯因法，區別兩者在推理方法中的運用。我們以A果（或是C果）＝結果，A因＝原因，進行推理。

1. 演繹推理：允許推導A果，作為A因的結論；換句話說，演繹是推導已知事物的推論。

2. 溯因：允許推導A因，作為C果的解釋。溯因形同於演繹的反向推導，通過允許A因蘊含C果的前提，由A因推導C因，且C因造成C果。A的原因，因此可以推導來自結論C（C果）；換句話說，溯因是解釋已知事物的過程。在某些研究中，我們採用解釋結論，而不是解釋溯因過程所產生的結果。因此，運用證誤（falsification）或是多樣化假設（multiple hypotheses），不斷進行推導，可以強化了解事情發生的可能原因。因為，在研究中，探討事情發生的原因A，比解釋結果C更為重要。

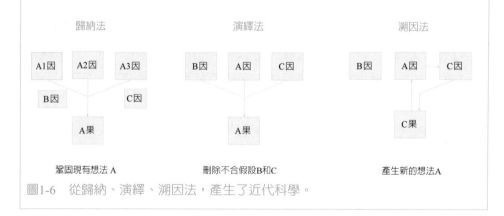

圖1-6　從歸納、演繹、溯因法，產生了近代科學。

## ㈣因果關係（causal relationships）

在期刊寫作時，主要是要將研究的成果公諸於世。那麼，如果研究是主體，寫作是披露；研究是主角和演員，寫作是導演和編劇，如果研究作得好，在寫作的功力方面又能夠錦上添花，就可以達到相得益彰的效果。

研究主要是要找到事物之間，在時間點前後的因果關係（causality）。因此，我們需要談到這個研究的基本組成部分是什麼。在這裡，我們描述因果研究關係中，涉及到的基本組成部分。首先需要進行假設描述，進行關係性的推理研究（reasoning in research）（Trochim and Donnelly, 2006）。

如果我們在研究中，發現事物之間的關係性（association），但是我們不能說，這兩者之間有因果關係。也就是圖1-7中說明，A和B之間的關係，如果箭頭從A指向B，或是B指向A，我們可以說，中間有直接關係（direction），但是是否可以排除C所造成的影響呢？我們列出C，是想要知道，C有沒有可能是造成A和B的潛在因素（latent causation）呢？

在研究中，我們通常會碰到推理上的原因謬誤（cause fallacy），因為A和B有關係，我們推估A是造成B的原因，但是在事實上，卻是因為C

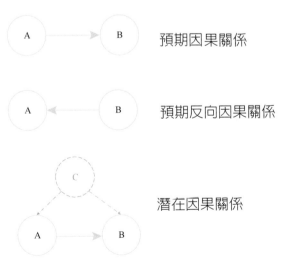

預期因果關係

預期反向因果關係

潛在因果關係

圖1-7　A和B的因果關係，是否有可能是C造成的？

所造成的，這就是混淆因果（confusing cause and effect）的謬誤。還有一種謬誤，叫做事後謬誤（post hoc fallacy），因為A發生在B之前，所以A是B發生的原因。

## 論文中的邏輯謬論

### 公孫龍講的「白馬非馬」，是詭辯嗎？

德國數學家弗雷格（Friedrich Frege, 1848-1925），擴大邏輯學的內容，在《算術基礎》中列出原理，他認為數學不是心理學的對象或心理過程的結果，是客觀的存在。弗雷格認為，要時刻看到「概念詞」和「對象詞」的區別。他創造了「量化」邏輯，通過將數學中的函數式和自變量，與我們的語言中的判斷句結合，針對弗雷格原理，我們用以下兩個例子進行解釋。

範例一、子集合不等於集合

例如：「白馬非馬」的論證，被收錄在《公孫龍子‧白馬論》。戰國時代公孫龍（320-250 AD）構造了關於語言的哲學理論。公孫龍是戰國時期平原君的食客，有一天，他牽一匹白馬出關被阻，公孫龍便以「白馬非馬」的命題與守關者辯論。公孫龍說，「馬」指的是馬的形態，「白馬」指的是馬的顏色，而形態不等於顏色，所以白馬不是馬。

公孫龍的論證如下：

白馬有兩個特徵：

1. 有馬的特徵。

2. 白色的。

馬只有一個特徵：就是有馬的特徵。

因此，擁有兩種特徵的白馬不等同馬，所以「白馬非馬」。

這在邏輯學上是一個典型的偷換概念的例子。他把「白馬」和「馬」這兩個不同的「概念詞」和「對象詞」概念，用在了一個問題中來進行論證。

我們可以區分為「（　　）非馬」和「白馬」兩個部分。

前者「白馬」是函數式，後者是自變量。白馬可由黃馬、黑馬等自變量取代，去充實「（　　）非馬」這一函數式。

弗雷格區分「概念詞」是在句子中起著函數式功能的詞，「對象詞」是在句子中起著自變量功能的詞。以上例子中的「（　　）非馬」為概念詞，「白馬、黃馬、黑馬」等為對象詞。

概念詞表達概念，對象詞表達對象。正如數學中的函數的自變量有一個範圍一樣，句子中與概念詞相對應的對象詞，也有一個數值範圍。例如：「馬」是用來描述外形，而「白」是用來描述顏色，顏色與形狀屬於不同範疇，所以「白馬」不能說是「馬」。

根據集合論的觀點，白馬的集合和馬的集合是不相等的；每一匹白馬都是一匹馬。就是說，「白馬」的集合是「馬」的集合的一個子集。「白馬」和「馬」的集合不相等。從上述的意義進行觀察，「白馬非馬」（圖1-8）。

提起推理的嚴謹性，就不能不提到「演繹」的邏輯。演繹邏輯確保從「前提」到「結論」過程的有效性。例如：「人皆有死」、「蘇格拉底是

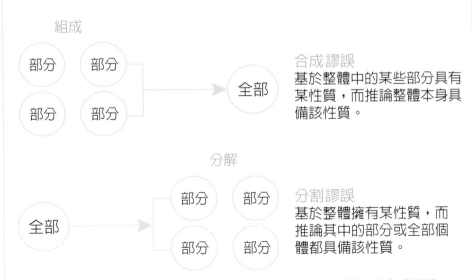

組成

部分　部分

部分　部分

全部

合成 謬誤
基於整體中的某些部分具有某性質，而推論整體本身具備該性質。

分解

全部

部分　部分

部分　部分

分割 謬誤
基於整體擁有某性質，而推論其中的部分或全部個體都具備該性質。

圖1-8　白馬是馬的子集，如果說「白馬是馬」，則形成了圖中的合成謬誤。

人」，就推導出「蘇格拉底會死」這個結論。前面兩個「命題」稱為「前提」。「命題」中意思完整的語句，不管「前提」或「結論」都是命題，命題是論述的基本單位。那麼，什麼叫「前提到結論之間的推導過程有效」呢？簡單地說，如果「有效」的話，那麼前提為真的時候，結論一定為真。在這裡推論的「有效」（valid）或「無效」（invalid），與命題的「真」（truth）、「假」（false）是不一樣的概念。

弗雷格認為，在邏輯推理中，必須在句子的關聯中尋找詞的意義，而不是孤立地找尋詞的意義。在分析命題的論證中，我們不需要求助於事實，只要看它是否符合邏輯規律和定義；但是在綜合命題的論證中，單靠規律和定義還不夠，還需要求助於事實。此外，在論文中，我們常常會見到論文中不當的推理思路，亦即邏輯有問題，這就是邏輯謬論（logic fallacy），邏輯謬論指的是不當的推理言論。以下的不對等關係，是最好的例子。

範例二、不對等關係

例如，大前提：「人皆有死」；小前提：「花皆有死」；結論：「花是人」。這在溯因推導中，雖然是很荒謬的過程。因此，需要強化證誤（falsification）方法，並求助於事實，以避免非常怪異的推論產生。

## 二、論文中的三段論法

在上述的說明中，我們談到因果關係，也談了亞里斯多德的邏輯論著《工具論》，《工具論》是要刪除不必要的假設，並且建立精實的邏輯觀，也就是判斷「是非對錯」的觀念。

亞里斯多德在《形上學》中說：「是什麼，說不是什麼；不是什麼，但說是什麼，這是假的；是什麼，說是什麼，不是什麼，則說不是什麼，這是真的。」亞里斯多德企圖從語句的陳述命題中，判斷何者為「是」、何者為「非」的信念。他認為：「求知是人類的本性。」他創建以實踐的三段論法（practical syllogism）為基礎的形式邏輯，從前提必然得出結論的推理形式，建構科學知識及理論。基本論式是由二個具有關聯概念的命

題，推出結論。三段論由大前提，其次有小前提，三段論的推理及透過結果，建立在事物的大前提和小前提之間的隸屬關係。

　　舉例來說，大前提：「人皆有死」；小前提：「蘇格拉底是人」；結論：「所以，蘇格拉底會死」。

　　亞里斯多德以形式邏輯的方式，構建幾何學體系，寫出了《幾何原本》。在學術中，真理是一種描述了邏輯和數學幾何形式系統的內在本質。我們以下列這個例子，說明亞里斯多德在撰寫文字時，採用三段論法「雙條件」的特色。在成功的推理中，我們必須小心翼翼地處理從一個命題，到另一個命題的轉換過程。是通過「雙條件」，還是只通過「部分條件」的方式進行，說明如圖1-9。

（一）大前提

　　正論：所有的科學家(S)是美國人(P)；反論：科學家(S)都不是美國人(P)。

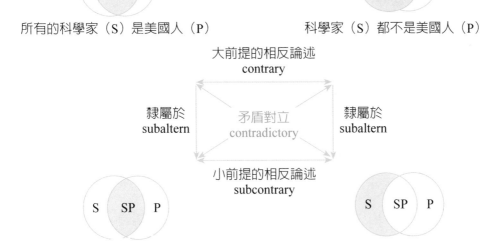

圖1-9　實踐的三段論法以形式邏輯為基礎，從前提必然得出結論的推理形式，建構科學知識及理論。

(二)小前提

正論：有一些科學家(S)是美國人(P)；反論：有一些科學家(S)不是美國人(P)。

(三)所以，以下是矛盾對立

1. 所有的科學家(S)是美國人(P) vs. 有一些科學家(S)不是美國人(P)。

2. 科學家(S)都不是美國人(P) vs. 有一些科學家(S)是美國人(P)。

(四)所以，以下是隸屬關係

1. 所有的科學家(S)是美國人(P)；所以，有一些科學家(S)是美國人(P)的論述是真的。

2. 但是，有一些科學家(S)是美國人(P)；所以，所有的科學家(S)是美國人(P)的論述，不一定是真的。

3. 科學家(S)都不是美國人(P)；所以，有一些科學家(S)不是美國人(P)的論述是真的。

4. 但是，有一些科學家(S)不是美國人(P)；所以，科學家(S)都不是美國人(P)的論述，不一定是真的。

## 亞里斯多德實踐的三段論法（practical syllogism）

在論文的寫作上，經常可以聽到「這一段論述沒有邏輯關係」、「這一段論述太過跳躍，一點邏輯概念都沒有」。所以，我們談到寫作邏輯，就要談到亞里斯多德發展的實踐的三段論法（practical syllogism）。三段論法種類包羅萬象，從傳統三段論證開始，一直到當代邏輯實證論（logical positivism）。除了傳統三段論基本論證外，還包含了「省略推理法」、「複合三段論」、「連鎖三段論」、「假設三段論」等，最常舉證的實例如圖1-10，請參考。

1. 傳統三段論：由大前提、小前提、產生結論的三段論證。例如：大前提：「人皆有死」；小前提：「蘇格拉底是人」；結論：「所以，蘇格拉底會死」。

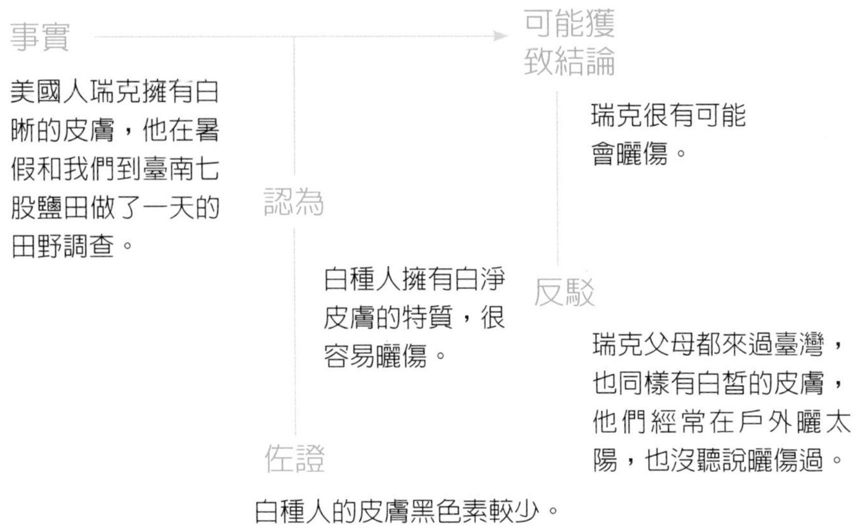

事實 ──────────────────────▶ 可能獲
致結論

美國人瑞克擁有白
晰的皮膚，他在暑　　　　　　　　　　瑞克很有可能
假和我們到臺南七　　　　　　　　　　會曬傷。
股鹽田做了一天的　　　認為
田野調查。

　　　　　　　　白種人擁有白淨　　反駁
　　　　　　　　皮膚的特質，很
　　　　　　　　容易曬傷。　　　瑞克父母都來過臺灣，
　　　　　　　　　　　　　　　　也同樣有白皙的皮膚，
　　　　　　　　　　　　　　　　他們經常在戶外曬太
　　　　　　　　　　　　　　　　陽，也沒聽說曬傷過。

　　　　　　　佐證

　　　　　白種人的皮膚黑色素較少。

圖1-10　實踐的三段論法的實例

2. 省略推理法（Enthymeme）：又稱為省略三段論法，亞里斯多德認為省略推理法是「證明的本體」，也是最強的修辭證明。在省略推理法命題中，缺少了隱含的條件或是結果，也就是沒有大前提，也沒有小前提的三段論證。例如：「吸煙是毛病」；「吸煙是不好的」；結論：「凡毛病是不好的」。

3. 複合三段論（Polysyllogism）：乃由兩個以上的三段論組合而成。其結構為前一個三段論的結論，是後一個三段論的前提。例如：「現在下雨了」；「如果下雨，我們出去會淋濕」；「如果淋濕，我們會感冒」；結論：「如果出去，我們會感冒」。

4. 連鎖三段論（Sorites）：古希臘語Sorites的意思是堆積（heaped up），在連鎖三段論是複合三段論的一種特殊形式，重複連接式的三段複合論證，即第一命題（proposition）的述詞（predicate），是第二前提（premise）的主詞（subject），其結論是第一命題的主詞等於最後命題的述詞。

$$A = B，B = C，C = D，D = E，\therefore A = E。$$

例如：「所有的獅子是大型貓科動物」；「所有的大型貓科動物都是食肉動物」；結論：「所有的獅子都是食肉動物」。

《愛麗絲夢遊仙境》的作者數學家卡洛爾（Lewis Carroll, 1832-1898）在1986年出版的《符號邏輯》（Carroll and Dodgson, 1977）這一本書中，用了這一個案例。例如：「沒有經驗的人是無能的」；「詹金斯總是失敗」；「無能的人總是失敗」。結論：「詹金斯是沒有經驗的」。

卡洛爾的例子可以這樣翻譯：「所有經驗豐富的人都是合格的人」；「不合格的人是失敗者」；「詹金斯是一個失敗者」。結論：「詹金斯不是一個有經驗的人」。

5. 假設三段論（Hypothetical syllogism）：三段論的大前提為假設的命題，在邏輯中，假設三段論是服從下列形式的有效論證。這種論證陳述，都是在假設的基礎上，也都是基於對未來不切實際的推論上。假設第一個推論蘊含第二個推論，並且第二個推論蘊含第三個推論，則第一個推論蘊含第三個推論。

$$P \rightarrow Q$$
$$Q \rightarrow R$$
$$\therefore P \rightarrow R$$

假設三段論又分為：「條件推論」、「選擇推論」、「結合推論」、「兩難推論」等。

1. 條件推論（Conditional syllogism）：以條件命題為大前提，組成的三段論證。假如A是真的，B也是真的（If A is true then B is also true. If A then B）。例如：大前提：「神不會死」；小前提：「死亡不會復活」；結論：「假如耶穌是神，耶穌不會死，耶穌會復活」。

2. 選擇推論（Disjunctive syllogism）：以選擇命題為大前提，組成的三段論證。如果我們被告知兩個陳述中，至少有一個是真實的。如果不是前者是真的，那麼可以推斷後者是真的。例如：「這裡有兩種顏色，黃色和藍色」；「如果不是黃色，那就是藍色」。

3. 結合推論（Conjunctive syllogism）：以結合命題為大前提，組成的三段論證，主要前提是一個連帶的命題，小前提假設一個主要的命題，並且其結論提出了另一個命題。例如：「嫌犯不可能同時在臺北，又在上海」；「如果他在臺北」；「因此他不在上海」。

4. 兩難推論（Dilemma）：在選擇推論和條件推論中，聯合運用的推論方法。例如：「你結婚或不結婚都可以」；「因為，如果你結婚，則有家庭之累」；「如果你不結婚，則會一個人很孤單」；「所以，將來你有家庭之累，或是一個人很孤單」。

# 第四節 融合式推論

在前述的西方文化中，我們看到二元論的說法，這是一種二元對立（binary opposition）主張，從巴門尼德談到存在與不存在，蘇格拉底談到概念與感官經驗，柏拉圖談到理型界與感官界對立，到了亞里斯多德的邏輯論著《工具論》以邏輯奠下二元論述的基礎，影響到現代西方科學中邏輯思維。例如：我們談到了陰與陽、黑與白、男與女、肉體與精神（畢達格拉斯學派）、存在與缺乏、正確與錯誤、正論（thesis）與反論（anti-thesis），或是電腦世界的0與1的概念。哲學家也提到二元對立，如笛卡兒的精神與物質二元論（心物二元論），這些概念，和瑣羅亞斯德（Zoroaster, 653-583 BC）的拜火教談到的善與惡、光明與黑暗、上帝與魔鬼二元論，有著異曲同工之處。

但是東方文化，雖然也有對立的說法，例如：荀子所說的天與人、宋明理學談到的理與氣，或是佛教中闡釋得道的佛與未得道的凡夫，這些論點雖說是二元論，但總是看起來朦朦朧朧，相當虛玄，在理論上都是採取一種融合二元論的模式。所謂的融合模式，就是陽中帶陰、陰中帶陽，好事不十全，壞事不落底。在東方的思維中，沒有絕對的黑和白；如果一落黑白，那就太簡化世界了。

在我讀到殷海光的《思想與方法》（2013），我覺得是寫論文必備的書，我從其中獲得了邏輯辯證的好處。尤其在東方人邏輯分析上，是最弱的部分。殷海光在「導論部」將邏輯經驗論（logical empiricism）的內涵，說得很清楚，可以指導我們思辯（殷海光，2013）。雖然，邏輯經驗論還是有辯證上的弱點，也就是，看到的東西，都不一定可以說明是正確的；何況是沒有看到，沒有經驗的東西，如何證明「真」，如何證明「偽」呢？

所以，當「邏輯實證論」（logical positivism），受到挫敗的時候，殷海光的「邏輯經驗論」（logical empiricism）是可以進行闡釋的。但是，需要理解人在經驗事物的時候，所採用感官觀測來實證，這些感官看到的，是不是都是真實的呢？或是我們的經驗，是不是都帶有文化的偏頗、語言的謬誤以及認識論的偏見呢？

我指的是海森堡（Werner Heisenberg, 1901-1976）的「測不準原理」。海森堡是德國人，在1927年的索爾維會議中，他用Unschärferelation這個德文，代表「不是很敏銳的關係性」（unsharpness relationships），但是英文卻翻譯成「不確定關係」（uncertainty principle），中文被翻譯成「測不準原理」。從「不是很敏銳的關係性」（德文）到「不確定關係」（英文），再到「測不準原理」（中文），這中間對於文字和文化的詮釋，差異性有多大呢？「粒子的位置與動量不可同時被確定」，這是海森堡的原意，但是，又不見得是「測不準」！我才知道，東方文化的譁眾取寵性以及文字的浮誇性。

轉觀現實世界，有許多不可確定因素，也就是說有很多事情，都是可用模糊理論（fuzzy theory）來看，而不能單純地從是與非、黑與白的邏輯，或是布林運算邏輯（Boolean algebra）來看。在西方世界模糊理論的創造發明之下，可以和海森堡創造的不確定性原理（測不準原理）相互輝映。測不準原理和模糊理論，創造了未來電腦的人工智慧。可惜的是，現在的電腦運算，還是屬於「硬世界」（0與1的世界），和人腦的「軟世界」相當不同，電腦運算中的解釋，沒有經過人腦思辯中的融會貫通。

但是如果擺脫電腦，用人腦整理過，那也會失去「硬世界」（0與1的世界）辯證法的原汁原味。目前電腦世界的缺點，就是一分陰陽為二，非白即黑，就會有矛盾和對立產生。電腦運算充足，但是沒有用到模糊邏輯，如何取擇，但憑一心。那麼，要怎麼融合二元對立呢？是不是有一種辯證方法，可以弭平西方文化中強烈的二元對立主張呢？

德國十九世紀唯心論哲學家黑格爾（Georg Hegel, 1770-1831）提出「正、反、合」的三段式邏輯辯證（dialectic）觀念。他以康德的理論為參考根據，並影響了近代機械論科學學派的興起。三段式指的是事物發展的三段性，是由古希臘哲學家普羅克洛（Proclus Lycaeus, 412-485 AD）首先提出的，他認為萬物發展都可分為「停留」、「前進」、「回復」三個階段。黑格爾吸收了三段式的思想，認為一切發展過程都可分為三個階段，分為「對反、重複、超越」，這就是辯證法。

(一)「正論」（thesis）：在發展的起點中，最原始的架構，即為正論。

(二)「反論」（anti-thesis）：在正論之後，由於內部矛盾的發展，過渡到了對立面，即為反論。

(三)「合論」（synthesis）：在正論和反論都提出來了之後，由反論再過渡到反論的反面，是為否定的否定。經過否定的否定之後，二者進行統一，稱為合論（圖1-11）。

「正、反、合」的三段式邏輯辯證方法很好，但是在歷史上遭到了誤用。為了要了解辯證法在實務上的運用，以論述功力而言，必須要具有駕馭抽象的觀察能力。也就是說，在事物的觀察中，不能單方考慮現實生活中，那些片面的觀察事實，我們必須非常審慎的進行整體架構的思考。在此，「正論」為「反論」所否定，這是第一個否定。「反論」又為「合論」所否定。但是，否定不是「完全拋棄」，而是「部分拋棄」，是在部分肯定的基礎之上繼續發展，是集中了前兩個階段的積極成果之後的重新出發。

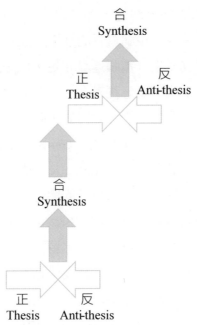

合
Synthesis

正　　　　　　反
Thesis　　　　Anti-thesis

合
Synthesis

正　　　　反
Thesis　　Anti-thesis

圖1-11 「正論」為「反論」所否定，「反論」為「合論」所否定，在推論基礎之上繼續發展螺旋式思考的「合論」。

　　這個概念，可以和「物極必反」的「第一否定」、「否極泰來」的「否定之否定」。但合論不是簡單的否定而已，也不是打回到原有的肯定狀態，而是一種更上層樓後的「提升」（promotion）、「合作」（collaboration）與「創新」（innovation）。符合《禮記·大學》：「湯之《盤銘》曰：『苟日新，日日新，又日新。』」《易經·易傳·象》中：「天行健，君子以自強不息；地勢坤，君子以厚德載物。」的積極精神。在「合論」中，將「正論」和「反論」兩個階段的菁華，在更高的基礎中進行融合（inclusion）。因此，在正反合中的合是正論和反論的綜合，是「我」與「世界」的統一、「自性」與「他性」的統一、「主觀的論述」與「客觀的論述」的融合與統一，如圖1-12的實例。

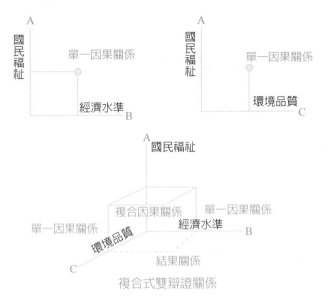

圖1-12　本書採取複合式雙辯證關係，將「正論」和「反論」兩個階段單一因果關係，在更高的基礎中進行融合（inclusion）。

## 是劍宗？還是氣宗？

### 融合式推論（Inference of inclusion）

　　2003年的秋天，我參與了桃園埤塘的鳥類調查，桃園野鳥學會和荒野保護協會桃園分會特別為了這個調查，在桃園德龍國小舉行了一場鳥類調查講習。那時我剛離開美國，在哈佛大學景觀建築研究所跟著佛爾曼（Richard Forman, 1935-）學了一年半，在德州農工大學生態系統科學暨管理研究所又學了一年半，包括亞歷桑那州立大學環境規劃研究所，前後在美國待了5年的研究所，修讀144個學分，回到臺灣後重返行政院環境保護署擔任薦任科員。我大哥臺灣大學醫學院方偉宏教授看我在家閒得發慌，不知道在臺灣要研究蜻蜓、青蛙還是水鳥。在中華野鳥學會林憲文理事長（當時的桃園鳥會理事長）的安排下調查埤塘水鳥。從臺北趁著天還沒亮，搭著清晨5點半的早班客運「遠征」到桃園，冬天寒風冷颼颼的，桃園埤塘正是最「酷寒」的時刻，隨著桃園鳥友「轉戰」757平方公里的桃園臺地，抽樣了45座埤塘，將當地的鳥類同時一筆一筆地調查並記錄出來。第一年的記錄共計有94種，15,053隻（次）。第二年，看著時機成熟，我透過和農委會

的關係，將公共電視記者送上農航機，將桃園埤塘景觀透過航照路線，用攝影機拍錄下來。2004年的2月28日，林憲文理事長告訴公共電視「我們的島」的記者王晴玲，後湖塘在放水晒坪的時候，看到許多大白鷺、蒼鷺、夜鷺、小白鷺，我開始隱約覺得，這些鳥兒和景觀生態學上的指標，絕對有關係，這種關係很難講，也許是非線性關係，我開始著手運用類神經網路（artificial neural network, ANN）進行水岸鳥的多樣性預測。

一、景觀生態學VS.島嶼生態學

　　北京大學景觀學院院長俞孔堅稱呼我的老師佛爾曼教授是「景觀生態學之父」，他的景觀生態學理論以「基質／區塊／廊道」風靡於世，其理論與麥克阿瑟（Robert MacArthur, 1930-1972）、威爾森（Edward Wilson, 1929-）發現的「島嶼生態學」（一稱「島嶼生物地理學」），並稱是應用生態學雙璧，二派相爭不下，40年來從國際期刊《Science》打到《Nature》，儘管佛爾曼和威爾森都在哈佛大學任教，兩派卻涇渭分明，措詞激烈，互不相讓。島嶼生態學的學者認為，物種和棲地的大小有關，發明了一個$S = cA^z$的公式，預測島嶼面積和物種種類的關係。但是景觀生態學者認為，物種的多寡和面積沒有關係，但是和生境條件有關。生境條件包括棲地環境、食物、氣候、風向、雨量等。就舉一個簡單的例子吧！休士頓／蓋維斯敦（2,100 km$^2$）的面積是桃園臺地（757km$^2$）的3倍，在2003年至2004年發現的鳥種數比例為320:94，這個比例也大概是3倍。但是放大尺度來看，美國德州面積是臺灣的20倍，但是鳥種數比例為606:476。看來島嶼生態學在尺度演繹（scaling up）的角度下就要破功了。

二、「氣宗」和「劍宗」論戰

　　我很喜歡讀金庸的武俠小說《笑傲江湖》，我覺得多年來「島嶼生態學」和「景觀生態學」的爭辯就像是華山派的「氣宗」和「劍宗」論戰，也像是禪宗對於旗幡飄動下「風動」與「幡動」之爭。在大自然諸多限制下，島嶼生態學有很嚴謹的數學歸納公式，像是華山派「氣宗」一派，只要按部就班，就可以寓理帥氣，用面積公式推算生物多樣性，可惜島嶼生態

學數學理論雖然嚴謹，運用招式卻經常綁手綁腳，遇到以「無招勝有招」的內功心法，經常碰壁。那麼景觀生態學派呢，武功招式林林總總，擅長以「無招勝有招」，說來說去還是「基質／區塊／廊道」，彷彿是風清揚在華山思過崖教令狐沖獨孤九劍。《笑傲江湖》第10回寫令狐沖被罰到華山思過崖面壁思過，得風清揚傳授「獨孤九劍」的至高劍法。其總訣為：「歸妹趨無妄，無妄趨同人，同人趨大有，風雷是一變，山澤是一變。」其實說來，就是源於易經的「變易」，招式變化萬千卻沒有什麼太多的「基本功」，就像是劍宗花俏，具有獨孤九劍破劍式的威力，批判震撼力十足，卻對生態預測沒有什麼幫助。

在臺灣早期的生態學者，是承襲島嶼生態學武功的，對景觀生態學批判火力感冒的很。嚴格來說，因為景觀生態學不容易學習，很多同學在佛爾曼處只學到一招半式，就已經橫闖江湖。患有帕金森症的佛爾曼在晚年收的唯一女弟子，僅有我在亞歷桑那州立大學（1992-1994）念碩士班的同學赫絲柏格（Anna Hersperger, 1963-）。赫絲柏格到了加拿大做了好多年的植群研究，在2000年拿到哈佛大學設計學院和科學暨人文學院合頒的哲學博士。然而，景觀生態學在臺灣屬於「正火」也是「挺牛」的顯學，臺灣引用島嶼生態學的學位論文較少，引用景觀生態學的論文卻比較多，大部分這些論文都沒有做過島內實證研究，多半是拼湊佛爾曼在美國及中國大陸的大尺度生態經驗。因為家學淵源，我想做鳥類和景觀生態學的關係，佛爾曼教授告訴我說：「臺灣的鳥類不能做，因為大部分是候鳥。尤其是西伯利亞發生災變，鳥類不飛到臺灣，你能認為是景觀的問題嗎？」

其實這個問題很容易解決，如果候鳥在冬天來得少，只要用大規模的調查，以統計方法來彌補樣本空間的不足，來的少不影響鳥兒來到遷徙棲地（stopover）鳥種、數量和多樣性比例分配原則。此外，經過2001年「哈佛中華民國國旗事件」，我黯然卸下中華民國哈佛學生聯誼會會長的位子離開哈佛大學，在冰天雪地的冬季，以時速130公里的飆車速度，以兩天半的時間橫越過美國東部和南部，從繁華似錦的波士頓來到南方蒼涼的休士頓，在

「天蒼蒼、野茫茫、風吹草低見牛羊」的德州（我的思過崖）落腳，思索40年來「景觀生態學派」和「島嶼生態學派」的恩怨。

　　「景觀生態學」是劍宗，「島嶼生態學」是氣宗，劍宗以應用招式為主，可以速成，以氣御劍，用招數取勝；氣宗以練內家功力為主，注重內力修為，不可以速成。同樣練10年，那一定是劍宗占上風；同樣練20年，劍宗、氣宗互有勝負，誰也別說誰贏；同樣練30年，那一定是氣宗大獲全勝。那島嶼生態學為什麼一戰即潰呢？臺灣學生喜歡讀景觀生態學，那是因為運用巧妙，而非經過臺灣島嶼實證研究。四十幾年來，「景觀生態學」和「島嶼生態學」交手多次，劍氣之爭也一直未有平息，兩派有識之士難以放下陋見，相互討教對方的長處，以達內外兼修的效果，這是我一直感到遺憾的地方。於是，我和佛爾曼學說漸行漸遠。

三、融合「劍」、「氣」之路

　　佛爾曼是劍宗一派宗師，光是寫《Landscape Ecology》及《Land Mosaics》就看過3,000篇期刊論文，要破景觀生態學難以預測的缺失，一定要學好島嶼生態學，並且做到「以量取勝」笨工夫的生態調查。在2003年至2004年的冬季，桃園縣野鳥學會的鳥友，依照國際標準野生動物調查方法，同步調查45座臺灣桃園臺地埤塘，共計發現94種、15,053隻次埤塘鳥類資料，這個一步一腳印的珍貴資料，可以做為破解景觀生態學上花招的缺失。

　　這麼多種鳥類，並不是每一種鳥類都和景觀變異性有關。我試著依照空照圖及現地觀察景觀變異的程度，篩選了24項景觀生態學指標，發現景觀變異和直線回歸的關係係數值還真小。美國德州農工大學生態暨管理學系陸國先教授告訴我說：「那是因為24項景觀生態學指標，不見得是相互獨立的，反而要小心之間的依存性。」、「看看華爾街的股票市場吧，哪些因素導致加權股票指數下跌呢？」

　　「難道是非線性的關係嗎？」我推估出最有關係的景觀因子是棲地建物、農田、埤塘大小還有形狀，這些因素和鳥類的多樣性夏儂指標值有

關。其中，島嶼生態學者關心的是「埤塘大小」；景觀生態學者關心的是「棲地建物」、「農田」還有「埤塘形狀」，我說，埤塘形狀越規整的，鳥類多樣性越高，景觀生態學者差一點眼珠子沒掉下來。經過再三思考，但還是鼓起勇氣在2005年，到國際景觀生態學會英國年會上發表，我已經預期這個說法將遭到非屬島嶼生態國家的學者圍剿。我的理由是，埤塘越規整的，面積也較大，多半是養魚池，鳥兒的多樣性自然高。

最後，我運用類神經網路倒傳遞方法，預測還沒有調查埤塘的鳥類多樣性指數。我的研究只推估水岸鳥（以鷺科為主）的多樣性，因為牠們受到棲地環境影響較大，從非線性關係的角度看，其相關係數達0.72，比線性迴歸分析相關係數要好。最後，我用預測鳥類多樣性的科學方法，劃分埤塘重要生態區位，以作為未來環境資源部規劃野生動物（含鳥類）重要棲息環境方法學的參考，相關研究第一篇國際期刊論文，在2009年發表於《Paddy and Water Environment》。

當「島嶼生態學」碰撞「景觀生態學」會迸出什麼樣的火花呢？至此，也許迷思還未能解開，但是，面對景觀生態學越來越兇悍的氣勢，我卻重拾島嶼生態學的課本，乖乖做苦工，在生態預測學的道路上繼續踽踽獨行。

參考資料

1. Fang, W.-T.*, B.-Y. Cheng, S.-S. Shih, J.-Y. Chou, and M. L. Otte. 2016. Modelling driving forces of avian diversity in a spatial configuration surrounded by farm ponds. *Paddy and Water Environment* 14(1):185-191. (SCI, 31/79, AGRONOMY). MOST 103-2119-M-003-003.

2. Fang, W.-T.*, C.-W. Huang, J.-Y. Chou, B.-Y. Cheng, and S.-S. Shih. 2015. Low carbon footprint routes for bird watching. *Sustainability* 7(3):3290-3310. (SCI, 154/216, ENVIRONMENTAL SCIENCES). MOST 103-2119-M-003-003.

3. Fang, W.-T.*, J.-Y. Chou, and S.-Y. Lu. 2014. Simple patchy-based simulators used to explore pondscape systematic dynamics. PLOS 9(1):e86888 (SCI, IF

= 3.534 MULTIDISCIPLINARY SCIENCES; 8/55) NSC 100-2628-H-003-161-MY2.

4. Fang, W.-T., H. Chu, and B. Cheng. 2009. Modelling waterbird diversity in irrigation ponds of Taoyuan, Taiwan using an artificial neural network approach. *Paddy and Water Environment* 7:209-216. (SCI, 36/78, AGRONOMY; 7/12, AGRICULTURAL ENGINEERING). NSC 98-2410-H-216-017.

## 小結

　　愛因斯坦寫給史威瑟（J. S. Switzer）的信中曾經說：「西方科學的發展，是以兩個偉大的成就為基礎。希臘哲學家發明形式邏輯體系，以及在文藝復興時期發現通過系統的實驗可能找出因果關係。」（Calaprice, 2010）愛因斯坦針對當代為何東方文化產生不了科學輝煌的成果，進行具體解釋及針砭之道，雖然在中國古代科技發展令人驚豔，但是無法產生邏輯性科學理論。我們撫昔懷今，認知到以英文進行期刊論文寫作及投稿，不是將中文翻譯成英文那麼簡單，其中在邏輯概念中，西方科學家習以為常的知識訓練，在於邏輯、幾何以及因果關係的科學嚴謹（scientific rigor）程度，是我輩等初入門的東方學者，難以望其項背的。因此，我們需要進行基本訓練，才能窺伺西方科學的堂奧。

　　愛因斯坦以假設演繹法，大膽提出實驗觀點，也是他能夠發展科學研究很重要的基礎。但是，斯諾在1959年出版《兩種文化與科學革命》（*The Two Cultures and the Scientific Revolution*）提出警告，認為科學語言和藝術創作的同等價值，不可偏廢任何一方。也就是他提出了科學是基於對現實社會的不滿，以及科學對於真理追求的「拒絕服從性」，不服從政治、權威、宗教以及群眾壓力的指導（Snow, 2013）。我們從西方哲學家和科學家自蘇格拉底以來，拋頭顱、灑熱血，以犧牲生命方式追求科學真理，在驚駭與覺醒之餘，也對西方科學在民主發軔之後，根基於健全科

學（sound science）和人性觀點並駕齊驅的理論依據，表達由衷的敬意。

## 關鍵字詞（Keywords）

| | |
|---|---|
| 溯因法（abductive methods） | 代理人基礎模型（Agent-Based Modeling） |
| 反論（anti-thesis） | 類神經網路（Artificial Neural Network） |
| 二元對立（binary opposition） | 基礎案例複雜性模型（Case-Based Complexity） |
| 共同語言（common language） | 條件推論（conditional syllogism） |
| 結合推論（conjunctive syllogism） | 解構主義（deconstructivism） |
| 演繹法（deductive methods） | 辯證（dialectic） |
| 兩難推論（dilemma） | 選擇推論（disjunctive syllogism） |
| 省略推理法（enthymeme） | 認識論（epistemology） |
| E科學模型（E-Science） | 解釋能力（explanatory power） |
| 非常科學（extraordinary science） | 女權主義（feminism） |
| 全球網路社會模型（Global Network Society） | 解釋學（hermeneutics） |
| 假說（hypothesis） | 假設三段論（hypothetical syllogism） |
| 假說演繹推理（hypothetico-deductive reasoning） | 歸納法（inductive methods） |
| 融合式推論（Inference of inclusion） | 交叉性模型（Intersectionality） |
| 邏輯推理（logical reasoning） | 邏輯思維（logic thought） |

| | |
|---|---|
| 數學邏輯（mathematical logic） | 多層級複雜系統（Multi-level Complex Systems） |
| 自然語言（natural language） | 虛無主義（nihilism） |
| 奧坎剃刀（Occam's razor） | 本體論（ontology） |
| 典範轉移（paradigm shift） | 物理論（physicalism） |
| 複合三段論（polysyllogism） | 實證主義（positivism） |
| 後實證主義（post-positivism） | 實踐的三段論法（practical syllogism） |
| 理性思維（rational thought） | 化約論（reductionism） |
| 化約（reduction） | 相對主義（relativism） |
| 多元代理人系統（Robotics/Multi-Agent Modeling） | 尺度演繹（scaling up） |
| 連鎖三段論（sorites） | 主觀主義（subjectivism） |
| 合論（synthesis） | 邏輯系統（systems of logic） |
| 研究感（the sense of research） | 不確定關係（uncertainty principle） |
| 科學統一（unity of science） | 普遍懷疑（universal skepticism） |
| 正論（thesis） | 視覺複雜性模型（Visual Complexity） |
| 邏輯實證論（logical positivism） | |

Wrong cannot afford defeat but Right can.

錯誤經不起失敗，但是真理卻不怕失敗。

—— 泰戈爾《飛鳥集》

*Stray Birds* by Rabindranath Tagore, 1861-1941

## 學習焦點

　　科學研究是在探討大自然中有機或無機的事物和現象的學問。人類透過觀察和實驗的方法獲得大自然和人類社會中的資料，再經由邏輯推理、數學歸納而提出科學假說，然後經由觀察實驗和調查評估來證明所得結果，以發展科學理論。在古希臘亞里斯多德時代，「自然哲學」（natural philosophy）包含了自然科學和社會科學的方法。亞里斯多德的研究，包含了文學、美學、倫理學、政治學、物理學、數學以及哲學的研究。西方科學家在邏輯理論研究中，進行了演繹科學的推論、經驗科學的推論以及哲學方法的推論。

　　到了16世紀末葉，伽利略（Galileo Galilei, 1564-1642）是第一位將實驗方法引入自然科學的科學家，他以思想實驗（thought experiment），改變亞里斯多德「重物落得比較快」的物理學推理。在研究中，科學家企圖操弄變數，並觀察實驗反應。實驗控制（control experiment）是在實驗中設置實驗組和對照組的一種科學方法，其目的是為藉由對照組與進行實驗的實驗組進行對照，減少

實驗中不確定的變數帶來的影響。在此，因果關係研究是量化實驗研究的核心內容。

　　相對於現實環境下自然產生的數據而言，實驗數據是在事前已經盡可能控制了各種干擾因素，實驗研究方法成爲自然科學研究和社會科學研究的核心方法。實驗研究是要了解控制變因下的因果關係，以顯示出實驗差異的可信度。上述領域國際頂尖學術期刊，都會定期發表一些運用實驗技術完成的研究成果。

# 第一節　科學研究範疇

　　我們在第一章中，談到科學研究採多種不同的方式，進行定義和組成。例如，柯立博認爲：「研究的定義包括任何數據、資訊和事實的搜集，以促進知識的發展。」克列斯威爾指出：「研究是用於搜集和分析資訊，以增加我們對主題或問題的理解步驟，研究包括三個步驟：提出問題、搜集數據以回答問題，並提出問題的答案。」從上述的論述中，我們很清地了解到說明一篇通順的科學研究成果，作者可以回答自己所提出的假設，具有知識上的基本貢獻，觀察到新的科學現象，同時對於觀察到的現象，提出更爲科學邏輯的解釋，以及在方法學或理論上對於研究領域有所貢獻。這些都是在研究結構上探討的期刊發表議題，本節以科學研究的分類、科學期刊回顧以及研究的步驟過程，說明科學研究的範疇和定義。

## 一、科學研究的分類

　　西方科學源起於古希臘，「科學之父」泰勒斯（Thales of Miletus, 624-546 BC）精於自然科學和天文學，曾經估算太陽及月球的大小，並且將一年的長度修定爲365日。泰勒斯首創理性主義精神，他的後繼者亞里斯多德宣稱泰勒斯的「自然哲學」（natural philosophy）是「研究眞實宇宙原因的科學」。亞里斯多德進行了物理學、生物學、動物學、邏輯學

以及形而上學的研究。不過，他所使用的科學一詞涵義，和現代所謂的科學方法並不相同，事實上包含了自然科學和社會科學的方法。亞里斯多德認為，所有的科學推理，要不然是實際性的；不然就是可以想像的或是理論性的。亞里斯多德的科學，包含了倫理學、政治學、文學、美學、物理學、數學以及哲學的研究。

到了十六世紀末葉，伽利略（Galileo Galilei, 1564-1642）是第一位將實驗方法引入自然科學的科學家，在此之前的科學家，只透過觀察進行研究。因此，愛因斯坦稱呼伽利略為「現代科學之父」。伽利略在《試金者》（Il saggiatore）中，認為：「哲學是採用數學作為語言寫成的。」為了進行試驗，他為長度與時間制定數學標準，以便在實驗室所做的研究可以複製，為歸納法提供了基礎。

自然科學在十七世紀受到啟蒙運動及科學革命的啟發，在二十世紀產生了天文學、物理學、化學、數學、地球科學、生物學、生態學、工程學、應用科學、分子生物學等不同學科。在自然科學的研究中，依據不同領域、不同範圍、不同層次的事物和現象的性質，具有其規律。因此，自然科學研究的對象是自然界的事物和現象。

社會科學在十八世紀後才興起的學科，1930年出版的《社會科學百科全書》（*Encyclopaedia of the Social Sciences*），內容包含：哲學、社會學、人類學、經濟學、政治學、犯罪學、生物學、地理學、醫學、教育學、心理學、語言學、倫理學、藝術、社會工作學及法律學等。1968年出版的《雲五社會科學大辭典》，內容包括：社會學、統計學、政治學、國際關係、經濟學、法律學、行政學、教育學、心理學、人類學、地理學、歷史學。社會科學採用科學的方法，研究人類社會的種種現象，廣義的「社會科學」，是人文學科和社會科學的統稱。

科學研究包含了自然科學和社會科學的研究，基本科學技能之養成，以觀察、分類、測量、調查、實驗、計算、推理、預測進行研究。在撰寫科學研究論文時，需要先擬定實驗研究方向以及界定假設，以求預期結果。也就是先要撰寫結果及討論（Results and Discussion），此一方式有

別於其他著重於文獻回顧的論文。科學型態的期刊論文，著重於實驗設計、實驗操作、調查分析以及模擬應用。因此，在實驗研究設計的初期，應了解這個研究是要進行理論研究，還是進行實證研究？研究目標是什麼？是要產生新知識？還是要加深對於研究主題或問題的理解？是要進行翻案文章？純粹進行論文回顧（paper reviews）？還是要搜集數據，進行資料分析？我們分析期刊論文，在分類上可以區分為下列研究方式，如圖2-1。

(一)邏輯理論研究（Logical theoretical research）

(二)量化實驗研究（Quantitative, experimental research）

(三)量化調查研究（Quantitative, survey research）

(四)質化觀察研究（Qualitative, observational research）

圖2-1　期刊論文在分類上可以區分為四種研究方式。

## 二、科學期刊回顧

　　談到研究，我們不免會提到期刊論文的發表。西方科學期刊的發軔，源起於十七世紀的英國。西元1665年3月6日，由皇家學會的第一任祕書奧爾登伯格（Henry Oldenburg）擔任世界上第一本期刊《皇家學會

哲學通訊》（*Philosophical Transactions of the Royal Society*）的編輯。
《皇家學會哲學通訊》英文標題中的詞語「哲學」（philosophical），
源自於「自然哲學」（natural philosophy），也就是現在所說的科學
（science）。

　　《皇家學會哲學通訊》，也有中文翻譯為《自然科學會報》。出版者
皇家學會成立於1660年，最初由12名科學家組成，其中知名的成員有波
以耳（Robert Boyle, 1627-1691）、虎克（Robert Hooke, 1635-1703）等
人，他們探討培根1659年在倫敦出版的《新亞特蘭提斯》中所提出的新
科學，培根在書中講述一個追求新科技的烏托邦社會，主張提倡重視採用
設備和儀器進行實驗和觀察，並且鼓勵成立國家贊助的科學研究院。波以
耳強調，因為設計空氣幫浦設備所費不貲，應該要由國家來支持，當時虎
克擔任波以耳的實驗助手，進行了氣體的壓力和體積的研究，後來以波以
耳之名提出了波以耳定律。

　　在1660年英王查理二世（Charles II, 1630-1685）復辟之後，1660
年11月28日，在格雷沙姆學院（Gresham College）12人委員會宣布成立
一個組織；1662年，英王查理二世簽署了皇家特許狀成立「倫敦皇家學
會」，在1663年簽署了第二道皇家特許狀，指明國王為成立人，並授與
正式名稱為「倫敦皇家自然知識促進學會」（the Royal Society of London
for the Improvement of Natural Knowledge），虎克被指定為學會實驗的
負責人。虎克在1665年出版《微物圖解》（*Micrographia*），詳細描述他
透過顯微鏡所看到的植物樹皮薄片組成，他覺得這些細微形狀，類似神職
教士所住的單人房間，所以他使用單人房間的「cell」一詞，命名植物細
胞為「cellua」，也就是我們現在所稱呼的「細胞」。

　　當時科學家野心勃勃，也沒有動物倫理的觀念。虎克在1664年曾做
關於狗的實驗，讓人起雞皮疙瘩，當然這隻狗最後也死了。虎克說：「實
驗對象是一隻狗。我切開牠的身體，並切斷所有肋骨。然後，用一對風箱
做成空氣幫浦，讓狗的肺充滿空氣後，再將空氣排出。只要我持續這麼做
時，狗就一直還活著。該實驗設計的目的是為了研究自然呼吸的機制，但

是幾乎不想再做任何類似的實驗，因爲這對動物來講實在是種折磨。」

《皇家學會哲學通訊》在1665年創刊時，是全世界第一本科學期刊，比1731年，英國人凱夫（Edward Cave）所出版的通俗性刊物《紳士雜誌》（*Gentleman's Magazine*）還要早。當時，出版期刊論文是備受爭議的事情，科學家認爲要將新發現的研究成果，撰寫成文字的做法，認爲是不可思議，而且是荒謬的工作。但是《皇家學會哲學通訊》在創刊之後，刊登過重量級科學家牛頓、法拉第、達爾文等人的期刊文章。《皇家學會哲學通訊》到目前持續出版中，成爲全世界經營時間最久的科學期刊。

1672年《皇家學會哲學通訊》收錄了牛頓（Isaac Newton, 1643-1727）的第一篇論文〈光和顏色的新理論〉（New Theory about Light and Colours），這一篇論文是牛頓科學生涯的開始，並且讓虎克和牛頓結下了梁子。這時，虎克注意到牛頓的研究，他看到牛頓的期刊文章發表時，非常不高興。

話說，亞里斯多德相信空間瀰漫著一種名叫「以太」的東西，虎克認爲光是由以太振動而產生的；牛頓則認爲白光是由彩虹七色構成。因此，在論文第一段就寫上虎克的論點和名字進行批判。當虎克稱牛頓的光學理論爲「假設」時，牛頓非常生氣，因爲他認爲自己在微積分學、光學和重力定律中的論述是眞理，而不是假設。後來牛頓發表萬有引力理論，他因爲已經閱讀過笛卡兒、伽利略、哥白尼、克卜勒等學說，宣稱自己「不進行任何假設」，因爲萬有引力的理論已經被他的數學式自證。

牛頓在1676年駁斥虎克的一封信，他提到笛卡兒的實驗使用玻璃球製造人工彩虹，從而以玻璃稜鏡將太陽光散射成彩虹的科學考量（philosophical consideration）。牛頓認爲薄膜（thin plates）的折射和透射現象，雖然可以用光的「波動理論」來解釋，但是自己的「微粒理論」才能更好地解釋光學繞射現象。牛頓給虎克的信上寫著：「如果我比別人看得更進一步，那是因爲我站在巨人的肩上。」（If I have been able to see further, it was only because I stood on the shoulders of giants），他指

的巨人是笛卡兒。但是，到了二十世紀的量子力學，科學家認爲光有「波動」和「微粒」二重性，稱爲「波粒二象性」。但是，量子力學理論中的「微粒」光子與牛頓理論中的「微粒」差別已經很大。

西元1869年，洛克耶（Joseph Lockyer, 1836-1920）爵士在英國創辦了《自然》（Nature）期刊，洛克耶是一位天文學家和氦的發現者之一，他並且擔任《自然》的第一位主編。《自然》收錄過1935年諾貝爾物理學獎查兌克（James Chadwick, 1891-1974）的中子發現、1937年諾貝爾物理學獎得主戴維森（Clinton Davisson，1881-1958）和革末（Lester Germer, 1896-1971）物質的「波粒二象性」量子力學實驗，以及1962年諾貝爾生理學獎華生（James Watson, 1928-）和威爾金斯（Maurice Wilkins, 1916-2004）DNA的雙螺旋結構發現等重要的文章。

西元1880年，紐約新聞記者邁可斯（John Michels）創立了《科學》（Science）期刊，先後得到了愛迪生（Thomas Edison, 1847-1931）和貝爾（Alexander G. Bell，1847-1922）的資助，但還是因爲經費拮据，在1882年宣布停刊。後來昆蟲學家塞繆爾・斯卡德（Samuel Hubbard Scudder, 1837-1911）協助復刊，到了1894年《科學》重新陷入財政危機之後，以500美元的價格轉賣給心理學家卡特爾（James Cattell, 1860-1944）。在1900年，卡特爾和美國科學促進會達成協議，《科學》成爲美國科學促進會的期刊。《科學》收錄過1933年諾貝爾生理醫學獎得主摩根（Thomas Morgan, 1866-1945）的果蠅遺傳、愛因斯坦的引力透鏡以及哈伯（Edwin Hubble, 1889-1953）的螺旋星系等重要文章。

三百多年以來，許多重要的科學發現發表於上述的科學期刊（scientific journal）中。所謂的科學期刊，包含了定量研究型自然科學期刊以及社會科學期刊。科學期刊後來擴展收錄論文的範圍，演變成學術期刊（academic journal），是一種發表要經過同儕評審（peer review）的科學研究論文的定期出版刊物，包括了定量研究型自然科學期刊、定量研究型社會科學期刊、人文科學期刊以及定性研究型的社會科學期刊。

學術期刊是學術研究者爲了要了解同儕研究進度重要的渠道，著名的

科學期刊往往具有在全世界科學發現舉足輕重的影響力，往往影響科學研究的方向和科學研究資金的投入。因為學術期刊，是一種經過同儕評審的期刊，在經過評審修正之後，展示了研究領域的成果，並起到了公開發表的作用，期刊文章的內容，主要以原創研究（original research）、學術評論（review article）、書評（book review）等形式的文章為主。在研究類型上，可以區分為下列研究：

(一)探索研究（Exploratory research）：有助於識別和定義一個問題或數個問題。其目的在協助釐清問題的核心，並依據研究結果發展更為具體的研究問題及假設，以供後續之正式研究中，驗證其真偽。

(二)建構研究（Constructive research）：測試理論和提出解決問題或是提出問題的解決方案。

(三)實證研究（Empirical research）：使用經驗證據，來測試解決方案的可行性。可以分為單一時間點上進行的橫斷面研究（cross-sectional studies）以及一段時間內進行多次調查的縱斷面研究（longitudinal studies）。

## 牛頓和萊布尼茲的「瑜亮情結」

### 十七世紀的上帝思想

十七世紀是西方國家在神學和科學的交會世紀。十七世紀之後，神學思想逐漸被科學思維的洪流所侵蝕。西方學者談到十七世紀，多半會批判笛卡兒二元論的理性思維以及牛頓的機械論。但是機械論的宇宙觀，是波以耳提的，卻不是牛頓提的。牛頓信仰上帝，相信一個理性的主觀世界（immanent world），反對將宇宙解釋為一部純粹的機器，譬如一座大鐘。他說：「重力解釋了行星的運動，但卻不能解釋誰讓行星運動起來的。上帝統治萬物，知曉所有做過和能做的事。」因此，牛頓認為完美且注定中的宇宙，必須有規律地運行；由於不穩定性的累積和緩慢增長，必須有神的不斷干預來改良宇宙這個系統。

萊布尼茲（Gottfried Leibniz, 1646-1716）同樣信仰上帝，對於宗教的主張，和牛頓不同。他在1710年的《神義論：關於上帝美善、人類自由和罪惡起源》的論文中認為，上帝創造了「眾多可能的世界之中最好的一個」，但是上帝現在已經完全地從世界事務中隱退，如果像是牛頓說的，上帝需要干涉人世間，只會證明上帝作品中的瑕疵，這對完美且全能的造物主來說，是一件非常諷刺的事。萊布尼茲諷刺牛頓說：「神必須時不時地給祂造的鐘上發條，否則這個鐘就會停擺。看起來，祂沒有能力讓這個鐘永遠運行。」

　　萊布尼茲雖然對於牛頓神學的觀念不認同，但是對於他的數學評價非常高。1701年柏林宮廷宴會上，普魯士國王腓特烈詢問萊布尼茲對牛頓的看法，萊布尼茲說：「在從世界開始到牛頓生活的時代的全部數學中，牛頓所做的工作超過了一半。」

## 三、研究的步驟過程

　　研究過程通常從廣泛的興趣領域開始，研究者希望研究最初的問題，因此，大多數研究具有相同的結構，稱為沙漏模型（hourglass model）。沙漏模型上面膨大，中間狹窄，下方膨大。在研究沙漏中的最窄點，正是研究者最有興趣直接測量或是觀察的關鍵問題，以及研究者為了鑽研、理解問題，在試圖解決問題時，所形成的研究方法（Lierman and Elliot, 2011；吳鄭重，2016），如圖2-2。

　　一般研究先從搜集研究範圍開始，廣泛進行資料搜集，但是研究者必須將問題縮小，等到可以合理研究為止。一旦搜集了基本數據，研究者需要開始嘗試理解數據的意義，並且以各種方式進行分析。即使對於單一假設，也有研究人員盡可能嘗試不同方法的分析。研究者通過這些可能的研究方法，集中在所需要的研究資訊，並且開始建構初步結論。最後，研究者嘗試解決更為廣泛的問題，通常會從這個特定研究的結果，推廣到其他類似的主題，並且以更為廣納的形式，繼續擴展研究。因此，研究進行的

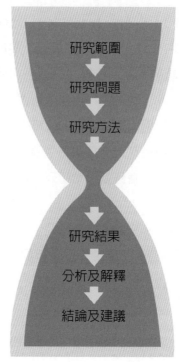

圖2-2　大多數研究具有相同的結構，稱為沙漏模型（Lierman, and Elliot, 2011）。

主要步驟是：

(一)確定研究問題（Identification of research problems & issues）

(二)文獻回顧（Literature review）

(三)確認研究的目的（Specifying the purpose of research）

(四)確定具體的研究問題（Determining specific research questions）

(五)規範研究的架構概念，並形成一組假設（Specification of a conceptual framework to define a set of hypotheses）

(六)選擇研究方法，進行資料搜集（Selecting a methodology for data collection）

(七)資料搜集（Data collection）

(八)驗證資料（Verifying data）

(九)分析和解釋資料（Analyzing and interpreting the data）

(十)撰寫報告和評估研究（Reporting and evaluating research）

㈥進行研究結果溝通，並採取可能的建議（Communicating the research findings and writing recommendations）

　　論文研究的步驟代表整個期程，然而應該是一種不斷變化的迭代過程，而不是一套固定的步驟。期刊論文主要有兩種實證研究設計類型：質性研究（qualitative research）和量化研究（quantitative research）。研究者根據想要研究主題的性質以及想要回答的研究問題，選擇定性或定量方法。一般來說，量化研究被理解為遵循一定的結構過程。大多數研究開始於對問題的陳述，也就是要說明參與研究的目的。在文獻回顧中，確定了前人研究中的缺陷或漏洞，以提供研究者進行研究的正當理由（justification）。通常，在確定研究問題之前，應進行設定主題領域的文獻綜合描述。由研究者確定目前文獻中的研究差距，然後產生研究的問題。研究問題盡可能和假設相似，以利搜集資料數據，進行假設測試。研究者通過各種統計方法分析和解釋數據，進行所謂的量化實證型研究。之後撰寫研究論文，並且評估在確認或未能拒絕虛無假設（null hypothesis）的數據分析之下的結果。最後，研究者可以討論進一步研究的未來方向。

　　然而，政治學者拉梅爾（Rudolph Rummel, 1932-2014）曾說：「研究人員不應該接受任何一個或兩個測試作為定義，只有當一系列測試在許多種類的數據，研究人員和方法上是一致的，才能對結果有信心。」在拉梅爾建構的理論中，他不斷加入各種新的資料加以測試，進行參考文獻和資料上的分析。為了強化研究結果，較為謹慎的研究人員主張採用翻轉方法（flip approach）進行闡釋。首先闡述研究結果的發現，藉以推導造成研究結果的原因。這種翻轉方法，是藉由研究交換性質（transactional nature）進行證明，其中研究調查、研究問題、研究方法、相關研究文獻等，在研究結果完全出現和解釋之前，都是未知的。因此，要等研究結果產生了之後，並且不斷的進行驗證，等到結果穩定之後，才進行文獻回顧，檢視發現的結果和現存文獻的關係，這也是一般定性研究所採用的步驟。

# 人類研究的限制

人類在進行科學研究時，需要進行觀察、分類、調查、測量、實驗，符合奧地利學者馬赫（Ernst Mach, 1838-1916）所稱的現象論（phenomenalism）。他認為，感官所知覺或經驗到的現象，就是唯一的真實，科學應植基於感官經驗上。科學概念（scientific concepts）正是所有感官經驗的摘要結果。

但是在心理學界，完形心理學家（Gestalt Psychologists）無法接受馬赫的觀點，因為他們發現到了人類的感官容易受到欺騙。人類自身需要認知自我的限制，同時需要確認人類可以觀測到自然的程度和能力。因為，人類所知道的一切認知，基於人類本身對於自然界的觀察，但是人類的觀察能力有其極限。也就是說，因為人類感官的限制，一個事物不存在人類的觀察與認知中，並不能代表它不存在。人類無論如何，也有無法親身了解及親自觀察事物中，全部存在的事物本質。

這要怎麼解釋呢？這要從人類的五感（視覺、聽覺、觸覺、嗅覺、味覺）的限制說起。

科學家認為，人類在六萬年前離開非洲時，為了在大自然中生存，強化了視覺能力，但是嗅覺能力相對降低了。但是即使人類視覺能力改善，人類在大自然中，視覺和聽覺依然有人類在生物構造上的限制。例如，人類視網膜上的視錐細胞僅能感知到可見光的波長範圍介於38奈米（$38 \times 10^{-9}$ m）與78奈米（$78 \times 10^{-9}$ m）之間，超出此範圍的紫外線和紅外線電磁波就很難被人類感知；此外，人類聽覺所能感受到的振動頻率範圍為20-20,000赫茲（Hertz），超過或低於這個振動頻率人類就感知不到。也就是說，人類本身感官上的存在，限制了人類的認知界限。

在科技日新月異之下，人類為了要觀察電子的運動，科學家發明了科學儀器，觀察電子運動的軌跡。但是，二十世紀物理學家海森堡卻提到了不確定性原理，不確定性原理的重要結論，就是在某一時刻，我們不能確定電子

在軌域上的確切位置，我們只能給出電子在某一位置出現的機率。

　　量子理論顯示了基本粒子其實只有統計狀態，只能用機率分配來代表，只是一種潛在軌跡或歷程，並不是任何實在的物質。海森堡說：「你大可以認為，電子的軌域並不一定是真正的軌域。實際上，在每一時刻電子總有一個屬性是我們無法確定的，要嘛是動量，要嘛是它的位置，這是不確定關係得出的結論。只有接受了這種理念，我們才可能描述電子的軌域是什麼，而它的確是這樣的。」

## 第二節　邏輯理論研究

　　我們在第一章談到理論，又稱為學說或是學說理論，係指人類對自然、社會現象，依據既有的實證知識、經驗、事實、法則、認知以及經過驗證的假說，經由綜合化與演繹推理方法，進行合乎邏輯的推論性總結。

　　任何科學理論的產生，源自對自然現象和社會現象的觀察。孔恩從科學史的研究中發現，預測與觀察都是受到理論指引的，是理論系統的一部分，根本沒有所謂獨立於理論的觀察。因此，人類藉由觀察實際存在的現象或邏輯推論，而得到某種學說。任何學說在沒有經過社會實踐或科學試驗證明以前，只能屬於公理假設（assumption of axiom）。如果假設能藉由大量可重複的觀察與實驗而證明，這項假說就可被稱為科學理論。

　　邏輯理論研究（Logical theoretical research）是從一組初始的公理假設中，正式推導邏輯結果。如果公理（axiom）是真實的，在邏輯規則上是正確的，結果也是真實的。這種研究模式採用於正規科學，如數學和電腦科學。邏輯實證論（logical positivism）關注於現實世界的實證研究；但是邏輯理論研究不會採用實證方法證明理論正確。

## 一、理論假設（Theoretical assumption）

　　命題（proposition）是理論的基本元素，在命題中，採取敘述句的語

句，進行公理假設（assumption of axiom）。在命題中，公理假設和統計假設（statistical hypothesis）不同，統計學的假設是等待檢定的命題。但是公理假設是藉由邏輯假設進行推導，形成合理性的邏輯結論。

## 二、邏輯假設（Logic assumption）

邏輯假設是針對理論假設進行有效推理（valid reasoning）的過程，而這些推理程序只是依據命題的形式進行推理，但不涉及理論的內容。在標準邏輯中，只能表達某個事物為真，或是某個事物為假。但是預設邏輯（default logic）可以表達像「預設某個事物是真的」。例如：我們假設「天鵝是白色的」。這個規則可以在標準邏輯中，表達所有的「所有天鵝都是白色的」，但是，這和黑天鵝的事實相矛盾；要麼「除了黑天鵝之外，所有天鵝都是白色的」，這要求規則指定出所有的例外。

預設邏輯致力於形式化像這樣的推理規則，而不需要明確提及所有的例外。這些例外，需要進行證誤。在預設規則中，「天鵝是白色的」被下列預設所形式化：$D = \left( \dfrac{Swan(x) : White(x)}{White(x)} \right)$

這個規則意味著，如果我們看見一隻天鵝，可以假定牠是白色的，則我們得出結論牠是白天鵝。根據論據黑天鵝與已知相矛盾。從這個背景理論和這個預設，我們不能得出結論天鵝也有黑的，因為預設規則只允許從天鵝中推出白色的假設，但不能反過來。從推論規則的結論，推出前提，是結論的一種解釋形式，這是本書前一章所說的「溯因推理」的目標。以下我們以邏輯形式和邏輯符號進行說明。

### (一)邏輯形式

十八世紀數學家萊布尼茲（Gottfried Leibniz, 1646-1716）採用先驗定義，而不是實驗證據來推導，以得到結論。對萊布尼茲來說，知識的真正性質就是思考（thought）。他認為世界是整體性的，所以在因果邏輯上，如果A作用於B，其實A不單單是作用於B而已，事實上是作用於全世界，這是一種唯心論，而且是相當抽象的概念。但是在解釋中，萊布尼茲

卻是以符號邏輯嚴謹的概念，闡釋「精煉我們推理的唯一方式是使它們如同數學一樣切實」。他採用合取、析取、否定、同一、包含以及空集的模型，說明了現代邏輯的主要觀念，如表2-1。

1. 合取（logical conjunction）：邏輯學中的A∧B；集合論中的交集。在邏輯和數學中，邏輯合取或邏輯與或且是一個二元邏輯運算符號。如果其兩個變量的真值都為「真」，其結果為「真」；否則其結果為「假」。

2. 析取（logical disjunction）：邏輯學中的A∨B；集合論中的聯集。在邏輯和數學概念中的一個二元邏輯運算符號。如果其兩個變量中有一個真值為「真」，其結果為「真」；兩個變量同時為假，其結果為「假」。

3. 否定（logical negation）：邏輯學中的非，是布林邏輯（boolean logic）中一種一元運算。它的運算結果是將運算元的真值反相。~A即在A的條件下，結論不成立。

   例如，邏輯陳述a和它的否定¬a不能都同時為真。

   $a∧(¬a) = FALSE$

   例如，相似於集合論，斷言子集$A$和它的補集$A^c$有空交集。

   $A∩(A^c) = ∅$

   例如，如果A代表命題「今天星期一」，則~A代表命題「今天不是星期一，或「今天是星期二、三、四、五、六、日」。

4. 同一（identity）：一個事物和它自身之間成立的關係。就是說同一的程式語言是「等於」（=），使得對於所有A和B，A = B為真。

5. 包含（subset）：為某個集合中一部分的集合，亦稱為子集或部分集合。

   若A和B為集合，且A的所有元素都是B的元素，則有：

   A是B的子集（或稱包含於B）；

   A ⊆ B

6. 空集（empty set）：空集是不含任何元素的集合，數學符號為∅
或{ }對任意集合A，空集是A的子集；∀A: ∅ ⊆ A

表2-1　現代邏輯的主要觀念

| 中文名稱 | 合取 | 析取 | 否定 | 同一 | 包含 |
|---|---|---|---|---|---|
| 英文名稱 | logical conjunction | logical disjunction | logical negation | identity | subset |
| 邏輯學 | $A \wedge B$ | $A \vee B$ | $\overline{A}$<br>$\sim A$<br>$\neg A$<br>NOT $A$<br>$!A$ | $A = B$ | $A \subseteq B$ |
| 集合論 | 交集 | 聯集 | 非 | 同一 | 子集 |
| 程式語言 | &, and | \|\|, or | ¬ | = | ⊆ |
| 圖型 | $A$　$B$ | $A$　$B$ | $A$　$B$ | $A$　　$B$ | B<br>A |

## 布林邏輯

### 協助教學資源中微控制器技術

　　在萊布尼茲創造發明形式邏輯之後，英格蘭數學家布爾（George Boole, 1815-1864），進行數理邏輯學的推導。布爾在1847年出版的一個小冊子《邏輯的數學分析》中導入了代數邏輯系統，形成了布林邏輯（boolean logic），後來布爾成為愛爾蘭科克市的皇后學院（今科克大學）的數學教授，教授代數邏輯、微分方程式以及差分方程式。1864年，布爾冒著大雨步行三公里到學校為學生講課，後來得到重感冒，還發高燒。布爾的妻子瑪麗‧埃佛勒斯（Mary Everest Boole, 1832-1916）也是著名的數學家（瑪麗‧埃佛勒斯著有《代數之哲學與樂趣》、《如何培養孩子走向科學》），在慌亂之中，竟然相信傳統療法中的「以同治同、以毒攻毒」原理

進行施救，而不是以理性邏輯進行思考，於是用桶子裝滿水澆淋到布爾的身上，結果濕氣進一步加重了他的病情。1864年12月8日，布爾死於肺部積水，得年49歲。

布爾的代數邏輯系統，後來由皮爾斯（Charles Peirce, 1839-1914）發展邏輯運算中的電路符號，到了二十一世紀，泰倫特（Philip Tallents）採用電路符號開發控制系統的設計，創辦PicoKit，協助教學資源中微控制器技術，PicoKit以邏輯門（logic gates）用於處理輸入，以產生輸出結果。圖2-3顯示了左側的7個邏輯門以及右側4種組合。通過電路串聯原理，增加更多的輸入，以控制開關。PicoKit的套件設計使用邏輯門為輸入開關，以確定下一步序列的輸出：

**A AND B**                  >> About Turn (Left)

**NOT A AND B**         >> Turn Right

**NOT B AND A**         >> Turn Left

**A NAND B**             >> Walk Forward

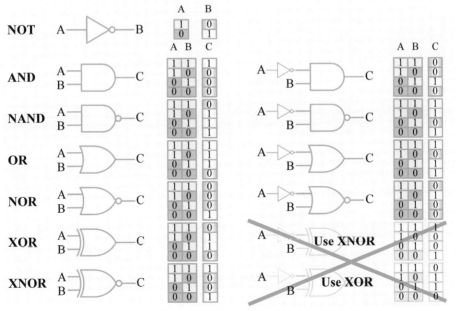

圖2-3　在2012年版的PicoKit從7個邏輯門中產生4種組合（衍生自：Bird, 2007）。

## ㈡邏輯符號（Logic signals）

十九世紀末，皮爾斯（Charles Peirce, 1839-1914）發展邏輯運算中的符號學，他認為符號學是為了建立正式的符號理論，以邏輯的方法去定義符號，皮爾斯的符號系統則有三種元素：

1. 表徵（representament）：符號表現的形式。
2. 客體（object）：符號指涉之對象。
3. 詮釋（interpretant）：從符號中所能理解的意義。

符號系統正是三者之間的互動。皮爾斯認為，人只能透過符號認識現實，所以符號的「真確性」（modality）相當重要。在模式之中，以象徵的（symbolic）境界真確性最低，因為它與現實之間的關係最模糊。但是，符號結構上只能表達部分真相，如有符號能完整表達真相，則符號自身便可以自行詮釋意義。圖2-4中的三角形可以表達三者的關係，留意當中客體與表徵的連線是虛線，因為兩者未必有關聯。

圖2-4　符號系統是表徵、客體以及詮釋之間的互動。

## 三、理論建構（Theortical framwork）

學術發展的一個重要的關鍵是「理論建構」。科學知識的學習，常常會淪於瑣碎，因此在研究時需要提出一套整體的說法，讓學術論述的過程中有邏輯的一致性。所有存在的理論，都是為了解答現存現象，藉由系統整合，拓展我們對於世界的理解而努力。

簡單地說，「理論建構」需要通過邏輯的辯證，讓命題和命題之間產生串結，藉以描述現狀、解釋因果，並且可以預測未來。在理論建構中，需要透過邏輯機制的成立，降低謬誤（fallacy）、偏誤（offset）、偏見（bias）的可能性。有關謬誤（fallacy）的論述，請參閱附錄一：論文中常見邏輯推理的謬誤。

　　波普爾認為，「可否證的命題」才是科學命題；「無法否證的命題」，則不是科學命題。在理論中，以否證「謬誤、偏誤、偏見」的命題，形成理論上初始的假說。在推導過程中，命題和命題之間形成假說，並且透過與內在或外在環境交互作用測試假設，排除錯誤的假設；最後，留下來的有用假設和認知的客體，形成一種函數關係（詹志禹、吳璧純，1992）。

　　因此，在期刊論文寫作中，最難的就是建構理論，尤其是在實驗無法進行的狀態之下，如何進行邏輯推導，產生演繹性的科學理論，產生一種函數關係？其次，如何通過經驗法則，通過閱讀大量的期刊文獻，產生歸納性的經驗科學？再者，如何通過哲學思維，運用邏輯方法，增長我們在本體論、知識論以及倫理學的見識？這些都是理論建構時，需要考慮的議題。所以，我們在邏輯理論研究（logical theoretical research）這一節中，談到研究的三種方式：

　　㈠演繹科學的推論
　　㈡經驗科學的推論
　　㈢哲學方法的推論

　　江宜樺、林建甫、林國明（2004）認為理論是：「代表看世界的獨特觀點，它是主觀的。」「獨特的分析洞見是主觀的，但嚴謹的推理與驗證則是客觀的，它才是說服力的基礎。社會科學與自然科學一樣，不排除理論在建構過程中的主觀性，但重要是有嚴謹的論證與檢驗」。

　　科學家在檢視「知識」的觀點時，會尋找一種解釋，將片段的知識進行整合，並且以邏輯推演、經驗法則、實驗驗證的方式，將知識進行系統整合（圖2-5）。如果知識可以分成二大部分：邏輯的和實證的；那麼，

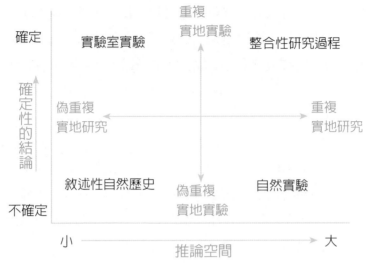

圖2-5　確定性的結論和推論空間的大小，需要靠整合性研究過程。

從演繹科學的推論中，有些理論從嚴謹的推理中求得，或是從另外一個已經存在的理論中演繹而來。從經驗科學的推論中，有些理論經由經驗觀察、實驗歸納的方式產生出來，可以達到確定性的結論，但是可以推論的空間很小。科學方法的推論，在解決人類存在的本體論。此外，這些理論是否「有效」、「正確」，是否趨近於「事實」，是否富有解釋力？需要以自然實驗的方法進行，但是雖然可以進行尺度演繹的（scaling up），但是卻很難找到確定性的結論。因此，在推論之外，理論是否可以放諸四海而皆準，這是理論建構（theortical framwork）在整合性研究過程中，需要關切的議題。

## 第三節　量化實驗研究

　　談完了邏輯理論研究，我必須承認理論研究非常困難。主要邏輯實證論（logical positivism）在假設世界中的經驗，不應該因人而異，應該可以在不同主體之間互相傳達。也就是說，研究者可以「互為主體性」（intersubjectivity）。但是，人是主觀的，例如，「我認為風水是可以研

究的」；但是，不是每個人都認知風水是可以研究的，有學者就認為風水、卜卦、紫微、八字、占星等命理都是「偽科學」。但是，如果沒有實證研究，如何證明風水是有效的？或是，如何證明風水是無效的。在缺乏量化實驗結果之前，任何臆測，都不是科學的態度。

在理論建構及驗證活動中，從主觀性的理論研究出發，需要透過實證研究以進行量化研究，建立第一手的數據資料。此外，如果要確認認知基礎是價值中立的，必須要有可以依據的實驗數字，進行觀念上的傳達，形成知識論述，並且強調科學的客觀性。

## 一、量化實驗的方法

量化實驗研究，就是在強調客觀性的基礎之下，以「實驗」（experiment）進行。依據笛卡兒在1637年出版的著名哲學論著《談談正確引導理性在各門科學上尋找真理的方法》，實驗是設定在一定的條件之下，用來檢驗某種假設，或者驗證或質疑某種已經存在的理論，而進行的操作活動。科學實驗是可以重複的，不同的實驗者在前提一致，操作步驟一致的情況下，能夠得到相同的結果。通常實驗最終以實驗報告的形式發表。由於實驗需要經費支持，在降低實驗失敗的機率，以及降低實驗成本的考量之下，量化實驗要將實驗對象分割成小現象；此外，因為整體實相（reality）無法被實驗者認知，需要切割成一個一個的實驗加以分析。在量化實驗研究中，包含了自然科學實驗和社會科學實驗，其方法說明如下：

(一)主題的觀察和形成（Observations and formation of the topic）：研究者在思考感到興趣的研究主題之後，進行該項主題的研究。上述的主題領域，不應該隨性挑選，應該基於本身有興趣的議題進行，因為在選擇之後，還需要閱讀大量文獻，以完全理解目前這個領域所有的文獻為何，以減少對於相關文獻的理解差距。所以，應該謹慎挑選主題，將該主題的知識進行連結。

(二)形成假說（Forming of hypothesis）：指定兩個或多個變量之間的假

設關係，以茲測試，並且進行預測。

㈢概念定義（Conceptual definition）：進行概念的描述，並且和其他概念產生關聯性。

㈣操作型定義（Operational definition）：進行定義參數變量，以及如何在研究中測量及進行評估參數。

㈤搜集資料（Gathering of data）：包括確定母體空間大小，其中母體參數（parameter）為統計測量數，為未知。選擇樣本空間進行參數抽樣分配（sampling distribution），採用特定的研究儀器，從這些樣本搜集資訊。用於進行資訊數據採集的儀器，必須安全可靠。

㈥資料分析（Analysis of data）：分析數據，並且透過解釋，以彙整結論。

㈦資料詮釋（Data Interpretation）：運用表格、圖形或是照片來表示，然後進行文字描述。

㈧測試及修改假設（Test, revising of hypothesis）

㈨進行結論，必要時可以重複操作（Conclusion, reiteration if necessary）

## 實驗介入

### 評估實證研究的兩種方式

為了要評估人為介入影響實驗的結果，我們會進行實驗組和對照組的研究設計。這兩項研究設計用於測試實驗介入的有效性。在此我們會概述實驗介入研究的基本原則，包括介入規劃和執行實驗相關的問題，以及評估實驗介入的影響。

一、受試者內設計（within-subjects design）介入影響的研究

實驗介入的有效性，通常會以實驗室或是田野研究來進行評估，需要系統性評估某項介入，導致最後結果是否達到期望的變化程度。一般而言，我們會採用兩種類型的研究設計來評估介入的影響，在實驗樣本（laboratory sample）設計中，樣本將在兩階段都需要實驗，包括基準階段或末介入階

段。針對這種設計類型，介入的有效性是透過監測相同樣本的基準。在介入及撤出介入等不同階段等連續觀察階段的變化，進行評估。假設在社會科學的評估中，採用受試者來測定資訊提供或是金錢誘因，是否會增加從新北市搭乘大眾運輸系統到臺北市上班的使用率。因此，科學家會徵求新北市郊區到臺北市市中心通勤的受試者，並且有系統地觀察受試者在介入前、介入中以及介入後在大眾運輸工具的使用率。

在建立使用大眾運輸系統受試者人數的基準後，研究人員會依序給予資訊和誘因介入。首先，科學家會給受試者關於大眾運輸工具路線的資訊，然後有一段期間不介入；接者，科學家會提供同一批受試者使用大眾運輸系統的誘因，例如提供大眾運輸工具一週的試乘券。在中止誘因階段之後，科學家會在介入後的追蹤階段，持續監測大眾運輸工具的使用率（圖2-6）。

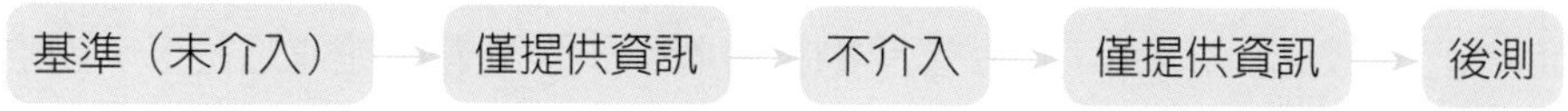

基準（未介入） ➡ 僅提供資訊 ➡ 不介入 ➡ 僅提供資訊 ➡ 後測

圖2-6　受試者內設計（within-subjects design）的假設範例，用於評估資訊及誘因對於使用大眾運輸工具的獨立影響。

受試者內設計（within-subjects design）的主要優點，是需要的受試者相對較少，因為每位受試者都是自己的對照組，因此可減少個人差異產生的變化量，例如包含不同的年齡、性別、社經地位、教育程度。受試者內設計的其中一個缺點是殘留效應（residual effect），意思是指通常進行一項測試以後，可能會對下一個測試的表現產生影響。例如：因熟悉測試，所以結果較好；或因為疲勞、無聊而產生不良的測試結果。

對於介入的研究人員而言，殘留效應代表在初次介入以後，可能會對後續的介入產生影響效果。例如：在我們假設的例子當中，受試者先收到關於大眾運輸工具路線的資訊，然後才是給金錢上的誘因，因此當受試者收到免費的票券時，他們可能會去試乘大眾運輸工具。這類設計使評估每次介入的個別效果變得困難。具體而言，可以採用相反的模式進行施測，一組受試者會先收到資訊，然後才是誘因；第二組受試者會先收到誘因，然後再收到資

訊。但是當然還有其他因素，會影響到使用大眾運輸系統的受試者人數，例如：有些大眾運輸工具的使用者可能會因路線網絡升級，而導致誤點，這可能會影響他們之後搭乘大眾運輸工具的決定，或者捷運公司辦理促銷活動，使得要將所觀察到的搭乘大眾運輸工具的使用率提升，無法歸因到研究的介入。

二、受試者間設計（between-subjects design）介入影響的研究

　　受試者間設計（between-subjects design）透過將受試者隨機分配到一或多個實驗組及一個對照組，探討介入的效果。在受試者間設計研究中，受試者不是加入介入的實驗組，就是加入未介入的對照組。我們再回到假設的大眾運輸系統研究，對於受試者間設計而言，科學家可以選出新北市的三個郊區，然後科學家將住在其中一個郊區的居民分配到對照組；這些受試者不會收到資訊或誘因。住在第二個郊區的居民會收到大眾運輸系統捷運路線的資訊，第三個郊區的居民，也就是獎勵組會收到一張免費的捷運悠遊卡，內附新臺幣100元儲值，可以搭乘捷運、船隻或是公共汽車等大眾運輸系統。

　　科學家會監測這三個新北市郊區的受試者在介入前後對大臺北大眾運輸系統工具的使用率。因此，對照組和其他兩個郊區之間的大眾運輸工具使用率的變化，可能歸因於介入。我們當然無法完全排除介入以外的因素，可能會影響大眾運輸工具的使用率。例如，公車誤點、天氣狀況、汽油成本等。然而，加入對照組之後，可以提高各組間的變化，提高介入分析的可信度。

　　受試者間設計可以同時測試一種以上的介入，以及介入要素的組合（圖2-7）。例如：科學家可以增加接收資訊及誘因的第四個新北市郊區，評估同時提供資訊及誘因的效果。這項設計可以比較不同介入策略的個別效果，因為每位受試者在特定時間僅會接受一項介入。

　　在執行介入前，確保對照組和實驗組之間，彼此在關注環境友善行為上沒有差異，例如在進行研究前，其中一組使用大眾運輸系統的頻率，沒有比另一組明顯或是社會人口結構特徵差別不大。這個問題可以透過將受試者隨機分配到實驗組和對照組來解決。當受試者被隨機分配到實驗組和對照組

圖2-7　假設受試者間設計（between-subjects design）探討資訊及獎勵對使用大臺北大眾運輸系統的相對有效性。

時，各組間的個體差異影響會降至最低，而且研究內部效度會提高。但是在應用時，受試者的隨機分配不一定可行。

　　受試者間設計（between-subjects design）的缺點，是其需要的受試者通常比受試者內設計（within-subjects design）還要多，才能提供統計上顯著的結果。研究設計的選擇，最終取決於需要解決的經驗問題。

　　受試者內設計，可以評估一組受試者內隨著時間的行為變化，因為此類設計能夠追蹤同一組人在不同介入階段的行為；受試者間設計，可以和未介入的對照組進行比較，適合探討一個或多個介入階段中，不同行為的效果。

## 二、量化實驗的假設

　　在科學的研究中，需要證明假設。我們採用假設，進行觀察實驗結果的測試。統計上對於數值的假設，就是對參數進行論述。如果要檢驗這個被檢定的科學模型，稱呼為虛無假設（null hypothesis）。虛無假設通常由研究者決定，反應研究者對已知參數A和未知參數B的看法。相對於虛無假設，我們設置對立假設$\text{II}_1$（alternative hypothesis），反應了研究者對已知參數A和未知參數B的對立看法。假設檢定步驟如下：

㈠在統計說明中，要載明p值。p值是由統計學者費雪（Ronald Fisher 1890-1962）在1920年發展出來的。p值檢定最開始檢定在一個模型之下，實驗出來的數值和模型是否吻合。在這個虛無假設之下，得到

一個統計值，然後要計算出產生這種統計值的機率有多少，這個或機率就是p值，如圖2-8。

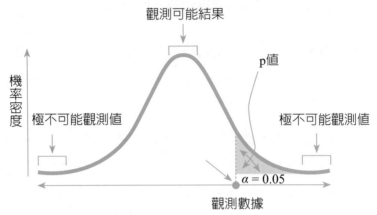

圖2-8　在非常不可能機率產生之虛無假設下，我們得到一個統計值，然後要計算出產生這種統計值的機率有多少，這個或機率就是 p 值。

㈡提出相關的虛無假設（null hypothesis）和對立假設（alternative hypothesis）。

1. 虛無假設：$H_0$，參數A和參數B沒有關係或是沒有差異。
2. 對立假設：$H_1$，參數A和參數B有關係或是有差異。其中，對立假設是我們真正想證實的論點。

㈢考慮檢驗中對樣本進行的統計假設。例如，關於獨立性的假設或關於觀測數據分布形式的假設。

㈣決定哪個檢測是合適的，並確定相關檢驗統計量。

㈤在虛無假設下，推導檢驗統計量的分布。在標準情況下應該會得出符合學生t分布（Student's t-distribution），在母體標準差未知的情況下，不論樣本數量大或小皆可應用學生t檢定。

㈥由於假設檢驗是根據樣本提供的資訊進行推斷，也就有犯錯的可能。如果原來假設正確，而我們卻把它當成錯誤的加以拒絕。犯這種錯誤的概率用α表示，統計上把α稱為假設檢驗中的顯著性水準，也就是

決策中所面臨的風險。在此，我們選擇一個顯著性水準α，若低於這個機率閾值，就會拒絕虛無假設$H_0$。我們通常選擇α = 0.05。表示當我們接受假設的決定時，其正確的可能機率為95%。我們進行檢定的時候，如果我們的 α = 0.05，則若 $p < 0.05$，我們拒絕虛無假設，並且宣稱這個檢定在統計上是顯著的，否則檢定就不顯著，這是傳統的 p 值檢定方法。如果統計上顯著的話，我們就認為得到實驗結果的機會很小，所以就不接受虛無假設。

(七)根據在虛無假設成立時的檢驗統計量t分布，找到數值最接近對立假設，檢驗中，依據顯著性水準的大小，將概率劃分為兩個區間，小於給定標準的機率，區間稱為拒絕區間，意思是在虛無假設成立的前提下，落在拒絕區域的機率只有α；事件屬於拒絕區域，拒絕原假設。

(八)大於這個標準則為接受區間。事件屬於接受區間，原假設成立，而無顯著性差異。換句話說，如果虛無假設為真，那麼檢定是顯著的機率是α = 0.05。

(九)針對檢驗統計量t，根據樣本計算其估計值。

(十)若估計值沒有落在「拒絕區域」，接受虛無假設。若估計值落在「拒絕區域」，拒絕虛無假設（null hypothesis），接受對立假設。也就是說，結果與假設不一致，意思是虛無假設「被推翻」，表示自變量和因變量之間，具有差異之後，對立假設就會成立。

對立假設是我們想要證實的論點。

例如，我們以A與B兩種碳源進行培養，所得到的菌體量哪種較高？

其中的對立假設$H_1$：就是A與B兩種碳源，所得到的菌體量是不同的。我們想要推翻「兩種碳源是一樣的」這個虛無假設；也就是說，對立假設正是我們想要的結果。但是，如果結果與對立假設一致，則說明該項實驗支持對立假設。我們採用上述結果，是因為研究者認知到採取對立假設（alternative hypothesis），也可能與觀察結果一致，如圖2-9。

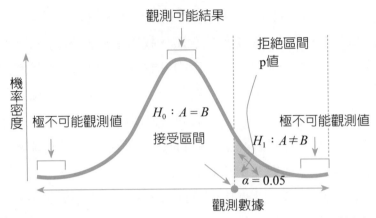

圖2-9　科學實驗，在尋求對立假設，希望p ≒ 0.000 < 0.05。但是，對立假設永遠不
　　　　能被證明完全為真，只能趨近於真。

　　但是，對立假設永遠不能被證明完全為真，而只能由不斷地科學測試
進行假設支持，最終被廣泛認為是真實的理論。

## 為什麼對立假設永遠不能被證明完全為真呢？
### 「否定後件」（*Modus Tollens*）的推理邏輯

　　我們回想起波普爾的證偽原則，採用試誤法（try and error）。首
先提出一理論假設虛無假設：$H_0$，然後再看我們能否找出其意涵的證據
（Evidence, E）的對立假設：$H_1$，以進行證偽。

　　為什麼說p值很小，就不接受虛無假設？美國德州大學奧斯汀校區教授
林澤民認為，這是依據命題邏輯中，「否定後件」（*Modus Tollens*）推理
的邏輯，意思是以「否定」來「否定」的方法。當統計學者費雪（Ronald
Fisher, 1890-1962）在1920年代否定的虛無假設$H_0$之後，便再提出另一更符
合事實的論證$H_1$。但是，這個邏輯是有問題的。

　　費雪採用命題邏輯來作統計推論（Fisher, 1925）。但是，其實統計推
論方法，應該和命題邏輯不完全一樣，因為顯著性水準α絕對不可能是零，
如果α是零的話，就不是統計了。

　　談到p值的問題，一般情況下，我們以檢定的模型進行說明，是假設實

驗是隨機狀態。在這個虛無假設之下，得到一個統計值，然後要算獲得這麼大（或這麼小）的統計值的機率有多少，這個或機率就是p值。也就是說，我們設p值是出錯機率，p值界線是為了判定結果是否為顯著，所以只有兩種結果：顯著和不顯著。林澤民認為，不能因為p值很小，小到可能性很低，我們就用「否定後件」的方法來「否定前件」。因為即使p值的數值很小，我們卻無法否認p值的存在。不管多小，p值都有發生的可能，我們不能排除p值發生的可能性。此外，p值說明如果虛無假設是對的，我們得到的是「觀察到資料」的機率有多少，我們並沒有被告知「虛無假設是對的」的機率有多少，或是「研究假設是對的」的機率有多少。p值是用來判斷接受與拒絕虛無假設，說明虛無假設是「觀察到資料」的機率，以及對於結果的信心程度。因此，p值不能決定顯著水準，也不是觀測「模型」正確的機率。

在研究的正確性上來說，美國統計學會（American Statistical Association, ASA）在2016年發布了聲明，在研究中不但要報告p值顯著的研究結果，也要報告p值不顯著的研究結果。因此，我們採用重複使用統計上的試誤法，這一種試誤法是沒有休止的。基於波普爾的證偽原則，科學理論永不能被證實為真，我們只能將「不太好」的理論模型除去，留下較好的假說，但是永遠不能說哪一種理論模型為最後的事實。我們只能找出「假」的理論模型，但不能找出「真正」的理論模型。科學理論只能被證偽，而不能被證實，試誤法也就是這樣的一種建立於演繹邏輯和證偽原則之下的方法。此外，假設如果經過無數的實驗進行確認，並且受到校準，可以進行對於未知現象的預測。

隨著觀察精度改善，也許舊有的假設模型，可能不再提供準確的預測之後，在這種情況下，將出現一個新的假設模型來挑戰原有的假設。如果一個新的假設模型比原有的假設模型，在預測程度上更為準確，新的假設模型將會取代原有的假設模型。

## 小結

　　伽利略用來推翻亞里士多德「越重的物體下落越快」的雙球實驗，是一種根據邏輯推理的思想實驗。科學家在檢視「知識」的觀點時，會以邏輯推演、經驗法則、實驗驗證的方式，將知識進行系統整合。如果知識可以分成二大部分：邏輯的和實證的；那麼有些理論從嚴謹的推理中求得；有些理論經由實驗方法中產生。笛卡兒在1637年出版的著名哲學論著《談談正確引導理性在各門科學上尋找眞理的方法》，他認爲應以正確的方法學，引導理性思維，進行眞理追尋，影響了十七世紀之後西方人的思維方式。

　　笛卡兒將研究問題的方法區分四個步驟：

　　　1. 永遠不接受任何不證自明的眞理，要將權威者的話，列爲懷疑的問題。
　　　2. 將要研究的複雜的大問題，分成多個比較容易解決的小問題。
　　　3. 將這些小問題從簡單排列到複雜，先從容易解決的問題著手。
　　　4. 將所有問題解決之後，再綜合檢驗，看是否將問題徹底解決。

　　十七世紀之後，牛頓、波以耳、虎克等科學家，以切割式的手法，進行物理和化學實驗室的研究，以可控制的實驗環境，排除外界的環境影響，以可以操弄的自變數、可以觀察測量的因變量進行實驗設計。然後，尋找前因、後果出現的時間順序，以在實驗室中尋找因果關係。如今，實驗設計廣泛運用於自然科學及社會科學的方法論中。在進行實驗組實驗時，要同時進行對照實驗（control experiment），是因爲要在同一環境之下，得出兩種實驗結果的資料，用來作爲定性及定量的比較分析。科學家透過實驗法搜集資料數據，進行假設測試，進行定量實證研究，了解刺激與反應（stimulus-response）、特質與傾向（property-disposition）、傾向與行爲（disposition-behavior）以及特質與行爲（property-behavior）之間的因果關係。

# 關鍵字詞（Keywords）

學術期刊（academic journal）　　公理假設（assumption of axiom）

受試者間設計（between-subjects design）　　書評（book review）

概念定義（conceptual definition）　　建構研究（constructive research）

對照實驗（control experiment）　　預設邏輯（default logic）

實證研究（empirical research）　　空集（empty set）

探索研究（exploratory research）　　翻轉方法（flip approach）

沙漏模型（hourglass model）　　同一（identity）

互為主體性（intersubjectivity）　　文獻回顧（literature review）

邏輯假設（logic assumption）　　邏輯符號（logic signals）

合取（logical conjunction）　　析取（logical disjunction）

否定（logical negation）　　邏輯實證論（logical positivism）

邏輯理論研究（logical theoretical research）　　否定後件（Modus Tollens）

自然哲學（natural philosophy）　　虛無假設（null hypothesis）

操作型定義（operational definition）　　原創研究（original research）

同儕評審（peer review）　　現象論（phenomenalism）

命題（proposition）　　質性研究（qualitative research）

量化研究（quantitative research）　　量化實驗研究（quantitative, experimental research）

殘留效應（residual cffect）　　學術評論（review article）

抽樣分配（sampling distribution）　　科學概念（scientific concepts）

統計假設（statistical hypothesis）　　包含（subset）

對立假設（alternative hypothesis）　　理論建構（theortical framwork）

| | |
|---|---|
| 試誤法（try and error） | 思想實驗（thought experiment） |
| 受試者內設計（within-subjects design） | 有效推理（valid reasoning） |

第三章

# 調查方法與觀察方法

The whole of science is nothing more than a refinement of everyday thinking.

科學的全部不過就是日常思考的提煉。

——愛因斯坦Albert Einstein, 1879-1955

### 學習焦點

　　科學家對任何現象，總喜歡追根究柢，想要查明事實的真象，並且藉由實驗、調查及分析，了解科學事實為什麼是這樣？為什麼是那樣？是什麼原因，造成了這種科學現象？這種科學現象又會造成什麼後果？因此，長久以來，我們習慣採用因果關係（causality），來解釋和理解現象世界。在人類科學史的研究中發現，科學理論通常假設在測量之前。從量化調查研究，談到質性觀察研究，我們了解測量工具的發展，常常是為了因應科學理論的修正。社會科學家為了理解人類社會發展的現象時，採用問卷題目，藉由研究者進行評量，闡釋研究變項，進行模型的整合修訂和刪補。此外，科學家為了要解釋數據背後代表的意義，產生較小誤差的理論模式，並且要求研究的精度。

　　本章量化調查研究部分，係參考引述日本東京大學學者栗栖聖在2016年所著《親環境行為》（Kurisu, 2016），以理論模式和方法論述為基礎，談論科學數據的產生方式，希望展現科學理論修正的重點，或是強調找尋替代理論。此外，我們透過觀察法來觀測實

驗對象的結果，產生觀察語句，建構科學理論。在研究中，科學理論和觀察語句之間必須具有邏輯性，所以必須進行歸納法的分析資料，運用建構性的觀點，搜集重要資訊，以解決當代所面臨的各種問題。

## 第一節　量化調查研究

在量化調查的研究，是實證科學典範的產物。依循科學研究的邏輯，主要的研究方法除了實驗研究之外，還包括了調查研究。近年來，由於電腦科技的發展，採用問卷調查，除了透過網路搜集到我們要的資料，同時可以運用電腦進行統計分析（趙民德，2009）。量化調查研究是希望化繁爲簡，通過實證研究，搜集數據，進行探索性因素分析（Exploratory Factor Analysis, EFA）和驗證性因素分析（Confirmatory Factor Analysis, CFA），了解如何修正結構，並且進行結構方程模型（Structural Equation Modeling, SEM）結構的整合。

從結構進入研究的好處是，可以踏著前人的腳步前進，並可以達到修正結構的效果。練成一心不亂。從結構入門，剛開始依樣畫葫蘆，接著開始進行剪裁和修正。在本節中，我們以人類環境行爲學爲範例，說明環境行爲問卷調查法的基本元素，這是在環境友善行爲的研究中，最基本的訓練。首先，我們準備問卷題目（question item）。其次，說明環境態度與人格的量表，藉由學者評量環境態度的研究，闡釋研究變項（various item），進行環境友善模型的整合修訂和刪補。此外，透過文化理論（cultural theory）和控制觀（locus of control）等環境研究理論，評量性格的項目。最後，本節說明問卷調查方法，例如訪談、郵件調查以及網路問卷法等。在得到資料之後，進行統計分析。

圖3-1　在環境行為量表研究，也需要考慮到環境知識和環境態度的量表，統稱為環境素養（environmental literacy）研究。

## 一、準備問卷調查

　　在編製問卷時，研究者為了要解決問題，常常想要把心中想到的都放進問卷中。這樣會讓問卷難以使用或是難以分析，因此，建議準備一份問卷的步驟如下：

（一）目標

　　你想要討論什麼問題？

（二）假設

　　研究目標行為以及研究目標現象中，假設是什麼？

（三）變因

　　影響假設的主要因素有哪些？

## (四)社會人口學特徵與人格特質

當地社會人口學特徵與人格特質的影響因素有哪些？在研究中，我們不可能進行包括在世界上，甚至在全國人口調查的每個人的特徵調查。相反地，我們需要嘗試獲得代表性樣本。當進行抽樣時，需要區分在研究中，感到興趣的理論人群；以及在研究中，我們實際測量的最終樣本的社會人口學特徵與人格特質。在此，建議要設計具備實質意義的調查問卷，繪出如圖3-2右半部所示的假設架構。

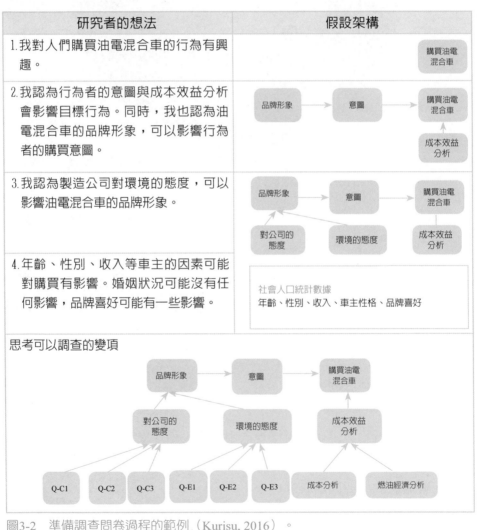

圖3-2　準備調查問卷過程的範例（Kurisu, 2016）。

第一步驟，需要清晰規劃研究目標的行為或現象。研究者必須思考真的對現實問題或是熱門的現象有興趣。圖3-2探討油電混合車購買者的興趣，這是可以考慮進行環境友善目標行為的一種研究。

第二步，應該思考目標行為的假設。行為的假設方式，可以藉由審閱國際發表的最新期刊，了解影響目標行為的主要因素應該放在模型中，然後畫出因果關係，形成結構方程模型的初胚。在每一個箭頭中，應該找尋至少三篇國際期刊進行佐證。在圖3-2的個案中，主要假設是：購買意圖和成本效益分析，影響購買行為，品牌形象也會影響到行為意圖。基於主要假設，可以參考國際發表的最新期刊結果，畫出因果關係。

第三步，你可以增加其他的因素到模型中。在這個案例中，假設對公司及環境的態度影響品牌形象。基於這些假設，兩個影響品牌形象的變項，可以放進結構模型。

社會人口學特徵與人格特質兩個變項，或許可以包含在模型中。然而，將它們從模型裡分離出來是合理的。當你基於模型的需要，想要增強人們的行為，可以思考增加或減少心理因素的影響變項，但是社會人口學特徵及人格特質則不能改變。基於由可變因素組成的模型，本研究可以討論因素分析或路徑強度，針對不同的社會人口學特徵或是人格特質，產生的差異進行分析。

最後，針對構成變項因素，應該思考可以調查的變項。在本案例中，購買油電混合車的行為，可以藉由詢問受測者的實際行為直接評量。然而，這是可供觀察的變項；換句話說，環境態度可以是一潛在要素，應該針對可供觀察之變項（Q-E1, Q-E2, Q-E3）進行評量。每一個可供觀察的變項，都可以設計成一個問題。

## 篩選問題的方法

　　研究預試（pretest）是在探索性研究（exploratory study）中，用以形成問題及假設的方法。通常使用在檢查「是」或「不是」的問題，以及對受測者的措詞是否適當，而可以正確及容易地回答問卷。預試在防止科學家無法辨識研究目標的主要因素，所採用的一種方式。例如，如果你對買一臺油電混合車有興趣，但不能辨認出影響行為的重要層面，進行預試是很有幫助的。在預試時，增加對於購買油電混合車的詢問範圍面向。

　　那麼，研究在正式分析前，預試要多少份呢？探索性因素分析的預試，建議以150份以上的樣本進行（Devellis, 2011）。其中如果有多項問項，經過因素分析刪除之後，進行修改為正式問卷的問項，且經過3名專家學者進行問卷修改，以清楚明確的問句，進行問卷調查。

　　為了解一些不確認的問項，開放式問卷很有幫助。透過詢問有關購買者對於油電混合車的想法，可以知道重要的方向。訪談主要是談論購車市場的現象，這是一個公約數，談整體購車市場的概念。整體概念談完了，談購置油電混合車買主之間的比較，再談購車市場和人類行為的關係，當然，購車市場為最後的販售地，不可能都看到完整的購買行為，所以，用訪談了解一下車主購車行為。

　　如果以行銷學的理論來說，販售價格高，涉及是否達成交易，包含了是否可以察覺個人的價值觀（生物利己的價值觀）、別人介紹來的（社會網路或是和社會規範有關），可以進行探討。

　　在研究中，可以走訪可能的購車市場，增加研究的信度（reliability），代表的研究者是很嚴謹的。在信度分析（reliability analysis）中，需要進行鋪天蓋地的處理，所謂信度分析，不是代表要每個購車市場、每位購買油電混合車的人都要發放問卷，而是可以說明研究區域的購車市場，都有抽樣的代表性，都涵括在研究的考量之中。

　　因此，研究中可以假設購車市場之間的差異，從地理空間、組織行為、

販售人員、販售商品、顧客類別進行分析，如果最後發現沒有分別，就可以說，市集之間的同質性太高，沒有分別。然後建議就可以進行車主之間差異化的研究。開放式問卷標準答案，所有的發現，都是科學家自己發掘，用訪問、觀察及文獻回顧去判讀，並且善用三角驗證法進行驗證。

## 二、量表

設計一份問卷，必須針對模型中的每一個變項，準備問題的題組和提問的方式。在這個章節，說明常用的量表技術以及各種為人熟知、已被描述的測量環境態度的量表。當然，你必須為你自己的特定目的，思考適當的問題項目，而對先前已提出的量表做一些修改是必要的。這裡所展示的量表，對於設計你自己的題目，能夠提供你一些想法。

李克特量表是問卷調查方法中最常被使用的量表，是由李克特（Rensis Likert, 1903-1981）所發展。李克特選項是一個視覺化量表，在一個題目上的一條水平線，讓受測者以畫圈或點選的方式回答，被改編為測量相對評估值。他提出從1到5（1.不同意；2.沒那麼同意；3.無意見；4.有點同意；5.很同意）的分數範圍，包含了同意與不同意的五點量表使用於問卷中。

原始的李克特量表有五點，然而，研究者可以依據個人的目標修改量表的點數。以亞洲人為例，傾向選擇中間的點，而避免選擇左右二個極端的點，這是一種趨中傾向的偏差（central tendency bias）。所以，如果準備5點量表（圖3-3 A），受測者通常會集中在中間的三個點，這樣將看不出受測者之間的差異。為了避免這個問題，我們通常使用三個正向與三個負向問題，排除中間點的6點量表（圖3-3 B）。

在研究中，受測者為了令人產生正面印象，傾向在調查中以不實意願取代其真實意願，以符合社會期望，產生了社會期許偏差（social desirability bias）。例如，填寫過多自己的「良好行為」，或過少填寫自己的「不良行為」。這種傾向嚴重影響研究的效度（validity），尤其見

於自填問卷中。這種偏差會影響樣本的平均數值，亦影響研究者研究受測者之間的差異。為了避免社會期許偏差的例子，應該基於研究目標來考慮量表的設計。

此外，因為對於陳述的習慣性認同，或是對於問卷填寫得不耐煩，產生慣性偏差（acquiescence bias），需要在正向題項中，加上反向問卷，以確保填答問卷的有效性。

如果你想觀察人們在接受環境教育之後在觀念上的改變，正向改變是很自然而然被預期的。在本案例中，比起負向改變，需要更詳細了解正向改變，可以使用更多正向的量表（圖3-3 C）。李克特量表提供多種項目顯示給受測者，而每一個受測者的分數，是基於自己選擇的總計積分來估算。在問卷的設計上，要避免受測者迴避勾選極端的選項，產生趨中傾向的偏差；對陳述的習慣性認同或是慣性思維模式，產生慣性偏差；或是試著揣摩並迎合自己或組織希望的結果，產生社會期許偏差。

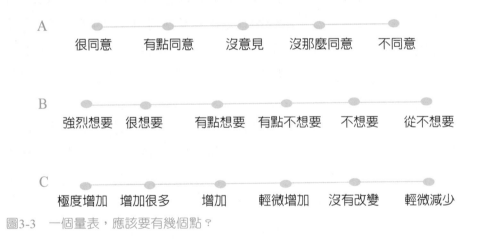

圖3-3　一個量表，應該要有幾個點？

## (一)環境態度量表（Environmental Attitude Scales）

環境態度（EA）常被認為和環境關懷是一樣的。本節採用環境態度，係因環境關懷被視為是更為廣泛的心理層面。本節探討傳統的新環境典範量表，環境態度是藉由關心或不關心等一階成分（one-order constituent）來測量。後來，環境態度採取多元成分的觀念，在許多研究中被採用。在本單元中，我們先介紹新環境典範量表。

1. 新環境／生態典範量表（New Environmental/Ecological Paradigm, NEP Scale）

最早的新環境典範量表是在1978年由環境社會學者唐拉普（Riley Dunlap）提出，目前已經是使用率最高的環境態度評量。新環境典範是一種相對於傳統以人類發展為中心的思維模式，有別於主流社會典範（Dominant Social Paradigm, DSP）的學說，重視人類與自然之間互動關係的新思維，通過對於物種和人類的普遍關懷，相信成長極限等特質（張子超，1995；黃文雄、黃芳銘、游森期、田育芬、吳忠宏，2009）。在 12 個題項（表3-1），以成長的極限（limits to growth）、反人類中心主義（anti-anthropocentrism）、自然界的平衡（balance of nature）等三構面為主的問項內容。

表3-1　原始新環境典範量表（Original NEP scale, Dunlap and Van Liere, 1978）

1. We are approaching the limit of the number of people the earth can support.
   我們正接近地球能夠維持人類生存的人口極限。
2. The balance of nature is very delicate and easily upset.
   自然的平衡，非常脆弱與容易改變。
3. Humans have the right to modify the natural environment to suit their needs.
   人類有權利改變自然環境，讓其適應人類的需要。
4. Mankind was created to rule over the rest of nature.
   人類是被上帝創造來管理自然的。
5. When humans interfere with nature, it often produces disastrous consequences.
   人類干預自然，通常產生災難性的結果。
6. Plants and animals exist primarily to be used by humans.
   植物和動物存在的主要目的，是提供人類利用。
7. To maintain a healthy economy, we will have to develop a "steady-state" economy where industrial growth is controlled.
   為了維持健康的經濟，我們必須控制工業的成長，發展穩定狀態的經濟。

8. Humans must live in harmony with nature in order to survive
   人們為了生存，必須與自然和諧共存。

9. The earth is like a spaceship with only limited room and resources
   地球就像是一艘只擁有有限空間與資源的太空船。

10. Humans need not adapt to the natural environment because they can remake it to suit their needs.
    人類不需要改變環境，因為人類可以重建環境來因應需要。

11. There are limits to growth beyond which our industrialized society cannot expand.
    工業社會因有成長限制，不能一直擴張。

12. Mankind is severely abusing the environment.
    人類嚴重地破壞環境。

　　在提出第一版的量表之後，唐拉普藉由修改詞彙，進行合併為一組六個項目的精簡版本，如表3-2。但是，這個版本沒有出版，由分享資訊的皮爾斯（John Pierce）在其研究上使用這個精簡版本。

表3-2　NEP精簡版（Short version of NEP scale developed by Dunlap and Liere）

2. The balance of nature is very delicate and easily upset by human activities.
   人類的活動，讓自然的平衡變得非常脆弱與容易改變。

9. The earth is like a spaceship with only limited room and resources.
   地球就像是一艘擁有有限空間與資源的太空船。

6. (R) Plants and animals do not exist primarily to be used by humans.
   植物和動物存在的主要目的，是提供人類利用。

3. *Modifying the environment for human use seldom causes serious problems.
   為了人類利用而改變環境，很少造成嚴重的問題。

11. *There are no limits to growth for nations like the USA.
    像美國這樣的國家，沒有成長的極限。

4. *Mankind is created to rule over the rest of nature.
   人類是被上帝創造來管理自然的。

註：R：原始版的反向問題；＊修改措詞及觀念

　　在唐拉普校訂NEP量表之前（Dunlap, Van Liere, Mertig, and Jones, 2000），卡特葛羅夫發表了環境典範的二極量表（Alternative

Environmental Paradigm Bipolar Scale, Cotgrove, 1982），如表3-3。他以工業與環境的對立形式，並提出對立量表。唐拉普針對卡特葛羅夫的專論，表達高度的興趣和評價，他說：「我看到卡特葛羅夫展開創新的研究發表時，剛開始讓我很沮喪。因為我覺得范李奧（Van Liere）和我過早針對新環境典範（NEP）對於主流社會典範（DSP）的挑戰進行研究。二極量表啟發了我的興趣，因為卡特葛羅夫採用累積總和比率，讓受測者在兩個典範之間進行選擇，這個工作比我和范李奧的工作更早完成。」

表3-3 對立環境典範二極量表（Alternative Environmental Paradigm Bipolar Scale, Cotgrove, 1982）

| | 主流典範 | 環境典範 |
|---|---|---|
| 核心<br>價值 | 物質（經濟成長） | 非物質（自我實現） |
| | 自然資源的實質價值 | 自然環境的內在價值 |
| | 控制自然 | 與自然和諧 |
| 經濟 | 市場力量 | 公共利益 |
| | 風險與報酬 | 安全 |
| | 成就報酬 | 需求收入 |
| | 階級差異 | 平等主義 |
| | 個人自助型 | 團體／社會準備型 |
| 政治 | 權威式結構（專家影響力） | 參與式結構（包含市民與勞工） |
| | 等級制度的 | 非等級制度的 |
| | 法律與秩序 | 自由解放 |
| 社會 | 中央集權 | 去中央集權 |
| | 大規模 | 小規模 |
| | 組織的 | 公共的 |
| | 秩序化 | 靈活的 |
| 自然 | 豐富的儲藏 | 地球的資源有限 |
| | 與自然敵對／中立 | 親近自然 |
| | 可控制的環境 | 脆弱的自然平衡 |

|  | 主流典範 | 環境典範 |
|---|---|---|
| 知識 | 科學與科技的信賴 | 科學的限制 |
|  | 方法的合理性（Rationality of mean） | 目標的合理性（Rationality of ends） |
|  | 分離：事實／價值、想法／感覺 | 綜合：事實／價值、想法／感覺 |

唐拉普等人在西元2000年提出新生態典範量表，由15個項目組成，並保留7個新環境典範量表題項。修訂版的新生態典範量表（NEP）涵蓋更寬廣的生態世界觀點，包含了平衡親近生態與反對生態兩大類型的題項，用詞也切近時代需求，如表3-4。

表3-4　新生態典範量表（Dunlap et al., 2000）

| A | B | 項目 |
|---|---|---|
| 1. | 1. | We are approaching the limit of the number of people the earth can support.<br>我們正迫近地球能夠維持人類生存的人口極限。 |
| 2. | 3. | Humans have the right to modify the natural environment to suit their needs.<br>人類有權利改變自然環境，讓其適應人類的需要。 |
| 3. | 5. | When humans interfere with nature, it often produces disastrous consequences.<br>人類干預自然通常產生災難性的結果。 |
| 4. |  | Human ingenuity will insure that we do NOT make the earth unliveable.<br>人類的創造力將確保我們不會讓地球變得不適合居住。 |
| 5. | 12. | Humans are severely abusing the environment.<br>人類嚴重破壞環境。 |
| 6. |  | The earth has plenty of natural resources if we just learn how to develop them.<br>如果我們知道如何開發自然資源，地球的資源是充足的。 |
| 7. |  | Plants and animals have as much right as humans to exist.<br>植物和動物擁有和人類一樣的存在權利。 |
| 8. |  | The balance of nature is strong enough to cope with the impacts of modern industrial nations.<br>自然的平衡強大到足夠應付現代工業國家造成的衝擊。 |
| 9. |  | Despite our special abilities humans are still subject to the laws of nature.<br>儘管人類擁有特殊的能力，仍然受制於自然法則。 |

| A | B | 項目 |
|---|---|---|
| 10. | | The so-called ecological crisis facing humankind has been greatly exaggerated.<br>人類面臨所謂的生態危機，已經被誇大其實。 |
| 11. | 9. | The earth is like a spaceship with only limited room and resources<br>地球就像是一艘擁有有限空間與資源的太空船。 |
| 12. | 4. | Humans were meant to rule over the rest of nature.<br>人類是被上帝創造來管理自然的。 |
| 13. | 2. | The balance of nature is very delicate and easily upset.<br>自然的平衡非常脆弱與容易改變。 |
| 14. | | Humans will eventually learn enough about how nature works to be able to control it.<br>人類最終將學得自然如何運作，並能夠控制自然。 |
| 15. | | If things continue on their present course, we will soon experience a major ecological catastrophe.<br>如果所有的情勢都持續朝向目前的方向，我們很快的會經歷重大的生態災難。 |

A項的題號是2000年版題號，B項的題號是1978年版題號。

## 2. 生態中心、人類中心以及環境冷漠量表（Thompson and Barton, 1994）

湯姆森和巴頓發展了33個項目，來測量生態中心主義、人類中心主義，以及對於環境議題普遍冷漠的量表（Thompson and Barton, 1994），如表3-5。根據他們的說法，生態中心量表表達對於自然的利益回饋、正向影響、減緩壓力，以及表達了人類處於大自然之間的關聯，或是看見人類與動物之間的親近感。人類中心主義量表，主要反映了人類對於環境議題的關切，因為環境最終的結果，反映在人類的生活品質與生存之上。環境議題普遍冷漠量表，則反映在環境議題上缺乏認知和情意；環境冷漠者認為，環境問題被過分誇大。

表3-5　生態中心（ECO）、人類中心（ANTHR）、環境冷漠量表
（APATH）

| 量表 | 題號[a] | 項目 |
|---|---|---|
| 生態中心 | 1 | One of the worst things about overpopulation is that many natural areas are getting destroyed for development.<br>人口過剩最嚴重的問題之一，是很多自然的區域因為開發而被破壞。 |
| | 2 | I can enjoy spending time in natural settings just for the sake of being out in nature.<br>因為戶外有益，我享受在自然環境的時光。 |
| | 5 | Sometimes it makes me sad to see forests cleared for agriculture.<br>有時候，我看到因農業的開發而砍伐森林，會感到難過。 |
| | 7 | I prefer wildlife reserves to zoos.<br>比起動物園，我更喜歡保留自然的生活。 |
| | 12 | I need time in nature to be happy.<br>我必須待在自然裡才會快樂。 |
| | 16 | Sometimes when I am unhappy I find comfort in nature.<br>有時候，當我不快樂時，我在自然中感到慰藉。 |
| | 21 | It makes me sad to see natural environments destroyed.<br>看到自然環境被破壞，我會感到難過。 |
| | 26[b] | Nature is valuable for its own sake.<br>自然的利益價值不菲。 |
| | 28[b] | Being out in nature is a great stress reducer for me.<br>對我而言，到大自然是很棒的減壓方法。 |
| | 30[b] | One of the most important reasons to conserve is to preserve wild areas.<br>保育最重要的理由之一，是為了保護自然區域。 |
| | 32[b] | Sometimes animals seem almost human to me.<br>有時候，在我看來動物和人類是一樣的。 |
| | 33[b] | Humans are as much a part of the ecosystem as other animals.<br>人類和其他動物一樣，是生態系統的一部分。 |
| 人類中心 | 4 | The worst thing about the loss of the rain forest is that it will restrict the development of new medicines.<br>雨林消失造成的最嚴重問題，是限制了新醫藥的發展。 |

| 量表 | 題號ᵃ | 項目 |
|---|---|---|
| 人類中心 | 8ᶜ | The best thing about camping is that it is a cheap vacation.<br>露營渡假最大的好處，是因為它是價格低廉的渡假方式。 |
| | 11 | It bothers me that humans are running out of their supply of oil.<br>人類將要耗盡石油供給，讓我很擔心。 |
| | 13ᶜ | Science and technology will eventually solve our problems with pollution, overpopulation, and diminishing resources.<br>科學與技術，最終將解決我們的汙染、人口過剩以及資源減少的問題。 |
| | 14 | The thing that concerns me most about deforestation is that there will not be enough lumber for future generations.<br>人為毀林讓我最憂慮的事情，是未來的世代將沒有足夠的木材使用。 |
| | 19ᶜ | One of the most important reasons to keep lakes and rivers clean is so that people have a place to enjoy water sports.<br>維持湖泊與河川潔淨的最重要原因之一，是要讓人們有一個能夠享受水上運動的地方。 |
| | 22 | The most important reason for conservation is human survival.<br>保育最重要的原因是為了人類的生存。 |
| | 23 | One of the best things about recycling is that it saves money.<br>回收利用的最大好處是節省金錢。 |
| | 24 | Nature is important because of what it can contribute to the pleasure and welfare of humans.<br>自然很重要，因為它可以提供人類歡樂、健康與幸福。 |
| | 27ᵇ | We need to preserve resources to maintain a high quality of life.<br>我們必須保護資源來維持高品質的生活。 |
| | 29ᵇ | One of the most important reasons to conserve is to ensure a continued high standard of living.<br>保育最重要的原因之一，是要確保持續高品質的生活。 |
| | 31ᵇ | Continued land development is a good idea as long as a high quality of life can be preserved.<br>只要高品質的生活能夠維持，土地持續開發是一個好主意。 |
| 環境冷漠 | 3 | Environmental threats such as deforestation and ozone depletion have been exaggerated.<br>人為毀林、臭氧層變薄等環境威脅，已經被過分誇大渲染了。 |

| 量表 | 題號[a] | 項目 |
|---|---|---|
| 環境冷漠 | 6 | It seems to me that most conservationists are pessimistic and somewhat paranoid.<br>在我看來，大部分的保育主義者是悲觀而且有點偏執。 |
| | 9 | I do not think the problem of depletion of natural resources is as bad as many people make it out to be.<br>我不認為自然資源減少的問題，有像人們說得那麼嚴重。 |
| | 10 | I find it hard to get too concerned about environmental issues.<br>我很難對環境議題投注太多的關心。 |
| | 15 | I do not feel that humans are dependent on nature to survive.<br>我不認為人類要依賴自然才能生存。 |
| | 17 | Most environmental problems will solve themselves given enough time.<br>大部分的環境問題，若給予足夠的時間，環境會自行解決。 |
| | 18 | I don't care about environmental problems.<br>我不在意任何環境問題。 |
| | 20 | I'm opposed to programs to preserve wilderness, reduce pollution, and conserve resources.<br>我反對保護荒野、減少汙染以及保育資源等規劃。 |
| | 25 | Too much emphasis has been placed on conservation.<br>我們強調太多關注在保育上。 |

a.1994年Thompson and Barton原始問卷的題號

b.沒有包含在研究一的題目中，但是增加在研究二的題目中。

c.在研究中，這些題目沒有包含在人類中心量表的計算中，以維持量表的內部信度。

### 3. 生態世界觀點量表（Blaikie, 1992）

　　布萊奇發展了生態世界觀點量表（Blaikie, 1992），測試了24個題項，刪除7個題項，保留了17個題項，如表3-6。他使用新環境量表（Dunlap and Van Liere, 1978）（表3-1的2、3、5、6、8、10）、主流社會典範量表（Dunlap and Van Liere, 1984），以及里契蒙（Richmond and Baumgart, 1981）量表，建構生態世界觀點量表，對澳洲墨爾本皇家科技學院的390名學生以及墨爾本都市區的410名居民做測試。布萊奇取出了7個次量表：自然環境的使用／傷害、自然環境的不穩定、自然環境的保

育，爲了環境而做出／放棄的行爲、科學與技術的信賴、經濟成長的問題，以及自然資源的保育。研究指出，這個次量表在學生和居民測試之後，結果是相似的。

表3-6　生態世界觀點量表（Blaikie, 1992）

| 題號[a] | 項目 | 原始量表 | | |
|---|---|---|---|---|
| | 自然環境的使用／傷害 | NEP[b] | DSP[c] | [d] |
| a | Humans have the right to modify the natural environment to suit their needs.<br>人類有權利改變自然環境，讓其適應人類的需要。 | 3. | | |
| d | Human beings were created or evolved to dominate the rest of nature.<br>人類是被創造或演化去控制、統治自然的。 | | | |
| v | Plants and animals exist primarily to be used by humans.<br>植物和動物存在的主要目的，是提供人類利用。 | 6. | | |
| | 自然環境的不穩定 | | | |
| e | The balance of nature is very delicate and is easily upset.<br>自然的平衡，非常脆弱與容易改變。 | 2. | | |
| g | Humans must live in harmony with nature in order for it to survive.<br>人們為了生存，必須與自然和諧共存。 | 8. | | |
| k | Humans need not adapt to the natural environment because they can remake it to suit their needs.<br>人類不需要改變環境，因為人類可以重建環境來因應需要。 | 10. | | |
| | 自然環境的保育 | | | |
| r | The remaining forests in the world should be conserved at all costs.<br>我們要不計任何保育的成本，來保留世界的森林。 | | | B-c |
| u | When humans interfere with nature, it often produces disastrous consequences.<br>人類干預自然，通常產生災難性的結果。 | 5 | | |

期刊論文寫作與發表

| 題號a | 項目 | | 原始量表 |
|---|---|---|---|
| | 為了環境而做出／放棄的行為 | | |
| o | People in developed societies are going to have to adopt a more conserving lifestyle in the future.<br>已開發社會的人們，未來必須要採用更多保育的生活型態。 | | |
| p | Controls should be placed on industry to protect the environment.<br>工業應該被控制以利保護環境。 | | A-H |
| | 科學與科技的信賴 | | |
| f | Through science and technology, we can continue to raise our standard of living.<br>透過科學與技術，我們可以持續提升我們的生活水準。 | | |
| n | We cannot keep counting on science and technology to solve our problems.<br>我們不能永遠依賴科學與技術來解決我們的問題。 | R | |
| s | Most problems can be solved by applying more and better technology.<br>應用更多、更好的科技，可以解決大部分的問題。 | | |
| | 經濟成長的問題 | | |
| c | Rapid economic growth often creates more problems than benefits.<br>快速的經濟成長，產生的問題通常比利益來得更大。 | R | |
| x | To ensure a future for succeeding generations, we have to develop a no-growth economy.<br>為確保以後世代的未來，我們必須發展零成長的經濟。 | | |
| | 自然資源的保育 | | |
| l | Governments should control the rate at which raw materials are used to ensure that they last as long as possible.<br>政府應該控制我們使用的自然資源的比例，確保它能儘可能地持續。 | | B-F |

| 題號a | 項目 | | 原始量表 |
|---|---|---|---|
| t | Industry should be required to use recycled materials even when it costs less to make the same products from new raw materials.<br>應該要求工業使用回收的原料，即使它製成品的價值比用原始原料所製成的產品價值還要低。 | | B-g |
| | 項目 | | |
| b | Priority should be given to developing alternatives to fossil and nuclear fuel as primary energy sources.<br>應該優先選擇發展化石與核能燃料，作為主要的能源來源。 | | C-6 |
| h | A community's standards for the control of pollution should not be so strict that they discourage industrial development.<br>社區控制汙染的標準不應該太嚴格以致於阻礙工業的發展。 | | A-N |
| i | Science and technology do as much harm as good<br>科學與科技所做的，好處與傷害一樣多。 | | |
| j | Because of problems with pollution, we need to decrease the use of the motor car as a major means of transportation.<br>因為汙染的問題，作為交通運輸主要方法的汽車，我們必須減少使用。 | | |
| m | The positive benefits of economic growth far outweigh any negative consequences.<br>經濟成長的利益，遠遠比經濟成長所引起的任何負面結果還重要。 | | |
| q | Most of the concern about environmental problems has been over-exaggerated.<br>大部分對環境問題的憂慮，已經被過度誇大了。 | | C-2 |
| w | The government should give generous financial support to reach related to the development of solar energy.<br>政府應該對太陽能的發展，給予更多慷慨的財務支持。 | | C-3 |

a. Blaikie (1992) 原始問題題號

b. Dunlap and Van Liere (1978)

c. Dunlap and Van Liere (1984)

d. Richmond and Baumgart (1981)

## (二)心理因素量表

　　心理因素量表和環境態度量表不同，心理因素並沒有共同採納的量表。然而，可以參考前人研究中的一般用語，並應用於研究標的，參考下列表3-7資源回收行為的案例（Hopper and Nielsen, 1991）。在研究中，亦可參考計畫行為理論（Theory of Planned Behaviour, TPB）。計畫行為理論是由艾克仁（Ajzen, 1985）所提出。該理論是由菲斯邦和艾克仁在1967年所提出的理性行為理論（Theory of Reasoned Action, TRA）演變而來，主要用來預測和了解人類的行為。理性行為理論認為，個人對特定行為偏好的行為意圖，受到個人是否認同的態度，以及他人支持與否的主觀規範的影響，而行為意圖又將進一步影響所表現的具體行為。換言之，理性行為理論假設「行為的發生是基於個人的意志控制」，主要用於了解、預測個人行為。然而，理性行為理論假設「個體是否採取某一特定行為」乃完全出自於自願控制，忽略了許多外在因素均會影響個人意志的可控制程度，實際上，個人行為通常也並非全然出於自我意願。艾克仁修正理性行為理論，於1985年提出計畫行為理論（Theory of Planned Behavior, TPB），以理性行為理論（Theory of Reasoned Action, TRA），在態度與主觀規範外，增列了「個人對外在環境控制能力」的行為控制知覺變項，其係指個人知覺到完成某一行為的容易或困難程度，亦即反應個人過去經驗和所預期的阻礙。計畫行為理論可簡化成下列用語：我想不想（態度）、別人的看法（主觀規範）、我做不做得到（知覺行為控制）。

　　艾克仁在個人官網（http://people.umass.edu/aizen/tpb.html）提供一些問卷調查的題項與實例，可以幫助研究者針對計畫行為理論的變項設計項目，包含了態度（attitude, AT）、主觀規範（subjective norm, SN）、知覺行為控制（perceived behavioral control, PBC），以及行為意圖（behavioral intention, BI）。

表3-7　心理因素量表（Hopper and Nielsen,1991）

| 目標因素 | 項目 |
|---|---|
| 社會規範 | Friends expect recycling<br>朋友期待我做回收 |
| | Expect friends to recycle<br>我期待朋友做回收 |
| | Neighbours expect recycling<br>鄰居期待我做回收 |
| | Expect neighbours to recycle<br>我期待鄰居做回收 |
| 個人規範 | How much does it bother you to throw away newspaper?<br>扔掉報紙使你多麼惱怒？ |
| | How much does it bother you to throw away glass?<br>扔掉玻璃使你多麼惱怒？ |
| | How much does it bother you to throw away aluminium?<br>扔掉鋁罐使你多麼惱怒？ |
| | How much does it bother you to throw away paper?<br>扔掉紙張使你多麼惱怒？ |
| | How much does it bother you to throw away motor oil?<br>扔掉機油使你多麼惱怒？ |
| | How much does it bother you to throw away cardboard?<br>扔掉厚紙板使你多麼惱怒？ |
| | How much personal obligation to recycle newspaper?<br>個人有多少義務要回收報紙？ |
| | How much personal obligation to recycle cans?<br>個人有多少義務要回收鐵鋁罐？ |
| | How much personal obligation to recycle glass?<br>個人有多少義務要回收玻璃？ |
| 結果的覺察<br>（AC） | Recycling helps conserve natural resources<br>回收有助於保育自然資源。 |
| | Recycling helps reduce litter<br>回收有助於垃圾減量。 |

| 目標因素 | 項目 |
|---|---|
| | Recycling helps save energy<br>回收有助於節約能源。 |
| | Recycling helps reduce use of landfills/dumps<br>回收有助於減少垃圾場的使用。 |

## (三)個性特質（Personality）

設計調查問卷時，應該假設個性特質會影響目標行為者。根據假設，可以搜尋前人應用的量表，並且進行修改以符合使用目的。在大量的量表中，文化理論（cultural theory）和控制觀（locus of control）是可以採用的觀點。控制觀代表對於行為的控制力來源，分為內部和外部兩種。內控觀（internal locus of control），是相信應對自己的命運與前途負責；外控觀（external locus of control），相信外在力量決定自己的命運。

### 1. 文化理論

文化理論廣泛應用於風險覺察（risk perceptions）關係裡。這個理論提出⑴階級主義者；⑵平等主義者；⑶個人主義者；⑷宿命論者；⑸自治主義者這五種性格，可以了解人類對於自然環境的態度，如圖3-4。因此，這個概念對於了解人們的親環境行為（pro-environmental behaviours, PEBs）也是有用的，如表3-8。

文化理論是在1990年，由史瓦茲和湯普森（Schwartz and Thompson, 1990）所提出，並如圖所示。依據圖3-4，可分為群體（group）與網格規範（grid）的二度空間，其中生活的五種方式，例如階級主義者、平等主義者、個人主義者、宿命論者典型的態度，如表3-8所示。群體的意思是指人們已經建立了介於他們自己與外面世界的分界線。如果群體影響強度強，則為集體行動。網格規範係指社會差異化與權威化的呈現，用來約束人類的控制行為，如果社會網格規範強度強，代表社會規範限制較大（Douglas and Wildavsky, 1983）。換句話說，群體軸係指個人被包含在群體中集體行動的程度；網格規範軸則指個人的行為如何被外在的規範所限制。

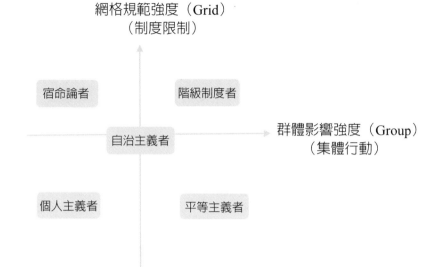

圖3-4 根據文化理論的五種生活方式。

表3-8 階級主義者、平等主義者、個人主義者、宿命論者典型的態度

| 預測a | 典型 | | | |
|---|---|---|---|---|
| | 階級主義者 | 平等主義者 | 個人主義者 | 宿命論者 |
| 自然的神話 | 有悖常理的／容忍的 | 短暫的 | 和善的 | 反覆無常的 |
| 未來的世代 | 有彈性的 | 脆弱的 | 自給自足的 | - |
| 資源的觀點 | 稀有的 | 逐漸減少的 | 充足的 | 碰運氣的事 |
| 工程美學 | 高科技的精湛技藝 | 儉樸的與環境親善 | 適當的，儘可能便宜與快樂 | - |
| 能源的未來 | 中途技術修正 | 低成長，現在激進地改變 | 如常運作 | 你不知道 |
| 預期的系統資產 | 控制（透過內在的規律） | 永續（透過內在的脆弱性） | 開發（透過內在的不穩性） | 處理（透過內在的混亂） |
| 對自然的態度 | 管理的 | 全神貫注的 | 適應的 | - |
| 對人類的態度 | 限制行為 | 建構平等主義的社會 | 交流而不是改變 | - |

| 預測a | 典型 | | | |
|---|---|---|---|---|
| | 階級主義者 | 平等主義者 | 個人主義者 | 宿命論者 |
| 消費型態 | 傳統主義：強烈連結過去 | 自然主義：拒絕人造物 | 世界主義：新奇與寬廣的範圍 | 孤立的：傳統主義，但鬆散地連結過去 |
| 汙染解決辦法 | 改變自然，鞏固社會 | 改變社會，鞏固自然 | 市場激勵，可轉讓的汙染權利 | - |
| 思索與改變行為 | 高思考；低內在改變 | 高思考；高外在改變 | 滿意的；多少改變就多少思考 | 不思考；聽天由命地接受改變 |
| 人性的概念 | 有罪的 | 性本善，可塑的 | 追逐私利的 | 樂透式命運發展 |
| 需求與資源觀點 | 可管理資源，但不能管理需求 | 可管理需求，但不能管理資源 | 可管理需求與資源 | 不能管理需求與資源 |
| 對需求／資源態度 | 增加資源策略 | 減少需求策略 | 以技能的上限，看待管理需求與資源來源 | 構思短期的回應，處理需求與資源的不規則錯置 |
| 主要的風險 | 控制的損失，即大眾信任的損失 | 災難性的，不可挽回的，不公平的發展 | 市場功能的威脅 | - |
| 對風險的態度 | 接受風險 | 厭惡風險 | 尋找風險 | |
| 風險處理方式 | 拒絕與吸收 | 拒絕與迴避 | 接受與迴避 | 接受與吸收 |

Hofstetter (1998)

Hofstetter原始的量表有60個項目，在那些項目裡選出17個項目。

## 2. 環境控制觀

控制觀一詞是羅特爾（Julian Rotter）於1954年提出。控制觀是一種衡量工具，指個體對自己的行為和行為後所得報酬之間的關係，所持的一種信念，是一種人類認為最後的結果，是由自己的行動或是外部力量來決定的性格指標。羅特爾根據先前已經發展的60個項目中，使用其中23個項目，最後，顯示如表3-9中，藉由加了6個補充項目，而成為29個項目。

受測者在量測時要求要選擇A或B的項目，鑑別個體的歸因差異（Rotter, 1996）。

表3-9　控制觀的量表

| 題號a | b | A | b |
|---|---|---|---|
| 1. | | Children get into trouble because their parents punish them too much.<br>兒童的麻煩，是他們的父母常處罰他們。 | The trouble with most children nowadays is that their parents are too easy with them.<br>現今大部分兒童的煩惱，是他們的父母太溺愛。 |
| 2. | a | Many of the unhappy things in people's lives are partly due to bad luck.<br>人們生活上很多不快樂的事情，部分是因為倒楣造成的。 | People's misfortunes result from the mistakes they make.<br>人們的不幸，是因為他們所犯的錯誤造成的。 |
| 3. | b | One of the major reasons why we have wars is because people don't take enough interest in politics.<br>我們戰爭的主要原因，是因為人們沒有得到足夠的政治利益。 | There will always be wars, no matter how hard people try to prevent them.<br>不管人們多麼努力的嘗試去預防，戰爭總會發生。 |
| 4. | b | In the long run people get the respect they deserve in this world.<br>人們終究會得到他們在世界上應得的尊敬。 | Unfortunately, an individual's worth often passes unrecognized no matter how hard he tries.<br>不幸的，無論人們多麼努力嘗試，個人的重要性常被忽略。 |
| 5. | b | The idea that teachers are unfair to students is nonsense.<br>老師不公平對待學生的這種想法，是愚蠢的。 | Most students don't realize the extent to which their grades are influenced by accidental happenings.<br>大部分的學生不了解他們的成績，是偶然發生的影響造成的。 |
| 6. | a | Without the right breaks one cannot be an effective leader.<br>沒有給予適時的休息，一個人不能說他是有效的領導者。 | Capable people who fail to become leaders have not taken advantage of their opportunities.<br>有能力卻沒有成為領導者的人，是因為他們沒有把握他們機會的優勢。 |

| 題號a | b | A | b |
|---|---|---|---|
| 7. | a | No matter how hard you try, some people just don't like you.<br>無論你多麼努力嘗試，有些人就是不喜歡你。 | People who can't get others to like them don't understand how to get along with others.<br>沒有得到他人喜歡的人，不了解如何與其他人相處。 |
| 8. | | Heredity plays the major role in determining one's personality.<br>遺傳在決定一個人的個性上，扮演著主要的角色。 | It is one's experiences in life which determine what they're like.<br>決定一個人是什麼樣子，取決於一個人在生命中的經歷。 |
| 9. | a | I have often found that what is going to happen will happen.<br>我常發現事情要發生就會發生。 | Trusting to fate has never turned out as well for me as making a decision to take a definite course of action.<br>相信命運和確定行動的方向，對我從未有所決定性的影響。 |
| 10. | b | In the case of the well-prepared student, there is rarely if ever such a thing as an unfair test.<br>對於準備充分的學生來說，很少有不公平的考試之類的事情。 | Many times exam questions tend to be so unrelated to course work that studying is really useless.<br>很多時候，考試的題目常和課程沒有關聯，使得學習真的沒有效果。 |
| 11. | b | Becoming a success is a matter of hard work; luck has little or nothing to do with it.<br>努力工作對成功很重要，運氣只有一點或完全沒有作用。 | Getting a good job depends mainly on being in the right place at the right time.<br>能得到一份好的工作，主要是天時地利。 |
| 12. | b | The average citizen can have an influence in government decisions.<br>一般的公民在政府決策上，有其影響力。 | This world is run by the few people in power, and there is not much the little guy can do about it.<br>世界是由權力圈內的少數人來運作，小市民能做的事不多。 |
| 13. | b | When I make plans, I am almost certain that I can make them work.<br>當我訂定計畫時，我幾乎確定我可以完成。 | It is not always wise to plan too far ahead because many things turn out to be a matter of good or bad fortune anyhow.<br>計畫未來不是明智的，因為很多事情結果出現不是好就是壞。 |

| 題號a | b | A | b |
|---|---|---|---|
| 14. | | There are certain people who are just no good.<br>確定就是有不好的人。 | There is some good in everybody.<br>每個人身上都有一些優點。 |
| 15. | b | In my case getting what I want has little or nothing to do with luck.<br>以我來說，能得到我想要的東西，和運氣沒有什麼關係。 | Many times we might just as well decide what to do by flipping a coin.<br>有些時候，我們或許也會用拋硬幣來決定做什麼。 |
| 16. | a | Who gets to be the boss often depends on who was lucky enough to be in the right place first.<br>能夠成為老闆的人，常常是因為他的運氣好，能第一時間在對的地方出現。 | Getting people to do the right thing depends upon ability; hick has little or nothing to do with it.<br>讓人們去做對的事情靠的是能力，鄉巴佬沒什麼能力去做。 |
| 17. | a | As far as world affairs are concerned, most of us are the victims of forces we can neither understand nor control.<br>目前為止所擔心的世界事情，主要是我們大部分都是武力下的受害者，而我們無法了解，也無法控制 | By taking an active part in political and social affairs, the people can control world events.<br>藉由積極參與政治和社會事務，人們可以控制世界的事情。 |
| 18. | a | Most people don't realize the extent to which their lives are controlled by accidental happenings.<br>大部分的人都不了解他們是被偶然發生所控制生活著。 | There really is no such thing as "luck".<br>根本沒有運氣這一回事。 |
| 19. | | One should always be willing to admit mistakes.<br>人應該願意去承認錯誤。 | It is usually best to cover up one's mistakes.<br>掩蓋一個人的錯誤通常是最好的。 |
| 20. | a | It is hard to know whether or not a person really likes you.<br>很難知道一個人是否真的喜歡你。 | How many friends you have depends upon how nice a person you are.<br>你有多少朋友，取決於你是多麼好的一個人。 |

| 題號a | b | A | b |
|---|---|---|---|
| 21. | a | In the long run the bad things that happen to us are balanced by the good ones.<br>長遠來說，發生在我們身上的壞事和好事是平衡的。 | Most misfortunes are the result of lack of ability, ignorance, laziness, or all three.<br>大部分的不幸，是由於缺乏能力、無知、懶惰，或是以上這三者造成的。 |
| 22. | b | With enough effort we can wipe out political corruption.<br>若有足夠的努力，我們可以完全摧毀政治上的腐敗。 | It is difficult for people to have much control over the things politicians do in office.<br>人們要控制政客在辦公室裡的所作所為，是很困難的。 |
| 23. | a | Sometimes I can't understand how teachers arrive at the grades they give.<br>有時候，我不能了解老師們是如何評定他們給的成績。 | There is a direct connection between how hard I study and the grades I get.<br>我努力讀書和我拿到的成績這二者之間，是有直接關聯的。 |
| 24. | | A good leader expects people to decide for themselves what they should do.<br>好的領導者期待人們為他們自己決定他們應該做什麼。 | A good leader makes it clear to everybody what their jobs are.<br>好的領導者讓每個人都很清晰他們的工作是什麼。 |
| 25. | a | Many times I feel that I have little influence over the things that happen to me.<br>我常對發生在我身上的事感到無力。 | It is impossible for me to believe that chance or luck plays an important role in my life.<br>要我相信機會或運氣在我的生命中，扮演重要的角色，是不可能的。 |
| 26. | b | People are lonely because they don't try to be friendly.<br>人們寂寞，因為他們對人不友善。 | There's not much use in trying too hard to please people, if they like you, they like you.<br>努力嘗試取悅人們是白費力氣的，如果他們喜歡你，就喜歡你。 |
| 27. | | There is too much emphasis on athletics in high school.<br>高中學校太關注於田徑運動。 | Team sports are an excellent way to build character.<br>團體運動對發展人的性格，是很好的方式。 |

| 題號a | b | A | b |
|---|---|---|---|
| 28. | b | What happens to me is my own doing.<br>我自己做的事會報應在我自己身上。（自作自受） | Sometimes I feel that I don't have enough control over the direction my life is taking.<br>有時候，在我選擇的生命方向上，我覺得我沒有足夠的控制能力。 |
| 29. | a | Most of the time I can't understand why politicians behave the way they do.<br>大部分時候，我不了解政治人物所做出的行為。 | In the long run the people are responsible for bad government on a national as well as on a local level.<br>長遠來說，人們對不好的中央政府及地方政府存在一樣，也是有責任的。 |

Rotter (1996)

a.Rotter (1996)原來的題號。

b.Rotter (1996)原來強調的項目，代表外控信念。空白項目是不明確的項目。

　　羅特爾根據社會學習的理論指出，人類對日常行為經驗中所遭遇的強化作用，常有截然不同的看法。有些內控觀強的人，認為好的事情發生，是由於自身行為、能力或特性所產生的後果。他可以對這些行為後果或特質，具有控制作用，簡稱「內控」；另一些人則持悲觀的看法，認為有好的事情發生，並非來自於自身行為的結果，而是由外在的機會、命運、他人所造成的，個人對這些影響無法操控，簡稱「外控」。麥卡錫和許姆在2001年發表社會政治控制觀量表，顯示10個項目作為可以影響回收行為的控制觀，藉由表3-10，將資源回收的重要觀念，納入控制觀模型（Paulhus, 1983; MacCarty and Shrum, 2001）。

表3-10　社會政治控制觀量表

| 題號a | c | 題目 |
|---|---|---|
| 7. | | There is very little we, as consumers, can do to keep the cost of living from going higher. (R)<br>做為消費者，我們在持續攀高的生活成本中，要維持目前的生活成本，能做的事有限。 |

期刊論文寫作與發表

| 題號a | c | 題目 |
|---|---|---|
| 5. | 22-a | With enough effort we can wipe out political corruption.<br>若有足夠的努力，我們可以完全摧毀政治上的腐敗。 |
| 2. | 12-a | The average citizen can have an influence on government decisions.<br>一般的公民在政府決策上有其影響力。 |
| b | 12-b | This world is run by the few people in power, and there is not much the little guy can do about it. (R)<br>世界是由權力圈內的少數人來運作，小市民能做的事不多。 |
| 1. | | By taking an active part in political and social affairs we, the people, can control world events.<br>藉由積極參與政治和社會事務，我們人類可以控制世界的事情。 |
| 8. | | When I look at it carefully, I realize it is impossible to have any really important influence over what politicians do. (R)<br>當我仔細檢視時，我了解要對政治人物的所作所為，有所重要的影響，是不可能的。 |
| 9. | | I prefer to concentrate my energy on other things rather than on solving the world's problems. (R)<br>我寧可集中精力在其他的事情上，也不要去解決世界的問題。 |
| 6. | | One of the major reasons we have wars is because people don't take enough interest in politics.<br>我們會有戰爭的主要原因，是因為人類沒有得到足夠的政治利益。 |
| 10. | 29-b | In the long run we, the voters, are responsible for bad government on a national as well as local level.<br>長遠來說，我們選民對不好的中央政府及地方政府的存在，也是有責任的。 |
| 3. | 22-b | It is difficult for people to have much control over the things politicians do in office. (R)<br>人們要控制政客在辦公室裡的所作所為，是很困難的。 |

Paulhus (1983)

a: Paulhus (1983) 社會政治控制觀量表的原始題目題號

b:由Mac Carty and Shrum (2001) 替換原始的第4題而增加的題目。不好的經濟情況，是由於超出我們所能控制的世界性事件所造成的。

c: Rotter (1996) 的題目（表3-9所示）。

## 三、問卷用語

設計一份調查問卷，其用語可以決定受測者回答的品質。研究者應該專注於受測者是否正確了解問題選項，並且輕鬆做答。為了避免曲解題項的情況產生，以下四點是設計問卷時，需要注意的事項（Kurisu, 2016）：

㈠避免技術性用語，要採用簡單的語意表達方式。

㈡避免不清晰的定義。

㈢避免採用雙關語。

㈣避免殘留影響（residual effect）。

研究者通常在研擬問卷時，喜歡採用技術性用語。然而，一些技術性用語對受測者而言，常造成語意上的誤解。例如，在問卷調查詢問人們對洪水管理的偏好。在50年洪水頻率管理，和100年洪水頻率管理，二者之中，詢問他們偏好哪一個管理方式。

在土木水利工程的領域中，50年洪水頻率管理，意指測量在50年內，發生的可以承受洪水規模。然而，100年洪水頻率管理，所謂洪水再現周期為100年，是洪水來臨的頻率較低，而不是100年才會發生一次洪水，這有可能在進行洪泛管理作業時，需要承受在100年內，可能產生的更大規模的洪水。我們期待人們會偏好100年洪水頻率（1/100年洪水管理）；然而，我們卻經常得到截然不同的答案。最後才了解到，人們認為1/50年洪水管理，意思指的是在50年之內進行一次管理，而1/100年洪水管理，意指只在100年之內，進行一次管理。因而50年洪水頻率管理的選項，是有更多次的管理頻率，也因此是更好的洪水管理。但是，受測者對於專業術語的了解是錯的。從這個例子中，可以很容易看到為什麼問卷要採用簡單和清晰的用語。

即使採用簡單的用語，來代替技術用語，受測者仍然會對其意義有不同的理解，而導致填答無效。例如，你可以回答看似簡單的問題，例如：你有多少朋友？這個朋友的定義與決定的標準，在每個人填答時，會產生

差異。因此，回答這樣的問題，受測者只會給我們沒有意義的資料。當你設計問題時，應該仔細地檢查是不是所有的受測者，都用一樣的邏輯模式來理解問題。

此外，依循一個議題的原則是很重要的。例如，你會問這樣的問題：對於喝酒又抽菸的人有什麼看法？受測者認為喝酒沒有問題，但是不接受抽菸，於是他們面臨回答問題的兩難。因為在問題中，包含超過一個以上的問題，稱為雙關問題，應該要避免此類問題的產生。

此外，問題的次序也很重要。前面的問題對於之後的問題，會有影響的可能，這稱為殘留影響（residual effect）。你應該仔細地檢查，是否先前的問題會對接在後面的問題，有任何的結果影響。當受測者涉及到認知與態度上的轉變，會產生殘留影響。受測者在填答行為上已經成為一種慣性，永遠對於陳述的習慣性認同，產生慣性思維的慣性偏差（acquiescence bias），這都是要避免的。

## 四、問卷調查

研究項目的一個重要組成部分，是了解抽樣方法如何產生。在大多數的研究中，我們不可能調查所有的人，必須考慮在不同時段之間，各種不同受測者之間的差異性，其區域特性包含了臺灣地區及特定研究地區，說明如下。

### (一)抽樣方法

#### 1. 臺灣地區

抽樣設計採取分層隨機抽樣方法抽出。在層級部分，依照縣市分層，臺灣地區共分為25層。各縣市層級依據層內12歲以上人口數，占臺灣地區12歲以上總人口數的比例，來分配樣本數。在臺灣地區進行調查時，以年滿12 歲及以上之國民為調查對象。每季（每三個月為一季）訪問一次，一年訪問四次。

#### 2. 特定研究地區

抽樣設計採取非等比例分層機率抽樣。抽樣日期依「平日」、「週休

週末」及「非週休週末」三種採樣時段分配。研究抽樣設計刻意提高週末時段的抽樣機率，其目的在於獲得較多受訪者之訪問，以期有足夠的資料來進行分析。以年滿12歲及以上之國民為調查對象，採用「面對面訪問」方式進行。

## 抽樣方法

### 科學調查的樣區分類

　　科學調查研究是在自然地區或是社會背景之下進行。我們從自然地區、社會環境以及都市人口中，了解其中所產生的問題。例如，我們的採樣單位是組織、團體或是地理實體，如城市或鄉村。有時候，我們的採樣策略是多層次的。從城市之中進行抽樣。不管是自然科學調查和社會科學調查，都要建立樣區採樣的調查方法，以有效進行整合性調查分析（圖3-5）。

(一)建立調查方法

　　1.直接調查的採樣設計：俗稱劃分樣區進行資源調查。在直接調查中，因為樣區遼闊，不可能以微薄的調查人力進行地毯式的調查搜尋。因此，需要考慮採取下列方式進行調查樣區的設計：

　　　(1)簡單隨機採樣（Simple random sample）：簡單隨機採樣是指在調查地圖上抽樣時，不以個人偏好因素選擇樣區，而自由抽中樣區進行採樣調查，每一個被抽中樣區的機率都是相等的。

　　　(2)系統採樣：系統採樣是藉由地理位置進行等距的抽樣，將各抽樣點以相等距離進行排序，然後依據相等的距離或是間隔抽取樣本進行調查。系統採樣的好處是抽出的調查樣區是均勻分布的，而且抽取的樣區代表性比簡單隨機採樣更具地區均勻性。系統採樣的好處是系統幾何均等，但是因為樣區中有不能到達的區域，所以採取系統採樣方法理論可行，但是在實務中經常會碰到調查「不可及性」的問題。

　　　(3)分層隨機採樣：分層隨機採樣是將不同的地理屬性特徵，進行分

類，例如：依據地理、人口、產業分區，進行不同層次的調查類型區，之後在這些不同的地理類型區中，隨機進行樣區的選擇。分層隨機採樣的特色是因為通過了人為的地理分類，增加了地理分區中小樣區之間的共通性，可以分析出地理分區中的特性。這種方法適用在環境需要進行分類時，進行分區處理。

(4)群集採樣：群集採樣是將採樣地點分成幾個群集，以群集為採樣單位進行隨機的樣區採樣。

(5)其他採樣設計：上述簡單隨機抽樣、系統抽樣、分層隨機抽樣、群集抽樣都是採樣調查時所進行的方式，其他採樣設計又有重複採樣（double sampling）設計和比例估計（ratio estimation）設計等。

2. 直接調查的採樣方法：當採樣設計決定之後，需要進行樣區的採樣時，下列方法是常用的樣區採樣方法。

(1)點採樣法：點採樣法是透過樣區間不同的點位之間，調查各點位之間標的物的分布狀況。點採樣法經常是以系統採樣或是分層隨機採樣之後，在各樣區中進入樣點來進行，這些樣點需要以全球定位系統（Global Positioning System, GPS）進行定位，以繪出點採樣在地理資訊系統中的分布位置。

(2)穿越線法（line transect）：穿越線法是以一條線路穿越樣區，這條線路可以是直線的（線狀穿越線），也可以沿著彎曲的道路進行（沿著道路進行抽樣），穿越線法經常和調查小區採樣法、點採樣法混合運用。在選擇的樣區內，沿著直線、道路或是小徑路線，或自己設計的調查路線，長度以1至2公里為宜，以每小時1到1.5公里的速度前進，將經過穿越線所看見的物種名稱和數量進行記錄。穿越線調查法適用於調查人力不足，難以進行同步定點調查時所運用的方式。若是調查路徑採用沿固定路徑前進的穿越線法，則需要在地圖上標明行進的路線和行進方向。

(3)調查小區法：調查小區（plots）是較小的地理分區所組成，這些小

區可以是圓圈、正方形和長方形。調查人員運用這些小區結合簡單
隨機採樣、系統採樣和分層隨機採樣的調查結果，來預測調查結果
的分布。

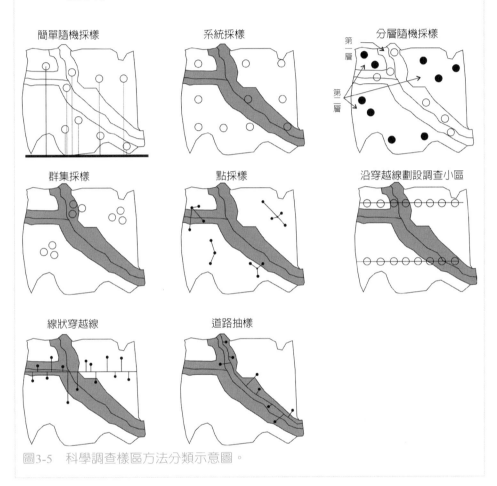

圖3-5　科學調查樣區方法分類示意圖。

3. 抽樣份數

　　統計學中，無母數抽樣公式，將樣本比率p保守估計值訂為0.5，誤
差在5%以內，設定信賴區間95%。扣除廢卷後所得之有效樣本為384份，
廢卷標準為作答不完全之受測卷。由公式得知本研究樣本參考大小為384
人，但在考慮可能發生的無效問卷，因此，本研究預計最少需400 份有效

問卷。由公式計算結果得出本研究樣本參考大小爲384人。

其中：抽樣誤差 < 0.05，信賴度 95%

樣本數：$n = p \times (1-p) \times \left(\dfrac{Z_{\alpha/2}}{e}\right)^2$

$n$：樣本數

$e$：可容忍抽樣誤差值

$p$：樣本比率

$z_{\alpha/2}$：標準化常態值

在此，$\alpha$爲顯著水準或風險水準，$(1-\alpha)$即信賴係數或信賴水準；顯著水準表示檢定者主觀認定統計量出現「極端數值」的機率。信賴係數越高越好，表示估計精準。

$\alpha = 0.05$；$\dfrac{\alpha}{2} = 0.025$

所以 $1 - = 0.95$；$1 - \dfrac{\alpha}{2} = 0.975$

一般統計學之常態數值Z，係利用常態分配表來得知，經過查表，求得$Z_{\alpha/2}$分配爲1.96，可以表達如下。

$Z_{\alpha/2} = Z_{0.025} = 1.96$

可容忍抽樣誤差值$e = 0.05$

$n = 0.5 \times 0.5 \times \left(\dfrac{1.96}{0.05}\right)^2 = 384.16 \doteqdot 384$

因爲考量問卷施測時之拒簽率$Q$、廢卷率$L$，以及其他不可抗拒等因素所導致的誤差$B$，$Q + L + B \doteqdot 5\%$。

$N = 384 \times (1 + 5\%) = 404 \doteqdot 400$

故正式問卷調查份數爲400份。

# 估計平均數時的樣本大小

## 考慮母群體變異數

一、母群體變異數已知

在統計學中，母群體變異數$\sigma^2$如果已知，或是知道$\sigma^2$的初始值或計畫值（planning value），樣本數$n$之求算公式為：

$$n = \left( \frac{Z_{\alpha/2} \times \sigma}{e} \right)^2$$

$\alpha$為顯著水準或風險水準，$(1-\alpha)$即信賴係數或信賴水準；顯著水準表示檢定者主觀認定統計量出現「極端數值」的機率。信賴係數越高越好，表示估計值越精準。

$e$為可容忍抽樣誤差值

$\sigma$為母群體標準差，是用來衡量觀測值與平均值之間的離散程度。

標準差 $\sigma = \sqrt{\dfrac{\sum\limits_{i=1}^{n}(x_i - \mu)^2}{n}}$

變異數 $\sigma^2 = \dfrac{\sum\limits_{i=1}^{n}(x_i - \mu)^2}{n}$

標準隨機變數 $Z = \dfrac{x - \mu}{\sigma}$

平均數$\mu$

在標準常態$Z$分配（normal distribution）（$\mu = 0$, $\sigma = 1$）的左尾開始，累加到$Z$值處的總面積機率，如圖的陰影部分：NORMSDIST（-1.96）為0.025。通常，$\alpha = 0.05$時，如要查$Z_{\alpha/2}$值，是找尋右尾機率為0.025時之$Z$值，即找出由左尾累積得0.975之$Z$值1.96，如圖3-6。

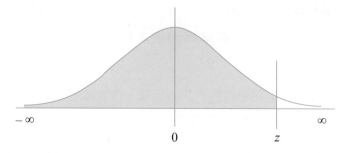

$-\infty$ 　　　　　　0 　　　　$z$ 　　　　$\infty$

圖3-6　由左尾累積得0.975之Z值1.96。

## 二、母群體變異數未知

　　事實上在很多調查中，是無法得知母群體變異數$\sigma^2$，若母群體變異數未知，則可以過去調查之樣本變異數$S^2$來替代。如果之前也沒有調查，可以先做150份以上的問卷試訪（Devellis, 2011）。然後，再來計算樣本數：

$$n = \left( \frac{Z_{\alpha/2} \times S}{e} \right)^2, \quad S = \sqrt{\frac{\sum_{i=1}^{n}(x_i - \mu)^2}{n-1}}$$

$$S^2 = \frac{n\sum_{i=1}^{n}x_i^2 - \left(\sum_{i=1}^{n}x_i\right)^2}{n(n-1)}$$

式中：

$\alpha$為顯著水準或風險水準，$(1-\alpha)$即信賴係數或信賴水準

$e$為可容忍抽樣誤差值

$S$為樣本標準差

$S^2$為樣本標準差$S$之平方，用來衡量觀測值與平均值間的離散程度。

## 三、估計比率

　　一般估計主要是平均數，最常用來描述抽樣誤差之統計值，即為標準差（standard error），透過標準差我們可以計算信賴區間。若樣本比率為母群體比率（proportion）$P$之不偏估計量，且在大樣本時，抽樣分配近似於常態分配。在此，平均數的標準差為$\sqrt{\dfrac{\sigma^2}{n}}$，樣本比率$p$的標準差為$\sigma_p$，由於

$\sigma_p = \sqrt{\dfrac{p(1-p)}{n}}$ ，其樣本數$n$之求算公式為：

$$n = \left(\dfrac{Z_{\alpha/2} \times \sigma_p}{e}\right)^2$$

$P$為母群體的真正比率

$p$為樣本比率，保守估計值訂為0.5

$\alpha$為顯著水準或風險水準，$(1-\alpha)$ 即信賴係數或信賴水準

$e$為可容忍抽樣誤差值，訂為$e = 0.05$

$\sigma_p$為抽樣之過程樣本標準差，其運算公式為：

既然 $\sigma_p = \sqrt{\dfrac{p(1-p)}{n}}$，最保守的作法是將$p = 0.5$放入公式中計算，會得

到 $\sigma_p = \sqrt{\dfrac{0.5 \times (1-0.5)}{n}}$，將其代入上式，即可獲得新的樣本數$n$公式：

$$n = \dfrac{Z_{\alpha/2}^2 \times p(1-p)}{e^2} = p \times (1-p) \times \left(\dfrac{Z_{\alpha/2}}{e}\right)^2 = 0.5 \times 0.5 \times \left(\dfrac{1.96}{0.05}\right)^2 \doteqdot 384$$

由以上公式可看出：

㈠樣本越大，則抽樣誤差越小。

㈡當原來樣本數較小時，增加樣本數，會減少較多之誤差，但原樣本顏大時，加多樣本數能減少之誤差並不大。

㈢當$p = 0.5$時，樣本比率之抽樣誤差最大。

㈣上述公式只用在簡單隨機抽樣（simple random sample）的情況。當抽樣不是簡單隨機時，樣本誤差之計算會隨設計的不同而不同，也會隨變項的不同而不同。

㈤上述標準差$\sigma_p$只和抽樣之過程有關，並非涵蓋個別受訪者可能造成的誤差。

㈥依據上述的情況，$\alpha = 0.05, p = 0.5$，我們依據精確程度($\alpha$)估算需要的樣本數($n$)為384份，將近為400份，如果($\alpha$)值不同，需要樣本數之計算也有差異。

| 精確程度(α) | 估計大約需要樣本(n) |
|---|---|
| ± 10% | 100 |
| ± 7% | 200 |
| ± 5% | 400 |
| ± 3% | 1000 |
| ± 2% | 2400 |
| ± 1% | 9600 |

## (二)調查方法

問卷調查主要的調查方法，列示如表3-11。在機率樣本抽選的原因，是希望在母群體中，每一位受訪者都有已知之抽選機率。因為，樣本資料之品質，受到搜集到資料的樣本和原預定樣本間回收率的影響。如果有未回答（non-response）的情形，會造成系統性之誤差。一般說來，有三種理由無法自預定之調查對象中取得資料。

1. 無法聯絡：在問卷資料搜集之方法或步驟中，無法聯絡或尋找到受訪者，因此沒有機會讓他們回答問題。
2. 拒訪：受訪者拒絕提供資料。
3. 無行為能力：受訪者沒有能力回答，如生病、聽不懂訪員所使用的語言或是無讀寫之能力，以致無法回答自填之問卷。在調查方法中，要避免上述的情形發生，需要有效且正確的告訴受訪者調查之目的，讓受訪者感到其幫助之重要。此外，要使訪員知道回收率高之重要性。要能迅速發現回收率方面之問題，並且停止僱用沒有效率的訪員。

以下介紹主要調查方法，一般我們採取訪談法、電話訪問法、信箱置放法、郵寄法、網站調查法以及線上調查法等，來建置基礎資料。

### 1. 訪談法

「面對面訪問」是一種面對面訪問的調查方法。街頭訪問人群或是透

過熟人的介紹，除非你和他們產生爭執，不然幾乎都可以從受訪者身上得到答案，所以填答的回覆率是很高的。然而，獲得受訪者接受訪談，通常很困難。在街上，只有少數人會準備停下來接受調查。即使透過私人的介紹，得以接觸到潛在的受訪者，也不能保證他們會配合調查。如果訪談超過一個人以上，訪談調查的另一個困難點，則是維持訪員在同樣層次的訪談技巧。訪員在進行主要的調查之前，應該參加調查訓練工作坊之培訓。此外，需要訪員多次造訪，特別是在晚上或週末，造訪所需之次數視狀況而定，在都會地區，一般而言至少要6次。

### 2. 電話訪問法

採用「電腦輔助電話訪問（Computer assisted telephone interview；簡稱CATI）」方式進行。電話訪問法因為電訪時間不能太長，題項容易設計。此外，因為受測者母群體的年齡分布及性別分布是常態的，同時由調查公司來進行調查族群的調整。因為透過抽樣，可以調整母群體大小，以在最短時間之內，調查到所需要的樣本數。缺點是拒答率高，不容易深入詳盡的調查。此外，訪員的技巧在調查結果上有重要的影響，在進行主要的調查之前，應該參加調查訓練工作坊之電話訪談法培訓。電話調查因成本較低，故一般要求是打10次。

### 3. 信箱置放法

採用信箱置放法，可以設計並印出調查問卷，然後親手傳遞，或是通過派報生進行問卷傳遞；置放法通常回收率很低，且無法應用隨機抽樣。如果要提高回收率，調查者應親自拜訪，並收回問卷。

### 4. 郵寄法

可以透過郵局來郵寄。郵寄可附上回郵信封，這個方法很容易應用，但是回收率通常很低（大約只有15-40%的回收率）。此外，也會存在回郵偏誤（sending back bias），因為會回寄答覆問卷的受訪者，通常對於目標議題有較高的意識。另一個問題是獲得寄件地址很困難。如果你使用置放法，你不需要得到受測者的正確郵寄地址。然而，如果你想郵寄問卷，則需要得到受測者的全部完整地址才能。從隱私權的角度來看，有一

些地區要求更高的成本，才能獲得人們居住地址資料。根據日本東京大學學者栗栖聖（Kurisu, 2016）研究，她觀察在日本有一種圖書館資料收費制度，依據研究者使用閱覽室的時間長度，或是他們讀取居民基本登記冊網路所選擇的數量，來進行收費。這些資料收費制度，在不同的地區和城市是不同的。但是在獲得大量的地址，而回收率依舊很低的情況之下，相對來說，郵寄訪談費用就變得相當昂貴。

　　5. 網站調查法

　　「網站調查法」這個術語有時候和「線上調查法」在英文中是同義字，但是係指二種不同的方法。網站調查法是由調查者自己撰寫程式，或是使用網路工具，例如Survey Monkey（SurveyMonkey.com）或是Google forms來製作一個網站，讓受測者拜訪並回答問題。就像訪談法，網站調查法也要尋找受測者。然而，受測者的限制條件是設計網站的人要求的，或者是對於目標議題有興趣而碰巧拜訪網站的人才會填答。因此，隨機抽樣通常不能採用在網站調查法。

　　6. 線上調查法

　　線上問卷調查法除了在行銷方面，在學術領域的使用也變得很常見，如果是委託專業的民意調查中心進行調查，程序介紹如圖3-7。

　　⑴ 設計一份問卷。

　　⑵ 尋求一個民意調查公司製作問卷的網站版本。

　　⑶ 民意調查公司尋找在公司登記的人們來回答問卷。

　　⑷ 受測者透過網站回答問卷。

　　⑸ 調查公司把回答的資料編輯成EXCEL或者是CSV文字檔交給研究者。

　　線上問卷調查法的受測者因填答問卷獲得獎勵，而獲得到積分點數，作為填答回報；而這些點數，可以轉換為購物券點數或是折價券，可在購物中心購物時使用。透過線上問卷調查法，可以安排及調整受測者，以避免上述所說的回郵偏誤。在民意調查公司登記的受測者，其素質由調查公司所掌控。線上問卷調查法適合進行大規模的問卷調查，可以得到又高又

快速的回覆率。這個方法最重要的優點,是受測者母群體的年齡分布及性別分布是常態的,同時由調查公司來進行調查族群的調整。如果你需要2,000份樣本,可以得到根據國家人口普查,調整過母群體分布的2,000份樣本。當然,這個方法不能應用於沒有網路或是不熟悉電腦使用的家戶。基於同樣的理由,要獲得年長受測者的資料,有時候也非常困難。線上問卷調查法的優、缺點見於表3-11。

圖3-7 線上問卷調查法的概略圖(Kurisu, 2016)

表3-11 調查方法的優點與缺點

| 調查方法 | 優點 | 缺點 |
|---|---|---|
| 1.訪談法 | 回收率高<br>可進行深入詳盡的調查 | 花費大量時間<br>要得到大量的樣本很困難<br>人工成本導致更高的調查成本<br>訪員的技巧在調查結果上有重要的影響 |
| 2.電話訪問法 | 容易設計<br>可調整母群體<br>調查期間較短 | 拒答率高<br>不容易深入詳盡的調查<br>訪員的技巧在調查結果上有重要的影響 |
| 3.置放法 | 容易設計<br>可避免郵寄成本太高 | 回收率通常很低<br>無法應用隨機抽樣 |
| 4.郵寄問卷法 | 容易設計 | 回收率低<br>要得到郵寄地址很困難<br>存在回郵偏誤(sending back bias) |

| 調查方法 | 優點 | 缺點 |
|---|---|---|
| 5.網站調查法 | 可避免郵寄成本太高<br>容易設計 | 獲得受測者很困難<br>無法應用隨機抽樣 |
| 6.線上問卷調查法 | 回收率高<br>可調整母群體<br>調查期間較短<br>回郵偏誤比較低 | 鄉村地區不適用<br>很難取得年紀較長的受測者樣本 |

## 五、問卷分析

在這一小節，說明常用的統計分析，也會描述常被誤解的統計議題。有關統計學理論細節，請參考統計學教科書。

### ㈠資料種類

在取得編碼資料之後，應該知道每一個資料的種類。如表3-12所示，資料依據測量尺度的種類，可分為四種類型：

1. 名目尺度資料：有標示的功能。見表3-12之舉例，每一個數字只是分類的代號，如果你把男性編碼為1，女性編碼為2，這些數字只是有分類的功能。

2. 順序尺度資料：包含排序的概念，例如，1、2、3的分級，1是比2更好，2是比3更好等等，在這個尺度內有一個排序功能。然而，我們不能說明數字之間差異的程度，我們不知道1級和2級的差異是多大，也不知道1級和2級的差異，與2級和3級的差異，這二個差異之間的大小。

3. 等距尺度資料：我們可以說明數字之間的差異。當我們看到10℃與25℃，知道差異是15℃，它和30℃與45℃之間的差異是相同的。然而，這個資料的比率是沒有意義的。15℃時，絕對溫度是15 + 273 = 288(K)。然而，我們不能說30℃是15℃的二倍。李克特量表的資料測量，通常是處理區間的資料，當我們用1、2、3、4、5來編碼資料時，我們是假設1和2的差異是與4和5的差異一樣的。

4. 比率尺度資料：包含比率的功能，資料中不只說明差異，也說明比率，如表3-12的舉例。

表3-12　資料的種類

| 尺度 | 功能 | 舉例 |
|------|------|------|
| 名目 | 標示 | 身分證號碼（1101, 1102,...） |
| | | 性別編碼（男性:1；女性:2） |
| 順序 | 標示+排序 | 分數（1, 2, 3...） |
| | | 分級（1, 2, 3...） |
| 等距 | 標示+排序+同一單位區間 | 溫度（15°C, 30°C） |
| | | 李克特量表資料（1, 2, 3, 4, 5） |
| 比率 | 標示+排序+同一單位區間 +有意義的數量 | 濃度（15mg/L, 30mg/L） |
| | | 長度（15公尺，30公尺） |
| | | 重量（15公斤，30公斤） |

## (二)初步檢驗

進行統計分析之前，應該檢驗資料的分布。為使用參數（母數）檢驗，須要求原始資料呈現常態分配。你也必須考慮是否全部的資料可以一起處理，還是應該在分析之前，分成好幾組？當你想要檢查你所獲得的資料，是否符合母群體分布，通常使用卡方檢驗。

### 1. 基本的統計分析

#### (1) 二組樣本之間的比較

當你想要比較兩組樣本的平均值，你可跟著圖3-8的流程圖，選擇適合的統計分析方法。如要使用常見的學生t檢驗，常態分配和變異數分析是先決條件。當兩組樣本不是獨立的而是成對的樣本，對於這兩組樣本之間的差異，應該使用一種統計檢驗方法，例如我們在第二章討論的學生t檢驗。在這個例子中，測量每一個受測者，在這個參加運動課程計畫之前與之後的體重比較，如表3-13。

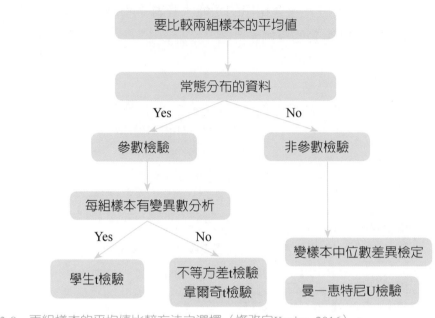

要比較兩組樣本的平均值

常態分布的資料

Yes → 參數檢驗

No → 非參數檢驗

每組樣本有變異數分析

Yes → 學生t檢驗

No → 不等方差t檢驗 韋爾奇t檢驗

變樣本中位數差異檢定

曼─惠特尼U檢驗

圖3-8　兩組樣本的平均值比較方法之選擇（修改自Kurisu, 2016）。

表3-13　配對樣本平均值的比較，應該使用配對分析

| | 身體重量(kg) | | 趨勢 | | 身體重量(kg) | | 趨勢 |
|---|---|---|---|---|---|---|---|
| | 計畫前 | 計畫後 | | | 計畫前 | 計畫後 | |
| A | 60.8 | 59.2 | ↘ | A | 60.8 | 56.3 | ↘ |
| B | 55.7 | 54.7 | ↘ | B | 55.7 | 50.2 | ↘ |
| C | 50.4 | 50.2 | ↘ | C | 50.4 | 52.3 | ↗ |
| D | 48.2 | 47.2 | ↘ | D | 48.2 | 47.2 | ↘ |
| E | 75.2 | 65.6 | ↘ | E | 75.2 | 60.0 | ↘ |
| F | 56.4 | 56.3 | ↘ | F | 56.4 | 59.2 | ↗ |
| G | 47.3 | 47.0 | ↘ | G | 47.3 | 47.0 | ↘ |
| H | 65.1 | 60.0 | ↘ | H | 65.1 | 65.6 | ↗ |
| I | 80.3 | 75.3 | ↘ | I | 80.3 | 75.3 | ↘ |
| J | 52.4 | 52.3 | ↘ | J | 52.4 | 54.7 | ↗ |

日本東京大學栗栖聖採用這個案例進行說明，她認為如果對兩組案例使用兩組獨立樣本比較分析，會出現相同的結果（Kurisu, 2016）。你可以看見10個目標（A-J）和兩組樣本（之前與之後），在表的左半邊，所有的個體都呈現體重減少的趨勢；在表的右半邊，有一些個體的體重增加，並且可以觀察到不同的趨勢。

　　所以，在這兩張表格中，可以觀察到運動課程計畫的效果可能不同。然而，在左右兩邊的「課程計畫後」欄位上，構成的資料是一樣的，但因為有畫底線的資料順序予以弄混，所以對這兩組獨立樣本的比較，若使用統計檢驗，這兩張表會得到相同的結果，並可忽視每張表所顯示出來的趨勢。為了避免這個問題，應該針對兩組配對的樣本比較，採用配對資料分析。

## 計算之前

### 檢驗原始資料的分布（Kurisu, 2016）

　　在得到調查資料之後，首先你要做什麼？有些人會使用Excel來簡單計算樣本的平均值。但是，這真的是適當的第一步嗎？讓我們來看下圖的例子，受測者的回答轉換成1到6的分數範圍，每一個情況都有相同的受測者人數2000人，當你計算每一個情況的平均分數時，兩種情況都得到一樣的平均值：3.65。然而，當你使用柱狀圖來檢視原始資料的分布時，這兩種情況卻顯示出完全不一樣的形態。在情況A，計算平均值是有意義的，並且可以討論它。另一方面，情況B呢？幾乎沒有答案落在平均值的附近。在這個例子中，如果你計算出平均值，它有可能導致對實際情況的誤解，如表3-14和圖3-9。

表3-14　A和B兩種情況都得到一樣的平均值

| A情況 | | B情況 | |
|---|---|---|---|
| 分數 | 受測者人數 | 分數 | 受測者人數 |
| 1 | 150 | 1 | 320 |
| 2 | 250 | 2 | 580 |
| 3 | 500 | 3 | 30 |
| 4 | 550 | 4 | 20 |
| 5 | 350 | 5 | 650 |
| 6 | 200 | 6 | 400 |
| 總計 | 2000 | 總計 | 2000 |

平均值：3.65

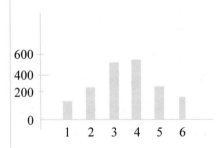
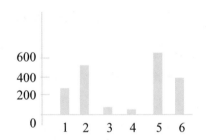

AB的平均數相同，但在B情況，計算平均值是沒有多大意義的。

圖3-9　計算出平均值，它有可能導致對實際情況的誤解。

　　以上平均值的情況是一個典型的例子，人們通常喜歡使用統計分析來顯示分析後的樣本。然而，在統計分析之前重要的第一步，是要看看原始樣本的分布。你可以藉由檢視原始樣本來了解答案的傾向，並且可以根據原始樣本的分布來建立假設。統計分析只能幫助你檢視假設在統計上是否顯著。

(2)三組以上樣本的比較

　　當要比較三組以上樣本的平均值時，應該使用變異數分析，如圖3-10

所示的流程圖。和比較兩組樣本的情況一樣，使用母數檢定、變異數分析（ANOVA）、常態分配以及變異數同質性檢定是先決條件。然而，變異數分析是一個強力的分析方法，其結果相當嚴謹，並且不受先決條件影響太多。所以可以發現，在很多研究中，沒有檢視先決條件就直接採用變異數分析。原則上，對於無母數檢定，可以採用變異數分析中的多樣本中位數差異檢定（Kruscal-Wallis analysis）。

如果要比較三個國家居民的體重，則目標因素只有一個國家的居民。在這個案例中，我們可採用單因素變異數分析（one-way ANOVA）。如果你有二個因素，例如國家和性別，則可用二因素變異數分析（two-way ANOVA）。同樣的，如果你有很多的因素要比較，則可用多變量變異數分析（multivariate analysis of variance, MANOVA）。

當三個樣本之間的差異（組間差異）比樣本內（組內差異）的差異大很多時，我們可以說，在樣本之間有顯著差異。

藉由變異數分析，可以了解在樣本之間是否有顯著的差異。然而，我們卻不能精確的找出其間的差異，為了能找出其間的差異，可以使用事後多重比較檢定（post-hoc multiple comparison test）。

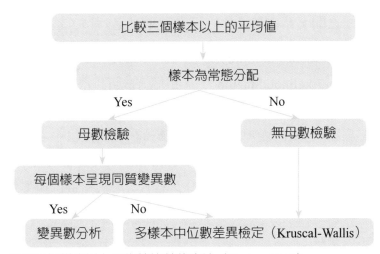

圖3-10　選擇三個樣本以上平均值比較的方法（Kurisu, 2016）。

(3) 相關與迴歸

　　當你想要了解兩個變數之間的關係，你可以調查兩個變數之間的單一相關性。如同其他的統計方法，母群體檢驗、皮爾森相關係數（Pearson's correlation）、常態分配是先決條件。如果是非母群體檢驗，則應該使用斯皮爾曼等級相關係數（Spearman's rank correlation coefficient），如表3-15。

表3-15　相關分析

| 相關分析（correlation analysis） | 點二系列相關（point-biserial correlation coefficient） |
|---|---|
| $X_1 \xleftrightarrow{\quad r \quad} X_2$ | $U \xleftrightarrow{\quad r \quad} X_1$ |
| 適用於兩變項中一致性分析。 | 適用於兩變項中一致性分析，例如一個是連續變項，而另一個是常態分配假設的人工二分變項，如只有對錯的變項之關係。 |

　　為了了解X變數對另一變數Y有什麼影響，可以進行迴歸分析，如表3-16。你可建立一個如$y = ax + b$的模型，在原始$y$和模型化的$\tilde{y} = \sum_{i=1}^{n} i\left(y_i - \tilde{y}_i\right)^2$之間，藉由最小化的平方和來決定$a$與$b$，這個方法叫做最小平方方法（least square method）。另外一個最佳化的方法叫做最大概率法則（maximum likelihood method）。這個方法可以決定概率函數的最大係數值。

　　在迴歸模型，$y$是因變項，$X$是自變項。在一個模組中含有很多的自變項時，這個分析叫做多元迴歸分析（multiple regression analysis）。這個模型的表現如下：$y = a + \tilde{y} = a + \beta X_1 + \beta_2 X_2 + ..., \beta_m X_m$。這個模型通常適合由多元迴歸係數（$R^2$）表達。$R^2$（相關係數的平方值），代表模型裡的部分變異到全部變異。

表3-16　線性迴歸

| 簡單線性迴歸<br>（simple linear regression | 多元線性迴歸<br>（multiple linear regression |
|---|---|
| $X_1 \xrightarrow{\beta_1} y \leftarrow e$ | $X_1 \xrightarrow{\beta_1} y \leftarrow e$<br>$X_2 \xrightarrow{\beta_2}$ |
| $y = \beta_1 x_1 + e$　　　　　　$e$：殘差 | $y = \beta_1 x_1 + \beta_2 x_2 + e$　　　　　$e$：殘差 |
| 適用於一個自變項和一個因變項之間的關係。 | 適用於多個自變項和一個因變項之間的關係。 |

⑷因素分析（Factor Analysis, FA）與主成分分析（Principle Component Analysis, PCA）

因素分析是將許多相關變項資料，簡化的一種統計程序，目的在掌握變項的群集情形，將許多變量簡化成較少的概念。因素分析假設觀察變項之間，存在著可以精簡的潛在相關性，爲了要了解其中的共變結構，依歸納和萃取「因素」，建構潛在變項（latent variable）的構面觀念。因素分析採用彙整變數的方式，經過適當的命名之後形成構面。此外，因素分析可以進行資料縮減（data reduction），我們經由因素分析後，選取具有代表性的變數，這些代表性的變數除了具有原有變數的解釋量外，可以用少數的潛在構念，來解釋原始觀察的變項，也保留了原始的結構，因此，因素分析可以協助資料縮減。

因素分析（factor analysis, FA）分爲探索性因素分析（Exploratory Factor Analysis, EFA）與驗證性因素分析 （Confirmatory Factor Analysis, CFA ）。探索性因素分析在萃取資料結構中產生的新變數，是用來藉由測量到的變項，找出隱藏在後面的幾項重要的思想、信念等「表面問不出來」，且「具有顯著力」的隱晦原因。在驗證性因素分析中，假設因素結構已經知道，或是已經有了假設性的理論，爲了要證實因素的結構，是否手上調查的數據和理論結構相符，所形成的因素分析方法。

主成分分析（Principle Component Analysis, PCA）主要的目的，在於找出一群互不相關的少數變項組合，將觀察變項編成幾個組成因素，以解

釋原始資料所含的最大訊息。主成分分析和因素分析的不同，是因素分析在計算殘差矩陣的最小值，而主成分分析是在求得迴歸預測方程式中，觀察變項間的分數組合，以求得線性組合的最大變異量，如表3-17和表3-18。

表3-17　因素分析（FA）與主成分分析（PCA）的不同

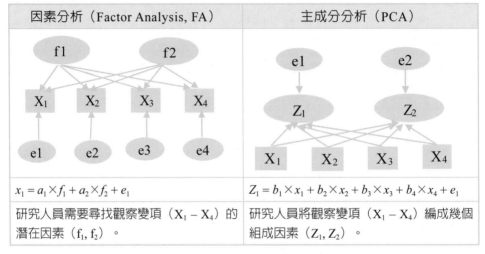

| 因素分析（Factor Analysis, FA） | 主成分分析（PCA） |
|---|---|
| $x_1 = a_1 \times f_1 + a_2 \times f_2 + e_1$ | $Z_1 = b_1 \times x_1 + b_2 \times x_2 + b_3 \times x_3 + b_4 \times x_4 + e_1$ |
| 研究人員需要尋找觀察變項（$X_1 - X_4$）的潛在因素（$f_1, f_2$）。 | 研究人員將觀察變項（$X_1 - X_4$）編成幾個組成因素（$Z_1, Z_2$）。 |

表3-18　驗證性因素分析（CFA）和二階驗證性因素分析（2nd order Confirmatory Factor Analysis）的不同

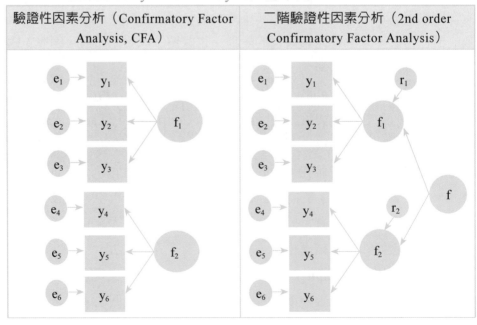

| 驗證性因素分析（Confirmatory Factor Analysis, CFA） | 二階驗證性因素分析（2nd order Confirmatory Factor Analysis） |
| --- | --- |
| 研究人員需要有假設性的理論，事先指定預期的結果和因素的個數，驗證因素之間反應的變數，了解因素之間是否相關。 | 如果因素顯著的話，研究人員可以再進行二階驗證性因素分析，以提取更高階的共同因素。 |

⑸路徑分析（Path Analysis, PA）與結構方程模型（Structural Equation Modelling, SEM）

結構方程模組（SEM）與路徑分析（PA）是在多重的變項中，企圖解釋變項之間關係的統計模型。我們在一系列的方程式中，檢定所表達的關係結構，類似多元迴歸方程式。只有在探究所觀察的變項間之關係稱為路徑分析。路徑分析類似多元迴歸分析，但不同點在於路徑分析包含的不只有自變項與因變項的關係，還包含所有的變項。不只調查所觀察的變項間之關係，也調查潛在的變項關係，稱為結構方程模型。結構方程模型最有特色的特徵就是描述潛在變項之間的關係，如同圖3-11所示。SEM具有理論先驗的特性，模型的建立需要經過觀念釐清、文獻回顧與推導，以驗證理論為主。因此，從樣本規模大小先進行處理，還要進行模型信度，以及模型適配度分析，以修正模型。

## 結構方程模組（SEM）

### 實務上的基本要求

1. 模型中潛在變項不可直接量測，一般為4-5個，不要超過7個。
2. 每一個觀察變項至少要有3個題目。
3. 每一個觀察變項不得橫跨到其他的潛在變項上面。
4. 問卷最好引用自知名學者，儘量不要自己創造。觀察變項和潛在變項之間關係的箭頭，至少要引用三篇國外知名學者的期刊，進行理論佐證。
5. 理論架構要根據學者提出的理論進行修正。

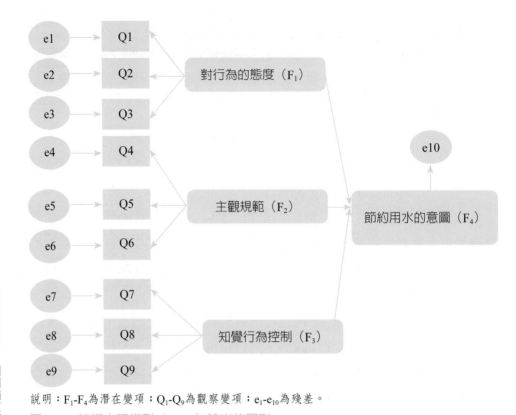

說明：$F_1$-$F_4$為潛在變項；$Q_1$-$Q_9$為觀察變項；$e_1$-$e_{10}$為殘差。

圖3-11　結構方程模型（SEM）輸出的圖形。

## 第二節　質性觀察研究

　　質性觀察研究（Qualitative, observational research）。我們上述的章節探討的是量化研究，本節探討質性研究。質性研究常常被用爲是探索性研究方法，以利量化的研究基礎。質性研究一稱爲定性研究，依據社會建構主義（social constructionism）的理論，質性研究和哲學理論係以「微觀」及「宏觀」的觀察法進行分析。觀察所獲得的資訊資料，無外來人爲因素的影響，且維持直接且第一手的資料，具有眞實可靠性。觀察法是依據人類感官進行觀察，維持高度的客觀性，這種現象稱爲觀察現象（observable phenomena），也就是哲學家所說的「觀察語句」。通過觀察實驗對象的結果，產生觀察語句，可以建構科學理論。

觀察法適用範圍廣泛，普遍應用於自然科學研究與社會科學研究，在設計研究之調查法、實驗法也常採用。我們能夠用語言把所觀察的現象客觀的描述，這種語句真假僅憑觀察結果即可判斷。科學理論和觀察語句之間必須具有邏輯性，所以是可以導出的。因此，在進行歸納法的分析資料，運用建構性（constructionism）的觀點，搜集重要資訊。

隨著在問卷量化調查方法越來越普遍的今天，研究者可能很容易忘記，觀察是科學方法的真正基礎。事實上，簡單的「觀察」是由巴比倫人開創天文學的最早形式的工具之一。後來，在古希臘的經驗主義得知，純粹的哲學和超自然現象如果需要解釋原因，經由純粹客觀描述之後，針對觀察對象可以進行長時間的反覆觀察與跟蹤觀察，所得資料可用以進行縱貫性（趨勢性）分析，以歸納法建構邏輯關係。

在採用觀察法時，過去需要依賴於物理上可觀察到的證據。後來，心理學家在觀察人類行為時，將重點轉移到佛洛伊德（Sigmund Freud, 1856-1939）的內在心理狀態，後來才轉回到行為主義的觀察研究。涂爾幹（Émile Durkheim, 1858-1917）認為，觀察的基本原則是排除內省的方法，並避免具有偏見和預設的想法，可依賴的只有研究者的感官知覺。然而，近年來，認知科學的興起，對於行為觀察方法的興趣減少，相關研究領域已經再次移轉到內在心理狀態和自我心理陳述。但是，科學家進行人類記憶和認知的研究中顯示，在自述報告中，參與者經常會忘記細節，或根據自己的現有想像進行謊言式的記憶回溯。此外，參與者經常告訴科學家，他們認為科學家想要聽到的說詞。因此，即使參與者正確無誤地記住他們的行為，他們可能以社會所期望的方式進行謊言式的陳述。

通過從觀察法到自我陳述中，我們可以看到環境心理學和環境行為學之間的變化，觀察行為是重要的。因為，人類在進行自述行為時，自述性的行為傾向通常和表現的行為不一致；甚至在實際觀察人類行為時，會發覺其中的矛盾現象。

也許，行為學研究的重點，過分依賴於調查方法和理論測試，而沒有真正進行行為觀察。在自然情境中，行為觀察可以獲得較為真實的研究資

料，也傾向以歸納的方法來分析研究所得資料。但是，觀察法不是只是單純以現象描述進行詮釋，而是需要了解行為過程背後所隱含之意義。本節的重點將探討：一、界定質性觀察研究的類型；二、描述質性觀察研究的具體方法；三、討論質性觀察研究編碼的複雜性；以及四、觀察者觀察的資料分析與詮釋。在調查方法中，質性研究搜集資料的方式發展出的研究流程，如圖3-12所示。這張圖，我們會在第六章進行說明（P.239）。

圖3-12　在調查方法中，質性觀察的工具。

# 一、界定質性觀察研究的類型

「觀察法」可以被定義為通過視覺、聽覺、嗅覺、味覺和觸覺等五種感官，在既定的研究目的之下，對於現象或個體的行為，進行有系統和計畫性地接收資訊，並依資訊內容進行記錄，以為客觀性解釋的一種研究。科學性的觀察，需要根據設計研究的任務，對於觀察樣本、觀察範圍、觀察條件以及觀察方法，進行明確的規範與選擇。在觀察研究進行之前，應該做好觀察前的準備工作，設計觀察記錄表，內容包括觀察內容、時間取樣、場面取樣、對象編號、行為與現象表現的等級。此外，在選擇觀察場所時，要獲得被觀察對象的信賴。在研究中，依據場所與結構區分研究者角色，了解「參與程度的不同」與「觀察角色」之不同，可分為圖3-13的四種模式：

## (一)完全參與者（complete participant）

完全參與者是指研究者參與到觀察物件的活動之中，成為該團體中的一分子，通過共同進行的活動，從內部進行觀察。研究者在當地進行研究之後，完全融入對方的生活，身分一如其他的人。而對方完全不知道研究者的身分為何，研究者自然的與對方互動，成功的扮演參與研究的角色。然而，這樣的身分卻違反研究倫理，同時也影響科學之客觀性。

## (二)觀察式參與者（observer-as-participant）

研究者在當地完全參與社會活動，但必須向被研究的個人、團體及社區表明身分。然而，這樣的觀察，有可能沒有辦法呈現個案的原貌。

## (三)參與式觀察者（participant-as-observer）

研究者表明自己的身分，而不需要任何的藉口，可以完全參與研究對象的社會活動。例如：以記者的身分參與觀察及採訪。

## (四)完全觀察者（complete observer）

研究者只觀察不參與個案發生的過程，僅止於進行觀察，完全以局外人的身分進行觀察的方法。被觀察的個人、團體及社區較不容易受到影響。但是在觀察的過程之中，比較不能夠體會到研究個人、團體及社區最原始的風貌，所看到的現象屬於較為浮光掠影的片面印象。

被研究者是否知道研究者身分？

| 否 | 否 | 是 | 是 |
| --- | --- | --- | --- |
| 完全參與者 | 觀察式參與者 | 參與式觀察者 | 完全觀察者 |

研究者投入情境程度 ──────────────────►

多　　　　　　　　　　　　　　　　　　　　　　　少

圖3-13　觀察研究分類圖

## 二、描述質性觀察研究的具體方法

### (一)觀察的內容

　　觀察者以口語詢問的方式，藉由觀察受訪者的表情、態度及手勢，並將聆聽內容，加以記錄而成的第一手口語傳播接觸資料。觀察內容分為語言行為、非語言行為以及關係狀況，如表3-19。

1. 語言行為：**觀察對象在受到條件刺激後，所表現出對事物的語言反應及其用以表達的詞語。**
2. 非語言行為：**觀察對象在受到條件刺激後的表現，係以形體為主的動作行為。**
3. 關係狀況：**觀察對象在受到條件刺激後，所表現出的人與人、人與事、人與物的關係狀況與改變程度。**

### (二)觀察的取樣

1. 時間取樣：**觀察特定時間內所發生的行為現象。**
2. 場域取樣：**觀察特定場域中出現的行為現象。**
3. 階段取樣：**針對某一階段時間範圍，進行特定的觀察。**
4. 追蹤觀察取樣：**對觀察樣本進行長期性、系統性的觀察，以了解其發展的完整過程。**

### (三)訪談記錄的步驟

　　訪談法是一種口語雙向溝通的方法，藉由一問一答或是漫談的方式，

運用錄音或是錄影的方法，捕捉受訪者在口語傳播上的現象，藉以用事後訪問其他受訪者進行詮釋和確認，以還原受訪者所表達的歷史事件和文化現象。訪談法的類型分為結構式訪談和漫談兩種。前者具備事先準備的問題，具有語意邏輯和結構性，後者則較無主題，訪問內容由訪員天馬行空地任意發揮，研究設計具有彈性，研究樣本也具有彈性，研究者採用多層面且互動式的複雜推理，強調其中的反思效果。

在訪談中，無論是採訪的個人或焦點團體，我們在定性研究中的目標，需要充分地搜集、理解和解釋受訪者或是專家意見。因此，讓受訪者暢所欲言的探索式訪談技術非常重要，由受訪者自發性聯想和創意，闡述其思想和個人情感。在訪談中，可以依據下列方式進行記錄。

1. 大綱記錄：採用紙、筆方式，先以詞和短語做粗略記錄，然後重新整理。這樣做的缺點是記錄雖然容易，分析卻相當困難。
2. 詳細記錄：盡可能把觀察到的一切細節都記錄下來。如果有錄音，需要謄寫逐字稿。

## (四)建立分析檔案

質性觀察研究在建立檔案中，可能更為昂貴耗時，而且侷限於單一研究主題。有了基本觀察之後，就可以進行分析現象的差異，或是尋找解釋。如果放在同一個時間點進行的比較，叫做「橫斷面研究」；如果放在不同的時間點進行比較，稱為「縱貫性研究」，需要進行下列名目的建檔，並且進行分析。

1. 背景檔案：記錄不同背景的差異，並且尋找重要的重複類型。
2. 人物檔案：以聚焦的方式，並且輔以團體訪談，強化個案在邏輯上的普遍化。
3. 文獻檔案：尋找在文獻中擁有相關理論的例子，並且加以解釋。
4. 分析資料：有目的性地進行資料分層，以突顯調查中的次群體，方便後續進行比較。
5. 檢測資料：運用三角檢測（triangulation），以強化研究的結果是可信的。

表3-19 觀察的類型

| 類型 | 分類標準 | 特點 |
|------|----------|------|
| 直接觀察 | 是否透過中介物進行觀察？ | 是指受過訓練的觀察者，到觀察現場直接觀察受試者活動，獲得具體而初步第一手材料的方法。研究者經由眼、耳、口、鼻、膚、體等感官，在事發現場直接觀察，但是受試者會因為察覺被觀察而表現出不真實的行為。 |
| 間接觀察 | | 觀察者不直接介入受試者的生活與活動的情境，利用間接的方式，如透過攝影機或是監視器，進行推測性的觀察。 |
| 參與觀察 | 觀察者是否參與觀察對象的活動？ | 觀察者加入觀察對象的群體中，參與觀察對象日常活動，融入對方的生活，身分和其他人一樣，並且記錄其他人的行為和活動歷程。在參與觀察中，因為被觀察者的行為，可能因為觀察者的介入而產生變化，所以效度不高。 |
| 非參與觀察 | | 觀察者不參與觀察對象的活動，也不採取干預，進行客觀觀察，並且記錄觀察對象的行為和活動的歷程。 |
| 實驗觀察 | 觀察的對象與環境是否受有條件控制？ | 觀察者採用標準化方式進行觀察，針對觀察環境、觀察對象、周圍條件等變項施加某種程度的控制和限制，採用肉眼感官，或是採用儀器進行測定實驗中的變化，並且詳實地記錄下來。 |
| 自然觀察 | | 觀察者直接觀察，或是通過望遠鏡等儀器進行觀察，在現場觀察調查對象的行為動態，並且加以記錄，而取得資訊的一種方法。自然觀察對於觀察對象不加以控制，在完全自然條件下觀察。因此，在採取自然觀察時，研究者無法控制和操弄情境，外在效度不高。 |
| 隨機觀察 | 是否有目的或計畫進行觀察？ | 觀察者可能會開始基於簡單非系統的觀察，來訂定想法。採用偶然、無目的，而且沒有計畫性地觀察事實，並加以記錄。這種類型的觀察，可以從任何地方開始調查，時間不拘，也沒有刻意進行。觀察所得資料為片面的，不完整又無系統，科學效度低。 |

| 類型 | 分類標準 | 特點 |
|------|----------|------|
| 系統觀察 | | 觀察者有目的且有計畫和規律地觀察與記錄特定時間內觀察對象的行為。希望在建立因果關係的程度上進行解釋，採用實驗或準實驗設計，並且系統地進行操縱觀察。兩個以上的觀察員應該獨立記錄有關的行為，然後進行比較。 |
| 抽樣觀察 | 觀察的時期與頻率？ | 觀察者於具有大數量樣本的母群體中抽取若干樣本進行定向的觀察，包括時間抽樣、場所抽樣和階段抽樣。觀察研究是可重複的，樣本應該代表母群體。 |
| 跟蹤觀察 | | 觀察者對於觀察對象的發展與演變過程進行長期定向觀察，係為針對研究對象，在一定時間之內對其進行尾隨、跟蹤觀察的方法。 |

## 三、質性觀察研究編碼

　　質性觀察研究，表面上是客觀的，其實是「共同互為主體性」（intersubjectivity）的一種方式，需要依據「共同互為主體性」進行編碼。而所謂互為主體性，是指任何一位有經驗的研究者，就其研究本身就具備的主觀性，所獲得的知識，若遵循邏輯一致性與經驗可驗證性，並以可指明的程序來進行研究時，則其他任何研究者運用相同的程序於相同的問題上，將能夠得到相同的結果。

　　這種交互主體性，本身便承認了主觀與價值的存在。此外，互為主體性是經驗科學方法的一個要求，意指在經驗科學中對觀察的陳述，唯有在每一位研究者都能夠驗證之下，才能夠接受。因此，質性觀察研究在調查一個問題，而不是企圖進行量化測量變量，或是尋找潛在變量之間的關係。需要承認研究者自身的偏見，決定觀察和編碼的理論基礎的架構。有時，編碼是基於數據本身，而不是理論，並且在這種情況之下，編碼的性質應被告知讀者。

## 四、資料分析與詮釋

　　資料分析的目的，在於找出被觀察的事件樣本共同的模式，以及違反一般規範的異常情形，並加以詮釋。研究者先將資料的內容，與之前已知資料的內容進行比較，再與他人或其他事物相比較，然後進行資料詮釋，以全面掌握事件發生的情況、人物和事件產生關係，以及人物和事件產生意義，如圖3-14。

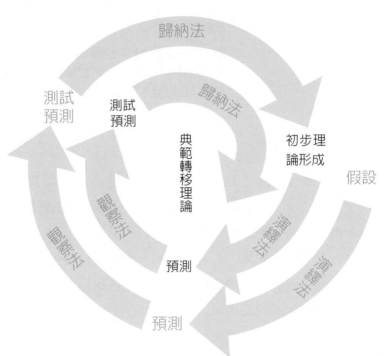

圖3-14　綜合本書前三章的方法，我們知道研究中的典範轉移，需要採用歸納法、演繹法以及觀察法，進行理論初步形成，並且經過時間的淬礪，產生新的理論。

　　人類的觀察受到主觀意識的影響，對事件的看法難以做到完全客觀。科學研究不僅要求感官的發覺，也要評價與進行重要性的判斷。此外，在選擇題目時，研究者實際上也牽涉到主觀的判斷，這乃受到個人價值的引導與社群的價值引導；分析資料時，也可能受到主觀上的影響，所以全然客觀是不可能的。所謂價值中立只可能是程度上的差異。

觀察法較適合觀察觀察對象外在的行為，及對外顯現象與事物之研究，較不適合進行偏好、態度、意見等內在想法及事物之研究。因為，觀察工作往往曠日費時，適合觀察小樣本的研究，不適於觀察大量樣本，再者，觀察大量樣本時易受到不同觀察者個人變異性之影響。因此，我們採用質性觀察法時，在撰寫期刊論文，要避免觀察者效應產生在結論中，過於主觀的詮釋誤判。

## 觀察者效應

### 觀察者與被觀察者的影響

一、系統性誤差（systematic errors）

　　在研究中，有一種「系統性誤差」，這類的誤差有一定的型態。例如，研究數據普遍都被高估或低估，導致所測量的資料偏向特定的方向。產生這類誤差的原因包括了測量儀器沒有校正、研究人員的偏見、樣本選取的偏差或是評量的所有問題都太難或太簡單，以及問卷設計錯誤等因素。我們以觀察者效應，解釋上述的「系統性誤差」。觀察者過去經驗對情境知覺、強調重點與所做解釋，會和實際結果產生很大出入。在科學實驗中，由於觀察者預期測試結果，於是依據過去經驗，無意識地以某種形式操縱了觀察結果或錯誤解釋結果，以達成觀察者的期望。

二、觀察者評定誤差（rating errors）

(一)寬大誤差（leniency errors）：由於過寬評定的慷慨，觀察者在評分時，產生了分數高估的誤差，大家的分數都打得很高；或是觀察者對於研究對象的詮釋，過於寬大為懷。

(二)嚴格誤差（strictness error）：由於過嚴評定的苛求，觀察者在評分時，產生了分數低估的誤差，大家的分數都打得很低；或是觀察者對於研究對象的詮釋，過於苛求。

(三)集中誤差（error of central tendency）：為了避免觀察的極端值，觀察者鄉愿地將評估成績都打得差不多，結果評估成績拉不開距離，即使表現不佳者，也能得到和平均數相差無幾的成績，產生觀察結果過於集中

的傾向。集中誤差是一種不願表達立場的濫好人狀況，不願表達立場，代表做人成功，不得罪人；但是在期刊立場上，沒有立場，代表沒有立論，也沒有研究貢獻，意即內容平淡，沒有刊登的價值。

㈣月暈效應（halo effect）：觀察者在人際關係之中，所產生以偏概全和先入為主的主觀印象。因為愛屋及烏的情形，導致評定失誤，造成過於高估不佳者的評分，這都是不當觀察，造成的主觀謬誤。

㈤觀察者混淆（contamination）：觀察者期望，對於記錄的解釋，產生了主觀偏誤判斷的影響。

# 第三節　詮釋結果

在本節，我們討論調查方法和觀察方法中，針對研究發現的詮釋。詮釋結果的檢驗步驟，包含了研究結果是否準確？是否具備信度和效度？在研究的發現中，兩者的關係是相關的關係（correlation）？還是因果的關係（causality）？還有，我們在進行關係推論的時候，如果推論不當，是否產生了跨層級偏誤（cross-level bias），因為我們以偏概全，犯了生態論式謬誤（ecological fallacy）？還是我們為了過於簡化事實，產生了原子論式謬誤（atomistic fallacy）？這些詮釋結果的偏誤，都是在期刊論文寫作中，經常會被糾正的問題。也就是說，要通過這些詮釋評定，期刊論文才有可以發表的可能。

## 一、信度和效度

信度（reliability）與效度（validity）是所有調查和實驗中重要的議題。兩者都是關心我們所設計的具體指標，以及這些指標所預測的構念（construct）之間，究竟發生了什麼關係？

㈠信度：信度指的是測量沒有誤差的程度，也是我們衡量調查工作的結果，是否可以維持一致性（consistency）、正確性（accuracy）或是精確性（precision）的指標。一般在信度分析中，以內部一致性，

來表示研究結果的信度。如果信度係數越高，就表示研究的結果越穩定。信度（reliability）是以衡量的變異理論為基礎，所衍生的概念。因此，從英文來看，reliable就是可靠的意思，也就是說一個測量工具，例如說是問卷或是量表，在每次重複施測之後，都會產生相似的結果，代表研究結果是可信的。所以信度分析強調「研究結果」在一個測量中，觀察者進行測量，而產生的觀察值，是不是呈現一致的情形。在此，信度分析指的是測量工具所產生「變項誤差」的程度，這種誤差有可能是人為的，如果變項誤差越大，產生的結果越不可靠，測量越不具有可信度。在實務上，如果我們以自然科學進行分析，從實驗室中取得的實驗值資料，和電腦過去經驗值的數據很接近；或者三位實驗助理採集到的數據，都很一致，就表示這次的測量或資料搜集的信度很高。如果我們以社會科學進行分析，可以更為細緻地分為內在信度、重測信度以及量測者信度。

1. 內在信度（Cronbach $\alpha$）：內在信度又指量表信度，指的是量表內部產生一致性的相信程度（internal consistency reliability），又稱為Cronbach's $\alpha$ reliability。我們在量化調查研究中，檢定一個量表，檢查每個題目之間的一致性或是關聯性。如果Cronbach's $\alpha$值很低，代表題目和題目之間的關聯性很低，所以測量結果產生不了一致性，量表就不具有信度。為了要提高內在信度，可以採用複本信度（parallel reliability）。複本信度是反映測驗分數的內部一致性或穩定性。是針對同一群受測者，以兩種等值，但是不相同的題目做測量（split-half technique），取得測驗分數之後，評估是否具有測量信度。

2. 重測信度（test-retest reliability）：在不同時間，使用同一份量表問卷，針對同一群體進行樣本施測。若是兩次分數之相關係數很高，表示該量表穩定性（stability）高。

3. 量測者信度（inter-rater reliability）：量測時採用不同的測量者的認定方式、評量標準、準確度都沒有太大的差異，我們採用的方

法，是讓不同的測量人員分別去測量同樣的對象，然後計算其相關係數。量測者評分信度是針對質化分析時，由兩位以上的評分者，依據逐字稿進行重點評分，再將每份量表中兩個不同分數，計算相關係數。

## 信度（reliability）

### 如何評定和強化研究信度？

我們在第二章討論的實驗方法，以及第三章討論的問卷調查方法，一般而言屬於量化分析，都具有較高的信度。所謂的信度，就是指重複進行研究，會得到類似的結果，但是實驗和調查的效度較低。在質性觀察研究中，往往不具高信度，但是觀察法的內部效度（internal validity），卻會比較高。

一、信度係數和和諧係數

因此，如果由同一位研究者進行觀察，在相似的觀察場所中，以類似的觀察對象，進行觀察研究，在結果詮釋上應該相似。所以，單一研究者的觀察行為的信度較高，但是詮釋因人而異，容易遭受質疑。但是，如果由不同的研究者進行觀察時，由於個人主觀觀察與詮釋上的誤差，會讓研究結果的信度降低。因此，我們採用信度係數，藉以說明質性研究中，如何註記兩位觀察者之觀察信度係數，一般來說，信度係數需達0.7才合理。

$$信度係數 = \frac{觀察一致的數目}{觀察一致的數目 + 不一致的數目}$$

當觀察者大於2人或被觀察者多於2人時，則需使用肯德爾（Kendall）和諧係數。

$$\varpi = \frac{S}{\frac{1}{12}K^2(N^3 - N)}; \quad S = \sum_{i=1}^{n} R_i^2 - \frac{\left(\sum_{i=1}^{n} R_i\right)^2}{N} = \sum_{i=1}^{n}(R_i - R)^2$$

$K$：觀察者人數

$N$：被觀察者人數

二、強化量化信度的方法

　　問卷調查方法的量化分析，雖然具有較高的信度，但還是要注意下列事項，如果我們要強化信度工具，達到研究的穩定性和一致性，需要設法控制影響改變測量結果的因素。

　　㈠受測者：身心狀況是否保持良好？接受問卷調查時，是否因為心情不佳或生病，導致無法反應其真正的想法或學習效果？此外，測量動機是否強烈？注意力是否集中？填寫問卷時，是否誤解某一題問題的意思，或是沒注意勾錯選項？

　　㈡調查者：調查者施測主導話語是否正確？電話訪問時，是否因為過於疲勞，記錄錯誤或表達不清楚？

　　㈢輸入者：在資料處理輸入資料時，是否不經意按錯數字？

　　㈣測量工具：問卷內容是否太長，語意是否不清楚？是否問卷題型內部信度的一致性太低？是否使用錯誤的語言？

　　㈤測量情境：進行問卷量測時的環境，如：是否有噪音？燈光是否明亮？溫度是否太冷或是太熱？

　　㈥施測時間：重複施測之時間，是否相隔太長或是太短？

　　解釋信度與效度，最好的例子，就是標靶射箭，請參考圖3-15。如果射出去的箭都集中在靶心附近，代表射箭者射出箭的信度很高，射箭法既穩定、不偏誤，又準確（圖a）；如果射出去的箭雖然都集中在一個很小的區域，如圖 c，但離靶心很遠，也就是穩定性一致，相當精確，但是有偏誤，卻不準確；也就是說有信度，但是沒有效度。效度的問題則是指原本要射的目標是標靶A，結果卻錯將標靶B當作標靶A來射，即使射箭者差不多都射中了標靶B的靶心，可是卻射錯目標了，代表效度不佳。如果射出去的每支箭，都分散在標靶的四處，那就是信度和效度兩者都不佳，也就是既不穩定，也不準確。

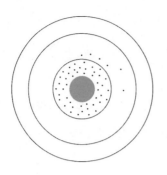
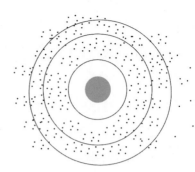

a. 不偏誤且精確
　「準確」

b. 不偏誤但不精確
　「不準確」

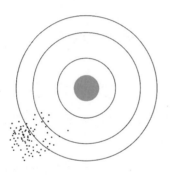
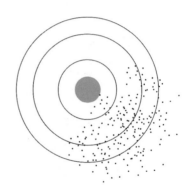

c. 偏誤但精確
　「不準確」

d. 偏誤但不精確
　「不準確」

圖3-15　a.不偏誤且精確，信度和效度都高；b.不偏誤但不精確；c.偏誤但精確，有信度，無效度；d.偏誤，且不精確。

　　研究測量要先獲得足夠的信度，確保所測量的差異性不會太大，有一定的一致性與穩定性，接著要求要達成所需要的效度，也就是正確測量到真正想要測量的目標。

　㊁效度：效度（validity）指的是測量的工具，能夠精確地反映所要測量的概念，也就是「我們想要測量目標的是什麼」。效度的種類可概分為：內容效度（content validity）、效標關聯效度（criterion-related validity）及建構效度（construct validity），若是從社會科學

期刊論文寫作與發表

調查研究的觀點出發，尚有內部效度（internal validity）、統計結論效度（statistical conclusion validity）和外部效度（external validity）等。

1. 內容效度：內容效度強調內容正確與否，係指在問卷量表的題項歸屬，是否處於正確的測量範疇之內，則該量表具有內容效度。內容效度經常是請一組專家來加以專家效度的評估，再由個別專家所評估的分數去計算內容效度指數（content validity index）。內容效度又可分為表面效度（face validity）、邏輯效度（logic validity）及抽樣效度（sampling validity）。表面效度是指這個測量工具看起來是否已經測量到應該測量的對象，這時研究者所依靠的是自己的經驗與常識進行判斷。邏輯效度（logic validity）指的是在邏輯推理上，是否具備正確性。抽樣效度（sampling validity）指的是抽樣方式的正確性。

2. 效標關聯效度（criterion-related validity）：效標關聯效度強調測量結果，是否正確反映於外在的標準，係指調查結果與外在標的相關程度，通常關聯程度越大，則效度越大。當然用效標關聯來檢驗測量工具的效度有一個前提，就是該效標與我們的測量工具之間的關係必須是外在、具體而且相當明確。這個方法可以分成兩種，一種稱為預測性的準則相關效度（predictive validity），可分為同時效度（concurrent validity）及預測效度（predictive validity）。同時效度是我們所用的檢測準則與測量的對象之間的關係，是同時存在的。預測效度是代表預測結果，是正確無誤的。以上效度都可以運用統計方法檢驗。

3. 建構效度：亦稱為構念效度，是指建構理論的主要成分，也就是理論的主要概念。在假設中，強調變項和實驗理論，具有關聯程度。因為在社會科學中，很難直接找到行為效標，作為直接測量效度的方式。所以構成效度的方法就是將前面所提到的效標關聯效度的效標，轉換成重要的理論，用理論的構成來進行評判測量

工具效度的依據，也可以說是採用理論所描述的關係，來檢驗我們的測量工具效度。建構效度是建立在變項之間的邏輯關係，檢驗方式通常採用專家意見，了解關係建構之後，是否正確反映了建構意義。

4. 統計結論效度：統計結論效度結果代表在推論因果關係之後，是否正確反映真實的因果關係。採用相同關係去檢驗的效度，稱為收斂效度（convergent validity）；用相反關係去檢驗的效度稱為歧異效度（discriminant validity）。

5. 內部效度：代表因為研究發現的因果關係是否正確，或是有其他因素影響？我們採用「已知族群檢測法」（known-group technique），比較填寫人對問卷中相同取向的問題所填寫的結果是否有相同的傾向。

6. 外部效度：代表因為研究發現的因果關係，在別的樣本中，或是採用其他的測量方式，或是在不同的環境下，這一種因果關係，是否可以繼續維持？我們採用「未知族群檢測法」（unknown-group technique），比較不同樣本的填寫人，對於問卷中相同取向的問題，所填寫的結果是否有所不同。（Trochim and Land, 1982）

## 二、相關（correlation）？因果（causality）？

因果關係和相關性之間的差異，在科學思維上是很重要的一環，但我們經常將這兩個觀念搞混，有時候是因為不了解，有時候則是因為要對一個觀察現象給個解釋；因此，能否釐清因果關係和相關性兩者的差別，對於我們在判定事情與採行決策的思考行為中，有很大的影響。

在因果研究中，我們對於某些原因對一個或多個結果的影響產生興趣。我們希望研究結果和研究問題直接相關，我們通常最感興趣的是，最能反映問題的結果。的確，基於因果關係的追求，促進了我們科技的發展，並且讓我們意欲探索任何更深層不可知的領域，也就是這種尋求因果

關係的直覺衝動，根深柢固產生在我們的認知模式之中。我們慣常對於任何一種現象，先假設出一種原因，尤其是當兩件事先後發生時，心中就將兩者構成因果關係。因此，我們很容易對事物存有因果關係的偏見。

(一)因果

科學總是希望研究可以得到因果關係的結論，某變項A引起另一變項B的改變，例如自變項A造成因變項B的變化，兩變項之間就可能有因果關係。如此就可以說明因為A，所以產生B，若不是A，就不會產生B，這樣清楚又簡單的概念。基本上，因果關係（causality）理論上是無法證明的。當不能察覺因果關係時，也不可能預測成功的機率。當我們說A與B之間具有因果關係，是指如果A是因（cause）B是果（effect），則A與B之間必須具備以下必要條件（necessary conditions）：

1. A與B共變（covary），也就是A增加（減少）會造成B也增加（減少）。
2. A發生在B之前，也就是A是「前因」；B是「後果」。
3. A與B之間的關係不是僞關係（spurious relationship），也就是沒有任何隱藏因數C，導致了A和B的因果關係（圖3-16的因果關係）。

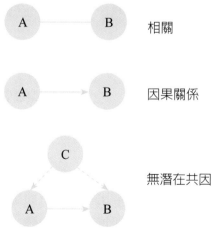

圖3-16　A和B的關係（相關或是因果）。

所謂的因果關係，是指某個因素的存在一定會導致某個特定結果的產生。推定的原因，必須是結果量測變化中，唯一合理的解釋。因此，在因果研究中，我們需要找到至少有兩種主要的變量，一種是原因，另一種是結果。通常原因是某種類型的起因，例如說：事件、程序或是治療。我們對研究者可以控制的原因（如程序），與自然界產生的原因或研究者影響之外的原因，進行差異區分，排除自然界產生的可能性。也就是說，如果有其他因素可能造成測量的變化，我們不能相信假設的因果關係是正確的。根據休謨（David Hume, 1711-1776）在1737年出版的《人性論》（*Treatise of Human Nature*）中指出，兩件事物要構成因果關係的要素有三個：

　　　1. 空間上的接近 。
　　　2. 時間上的先後：A發生在B之前（圖3-17的預期因果關係）。
　　　3. 必然的關聯（association）：若A不發生則B也不發生；若A發生則B一定發生。

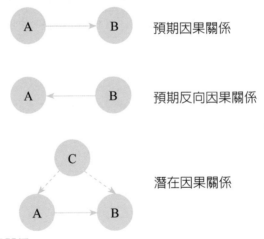

圖3-17　A和B的因果關係。

　　最後，在因果研究中，我們通常比較我們感興趣的原因，例如說研究處置程序產生變化時，會產生出條件差異性的影響。例如，我們可以建立實驗組和對照組，加入一些處置，並且觀察實驗組中的變化；並且，我們

以另外一種對照組，察覺加以另外一種處置，或是根本沒有加入任何處置，兩者之間是否有差異性的改變。因此，在因果研究中的關鍵成分，涉及到我們如何決定用何種單位，進行我們的加入的處置方式。也就是說，上述設計涉及到研究中採用的研究設計（research design）方法。

## (二)相關

相關性的定義為，兩個（或以上）事物之間的關係，共同改變的數值。而統計上相關性，則指兩組事物之間的關係程度，或是變項之間共同出現，且相互作用的關係。但是這些變項之間，不一定存在有因果關係。而統計方法中，可以計算變項之間關係的強度和方向，我們採用相關係數表示。正相關（positive correlation）與負相關（reverse causation），分別代表當某數值增加時，與其相關的值若也跟著增加或者相向減少的情況。如果，A 和 B 相關是否意味著 A 導致 B？還是 B 導致 A？

然而大部分的行為研究不容易得到這麼好的結果，常常只能得到兩者為高度相關、中度相關、低度相關。因為A因素的變化，不一定造成B因素的變化。有「相關」，並不一定代表是「因果」！

## (三)僞關係（Spurious relationship）

如果A和B變項之間有相關關係，有可能存在的是僞效果（spurious effect），而非真正因果關係。如果變項之間產生了因果關係或相關性，通常會呈現一種規則的模式；但若是小樣本引起的偶發性巧合現象，則變項之間，並不具備有意義的關係。在此，將把變項之間不具關係也視為一種關係，似乎在邏輯上有矛盾（Williams and Chesterman, 2002）。不過這也提醒我們，表面上看到變項間似乎呈現某種關係時仍要小心檢視，看看是否僅是一種隨機偶然的個例，還是具有模式的常態現象。

當我們發現：A $\longleftrightarrow$ B

有可能既非：A $\rightarrow$ B

也非：B $\rightarrow$ A

而是存在被忽略的因素，即真正自變項 X，事實應是：C $\rightarrow$ A；C $\rightarrow$ B（圖3-18產生的模式化情形）。依據因果關係的條件來看，滿足了第一

個A與B共變的條件，但是是一種偽關係。有某個隱藏原因C，同時導致了A與B之間的相關性。事實上，類似這種偽關係的情況，最容易讓研究者陷入偽關係的陷阱，認爲不是A就是B，導致另一件已知事物的發生。在統計上存在相關性，並不代表同時存在因果關係。許多論文在資料分析過程，只進行了相關分析，即主觀的判定因變項、自變項。其實，也可能眞正的影響因素以「中介變項」的形式存在，造成間接因果關係，如「A → C → B」。

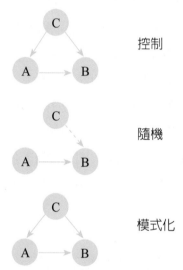

控制

隨機

模式化

圖3-18　第三個變數C對A和B產生反應，需要進行模式化研究。

### ㈣偽零關係（Spurious zero relationship）

　　談到了偽關係，還有一種偽關係，羅森堡稱爲「偽零關係」（Rosenberg, 1968）。「偽零關係」依字面來解釋，它是指「兩個變數A和B之間沒有關係是假的」，也就是說，A和B兩者間看起來似乎沒有關係，但實際上它們皆與第三個變數C有關係，羅森堡將第三個變數C稱爲抑制變數或干擾變數，因爲它抑制或干擾了原先兩個變數的關係，使得它們表面看來似乎沒有關係，如果我們將這個變數剔除，A和B之間的關係便會顯露出來。

## A和B的關係

如果A和B相關，有至少五種可能性：

A導致B

B導致A

C導致A和B

A和B互為因果

小樣本引起的巧合

## 三、原子論式誤謬？生態論式誤謬？

在統計中，需要進行推論，如果推論不當，不諳各學門的特性，很可能犯下原子論式謬誤（atomistic fallacy），這謬誤假設了所有學門，都可以化約爲微觀物理的唯物論主義。此外，在針對母群體的統計中，需要針對個體進行推論，如果推論不當，就是犯了生態謬誤。這謬誤假設了群體中的所有個體都有母群體的性質。以下以跨層級偏誤（cross-level bias），說明誤判生物效應（biological effect）和脈絡效應（contextual effect），產生了原子論式謬誤（atomistic fallacy）和生態論式謬誤（ecological fallacy），如圖3-19。

(一)原子論式謬誤（atomistic fallacy）：原子論式的理論說法，是一種還原論。還原論經常視爲對立於整體論（holism）。科學上的還原論的主張，在一個複雜系統中，系統組成部分表現，可以解釋整體系統的體現。十八至二十世紀流行於科學家之間的哲學邏輯實證論中，其中一個信念就是科學研究是階層式的：從物理原子論涵蓋物理、物理涵蓋化學、化學涵蓋生物學、生物學涵蓋心理學、心理學涵蓋社會科學。因此，科學家認爲化學的原則可以用物理學解釋，生物學的原則可以用化學去解釋，諸如此類，都是一種原子論式化約主義（reductionism）的表述。還原論的思想在自然科學中影響很大；但

是在社會科學中爭論還是很大。因為，心理學不可能涵蓋所有的社會科學。

(二)生態論式謬誤（ecological fallacy）：係屬整體論（holism）的主張，是以宇宙、人體等系統中各部分視為有一種有機整體，而不能切割或分開進行局部的理解。根據此一觀點，分析整體時若將其視作部分的總和，或將整體化約為分離的元素，將難免造成疏漏的問題（Idrovo, 2011）。生態誤謬這個名詞，最先見於羅賓森（William Robinson）在1950年的文章。在1930年美國人口普查結果中，羅賓森分析了48個州的識字率以及新移民人口比例的關係。他發現兩者之間的相關係數為0.53，即代表若一個州的新移民比率越高，平均來說這個州的識字率便越高。但當分析個體資料時，便發現相關係數便是-0.11，即平均來說新移民，比本地人的識字率低。出現這種看似矛盾的結果，其實是因為新移民都傾向在識字率較高的州內定居。羅賓森因此提出在處理群體資料時，需要注意到資料對個體的適用性。

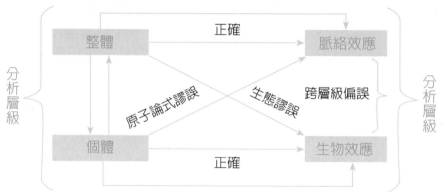

圖3-19　研究中的分析層級和偶然推理（casual inference）中的潛在謬誤（potential fallacies）（Idrovo, 2011）。

## 小結

社會科學是十八世紀啟蒙運動後才興起的學科，大多數社會研究起源於一些一般性的問題或特別性的問題。研究問題經常在一些已經提出

來解決問題的理論背景下陳述。在社會科學的研究中，區分為量化性質和現象及其定性關係的研究。定量研究源於實證主義（positivism）的哲學，依據統計學隨機（randomization）觀念，應用於調查研究（Fisher, 1925）。本章以描述性統計（descriptive statistics）說明研究中數據的基本特徵，描述性統計提供關於樣本的簡易摘要。推理統計（inferential statistics）則闡釋研究問題、模型以及假設。在許多情況下，推理統計的結論據以推斷在母群體中觀察到的組間差異。因此，我們採用描述性統計來描述數據內容；採用推理統計更進一步推論變量之間的關聯，或是因果關係。在研究中，我們採用了母群體（population）研究、變異數（variation）研究，以及資料簡約（reduction of data）研究。也許，我們採用的研究方法在二十一世紀，依然有精進的空間。其中以哲學實證主義（philosophical positivism）通過改善研究方法，區分科學研究和宗教研究的哲學實證法。本章不是要將調查方法和觀察方法定於一宗，捲入方法論霸權主義（methodological hegemony）的爭議，而是希望科學實踐不在於單純進行方法論衍生的結果決定，而是希望找尋到科學真實研究中的有效途徑。

## 關鍵字詞（Keywords）

| | |
|---|---|
| 慣性偏差（acquiescence bias） | 關聯（association） |
| 原子論式謬誤（atomistic fallacy） | 生物效應（biological effect） |
| 偶然推理（casual inference） | 因果關係（causality） |
| 同時效度（concurrent validity） | 驗證性因素分析（Confirmatory Factor Analysis, CFA） |
| 建構效度（construct validity） | 內容效度指數（content validity index） |
| 脈絡效應（contextual effect） | 收斂效度（convergent validity） |
| 共變（covary） | 效標關聯效度（criterion-related validity） |

| | |
|---|---|
| 跨層級偏誤（cross-level bias） | 生態論式謬誤（ecological fallacy） |
| 歧異效度（discriminant validity） | 探索性因素分析（Exploratory Factor Analysis, EFA） |
| 集中誤差（error of central tendency） | 外部效度（external validity） |
| 探索性研究（exploratory study） | 月暈效應（halo effect） |
| 表面效度（face validity） | 推理統計（inferential statistics） |
| 整體論（holism） | 量測者信度（inter-rater reliability） |
| 內部效度（internal validity） | 潛在變項（latent variable） |
| 已知族群檢測法（known-group technique） | 控制觀（locus of control） |
| 寬大誤差（leniency errors） | 方法論霸權主義（methodological hegemony） |
| 邏輯效度（logic validity） | 多變量變異數分析（multivariate analysis of variance, MANOVA） |
| 多元迴歸分析（multiple regression analysis） | 哲學實證主義（philosophical positivism） |
| 路徑分析（Path Analysis, PA） | 主成分分析（Principle Component Analysis, PCA） |
| 正相關（positive correlation） | 母群體（population） |
| 預測效度（predictive validity） | 潛在謬誤（potential fallacies） |
| 事後多重比較檢定（post-hoc multiple comparison test） | 評定誤差（rating errors） |
| 隨機（randomization） | 化約主義（reductionism） |
| 信度（reliability） | 殘留影響（residual effect） |
| 描述性統計（descriptive statistics） | 負相關（reverse causation） |

| | |
|---|---|
| 回郵偏誤（sending back bias） | 簡單隨機抽樣（simple random sample） |
| 社會建構主義（social constructionism） | 偽關係（spurious relationship） |
| 偽零關係（spurious zero relationship） | 嚴格誤差（strictness error） |
| 結構方程模型（Structural Equation Modeling, SEM） | 系統性誤差（systematic errors） |
| 重測信度（test-retest reliability） | 計畫行為理論（Theory of Planned Behaviour, TPB） |
| 理性行為理論（Theory of Reasoned Action, TRA） | 未知族群檢測法（unknown-group technique） |
| 效度（validity） | 變異數（variation） |
| 抽樣效度（sampling validity） | |

第二篇

# 應用篇

# 第四章

# 論文規劃與管理

Innovation is not the product of logical thought, even though the final product is tied to a logical structure.

創新不是由邏輯思維帶來的，儘管最後的產物有賴於一個符合邏輯的結構。

—— 愛因斯坦 Albert Einstein, 1879-1955

## 學習焦點

在西方國家，過去討論論文規劃與管理的書籍很少，研究論文發展史的阿諾維茲（Stanley Aronowitz, 1933- ）認為，二十世紀初，只有2%-3%的論文原稿，會出版成書（Aronowitz, 1988）。在西方國家，過去在大學著重於學生的教學和培育，而不是著重於期刊發表。到了今天，期刊論文發表，已經屬於研究人員的本分工作和基本使命。期刊論文是依據研究理論和社會現況進行不斷交融的表現方式，需要進行因果關係和邏輯關係的探討，並且進行下列組成面向的規劃和管理，以進行論文寫作的籌備（Monette, Sullivan, and DeJong, 2013）：

1. 研究議題（The Research Issue）
2. 研究問題（The Research Problem/Question）
3. 研究目的（Statement of Purpose）
4. 研究程序（原因）〔The Program（Cause）〕
5. 研究單位（The Units）

6. 研究設計（方法／取徑）〔The Design（Methods/Approaches）〕
7. 研究結果（效果）〔The Outcomes（Effects）〕
8. 文獻管理（Literature Management）

## 第一節　發表簡史

　　在二十多年前，莫雷出版《成功發表論文，讓您獨占鰲頭：學術寫作與發表指南》（*Publish, Don't Perish*），他在前言中說到，當時的學者寧可關心加拿大森林的保育問題，而不是學術出版（Moxley, 1992）。現今再看到這一句話，真的讓人感受到時代不同了。莫雷出版這本書的年代，我剛好到美國念第一個碩士，當時還沒有網路，直到1994年，學校才開始有網際網路的形成。當論文稿件完成之後，當時要進行文章套印，並且將電腦打字之後的原稿，一次寄好幾份給主編，讓主編分派給其他的審查進行評審。此外，當時美國大學中，貯存論文和書本的光碟稱爲CD-ROM，要到圖書館商借，讀取資訊，以進行研究。到了1994年，我在採用PowerPoint發表碩士論文時，還需要轉檔成幻燈片，用幻燈片投影機來發表。當時美國大學，採用PowerPoint轉檔成爲幻燈片進行論文口試，而沒有採用投影片（transparency）進行論文口試，已經算是先進的作法。

　　當然這些傳統又古老的方式，隨著科技進步，已經逐步被現代科技淘汰了。由於二十多年來網際網路迅速發展，許多期刊已經採取了線上投遞、線上評審的方式。我們很難想像，在1992年，一位關心森林保育，執著於學生教學的助理教授，到了現在，如果還沒有期刊發表，是否在25年之後，還能夠在學界中存活？

　　在莫雷出版《成功發表論文，讓您獨占鰲頭：學術寫作與發表指南》（*Publish, Don't Perish*）之後，九〇年代美國學術界開始重視學術期刊發表，而臺灣在2000年之後，如火如荼推動教授「期刊發表升等」制度，以國立大學工學院而言，過去強調「三年內5篇、五年內10篇」的表現，

甚至有學校主張7-11的制度，也就是要求升等，主要著作為7篇，主要著作為第一作者或是通訊作者的著作，參考著作為11篇。在學術界宛若軍火競賽的方式進行教授研究時間和金錢的壓榨之下，華人學術圈的研究，普遍產生了「輕薄短小」的現象，論文產出內容輕薄，篇幅短小；甚至，在國內普遍有一種自然科學學者輕視社會科學學者，也就是「重理工、輕人文」的現象。因為自然科學學者普遍在科學引文索引（Science Citation Index, SCI）目錄中發表論文；影響所及，同樣社會科學學者也需要在社會科學引文索引（Social Science Citation Index, SSCI）目錄中發表論文。

也許，以SCI、SSCI論文的數量或是影響因子（impact factor, IF）為主要參考指標的學術評價體系，目前正不斷地受到學術圈的批評。因為例如過去我所念的全世界排名最好的建築科系所在的哈佛大學設計學院（Graduate School of Design, GSD）所發展的《哈佛建築雜誌》（*Harvard Design Magazine*）也不在上述所稱的論文索引之中。所以，國內升等制度如果依據以SCI、SSCI論文一體適用的方式，並不在國外建築研究的主流價值觀之中。

然而，為什麼我們還是要重視國際學術期刊論文發表呢？因為在華人的學術圈之中，不容易針對科學研究人員（簡稱科研人員）真正的學術水準和潛力進行評估，於是透過國外一體適用的科學引文索引（SCI）和社會科學引文索引（SSCI）進行評估，以建構在國際學術舞臺上發表的紀錄，進行學術評估。考慮研究者在論文題材醞釀到發表的冗長時間中，從研究者提出初稿（manuscript）、學術期刊編輯與同儕進行審查，到論文被接受這些過程，都是在十七世紀第一本科學學術期刊《皇家學會哲學通訊》（*Philosophical Transactions of the Royal Society*）創刊之後，三百多年來所形成的學術評估體系，經過不斷的演化，形成了科學、技術和社會兼容並蓄的進步史。

## 第二節　擬定命題

在完成一篇期刊論文之前，需要考慮將研究的結果，以清晰條理形式進行表達，並依據學術期刊規定的格式進行撰寫。期刊論文（journal paper）、博士學位論文（dissertation）及碩士學位論文（thesis），雖然在中文來說，都是叫做論文，但是體裁和寫作方式來說，有很大的差異。

臺灣大學農業經濟學系教授吳珮瑛認為，撰寫論文是沒有標準答案的，指導教授也不會給標準答案，卻是研究生試圖尋找答案的方法（吳珮瑛，2016）。舉例來說，對於剛進研究殿堂的研究所碩士班一年級新生來說，在剛開學的第一個階段是處於「見山是山，見水是水」的階段，發覺「處處是題目，處處是問題」。特別是上每門課剛開始的階段，授課教授所教的專業課程，似乎都可以形成研究中的題目。但是到了第二個階段，發現「見山不是山，見水不是水」，也就是要開始撰寫碩士論文研究大綱的時候，發現在Google 學術搜尋（Google Scholar）中，有一大堆相關期刊等待搜尋，根本不知道從何下手。你讀完一篇文章，你就已經被說服了，完全不知道該從哪裡下手。等到念了博士班，考過資格考，成為博士候選人，準備要撰寫期刊論文的時候，發現到了「見山又是山，見水又是水」的時刻。因為已經讀過專業期刊文獻，對於基本的期刊理論已經能夠掌握，基本上在研究方法已經有了一定程度了解，開始對於期刊論文的撰寫，也有了一點「似曾相識」（déjà vu）和「相濡以沫」的熟悉感覺。更可貴的是，由於國內博士班畢業的門檻，需要投稿期刊論文，更增加國內博士生對於期刊論文投稿躍躍欲試的動手感覺。

但是，光是花苦功，進行期刊的淬煉，那也是不夠的。要想在國際期刊中出人頭地，必要的思考時間是必須的。也就是說，一定要有讓自己的心靈沉澱的創意空間產生，才能產出好的命題。在此，我大力推崇四本書，《無知的力量：勇敢面對一無所知，創意由此發生》（*Nonsense: The Power of Not Knowing*, 2016）、《閒散的藝術與科學：從腦神經科學

的角度看放空爲什麼會讓我們更有創意》（*Autopilot: The Art and Science of Doing Nothing*, 2016）、《用科學打開腦中的頓悟密碼：搞懂創意從哪來，讓它變成你的》（*The Eureka Factor: Aha Moments, Creative Insight, and the Brain*, 2015）、《跟著大腦去旅行——分心時，大腦到底恍神去哪裡》（*The Wandering Mind: What the Brain Does When You're Not Looking*, 2015）。這些書我看了，很有心得（Smart, 2013；Holmes, 2015; Corballis, 2015; Kounios and Beeman, 2015）。第四本書《跟著大腦去旅行——分心時，大腦到底恍神去哪裡》我是在臺灣大學出版中心買的，這是臺大出的一本翻譯好書。我記得，我常在大學的課堂上，發呆、胡思亂想，一個好的創意，因此而產生，稱爲意外發現（serendipitous discoveries）。在產生創意的過程中，也需要針對研究領域有種較爲完整的輪廓厚描（thick description），才能適當的聚焦，藉由直覺的想法，並且證實直覺。

這個階段可以查閱網路資料庫期刊論文中的學術評論（review article）的回顧，並且進行論文題目的深度探索。

一般來說，在產生創意之後，需要將創意點子進行實證研究，這需要時間來培養這個創意的點子，也需要耐性來孵出期刊論文。我們知道，期刊論文（journal paper）和一本厚厚的博士論文不同。期刊論文的形式較簡化，內容篇幅較少，內容主要以原創研究（original research）、學術評論（review article）、書評（book review）等形式爲主的文章。但是原創研究文章（original research article）在論文主體架構上，除了篇幅較短，其實和碩、博士學位論文的架構上，並沒有太大的差別。在研究命題的研擬時，我們可以區分爲自然科學和社會科學的命題。針對題目的設定上，因爲我們是在寫一篇期刊論文，刊登時的篇幅約在15頁到20頁左右，字數約在5,000字到7,000字的篇幅。因此，在寫作上不建議像是博士論文或是碩士論文，在題材的選擇上，從盤古開天開始寫起，或是搞得包山包海，寫了過多的內容，最後還是導致退稿的命運。

從以上退稿的例子，可以得知，大多數期刊論文的研究，可以說是

起源於一般性的問題，而不是起源於籠統的問題。通常，這些問題都很廣泛，很難希望在單一的研究中，充分體現這個問題。因此，我們通常將問題縮小到更為具體的研究問題之中，讓這些問題一一得以解決。因此，在期刊寫作上，建議應該將一個比較大的議題，切割成為許多較小的研究議題（research issue）。在研究議題中，針對議題中的研究問題（research problem），在已經提出來解決問題的理論背景下進行問項說明（the questions statement）。這些研究問項，需要形成研究假說，反應到研究目的說明（the purpose statement），並且通過方法取徑，以進行驗證。以下進行擬定命題的說明。

## 一、研究議題

談到研究議題（research issue），就是在研究「如何找到研究題目」。一個好的研究題目，涉及到研究理論和研究實務。也就是說，這個題目是否之前的人做過？在現實上，理論是否能夠支持所發現的現實狀況？在研究理論進行實務研究時，是否有扞格不入的情形，需要進行修正？最後一點，我們是否對於這個題目感到興趣？願意以一生中最為精華的階段，投入到這個研究之中，無怨無悔？我們分析國外一流的期刊，經常在投稿被退稿的時候，期刊主編總是呼籲，這個期刊需要是在理論上能夠有所突破貢獻的稿件。我們針對這一篇期刊的主流理論，是否有修正的良方，或是對整個領域有什麼突破性的研究？也許，在找到一個很棒的研究議題時，你會進行深入的研究，在研究問題上也撰寫得很出色，最後搜集的資料，也支撐你的論點和假設。那麼為什麼最後投稿之後，還是會被期刊主編拒絕呢？有一個很大的原因是因為你的研究缺乏理論支撐、架構不夠扎實、缺乏創造性，或是研究目的寫得不到位（金坤林，2008）。

## 二、研究問題

在研究議題經過釐清之後，會產生研究問題（research problem）。在這個階段，需要說明研究問題的內容，以及研究中最重要的成分。也就

是說，我們需要專注於最重要的研究問題，進行深入的討論，並且放棄其他的議題。

## 三、問項說明

問項說明（the questions statement）在解釋是什麼問題引領你做這個研究的？這些問項需要條列化，一條一條進行說明，找出需要釐清的焦點問項，並且可以透過研究假說，闡釋其研究的意義（from a question to its significance）。

## 四、研究假說

研究假說（research hypothesis）衍生自理論。我們需要注意研究假說是充分且具體的，讓期刊的讀者能夠理解我們的研究在試圖評估什麼。我們依據理論上的概念，進行概念化的「抽象思考」。也就是說，我們可以將理論形成研究假說，並且將這個假說，形成一種「概念」，進行「概念」和「概念」之間的理論碰撞，並且進行討論。所以，在這個階段，可以測試他人的理論，是否可行。

## 五、目的說明

一般研究人員在進行研究時，只有產生研究的想法，或是想解決特定的問題，但是不知道這個問題和理論之間，產生什麼關聯？或是做完這個研究之後，會對理論和人類知識有什麼幫助？研究目的會連結到自我反思，也就是：「我為什麼要做這個研究？我做這個研究有什麼理論上的貢獻？有什麼實務上的貢獻？要怎麼將自己的研究貢獻給人類社會？」

以2016年科睿唯安（Clarivate Analytics）公司和中國科學院發表〈2016年研究前沿〉（Research Fronts 2016）報告為例，可以發現近年來最值得關注的主題，請參考表4-1和表4-2。

表4-1　在前沿熱門研究中，十個值得關注的主題

| 前沿熱門研究 | 科學領域 |
|---|---|
| 銀河中心伽馬射線（暗物質間接偵測） | 物理 |
| 植物先天性免疫機制 | 農業、植物及動物科學 |
| 生物多樣性降低對生態系統功能與生態系統服務的影響 | 生態學與環境科學 |
| 全球暖化間斷（warming hiatus） | 地球科學 |
| 黑色素瘤免疫療法的免疫檢查點抑制劑 Anti-PD-1 抗體 | 臨床醫學 |
| T 細胞的分化、功能與代謝 | 生物科學 |
| 白光 LED 的螢光粉 | 化學與材料科學 |
| Planck 太空觀測站的宇宙微波背景 （CMB） 觀測 | 天文學與天文物理學 |
| 物聯網、雲端製造與相關資訊科技服務 | 資訊工程與工程 |
| 以資料包絡分析法（Data Envelopment Analysis, DEA） 為基礎的環境與能源效率評估 | 經濟學、心理學與其他社會科學 |

表4-2　在新興前沿研究中，八個值得關注的主題

| 新興前沿研究 | 科學領域 |
|---|---|
| 分數陳絕緣體的實驗實現 | 物理 |
| 內吸性殺蟲劑（新菸鹼類與芬普尼）對非標的生物與環境的影響 | 生態學與環境科學 |
| 北大西洋與南極洋的元素組成 | 地球科學 |
| 使用計畫性死亡-1（Programmed death 1, PD-1) 抑制劑治療晚期非小細胞肺癌 | 臨床醫學 |
| 水引起的甲基銨碘化鉛鈣鈦礦劣化 | 化學與材料科學 |
| Rosetta 太空探測器的 67P/Churyumov-Gerasimenko 彗星研究 | 天文學與天文物理學 |
| 油電混合電動巴士的能源管理策略 | 數學、資訊工程與工程 |
| 染色質成環原理與染色體結構域結構的演化 | 生物科學 |

　　「研究目的」就是從認識論（epistemology）的層次出發，從目的論中，設定了研究目標，這個目標就是這一篇文章的核心價值。因此，目的說明（statement of purpose）、研究問題以及問項說明是不同的。在期刊

中，研究目的說明，將會反應在解決研究假說所形成的問項中。

　　在目的說明中，可以討論研究方法及研究取徑（approach），進行數據搜集，採用歸納法、演繹法或是溯因法進行推論，產生最後的發現。

圖4-1　擬定命題的流程圖

　　我們採用「概念」來思考研究的理論，是希望讓研究結果會脫離現實社會中繁複、混亂和沒有邏輯的現象，從而依據研究結果進行整理，讓最後的研究發現，產生理論性的邏輯論述。

　　從圖4-1擬定命題的流程圖中來看，如果在現實狀況屬於相當具體的，充滿了複雜、混亂的現象。那麼，擬定問項說明（the questions statement）和目的說明（statement of purpose）的方式，同樣是要非常的具體。這是屬於流程圖4-1中的中間光譜現象，需要特定、具體、專門，以及需要指認的。

　　在圖4-1兩側的光譜中，在左側的研究議題處理上，建議剛開始也許從現實面抽絲剝繭中，可以找到比較抽象的議題，這時的議題，充滿了不確定性的變數，很難一一釐清，所以需要用概念進行架構。這時需要將研究議題轉化為研究問題，慢慢搞清楚研究內容是什麼，這些步驟可以是概

念式的釐清。在右側理論的建構中，從研究假說中逐步形成的理論基礎，可以採取抽象化、概念化、模式化的方式進行基礎建立，逐步產生模型。

在自然科學中，我們可以稱呼這些模型是一種「自然法則」的理論模型。也就是說，研究是透過描述、解釋、預測以及評估的方法，來增進我們對某個領域知識和理論的了解。

可是，在社會科學的領域中，是否可以追尋自然科學中的「自然法則」或「自然真理」的概念？這些「自然法則」是否可以協助我們深化觀察，確立概念和概念之間的邏輯關係，以方便建構普遍規律和理論？因此，我們認為不管是自然科學或是社會科學，都可以用「概念」這種觀念進行陳述。「概念」從實體現象世界淬煉出來之後，經過左側光譜和右側光譜的濾瀝，可以擁有條列化的定義，以利探討架構關係。

因此，在研究中，我們綜合研究議題（research issue）、研究問題（research problem）、問項說明（the questions statement）、形成假說、研究目的說明，並且通過方法取徑，以進行驗證。在題目的擬定程序中，也許是意外發現、個人興趣，或是進行社會問題調查、研究計畫評估，或是進行人類社會服務，採用批判性思考分析議題（Monette, Sullivan, and DeJong, 2013）。相關程序都可以參考《英文研究論文寫作——關鍵句指引》，藉以尋找研究可能的題目（廖柏森，2006）：

(一)證實你的直覺（proving an intuitive impression）。

(二)測試他人的理論 （putting other people's theories to test）。

(三)重新檢視他人的結論 （reexamining other people's conclusions）。

(四)複製或改進前人的研究 （repeating or modifying a previous study）。

## 懷疑是產生研究問題的方法

### 科學懷疑論

在研究中，免不了要懷疑前人研究的理論。因為科學是站在懷疑的基礎上，產生研究假說，並且進行驗證的方式。因此，科學懷疑論是站在科學理

念上，進行系統性的調查和測試，以具體的證據支持理論。那麼，理論真的是堅不可摧嗎？在科學事證未明的情況之下，我們針對問題，產生了下列科學性的懷疑。這些懷疑產生了兩個前提，並且衍生了一種科學懷疑論的限制，限制了西方學術期刊研究之途。

前提一：「我們以疑問態度針對問題，並且對原有理論保持懷疑。」

前提二：「我們相信真正的知識是不能被完全肯定的。」

以上兩點，是開放性的，是不降伏於任何權威理論的。意思是，只要能夠證明出來，任何權威理論，都需要受到嚴厲的檢驗，直到檢驗之後，真理才會慢慢浮現。但是這個看似開放性的學術懷疑論，卻擁有下列的限制，衍生出更嚴厲的科學懷疑論點。

「在期刊發表上，如果一些現象是超越人類理解的，並且無法觀察的，我們會放棄這些超越理解的觀察，甚至放棄研究這些超越系統性的領域，以及不會發表這些未經證實的測試經驗」。

在實證型的期刊審查中，在投稿題材的選擇中，理論上選擇的是「事件」和「趨勢」，研究者透過調查、實驗和檢測的方式，對於研究結果進行理解和掌握，以確認現象世界中的「複雜性細節」，但是無法檢測的是宇宙、生命與人生的更深層次奧祕。因此，期刊論文的題材發表，以我個人保守性的觀點來說，抽象的東方思維，很難進入西方的學術期刊內容。尤其西方學術強調精準、務實、簡易，對於東方哲學中「玄之又玄、眾妙之門」的抽象概念，西方科學界通常是敬謝不敏的，除非這些抽象概念可以進入到證明的階段。

十六世紀時，西方科學界開始討論希臘哲學家皮浪（Pyrrho of Elis, 365-275 BC）曾說過的懷疑觀（skeptikoi），他說過「沒有什麼是可被肯定地被認知的」。後來恩丕里柯（Sextus Empiricus, c. 160-210）主張的懷疑論中認為，如果任何人宣稱有標準能判斷真理，如果那標準未經檢驗，如何能以之判斷呢？又如果這個標準已經通過了驗證，那又是以什麼標準進行驗證的？因此，恩丕里柯認為感官認識是相對的，我們無法找到足夠的標準來

驗證真理。這種想法產生了懷疑論中的「烘托法」（foil approach）。根據這種方法，懷疑論引起了研究者在強化認識論中的動機，為了尚待解決的問題而努力不懈。這些問題，有可能是一些錯誤的假說，需要用更好的方式進行驗證，或是用更強的證據，證實這些理論是正確的。

因此，懷疑論（skepticism）聲浪越高漲，越是產生了認識論（epistemology）更高的價值，在研究假說和研究方法上，更為精進。因為「烘托法」強調的是以人類認知，來產生認識論的核心價值。因此，以烘托法進行理解，提出問題假說，可以得到一種知識上的啓發，以襯托出什麼才是真正需要的知識。但是烘托法呈現的是純粹自然科學，而忽視了心靈科學。於是，有學者提出第二種方法「側擊法」（bypass approach），「側擊法」強調不直指核心，直搗黃龍。因為如果人類的感官都是有問題的，如何知道直觀之後的調查結果是正確的呢？「側擊法」主張以聯合科學（allied sciences）的方式，採用純粹科學技術和人類自然心靈（natural spirit）兩種聯合研究的方式進行觀測，從旁敲側擊的繞道方式，企圖在科學的核心之外抽絲剝繭，探詢問題，並且產生一連串的問項。這些問項包含了科學研究是否可以獨立於研究者的主觀意志，等待研究者去發掘這些真理。如果真理真的有的話，是否可以採用科學方法進行尋覓？更為基本的問題是，人類心靈研究中，到底有沒有運作的「法則」？如果有的話，那法則是什麼？人類心靈和自然科學間的「自然法則」有何相異之處？

在「烘托法」和「側擊法」相互攻訐之際，樂莫旺（Pierre Le Morvan）主張第三個方法，也就是他所說的「健康法」（healthy approach）。為了要強化對於原有理論的懷疑正確性，樂莫旺認為以系統性地懷疑，並以批判的態度面對事物和學說，需要採用較為健康的觀點進行（Le Morvan, 2011）。

樂莫旺表示，他不是心物二元論（mind-body duality）者，他推動「健康法」不是要徹底否決上述的兩種方法，而是要以更開放的胸襟，淬煉出兩種方法的優點，產生更好的問題論述，產生出中道（a mean between extremes）式的論述。健康法的前提是，真理是客觀的，但是我們需要有能力探討真理是錯誤的可能時，我們容許我們可能犯錯。犯錯不是可恥的，但是我們在進行期刊論文寫作時，要儘量避免在邏輯上、格式上以及論文規範上犯錯的可能性。要將這種錯誤儘量減少至最低，以保持論述中品質的精良。

## 第三節　擬定架構

凡事豫則立，不豫則廢。要進行研究，撰寫期刊之前，必須要有全盤性的計畫。因爲，研究論文就是採取系統性的方法，針對某一項主題進行深入的了解，並且進行科學性的撰述。因此，要完成一篇好的論文，應先需要在擬定命題之後，開始擬定系統性的架構。

擬定架構也就是擬定大綱，包括論文第一章前言；第二章文獻探討；第三章研究材料與方法的選定、資料分析；第四章結果與討論；第五章結論，這個架構，雖然不需要像是撰寫碩士論文或是博士論文一樣的鉅細靡遺，但是建議在撰寫之前，需要以前三章的研究方法爲核心，進行架構上的論述，也就是說，要開始進行論文前三章的鋪陳，這些都是有邏輯性的，我們簡稱爲西方期刊論文的「八股文」作法。這種八股文的作法，可以稱爲「五段式論法」，也就是開門見山談概念，接著從文獻中更深入談到這個研究目前的狀況；再來以實證方法，討論我們的研究和前人研究的關係，以及這個研究，在學術上的環節和地位，是否可以解釋現存理論的不足，並且進行結論。所以，從架構的擬定上來說，是需要進行強化自身的研究規劃、研究思維、研究邏輯以及研究策略的架構擬定，如圖4-2。

```
┌─────────────────────┐
│     確定研究主題      │
└─────────────────────┘
          ↓
┌─────────────────────┐
│     發展研究架構      │
└─────────────────────┘
          ↓
┌─────────────────────┐
│   確立研究目的與動機   │
└─────────────────────┘
          ↓
┌─────────────────────┐
│   確立研究範圍與對象   │
└─────────────────────┘
          ↓
┌─────────────────────┐
│      研究設計        │
└─────────────────────┘
          ↓
┌─────────────────────┐
│   文獻回顧與探討      │
└─────────────────────┘
          ↓
┌─────────────────────┐
│   資料彙整與分析      │
└─────────────────────┘
          ↓
┌─────────────────────┐
│   結果探討與建議      │
└─────────────────────┘
          ↓
┌─────────────────────┐
│     完成研究論文      │
└─────────────────────┘
```

圖4-2　實證型研究的流程

## 一、妥善研究規劃

　　在研究中，需要進行研究規劃和設計，並且撰寫計畫書（proposal）。計畫書有三種重要的功能，包含了溝通（communication）、計畫（plan）以及契約（contract）（Locke, Spirduso, and Silverman, 2013）。

　㈠溝通：計畫書是研究者與諮詢者、出資者或是研究主管之間溝通的管道之一，所以撰寫計畫書對研究者來說是論文計畫書申請經費的管道之一。在美國，出資者可能是國家科學基金會（National Science Foundation, NSF）；在中國大陸，出資者是國家自然科學基金委員

會；在臺灣，是科技部（前身為行政院國家科學委員會，簡稱為國科會）。撰寫者的計畫，要讓上述的機構，覺得有可行性與研究價值，就會得到計畫的補助。

㈡計畫：研究計畫的標準範例，包含了研究主題分析、研究動機與目的、文獻探討、研究方法與設計、預期成果與貢獻等內容。研究計畫需要依據5W1H進行交代。5W1H指的是人（who）、事（what）、時（when）、地（where）、原因（why）以及方法（how）。在操作的步驟是準備研究計畫時，找出是否這個計畫都已經回答 5W1H的資訊？接下來需要進行下列四項的分析，包含了現況如何，為什麼現況如此？是否能改善？如何讓研究做得更好，以及如何改善現況呢？在研究計畫中，也需要列入期程表和經費明細表。研究計畫的好壞，直接影響到是否獲得出資者的經費補助，所以好好撰寫一篇真正代表自己的研究計畫，將可讓出資者更加了解未來研究的規劃。在研究計畫中，通常需要列出額外的事項，例如學校單位研究倫理審查委員會（Institutional Review Board, IRB）的同意核准，進行人體實驗、動物實驗或是人類學的研究實驗。

㈢契約：在東方人的觀念中，很少有契約這種雙方互惠締約的關係。因為一本計畫書，很少在法律效力中，進行契約中的約束功能，除非是接受政府委託辦理委辦案件。在論文計畫書中，包含了接受政府委託的契約（contract）。另外一種型式的契約，包含了博士論文計畫書中，如果論文審查委員會全部同意計畫，在論文大綱上簽名，這也形成了指導教授和博士生之間的契約。這在國外環境中，是很嚴肅的事情，但是在國內，卻被輕忽了。也就是說，在國內幾乎看不到指導教授和論文審查委員（committee members）在博士論文大綱口試通過之後，進行簽名認可。換言之，如果在搜集資料前完成了論文計畫書口試，在某種情況之下，如果需要修改，也需要得到所有論文審查委員明確的同意，並提供學校進行簽名紀錄。如果，這一項簽名紀錄發生在美國，一位博士候選人（Ph.D. candidate）依

據計畫書的內容，並且完成了這項計畫，而且提交了一份博士論文（dissertation），指導教授們只能讓這一位博士候選人進行必要的微修（minor changes），並且讓這一位博士候選人通過論文，不能夠節外生枝，另外提出苛刻的要求，要求論文重寫；因為美國是法治國家，一切依法行政，即使是對學生的論文要求，也是如此。

## 撰寫研究計畫的甘苦談

### 學習當一位「學生」

　　每年到了年底，科學家們都在埋首寫明年科技部的研究計畫（proposal），臺灣這麼一個偌大的島嶼，變成了一個低溫的空間，隨著北半球飄下的寒流，全臺灣一百六十多所大學的科學家們埋首低頭，打電腦已經打到頸肩痠痛，頭昏眼花，勉力度過年終，為了來年的研究計畫而賡續努力，因為截稿日期要到了。天寒地凍，寒流來襲，是否讓思路格外清晰，我不知道，但是我知道，不要去打擾我的教授朋友，因為大家都在忙，忙著以計畫主持人（principal investigator, PI）的身分，撰寫或是整合研究計畫。

　　我回想起三十多年前，也就是1986年，全臺灣只有16所大學。但是到了今天，大學窄門已經放寬了，從我過去念書時代的16所，進步到一百六十多所。但是，過去的問題到現在依舊存在。到了年底，大家都在思考如何當一位學生，不管是教授還是博碩士生，甚至是研究助理，都在當學生；學生就是「學習生存」，簡稱為「學生」。

　　在「學生」的生存之道中，不管是教授、研究員、研究助理還是研究生，都需要撰寫論文才能生存。因此，在撰述論文研究計畫書中，所產生的問題，可以透過下列的檢核過程進行檢測。這是我在博碩士論文寫作研究、教學和發展過程之中，認為是一種很好的自我檢視學習論文寫作規劃與管理的方法，提供給大家參考（Cone and Foster, 2006）：

1. 您的寫作能力有多好？

　(1)教授是否曾經說您的文章很流暢，邏輯清晰嗎？

⑵您的文法都很正確嗎？

⑶您的用詞遣字都很正確嗎？

⑷您對學術論文寫作格式（例如：APA 6.0版）很熟悉嗎？

⑸您知道如何使用文書處理軟體（如Word）嗎？

⑹您能不能有效地組織文章？

⑺在開始寫之前，您會先列出大綱嗎？

2. 您有必要的研究方法準備？

⑴您過去三年有沒有上過研究所程度的統計課程？

⑵您有沒有上過論文寫作之類的課程？

⑶您有沒有上過研究方法／研究設計之類的課程？

⑷您在研究所上課時，有沒有機會評論實證研究的文章？

⑸您有沒有參與過實證研究計畫？（當研究助理／工讀之類的）

⑹您至少會利用一種統計軟體嗎？

3. 一般性準備

⑴您是否與其他三位以上的人士討論論文寫作經驗？

⑵您是否看過貴所學長姐所撰寫的論文？（特別是您老闆所指導的）

⑶您是否每週可以投資至少10-20小時撰寫論文嗎？

⑷這個情形可以持續6-12個月嗎？

⑸您是否有空間可以不受干擾地撰寫論文、進行資料分析以及思考？

⑹您是否能取用適當的書目資源（圖書館、資料庫）？

⑺您是否定期／經常和指導教授討論，得到概念上的啟發（input）？

⑻您的家人或眷屬是否支持您？

⑼您有沒有電腦？（自己有或方便使用）

⑽您有沒有良好的打字撰述能力？（或者無怨無悔的貼心祕書／特助）

⑾您知道怎麼使用學校圖書館的資料庫、文獻檢索方法以及其他可用資源？

⑿您有沒有適宜的時間管理能力？

⒀您有沒有適宜的人際交往／政治溝通能力？

⒁您是否知道所方對於寫論文過程的正式規定？

⒂您是否知道所方對寫論文過程的非正式規定？

⒃您有沒有問過其他同學撰寫論文需要花多少錢？

⒄您是否已經取得到必要的經費支援？

## 二、強化正向研究思維能力

通過了博士論文之後，不管期刊有沒有發表，總是希望能夠在國內外大學獲聘，獲聘成為助理教授（assistant professor）之後，接下來開始有了發表期刊的壓力。我們可以說，現在不管是在研究型大學，或是教學型大學，能夠以研究成果發表在同儕審查（peer review）的學術期刊中，是基本的要求。在嚴格的同儕審查制度之下，能夠獲得青睞接受刊登，在學術期刊上的比例相當有限。

未來如果想要取得終身教職（tenure），希望都有自己的研究發表在嚴謹的學術期刊上。但是，投稿學術期刊跟一般投書報章雜誌不同，也和投稿在國內外研討會中不同，學術期刊採取的是最嚴格的審查標準。需要有最大的耐心和毅力進行搏鬥，我們分析如下。

㈠增加期刊檢覈能力：在嚴格的同儕審查制度之下，一般來說，能夠獲得刊登在學術期刊上的比例十分有限，以心理學學術期刊：《環境與行為》（*Environment and Behavior*）來說，這一本是環境設計研究協會（Environmental Design Research Association, EDRA）和賽矩（Sage）出版集團合作出版的期刊，影響係數（impact factor, IF）為2.892。一般來說，《環境與行為》的退稿率為九成，也就是說，有90%的投稿，都會遭致退稿。如果我們在投稿文章時，將知名期刊高影響因子（high Impact Factor）列為最重要的考慮因素，忽略了要先進行期刊評估工作做好投稿前的評估工作。這些評估工作，需要靠時間和經驗的累積，因為如果有幸在第一階段列入審查，等到收到了

審查意見之後，也應該積極回應審查者的評論，進行修改後再行提交（revise and resubmit）。在審查期間，從一年到三年不等，這些程序都是需要進行心理建設的工作。

(二)強化思辯推理能力：在期刊的分析中，我們需要闡述的是期刊收錄文章的邏輯。一篇文章，被收錄在期刊之中，通常沒有什麼理由。但是被退稿的文章，收到退稿（reject）信的時候，通常理由很多。例如說，在文獻回顧中，是否已經透過相關的文獻蒐羅，進行研究假說，並且撐起這一篇研究的巨傘？又例如說，如果我們進行假說工作時，是否這些假說，有哪些期刊已經討論過了，或是還有哪些期刊還沒有討論過，這些都需要在文獻回顧中，進行綜合敘述。我們以《環境與行為》（SSCI）舉例來說，一年收到的文章相當多，幾乎全世界的環境行為研究者，都在注意這個期刊的刊載狀況。因此，在文獻的探討上，需要了解相關這個領域期刊對於某項主題的探討，是否已經足夠？此外，在題目的取材方面選定上，可以是很尖銳的題目，也可以是在既有的理論架構之上，進行理論的驗證和討論。

(三)「等待果陀」不如自立自強：在投稿期刊的過程中，都會碰到瓶頸，但是都要以平常心看待期刊投稿被拒絕的事實。我用「等待果陀」這個名詞，說明這一種無可奈何地等待，日子漫長，卻沒有意義，等到最後，終究徒勞無獲。我在2012年進了國立臺灣師範大學理學院的環境教育研究所，眼見大家都在做「人」的研究，人的研究，比我過去做「物」的研究，困難得多。在2016年的時候，記得印象最深刻的是，有一個期刊《生物教育》（*Biological Education*）（SSCI）的審查說，現在量化的環境教育大數據研究，已經退流行了，你們臺灣不要再做這一種研究了，現在流行的是質化研究。我耐住性子看完審稿者的評論，因為我也是一個國際期刊（SCI）的副主編（associate editor, AE），我也被投稿者催趕過，在這個關頭，需要耐住性子。我認為，這就是在臺灣進行社會科學研究最痛苦的地方。西方自然科學研究和東方自然科學研究，涉及到實驗室、生態環境，不會被質

疑。舉例來說，我在臺灣進行的鳥類研究，和在美國進行的鳥類研究，有什麼不同？天底下的鳥類生態研究，都是一樣的，但是只有島嶼生態環境和大陸生態環境的不同。通常我採用島嶼生物地理學和景觀生態學的原理進行說明之後，數度修改，都會被期刊接受。唯獨，當我進行社會科學研究時，偏偏西方讀者對於東方人種不感到興趣。以我的經驗來說，投稿SCI和SSCI期刊，依據同樣投稿的母體數量來說，被錄取的比例差異性非常大：

SCI錄取篇數：SSCI錄取篇數 = 4:1

也就是說，當我有四篇量化的SCI期刊論文被接受之後，才有一篇SSCI的期刊論文被接受。但是我在進行SCI和SSCI期刊撰寫的幅度來說，我花了相同的力氣，卻得到不同的結果。我記得我和國立中山大學楊磊教授談到這個自然科學和社會科學比較的問題，他認為應該四篇SCI比上一篇SSCI，是比較公允的。我認為這個說法相當有依據。通常我投過登上四篇SCI，才會有一篇SSCI登出。因為SSCI都是談人的問題。所有的SSCI投出之後，不管議題為何，有的時候編輯很客氣的說，請你改投地方性的期刊，比較嚴屬一點的審查就會說，你們在臺灣做的東西，我們的讀者不感興趣。所以，投稿SSCI期刊，這是一條艱辛之路。但是，我私心揣度，難道全世界的「人」真的沒有共通性，只有研究臺灣的議題，只能投到臺灣本地或是中國大陸的期刊嗎？還是臺灣的「人」的研究，太沒有共通性和代表性？當然，人類是有共通性的，否則，我們也不能交上那麼多的外國朋友。因此，從自然科學量化研究轉到社會科學量化研究，非常不容易；同理可論，從社會科學量化研究，轉到社會科學質化（質性）研究，也非常不容易。因此，我們要針對課題，建立自身未來在研究領域中，需要努力的方向，並且進行單點突破。目前，我在臺灣師範大學環境教育研究所專注於環境友善行為的研究，建立了「個人命令性規範信念」、「自我規範」、「社會規範」、「認知」、「態度」、「知覺行為控制」、「行為意向」這些變項。我們重新檢視計畫行為理論（Theory of Planned Behavior, TPB）、還有閱讀了以下的文獻：

1.主觀規範（Subject Norm）、2.社會描述性規範（Social Descriptive Norm）、3.個人的命令性規範（Personal Injunctive Norm）、4.知覺行為控制（Perceived Behavioral Control, PBC）。我認真地看過威斯康辛大學的賀伯蘭（Thomas Heberlein）寫過全世界唯一的一本《環境態度》（*Navigating Environmental Attitudes*）專書。他以李奧波（Aldo Leopold）為例，說明李奧波擁有環境態度，但是沒有環境行為的一個例子，看得我目瞪口呆！這都是西方科學界，不斷努力創新超前的研究典範，值得我們學習（Heberlein, 2011）。

## 社會科學《阿凡達》的電影理論研究
### 泰雅族的狩獵和環境保護的架構

要進行一篇社會質性研究，需要經年累月進行思考。並且需要有全盤性的計畫，以掌握研究進度。因為，所有的研究論文都是採取系統性的方法，針對某一項主題進行深入的了解，並且進行科學性的撰述。

以下這個案例，提供給本書的讀者參考。

我在2016年的時候，有一篇期刊文章〈泰雅族永續性之認同：傳統生態知識和狩獵文化的原住民科學研究〉（Atayal's identification of sustainability: traditional ecological knowledge and indigenous science of a hunting culture）刊登在一本探討永續科學領域的期刊：《永續科學》（*Sustainability Science*）（SCI、SSCI, IF = 2.494）。這是一篇純質化的訪談觀察研究，沒有採用半個數據，是談論原住民狩獵，對生態保育助益的研究，刊登在日本聯合國大學和Springer出版集團出版的《永續科學》期刊上。

在撰寫這一篇英文期刊的時候，我參考了《阿凡達》（Avatar）的電影理論，採用了後人類主義（post-humanism）的觀念，腦袋中出現的是阿凡達的畫面。

在文章中我採用了後人類主義（post-humanism）的理論。我在破題

中，闡釋這一種觀念。

從超越西方科學發展的傳統生態知識研究領域中，只有數篇論文開始討論後人類主義的倫理學。

From the field of TEK studies which is developing beyond Western science, a few papers have begun to discuss post-humanism ethics.

接著我再繼續「軟土深掘」，說明後人類主義的定義。

根據沃森和杭廷頓在2014年的理論，原住民考慮「超越人類之外」（後人類主義）思考的倫理，認為人類與自然共存，享有互惠互利的關係。

According to Watson and Huntington (2014), aborigines consider "more-than-human" (post-humanism) ethics, and deem that humans and nature coexist and have mutually beneficial relationships.

其實，我在思考「後人類主義」，考慮到該期期刊特約主編是美國堪薩斯大學（The University of Kansas, USA）任教的強森（Jay Johnson），他在編輯我這一篇文章時，同意我的論點。

我大概是將《阿凡達》中，納美人的觀點和範疇都包含進去了。

我們要善待看起來長得不是很像是我們人類，但是像是類人類的高等靈長類物種。我有時候在胡思亂想中，猜想納美人（Na'vi）應該是貓科動物演化的，因為是長得像是貓科的人種，而不是像我們人類的演化或是創造途徑。因為，我們長得像是人科的人種。在這，我不想多談創造論和演化論，人類和猿猴到底有沒有共同的祖先？在本書第一章中，我們談到哈拉瑞在《人類大歷史》中，說明10萬年前，地球上至少有6種人種；但是，目前只剩下我們這一種人種（Harari, 2015）。我們這一種人類，在10萬年前開始，消滅其他5種人種（記住，他們也是人種），現代人類產生滅絕的能力

太過強大，太過可怕。

那麼，「後人類主義」和原住民有什麼關係？其實，大有關係。因為是西方強權國家自十七世紀產生大航海的世紀以來，進行東方經濟資源的掠奪，引發了種種異族凌掠的問題。我在論文中談到，想當年，原住民竟然被西方學者稱為是「高貴的野蠻人」（noble savage），那不是地球人看待納美人的意思嗎？那不是賽德克巴萊中，日本人對待賽德克人的關係嗎？那不是美國人在西部拓荒時，對於印地安人的態度嗎？那不是漢人民族英雄鄭成功的大將劉國軒，進到臺灣中部，出兵消滅拍瀑拉族沙轆社「番」，將婦孺全部殺死的態度嗎？所有的毒氣、大砲、刀槍，都對準了原住民，讓我在寫這一篇文章的時候，激起了內心的憤慨。於是，專注於泰雅族的狩獵行為的觀察和訪談。

我在談論這一篇期刊中，特別闡釋了原住民的生態智慧。

臺灣泰雅族的狩獵行為，可由狩獵知識與規範中的特殊文化內涵，形塑出與生態和諧平衡的樣貌，以及學習在自然界中競爭與生存規則。在狩獵中，他們使用求生技巧，進行環境變化判斷，都承載著科學技術，是身為泰雅男子的榮譽與生存能力的展現。透過對山林知識的學習歷程，也是讓泰雅族人了解在自然界的位置。泰雅族的獵人訓練，沒有特定的教育形式，多是由生活中的過程累積戶外科學知識。經由家族長輩傳授祖先累積與理解的信仰，再經由自我接受到的環境變動，與在操作過程中獲知，並融合過去經驗所形成的世界觀，加總起來成為個體自我的新世界觀。近代原住民更將原住民族所形成的價值觀，在與科學世界融合與累進的過程中，形成最終的集體部落智慧（Fang, Hu, and Lee, 2016）。

這麼說吧，我很少寫學術期刊，那麼激動的。這也是我在25年前種下的種子，當年我在念美國亞歷桑那州立大學（Arizona State University, USA）環境規劃碩士時，和白人同學一同做印地安人在保留區的題目，我當年將兩側的頭髮削掉，留長髮，打扮印地安人的模樣，顯是出與西方白人文化隱隱對決的關係。當然，這一篇文章的想法和架構，醞釀了二十多

年。直到研究的種子碰到水分，開始萌芽，研究就慢慢成形了。

Fang, W.-T.*, H.-W. Hu, and C.-S. Lee. 2016. Atayal's identification of sustainability: traditional ecological knowledge and indigenous science of a hunting culture. *Sustainability Science* 11(1):33-43 (SCI, SSCI, IF = 2.494).

## 第四節　資料管理

　　在進行論文的規劃與管理時，我們約略可以區分爲粗胚，也就是尙未成型的文章，這時的文章處於規劃階段；等到進行文字建構，文章初稿（manuscript）已經完成，這時就需要進行文章的管理，這些文章相關的內容包含了文字、圖片、影像檔、錄音檔等資料。在我的文章資料管理中，區分爲我的研究室產出的文章、我在審查的文章以及我下載的文章內容管理。簡單來說，這個期刊論文資料系統管理的方式，就是研究室的資料管理。如果一位稱職的教授，能夠和一位到數位稱職的專任助理、兼任助理進行分工，納入期刊論文撰寫、教授研究室網站建構以及補助計畫財務系統管理，將可以協助期刊論文的最終產出。

### 一、研究室產出的論文檔案

　　基本上，隨著取得博士學位之後，一般來說，需要在教授研究室進行博士後研究，並進尋覓助理教授的位子，等到評鑑通過，可以升等，通常已經累積了許多個人的研究論文，其中包含了學生畢業論文、科技部計畫補助成果論文或是自行研究論文，我的習慣都要建立檔案。

　　㈠學生畢業論文檔案：在研究室中，我們從大型計畫研究中搜索細節，並結合新的研究問題，藉以產生學生的論文題目（廖柏森，2006）。我在學生畢業論文中，將學生名字列爲檔名，檔案中包含了畢業論文word檔、傳遞國家圖書館的論文pdf檔、論文大綱word

檔、PowerPoint檔、原始問卷檔以及原始數據Excel檔，以上的檔案，都建構中文檔案以及英文檔案。隨著研究室學生越來越多，在進行論文文章管理之前，需要建立一個一個檔案，將每個檔案依據學生畢業的年份進行建構，之後才方便搜尋。

(二)期刊投稿檔案：我的期刊投稿的來源，不外乎三種，如圖4-3。一種是自己撰寫的期刊論文，包含了科技部計畫補助成果論文，或是自行研究論文。透過論文協作的方式，邀請其他的教授進行協力。第二種是和研究生共同合作的論文，我需要將研究生的作品消化吸收，甚至必要時，會將原有的論文進行精簡，以期刊的格式進行改寫，並且依照我的貢獻和學生的貢獻，詢問畢業學生是否願意共同作者（co-author），撰寫成為期刊進行投稿。第三種是其他教授邀請我的研究室協助，共同協力產出的論文，我的研究室協力包含了器材、人力、時間、經費等項目。在期刊投稿檔案中，區分為中文word檔、英文word檔。在投稿的過程中，我會將投稿的期刊建立次檔名，在次檔名中，將歷次修正的檔案分門別類放好，包含了歷次修正的初稿

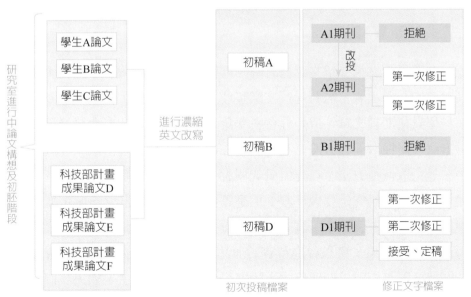

圖4-3　研究室期刊投稿檔案管理

（manuscript）、審查意見（remarks from reviewers）、回覆編輯的意見（response to reviewers）。這些內容不斷的遞嬗，直到文章被退稿，或是被接受為止。在不斷的修正過程中，我會用第一次修正、第二次修正、接受、定稿當作檔案名稱。在接受、定稿檔案中，包含了文章被正式接受之後的校對（proof reading）word檔、定稿word檔以及文章正式刊登的pdf檔案。

## 二、研究室閱讀的文獻檔案

在研究室中，除了教師、研究助理需要閱讀期刊，基本上，在研究室的博碩士生的閱讀中，都需要指定閱讀期刊，並且在研究室中，每個月至少兩次進行開會，以專題討論的方式進行，以閱讀及分享國內外期刊論文及書籍的內容，研讀使用標準的心理測驗題目（use of calibrated psychological tests）（廖柏森，2006）。這些期刊論文和書籍都以電子檔案pdf檔的形式進行分享。我的習慣是，所有我協助學生搜尋的期刊論文，都以學生的名義進行存檔，並且定期和學生討論閱讀的進度，並且進行第二章文獻回顧的閱讀、思索、反芻、撰寫以及進行文獻回顧及論述。

## 三、文獻整理

在進行論文第二章文獻探討時，需要釐清文獻的內容。因此，撰寫期刊論文的一個步驟，需要進行文獻整理。我的習慣是，如果我撰寫的是自然科學量化期刊文章，或是社會科學量化期刊文章，我先會釐清目前的實驗方法，是採取何種方法？在調查方法中，是採取何種方法？在觀察方法中，是採取何種方法？在提出研究假說，也許是「霧朦朧、鳥朦朧」的階段，並不知道研究是要做什麼？但是等到進行研究設計之後，依據研究假說、實驗設計，到觀察、調查階段，並且採用統計方法，進行假設驗證，得到初步的結果，可以說進行實驗收尾（wrap up）的階段，我會建議這時開始要閱讀相關這個題目中，國際學者們研究的看法，如果我們以建立研究理論的方式進行，需要以「結果論」（consequentialism）來看這一

些國際期刊。在搜尋期刊時，我採用英文的相關字進行搜尋，在學術網域中，尋找國外的重要文獻期刊。根據分析，這些國際期刊可分為下列的論述，詳如表4-3。

## (一)和自己研究結果相關的文章

我們閱讀這些文章，可以摘錄其中的文字。所謂摘錄，依據哈佛大學教導學生進行論文寫作的方式，需要閱讀文章之後，再將書本合起來，在腦海中將文章整理一遍，用自己的話，將這一段文字寫出來，並且最後進行引用，列出作者和引用年代。這些和我們期刊研究結果相關的文章，可以參考的部分為論文第一章前言中的研究概述、研究動機、理論缺口、研究問題、問題缺口；論文第二章文獻探討中的目前研究已經解決的問題、目前研究尚未解決的問題、本研究需要解決的問題；論文第三章的研究場域、研究方法和取徑；論文第五章的結論，包含了結論中的研究限制，以及未來研究建議。

## (二)和自己研究結果相符的文章

在進行初步的調查及觀察中發現，原來自己做的研究，已經有國際期刊在做，而且已經發表了。這時，不知道是感慨：「人同此心，心同此理。」還是感慨：「英雄所見略同。」在自然科學領域，因為涉及到物理、化學、生物醫學的物相研究，偏重於實驗室分析，經常會有雷同的效果。這時候，需要進行更加深入的探討，也許這一篇期刊文章已經刊登了，需要尋找次一等級的期刊，作為他人期刊的墊背文章，或是佐證資料文章。這時候不要灰心，儘量尋找對方理論的缺口，找到相異之處，並且加強相異之處的論述，以強調這一篇投稿文章的獨特性。在社會科學方面，因為做的是人類經濟、社會和文化的研究，每一篇文章的獨特性都相當強，基本上找到和自己研究發現相符文章的機率很低，需要和自己研究結果相符的文章，在論述的時候，用大師級的文章，進行期刊佐證。綜合上述的論點，我們可以引用、論證，並且強化自身研究結果論證，進行引用的部分為論文第一章前言中的研究概述、研究動機、理論缺口、研究問題；論文第二章文獻探討中的研究理論依據、目前研究已經解決的問題；

論文第三章的研究場域、研究方法和取徑；論文第四章結果與討論，如果發現研究結果和前人的研究相符，需要進行說明，並且進行印證。並且在論文第五章的結論中，進行文獻的引用。

### ㈢和自己研究結果相異的文章

在研究中，因為各研究著重研究領域相異，或是因為在自然科學中的切入點、理論、素材、方法，或是實驗室設備、材料、實驗、調查及測量場域不同，造成了研究結果差異。或是在社會科學中，因為研究場域、人種、人數、時間、背景、引用理論的差異，造成每位學者在研究結果中的資料和資料的詮釋，都有所不同。因此，在引用前人研究國際期刊論文時，一則以喜，一則以憂。

如果以自然科學來說，要說的是：「恭喜。」因為自然科學強調的是典範轉移，需要以更多的事證，證明前人的研究都是有瑕疵的，自身的研究才是對的，在理論上能夠進行更新前人的研究，在研究方法和理論架構上，具備原創性。在這時候，需要進行前人文獻的探討和引用，並且進行理論和方法上的更新。

在社會科學方面，因為大部分的文章做出來的結果，都是概念性的文章，在社會科學理論當中，需要釐清文章中的關係，在相反的論述中，找到研究結果相異的原因，包括做的是人類經濟、社會和文化的研究，每一篇文章的獨特性都相當強，基本上都是異質性很高的論述，需要引用相異的文章時，需要了解是否和自己研究結果相衝突，如果衝突的話，主要原因為何？需要進行文字脈絡的釐清，並且整合相異的論點，進行論述。

最後，我們可以引用、駁斥前人研究的論點，依據研究結果進行論證，並且說明自身研究結果，為何正確？所以上述引用的文章，都是要列為「射靶」的對象，必要時要引用前人研究中錯誤的例證、方法以及過時的理論依據，以建立新的典範。進行引用的部分為論文第一章前言中的研究概述、研究動機、理論缺口、研究問題；論文第二章文獻探討中的研究理論依據、目前研究尚未解決的問題、本研究需要解決的問題；論文第三章的研究場域、研究方法和取徑；論文第四章結果與討論，如果發現研究

結果和前人的研究相異，需要舉出研究例證、實驗結果、問卷結果、觀察結果，進行反面例證的討論，說明相異的原因，並且說出本研究在理論更新、方法更新、立場更新、研究結果更新或是在案例更新上的價值。在文章中，因為駁斥了前人的文章，所以在撰寫論文第五章的結論中，更需要載明這些可能的研究限制以及對於未來的研究建議，一方面此舉可以進行文章投稿的自我防禦（self-defense），讓殺傷力降到最低；一方面引用上述被駁斥的文章，並依據自身研究的結果，提出新的看法，以為後來的研究者，提供新的研究方向。

## (四)和自己研究結果無關的文章

初步看來，檢索、搜集和自己研究結果無關的文章，似乎很不明智，看起來浪費時間，事實上，我有不同的看法。因為目前同領域的研究很多，研究的方法也非常多。但是基於目前「跨域整合型」（interdisciplinary）的論文有後來居上的趨勢，因此，在準備及下載和自己研究結果無關的文章時，主要是強調其他研究的方法和技巧，以提供自身研究面臨研究困境時，可以有突破的參考文獻（references）進行資料引用。因此，下載和自己研究結果無關的文章，但是要和自己研究可以臨摹、應用或是模仿的方法學有關。上述所謂的方法學，包含了論文第三章研究方法所引用的研究場域和研究方法和取徑的介紹，也可以包含了在論文第二章文獻探討中，說明目前研究方法的演化情形，進行研究方法的介紹。

表4-3　文獻整理插入方式

| 文章段落 | 依據研究出來初步的結果，以關鍵字進行搜尋期刊文獻，☑代表有參考價值，可以引用的文章段落 | | | |
| --- | --- | --- | --- | --- |
| | 內容 | 相關的文章 | 相符的文章 | 相異的文章 | 無關的文章 |
| 第一章前言 | 研究概述？ | ☑ | ☑ | ☑ | |
| | 研究動機？ | ☑ | ☑ | ☑ | |
| | 理論缺口？ | ☑ | ☑ | ☑ | |

| 文章段落 | 依據研究出來初步的結果，以關鍵字進行搜尋期刊文獻，☑代表有參考價值，可以引用的文章段落 | | | | |
|---|---|---|---|---|---|
| | 內容 | 相關的文章 | 相符的文章 | 相異的文章 | 無關的文章 |
| | 研究問題？ | ☑ | ☑ | ☑ | |
| | 問題缺口？ | ☑ | | ☑ | |
| 第二章<br>文獻探討 | 研究理論依據？ | ☑ | ☑ | ☑ | |
| | 目前研究已經解決的問題？ | ☑ | ☑ | | |
| | 目前研究尚未解決的問題？ | ☑ | | ☑ | |
| | 本研究需要解決的問題？ | ☑ | | ☑ | |
| 第三章<br>研究方法 | 研究場域？ | ☑ | ☑ | | ☑ |
| | 研究方法和取徑？ | ☑ | ☑ | | ☑ |
| 第四章<br>結果與討論 | 研究結果 | | ☑ | | |
| | 研究結果和前人研究相符 | | ☑ | | |
| | 研究結果和前人研究相異 | | | ☑ | |
| | 採用邏輯辯證法說明本研究的成就 | | | ☑ | |
| 第五章<br>結論 | 結論 | ☑ | ☑ | | |
| | 研究限制 | ☑ | | ☑ | |
| | 未來研究建議 | ☑ | | ☑ | |

## 四、文獻索引

在搜集文獻之後，需要勤加閱讀，並且進行文獻的索引，俗稱文獻引用（literature cited），並且依據英文字母的發音，羅列這些引用的文獻，形成文獻目錄。一般來說，隨著文章結構的變化，結果在文獻撰寫中的順序，就要重排，或是在文章有引用，但是在文章最後面的引用文獻中，卻遺漏掉了。本書中採用引用文獻（literature cited），而不是採用參考文獻（references），是因為期刊論文需要逐條引用，前面在文章中出現的人名和時間引用（citation），在後面引用文獻中，一定要出現。反之，在後面引用文獻中出現的文獻目錄，在前面的文章也一定要出現

引用，這都是需要對應到的。目前協助文獻整理的軟體，多採用EndNote
這套軟體。EndNote可以掛在微軟的Word文書軟體中，進入Word介面之
後，會多出EndNote的工具列。目前臺灣各大學中，都會在圖書館或是計
算機中心提供授權版下載，進行下列文獻索引及著作索引。

(一)文獻整理至資料庫

　　EndNote會將文章檔案存在一個軟體定義的資料夾，並且依據期刊文
獻的規定，特別是書目格式的部分，可以進行錯別字的校正。

(二)文獻插入論文

　　EndNote依據自訂群組、標籤或各類搜尋方式，協助找到下載的期刊
文章資料。並可以採用自訂欄位進行搜尋，將文獻正確的格式，插入論文
之中。

　　因此，採用文書處理軟體，例如EndNote整合進Microsoft Word，
可以減少重複剪貼文獻、排版書目的時間，建議進行下列的建檔，如表
4-4。

1. Author：作者。每位作者輸入在一行，如果是團體作者，如：
   National Taiwan Normal University，後面記得加上逗號（半
   型）。
2. Year：出版年。只輸入年代，月、季等輸入在Date欄。
3. Title：期刊論文名稱，包括subtitle。
4. Journal：期刊刊名。
5. Volume：卷。
6. Issue：期。
7. Pages：起迄頁碼。
8. Date：月、季。
9. DOI：數位物件識別號（Digital Object Identifier，簡稱DOI），每
   個數位文件（PDF檔、圖檔等）都會賦予一個識別碼，係為數位
   文件的身分證。
10. Name of Database：資料庫名稱，如：Springer Link。

11. Database Provider：資料庫製作商，如：Springer。

12. ISSN：期刊的編碼。

13. URL：期刊的網址。

表4-4　EndNote產生的表格範例

| Bibliographic Fields: | |
| --- | --- |
| Reference Type: | Journal Article |
| Author: | Fang, Wei-Ta; Hu, Hsin-Wen, and Lee, Chien-Shing |
| Title: | Atayal's Identification of Sustainability: Traditional Ecological Knowledge and Indigenous Science of a Hunting Culture |
| Year: | 2016估計 |
| Journal: | Sustainability Science |
| Publisher: | Springer |
| Volume: | 11 |
| Issue: | 1 |
| Pages: | 33-43 |
| DOI: | doi:10.1007/s11625-015-0313-9 |
| Optional Fields: | |
| Abstract: | The history of Taiwan's Indigenous peoples is not well developed in written form, but has been passed down in oral form based on memories from the collective consciousness. However, tracing the cultural roots of Indigenous peoples' concepts of traditional ecological knowledge (TEK) and science is necessary to more deeply engage with Indigenous epistemologies. The main purpose of this narrative inquiry is to explore traditional concepts of the Indigenous Atayal aborigines of gaga (moral rules) and *utux* (faith) from a hunting culture, which has constructed their sustainability. This study was performed using qualitative social sciences. We listened to and collected stories by local tribes that live at elevations of 300–1300 m in northern Taiwan, and then conducted an analysis based on a joint construction of cultural meanings from rights-holders such as Atayal officers, tribe leaders, and local hunters. Using concepts from TEK, we determined how these concepts of gaga |

| | and *utux* became established in the lives of the Atayal people, and how Indigenous Atayal hunters have devoted their skills to maintaining the culture which sustains their resilient landscapes and ecosystems. Through the special cultural connotations of hunting knowledge and specifications, the hunting behavior of Taiwan's Atayal can shape a harmonic balance with ecological systems, and facilitate learning about competition and rules of survival in the natural environment. |
|---|---|
| ISSN: | 18624065 |
| URL: | http://link.springer.com/article/10.1007/s11625-015-0313-9 |

## (三)著作索引

在個人著作方面，建議採用Google 學術搜尋（Google Scholar）引用文獻，依據學校的電子郵件地址，通過驗證，建立個人的著作索引。

## 小結

尼采（Friedrich Nietzsche,1844-1900）曾經說過：「最偉大的詩人，不會不屑於等待他們的詩歌主題慢慢浮現。」因此，在進行論文寫作時，最重要的是需要培養自身的靈感，想像如何撰寫一篇質文兼具的期刊論文。研究者在構思之中，進行論文籌備、建立個人學術網路，並且將研究成果進行撰寫。在撰寫的過程中，依據論文寫作策略，思考論文研究問題、研究目標、研究風險，並且擬定研究計畫和研究替代方案。此外，在投稿的過程中，需要尋找可能要投稿的期刊名稱，依據學校可以下載的期刊論文，進行閱讀，了解期刊刊登文章的主題、研究方法、分類、篇幅以及文章的收錄方向。我們了解，一位傑出的研究人員，在進行研究中，閱讀期刊是沒有壓力的；同時，也不需要刻意撰寫心得報告。研究人員需要了解，期刊寫作是為了進行與同儕之間的交流，因此，在讀書寫作中，所有學術的偽裝都可以除魅。也就是說，一切研究都是以自己的興趣和真理追尋為依歸。當然，最後研究者追尋真理的「自由意志」，是不假他求的，最後真理追尋之路，也沒有所謂的標準答案。

# 關鍵字詞（Keywords）

聯合科學（allied sciences）

副主編（associate editor, AE）

書評（book review）

側擊法（bypass approach）

共同作者（co-author）

論文審查委員（committee members）

數位物件識別號（Digital Object Identifier, DOI）

博士學位論文（dissertation）

認識論（epistemology）

烘托法（foil approach）

健康法（healthy approach）

影響因子（Impact Factor, IF）

倫理審查委員會（Institutional Review Board, IRB）

期刊論文（journal paper）

文獻引用（literature cited）

文獻管理（literature management）

初稿（manuscript）

自然心靈（natural spirit）

原創研究（original research）

計畫主持人（principal investigator, PI）

校對（proof reading）

研究議題（research issue）

研究問題（research problem）

參考文獻（references）

學術評論（review article）

科學引文索引（Science Citation Index, SCI）

社會科學引文索引（Social Science Citation Index, SSCI）

目的說明（statement of purpose）

終身教職（tenure）

問項說明（the questions statement）

碩士學位論文（thesis）

第五章
# 實證型論文撰寫方法

Seek the truth can only be explore alone, and those who do not really love truth irrelevant.

尋求真理的只能是獨自探索的人,和那些並不真心熱愛真理的人毫不相干。

——巴斯特納克(Boris Pasternak, 1890-1960)

## 學習焦點

　　實證研究(empirical study)通常出現在社會科學領域;其實,早期經過同儕審查的研究論文,往往屬於自然科學。尤其在十七世紀人本主義開始興盛,隨著科學技術的進步,強調自然科學原創性的工作總結,包括了實證主義(positivism)形態的論文,成為一種新興的趨勢。在期刊論文寫作的相關書籍中,經常將自然科學與社會科學進行區隔。但是,在實證主義(positivism)的體系之下,社會科學是依據自然科學的方法,但是也許將自然科學的實驗室研究,改成社會科學的調查研究,但是科學研究本質是相同的。因此,在文章結構和結論推導的過程中,看起來好像自然科學和社會科學的文章具有差異,但是其實還是強調文章的假設、實驗(觀察、調查)、數據、統計、驗證假設、分析等路徑的結構性。以上路徑以前人期刊論文的研究,進行總結及評價。撰寫自然科學工程實證,以及社會科學實證研究論文,可分為下列階段:

　　1. 問題提出。

2. 確定目標及分析問題影響因子。

3. 提出調查問題。

4. 列出參考文獻。

5. 設計調查程序，可採單一個案或是多個個案地點來進行。

6. 進行調查：實驗、觀察、參與、訪談、問卷、文件檔案紀錄。

7. 資料分析。

8. 詮釋資料。

9. 結論及建議。

10. 撰寫研究論文。

## 第一節 關鍵要素

其實，大多數學者第一篇刊登的期刊論文，都是以實證研究（empirical study）為論文研究模式。在寫作過程中，強調發現證據，因此發展出來的寫作策略，是要模仿所要引用前人期刊論文中結論的第一句話（徐昱愷，2008）。此外，科學性期刊文章被拒絕的主要理由，通常是這一篇論文沒有經過實證型的論證、引述錯誤或是缺乏邏輯推導。

在論文中，具有實證型的論證、經驗型的論證以及非實證型的論證。實證型的論證，我們會在本書此章說明，非實證型的論證，我們在本書下一章闢專章說明。那麼，什麼是「經驗型論證」呢？

我們也很容易將期刊論文的模式訂為一種刻版模式（stereotype）。這種刻版模式，當然和中國傳統以來，以詩、賦、帖經、經義、偶句、散句不同；當然，中國自明憲宗成化23年（西元1487年），將科舉考試的格式進行統一，講求嚴格的格律、步驟、限定字數，規定不許違背經注，不能自由發揮的八股文寫法，這當然不是一種實證型的論證，因為沒有進行假設演繹推理（hypothetico-deductive reasoning）的現場研究，而是進

行了一場關起門來的論述。這些論述，引經據典，採取「經驗型論證」
（後驗型論證）。如果不是「經驗型論證」，就是談到「天地玄黃、宇宙
洪荒」的「先驗型論證」（不證自知的邏輯論證）；或是談到相當玄虛的
「超驗型論證」（無法體驗的「驚天地、泣鬼神」的論證）。

　　八股文考試中的「八股」，在體例中相當嚴謹。所謂八股，就是八種
排比對偶的寫作方式，訂為破題、承題、起股、中股、後股、束股、大結
等方式進行。通過箝制思想的方式，形成一種中國文人以撰寫八股文之
後，進榜登科的仕進之路。

　　上述論文的寫作方式，是以仿古、信古以及崇古的寫作方法進行，很
難提出因果假設，並且進行驗證。在反覆進行翻炒古代思想之後，激起了
當代學者的反感，認為是戕害思想的一種寫作方式，這種寫作方式，既對
現行政治、社會、文化、經濟缺乏實務上的研究與了解，並且考取功名的
官員，對於現實世界謬於體認，也缺乏對於現實世界的正確認知。明清之
際大儒顧炎武（1613-1682）曾說：「八股之害，等於焚書。」有的書上
甚至寫，顧炎武說：「八股之害，甚於焚書。」我無法考證上述哪一句話
是對的。到了1904年，八股文在清朝末年廢除。

　　在這裡，我為什麼要談八股文呢？自從年歲增長，從我過去當「憤
青」的經驗，顧炎武既然說：「八股之害，等於焚書。」我在念高中的時
候，添了一句：「聯考之害，甚於坑儒。」形成了一句還滿工整的對子：
「八股之害，等於焚書；聯考之害，甚於坑儒。」但是，我很認命的考過
兩次大學聯考，背誦了許多知識，通過了兩種考試，包含了第一年的自然
組考試以及第二年的社會組考試，等於通過了兩種考試方式。如果八股取
仕和過去聯考制度擇優錄取考生進入大學念書，都是在追求人世間的一種
應考的公平性，那麼，這兩種制度，就無法考慮到創新性的想法，或是產
生深思熟慮的一種生活態度。因為，在封閉的考場中，以創新、反叛以及
追求真理的方式進行人生和宇宙關係的探索，都不是透過以上僵化的制度
所能達成的。但是，八股文的優點，就是有一種寫作文章的格式，如果我
們不管八股文中僵化的行文格式，我覺得其中的寫作邏輯和撰寫實證型期

刊論文的方式很像，這一點我們容後說明。

　　談到西方論文寫作的方式，可以從實證研究談起科學的嚴謹性，不管是自然科學，還是社會科學，都相當的嚴謹。實證研究緣起於十六世紀末葉，從伽利略、培根、牛頓的自然科學研究，到法國哲學家孔多塞（Marie de Condorcet, 1743-1794）、聖西門（Claude de Saint-Simon, 1760-1825）、孔德（Isidore Comte, 1798-1857）提倡將自然科學實證的精神，運用於社會現象研究。他們主張以經驗法著手，採用定量分析和控制操作，提升社會科學研究的方法。

　　孔德在1830年到1842年間，出版了《實證哲學教程》六卷，揭開了實證主義運動的序幕，在西方哲學史上形成實證主義思潮。從自然科學的研究到社會科學的研究期刊文章的結構，產生了發現問題、實證、結果的路徑。

　　在實證型期刊論文中，需要進行下列的架構寫作。依據標準寫作內容，包含五大部分，本章依據其中的結構，進行探討文章結構常見的基本構成，包括以下五個部分：前言、材料與方法、結果、分析和討論，以及結論。如果呈現為實證型論文，其撰寫文章結構成分如表5-1：

1. 前言（Introduction）
2. 材料與方法（Materials and Methods）
3. 結果（Results）
4. 分析和討論（Analysis and Discussion）
5. 結論（Conclusions）
6. 標題、作者、摘要、關鍵詞、附錄、致謝詞、參考文獻，需要依據期刊的不同及規定，進行撰寫。

表5-1　實證型論文撰寫文章結構成分

| 文章結構成分 | 目的 | 備註 |
| --- | --- | --- |
| 標題 | 描述主要內容／發現 | 談到了擬定命題，進行「破題」。 |

| 文章結構成分 | 目的 | 備註 |
|---|---|---|
| 作者 | 確定作者的身分和單位 | 1.從開始撰寫的時候，作者姓名就要想好，不要更換；除非在投稿之後，主編退回修改過程之中，有新成員加入，則依據貢獻度新增共同作者。<br>2.服務機構也是一樣，寫法要一致。 |
| 摘要 | 介紹整篇文章的主要發現和結論 | 在摘要的寫法中，不要誇大不實，建議以平實的寫法進行書寫，不要賣弄艱澀的字眼（big words），不要用這一篇論文是第一次（first time）的研究等吹噓的字眼。 |
| 關鍵字詞 | 確保文章可以在期刊網站中被搜索到 | 關鍵字詞（keywords），可以查閱作者在期刊中使用的關鍵字詞，在關鍵字詞使用中，不要太一般，要比較特別。如果關鍵字詞選得好，論文發表之後，才容易被其他文章的作者檢索及引用。 |
| 前言 | 提出問題，並介紹文章結構 | 1.需要清楚地解釋題意及專有名詞，這是八股文中的「破題」。<br>2.接下來需要回答的段落是，需要陳述研究動機（motivation）及其重要性（承題）：為什麼要做這份研究？你為什麼做這樣的研究？以及你期待能完成什麼目的？你的研究問題是什麼？<br>3.如果你已經交代了研究的背景之後，開始進行「起講」。這一個研究，是要解決現有技術的缺陷？還是發現了什麼有趣的現象，讓你想繼續鑽研？然後，這項問題為什麼重要？解決了這項問題有什麼好處？需要在文章中，說明研究的目的等內容。包含了研究目的（goals）或是目標（objectives）。 |
| 文獻回顧 | 進行文獻回顧 | 對於相關文獻進行詳盡的探討。包括了過去前人的研究，文獻回顧需要進行評述，不能只是抄錄研究結果，不加以論述。<br>1.前人研究結果的優點、缺點。<br>2.前人研究方法學的優點、缺點。<br>3.將這一篇研究，針對前人針鋒相對的辯證（controversial debate），進行羅列，形成對於研究困惑中的假說（hypothesis）。 |

| 文章結構成分 | 目的 | 備註 |
|---|---|---|
| 材料與方法 | 解釋研究資訊和數據如何搜集 | 針對研究假說（hypothesis），提出前提假設（assumptions）。在研究中說明研究材料，或是研究地點和研究方法（methods），要用過去式。 |
| 結果 | 描述研究發現 | 具足夠的佐證（evidence），並提出合理的推論（inference）。 |
| 分析和討論 | 討論研究結果的意義 | 分析和討論（discussion）在文章中是很重要的部分，從上述的結果檢視資料，假設是否驗證，並且需要討論研究限制等。 |
| 結論 | 集合問題、假設、發現、分析和討論 | 最後在結論中，將這一篇研究進行總結，包含了集合問題、假設、發現、分析以及討論。 |
| 致謝詞 | 感謝贊助單位，感謝對於文章提供貢獻的人 | 主要感謝贊助單位的資助，如科技部。需要列出補助編號。 |
| 引用文獻 | 列出之前出版的前人研究 | 需要採用學術論文寫作格式（例如：APA 6.0 版）。 |
| 附錄 | 期刊論文的補充表格、數據 | 附錄列在引用文獻之後，例如說明問卷、表格、推導公式、數據等內容。 |

## 第二節　撰寫正文

　　發表論文是爲了要展現研究發現。所以，研究發現是一篇論文的基礎，在實證研究中，都是等到研究已經有了發現，才會進行寫作。因此，在整理研究發現的時候，首先必須要井然有序、合乎邏輯地組織研究發現，並透過在研究中繪製的圖表，來建構研究論文的大綱和組織架構。

　　當然，在撰寫期刊論文時，首先我們強調，期刊論文的寫法，並不是一定都要從文章的第一章前言開始撰寫。其實依據我的習慣，不管是自然科學或是社會科學的研究，先等數據搜集好了，進行初步的統計分析，看出研究結果的端倪之後；才會強化文獻的回顧，了解前人對這個議題的看法。從文獻中，了解我的研究，在全世界這個領域之中所占的研究地位如

何。因此，期刊文章當然可以從第一章前言依順序開始寫，但是其實應該是可以拆成一段一段章節，從任何一節或是任何一段開始撰寫。撰寫完畢之後，進行結論及摘要的寫作。也就是說，在實證型研究的習慣，先寫研究材料、結果、分析、討論，第二步是補足文獻回顧的不足。最後，才會修正前言、結論以及摘要；結論、摘要通常是最後撰寫的。這樣子，一篇實證型研究論文看起來，才像是一氣呵成，在文字的邏輯感中，可以前後一致，免得造成牛頭不對馬嘴，前面研究的推估過程和後面的研究發現，一點都沒有關係，寫到離題。

本節探討文章的寫法，將以文字的初胚和經過修正的文字，進行撰寫方式的探索，通過論文初稿架構（manuscript structure）進行深入的探討，將研究發現和想法，進行邏輯性的敘述。

在撰寫文章之前，先將想法沉澱，接著讓句子在腦袋中轉個幾圈之後，想清楚再進行撰寫。撰寫一小段之後，再唸唸看文句通不通順，是否有打結的地方。一位傑出的作者，也是一位傑出的讀者，會針對自己寫出來的文字，進行沉澱、過濾、刪除以及批判，並且完全了解自己創作出來的文句，所想要表達的意義。在撰寫草稿階段，不是要要求文字要如何精簡洗練；而是要求自己寫的文句越通順、越具體，越易讀越好。

## 一、前言

英文期刊論文和中文文章寫作的風格不同。英文期刊論文講求開門見山、直指核心，不要用隱晦曖昧拐彎抹角的方式寫作。在投稿時，我們要了解這一篇文章有東方讀者和西方讀者，這些讀者來自於不同的研究領域。所以，前言可以協助讀者了解這一篇研究的背景故事。此外，前言鋪陳架構，點出研究方法和研究結論的論點基礎，並對研究結果有所期待。在進行前言（Introduction）的說明時，需要清楚地解釋題意及專有名詞，這是八股文中的「破題」。接下來需要回答的段落是，需要陳述研究動機（motivation）及其重要性（承題）。

這一個研究，是要解決現有技術的缺陷？還是發現了什麼有趣的現

象，讓你想繼續鑽研？然後，這項問題為什麼重要？解決了這項問題有什麼好處？需要在文章中，說明研究的目的等內容。包含了研究目的（goals）或是目標（objectives）。所以，在研究中，需要在前言描述下列的議題。

(一)背景的陳述（Statement of the background）：在前言中扼要敘述研究主題的背景和現有技術的概況。依據時間順序進行陳述，在論點陳述中，係以前人研究所發表過的文獻為論述基礎，並且進行合適的文獻引用（citation）。

(二)問題的陳述（Statement of the problem）：如果你已經交代了研究的背景之後，開始進行「起講」。需要在一般問題領域中，清楚和明確地說明問題，並且討論問題領域的重要性和意義。也就是說，針對現有問題，你為什麼要做這份研究？你的研究問題是什麼？研究設定的假設為何？以及你期待能完成什麼目的？

(三)因果關係的陳述（Statement of causal relationship）：對於研究的因果關係需要說明清楚，並且需要在問題領域，進行更深入的聯繫，說明其中的相關性。

(四)結構的陳述（Statement of constructs）：說明研究中的關鍵結構，讓讀者了解其中的因果關係、邏輯關係或是連貫性。例如，前人設計採用了什麼實驗來驗證？採用哪些實驗方法來驗證？得到了哪些結論？這些結論又是如何呼應主題？前人研究對於這個領域未來的發展有什麼重要的含意？這個段落通常是前言的最後一段，是為後續鋪陳文獻回顧的關鍵，記得需要以簡潔明快的方式撰寫。

## 二、文獻回顧（Literature review）

文獻回顧的目的，是要增進讀者對於某一種主題的了解。因此，作者應當回顧前了解現存研究的優劣。所以文獻探討並不只是消極地羅列前人的研究，而是有批判性地綜合並整理已知的知識。在閱讀學者的文獻之中，需要界定這一篇研究，和前人相關文獻研究之間的關係。因此，引用

前人文獻，需要來自信譽良好的專業期刊、書籍以及政府報告，而不是周刊雜誌等。以期刊的角度來說，引用專業期刊是第一流的做法，引用書籍是第二流的做法，引用政府委辦計畫報告，是第三流的做法。甚至依據期刊主編的想法，不要引用博碩士論文，更不要引用未經查證的網路資料。

(一)文獻結構的陳述：文獻回顧是一種採用人類集體智能進行凝聚分析的一種方式，所以在引用時，需要聚焦在最相關的資訊。引用文獻時，請採用正確的格式（例如，APA 6.0版）。在文獻回顧中，是告訴讀者前人研究說了什麼；在分析前人的資料時，是告訴讀者，我的發現和前人研究有何差異。

(二)文獻討論的問題：在進行文獻討論時，需要了解如何書寫與呈現，才不致和後面的研究設計或分析脫節。才不會探討了盤古開天，說了一大段，卻和自己的研究八竿子打不到一艘船。應該如何讓文獻的呈現方式，更能襯托出研究主題的重要，起到畫龍點睛的作用。這些文獻期刊，如何搭配，如何讓這些前人期刊，有人當配角，有人跑龍套？

(三)文獻討論和假設的關係：如果我們討論文獻時，需要了解其中的因果關係，亦即假設的陳述（statement of hypothesis）和文獻之間的關聯性，也就是讓讀者可以很容易地理解問題假設、問題陳述以及和文獻回顧之間的關係。

## 文獻回顧的寫法

### 以作者、概念以及分析為核心

文獻引用及回顧（literature citations and review）主要有三種寫法，包含了以作者為中心的文獻回顧，以概念為中心的文獻回顧，以及概念+分析為中心的文獻回顧。

一、以作者為中心的文獻回顧

以作者為中心的文獻回顧，通常是剛開始撰寫文獻回顧，還沒有搞清楚理論依據的新手會採用的方式，如表5-2。

表5-2　以作者為中心的文獻回顧

|  | Concept X | Concept Y |
|---|---|---|
| Author A | ☑ | |
| Author B | ☑ | ☑ |
| Author C | | ☑ |

Concept X described by author A, author B (citation); Concept Y also detected by author A, author C (citation)⋯

或是：

Author A said concept X, author B talked about concepts X & Y; then, author C presented concept Y...

　　嚴格來說，以上的引用是「食古不化」的引用法，因為讀者看了這一種引用，還是不知道問題核心，所以不是一種好的文獻回顧方式。

二、以概念為中心的文獻探討

　　第一種方法討論是以作者為論述核心的方式，其實，如果我們思索這一篇期刊論文其實不是探討作者的生平，而是理論概念的重大發現過程，如表5-3。如果我們熟稔了這些概念，是如何經過這些作者推導的，會以概念進行更新，甚至以典範轉移的概念進行遞移式地向前邁進（Webster and Watson, 2002）。

表5-3　以概念為中心的文獻回顧

|  |  | Concept X（正面） | Concept Y（負面） |
|---|---|---|---|
| 概念 | Author A | R | |
| | Author B | R | R |
| | Author C | | R |

　　以作者為中心的文獻回顧和以概念為中心的文獻回顧，這兩種寫法乍看之下，有一點相似，都是先討論到概念，再談到作者。但是第二種寫法，事

實上已經消化了讀書內容，進行到文獻探討中的文獻論述。也就是說，作者在第一種寫法中，較為偷懶，並沒有告訴讀者發現了什麼，從這些文章中可以看出了什麼端倪，但是第二種寫法較為清楚，對於邏輯的推導，也比較有概念。

如果是第一種方法的敘述，會這麼用：

環境友善行為在環境教育上的應用　作者 A 在美國做了研究，發現了環境友善行為和社會規範有關。然後，作者B在西歐也做了另一個研究，發現了同樣的趨勢。

如果採用方法二的寫法，會說：

環境友善行為在環境教育上的應用　近年來，學者進行了環境友善行為和社會規範關係的研究，大多數學者都採取了正面的看法，認為環境友善行為和社會規範的主觀規範有關（Author A, 2002; Author B, 2012）。在綜合論述這些研究的內容之後，接著再以反面的論述方式進行分析。然而，Author B（2012）和Author C（2017）更進一步認為，環境友善行為和社會規範中的描述性規範有關。在最後應該要指出先前研究的不足。但是，上述的規範，是否應該討論個人道德規範，是否影響到環境友善行為，這方面的論述較為缺乏。這方面的探討，就是這篇研究的賣點。

三、概念 + 分析為中心的文獻回顧

　　第三種方法，較為複雜，除了以概念進行探討之外，還需要考慮其他可能影響概念的前人研究（Webster and Watson, 2002）。這種寫法，有點像是說故事，並且進行分析，故事的背景、影響以及造成影響的原因，進行概念分析的描述，例如說，從組織、群體、個人進行分析，如表5-4。

表5-4　以概念+分析為中心的文獻回顧

| 論文 | 概念 | | | | | | | | |
|---|---|---|---|---|---|---|---|---|---|
| | A | | | B | | | C | | |
| 分析單元 | 組織 | 群體 | 個人 | 組織 | 群體 | 個人 | 組織 | 群體 | 個人 |
| 1 | | | | | ☑ | | | | ☑ |

| 論文 | 概念 | | | | | | | | |
|---|---|---|---|---|---|---|---|---|---|
| | A | | | B | | | C | | |
| 分析單元 | 組織 | 群體 | 個人 | 組織 | 群體 | 個人 | 組織 | 群體 | 個人 |
| 2 | ☑ | | | | ☑ | ☑ | | ☑ | |
| 3 | | | | | | | | ☑ | ☑ |

資料來源：Webster and Watson, 2002。

參考文獻：

Webster, J., and R. T. Watson. 2002. Analyzing the past to prepare for the future: Writing a literature review. *MIS Quarterly* 26, xiii-xxiii.

## 三、材料及方法（Materials and methods）

　　研究方法就是研究設計（research design）的取徑。在研究方法中，需要鉅細靡遺地介紹使用工具、參與人員、資料搜集方式、分析方法、結構或參數內容以及研究分析的方法，例如量化方法或統計方法等。在研究方法中，需要區分為自然研究和社會研究，自然科學實證研究需要進行測量方法、操作過程的敘述。社會科學實證研究，需要進行受試者樣本的說明。敘述研究設計方法，是希望其他研究者也能重複同樣的實驗，並產生同樣的結果為寫作目標。從研究設計的細節來看，期刊審查委員可以從研究設計的嚴謹度，衡量實驗設計的優劣、研究數據的可信度，並且評估研究假設的說服力。因此，在寫作中，需要以清晰易讀的方式，描述真實的實驗設計細節，以精簡的短句說明如下。

(一)測量方法

1. 所測量的變數完整地反映出所欲測的變數（parameters），並清楚地描述如何建構測量方式（construction of measures）。

2. 清楚地描述所使用的測量儀器，包括廠牌（brand）及型號（model）。

3. 描述各類可能影響測量方法或結果的偏差因素，及其控制的方法。

4. 考慮外部效度（external validity considerations），包括考慮從樣本、抽樣架構以及是否可以代表總體樣本的概括性。

5. 提供測量方法的信度及效度（reliability and validity）。

(二)操作過程

1. 採樣程序規範（sampling procedure specifications）：需要清楚描述實驗步驟。

2. 敘述實驗組與控制組相互交流（contamination）的可能性，及其控制的方法。

3. 描述在操作過程中如何維護受試者的權益。

(三)受試者

1. 具有統計信心的足夠樣本數（sample size）。

2. 明確地定義母群體（population）。

3. 清楚地描述取樣方法，包括選入及排除標準。

4. 描述各類可能引起偏差因素（confounding factors），及其控制的方法。

5. 清楚地描述樣本分組的方法。

6. 樣本如有流失，有討論或解釋其原因。

(四)資料分析

1. 描述資料的推算方法，如為電腦計算，需說明所使用之軟體。

2. 數據資料來自於特殊公式，需要列出公式及其參考文獻。

3. 使用正確的統計方法，如為電腦計算，需說明所使用之軟體。

四、結果及討論

(一)結果（Results）

研究結果主要是展現研究發現，包括研究的初始觀察（initial observation）、特性的描述（characterization）以及應用（application）。

在科學的實證研究中，如果有統計方法跑出來的圖表，則需要在每一小節中，針對每一項圖表進行說明，結果（results）的撰寫方式如下，需要考慮在結果推論中，是否有邏輯上的謬誤，如表5-5。

1. 清楚地敘述實驗結果，呈現你發現的證據（presenting your evidence），並指出其統計意義。
2. 實驗結果與研究目標相呼應，沒有不相關的結果。
3. 誠實說明結果，不宜誇大統計學中細微的差異。
4. 圖表（figures and tables）是可以快速獲取和掌握這一篇文章研究成果的方式，所以應該花多一點時間在圖表製作上，圖表的內容不宜與本文重複。
5. 圖表應該採用規定的格式製作。

⑴任何表都應該有表頭和表號。（Any Tables should have a heading with 'Table #'）

任何表都應該有一個帶有'Table #'（其中#是表號）的標題，後面是表頭，用來簡單描述表中包含的內容。表格和圖形都在參考文獻之後，以及列於附錄之前的單獨表格上。在文本中，應該使用此一形式，在每個表或圖中插入引用：

Insert Table 1 about here

⑵任何圖都應該有表頭和圖號。（Any Figures should have a heading with 'Figure #'）

圖在參考文獻和表格後面，以及附錄前的單張紙上。在文本中，應該使用此一形式，插入每個圖的引用：

Insert Figure 1 about here

## (二)討論（Discussion）

在討論中，需要包括研究結果的摘要、研究結果的相關事項，其中包含了解讀結果、討論異同、關聯論證以及自我批判。例如：和前人文獻中的相似與差異性（similarities/differences）、未預期的結果（unexpected results）、反駁論點（counter-arguments）以及這一篇的發現，對於此類研究領域的影響。說明如下：

1. 解讀結果：依據研究信度和效度（reliability and validity），解讀實驗結果的意義，哪些結果是這個研究新發現的，與之前已經知道的研究有哪些相同和相異之處，提出合理的解釋。在分析資料，進行討論時，若是再次提到第二章文獻回顧時的文獻時，要注意寫作的方式，不要讓人有重複感。

2. 討論異同：引用其他學者的實驗結果，與前人研究文獻相互稽證，來討論其中的異同，並且闡述研究結果會對原有領域的知識，產生補充作用為何。

3. 關聯論證：在足夠證據建立理論或重新構建問題，討論新的事實，且提出新的理論或假設，並且採用證據，來支持結論。

4. 自我批判：指出研究結果中任何疑義之處，如果沒有疑義，則需要指出實驗的缺憾，並且提出改進的方法。

表5-5　實證型論文中的邏輯謬誤

| 中文 | 英文 | 敘述 |
|---|---|---|
| 不完整的比較 | Incomplete comparison | 使用不清楚、不完整的證據支持論點。例如：「甲公司的產品比乙公司的產品更好。」卻不說明「好」是採用什麼意義及標準來決定。 |
| 不一致比較 | Inconsistent comparison | 對不同對象比較不同的事。例如：「A廠的產品比B廠的更便宜，比C廠的更優越。」 |

| 中文 | 英文 | 敘述 |
|------|------|------|
| 偏差樣本 | Biased sample | 根據缺乏代表性的樣本，歸納出一般性的結論。如樣本數太小、樣本並非隨機選取等。 |
| 偏差統計 | Biased statistics | 根據不恰當的統計方法，推論出一般性的結論。 |
| 採櫻桃謬誤 | Cherry picking | 刻意挑選支持論點的資料呈現，不支持論點的資料，則忽略不計。 |
| 相關證明因果 | Cum hoc ergo propter hoc; Correlation proves causation | 主張甲事與乙事一起發生，或是統計上甲事與乙事有正相關；因此，甲事一定是乙事發生的原因。 |
| 後此謬誤、巧合關係 | Post hoc; Coincidental correlation | 主張乙事在甲事之後發生，或是在統計上乙事總是在甲事增加之後增加；因此，甲事一定是乙事發生的原因。 |
| 懶於歸納 | Slothful induction | 拒絕一切統計性、歸納性的結論，即使背後證據強而有力亦然。 |
| 虛假關係 | Spurious relationship | 統計時兩變數相關，實際上兩者卻無因果關係的現象。因此，可能是干擾因子、潛藏變數等原因所造成的。 |

## 五、結論

在論文的最後一段應包括結論（conclusion）、影響（implications）、研究侷限（limitations）以及未來研究方向（future directions）四部分，以明確地描述此論文對於這領域中的重要性。因此，結論的文字應該要精簡扼要，強調本研究在這個領域的位階和未來展望，這些大概都不是八股文中的後股、束股、大結所能涵蓋的。

### (一)總結成果

研究結論應是回答研究假設、問題，並且提出支持性的研究結果，而不是重複研究結果的摘要。因此，需要進行具體成分的總結，寫出有效結論（effective conclusion），根據研究設計與研究方法中提出的實驗設

計，展開成果總結。因此，不要在最後面離題或是過度推論，牽扯出與題目不相關的結論來。如表5-6結論的謬誤。

(二)影響

可以提到這一篇研究對於未來研究的啓示。

(三)研究限制

說明研究限制或是研究偏限（limitations）。

(四)未來研究方向

討論列出未來研究的方向。

表5-6　結論的謬誤

| 中文 | 英文 | 謬誤敘述的類型 |
|---|---|---|
| 一廂情願 | Wishful thinking | 由於自己希望某件事情發生，因此主張或是相信某件事是真的；或由於自己不希望某件事情發生，因此主張或是相信某件事情是假的。 |
| 預設結論 | Begging the question | 論證的前提預設了結論，或是其他有爭議，不應該認為是理所當然之事。乞題的界定可大致歸為兩大類，承續亞里斯多德的界定，將乞題定義為「預設了結論為真」，這是一種語形上的界定，也就是一種循環論證；也有人提出了語用判准，將乞題定義為「預設了不應該預設的前提」，以包括了更多直覺上不當預設的不恰當推理。 |
| 訴諸冗贅 | Argumentum verbosium | 蓄意使用艱澀難懂的數學算式，或是採用專業術語，令人難以反駁，即使其結論顯然沒有道理，或是與論證無關。 |
| 證明太多 | Proving too much | 論證不只是得出了論者想要的結論，還能夠得出更多顯然不合理的結論。根據歸謬法，可知這種論證是失敗的。 |

## 第三節　撰寫題目和摘要

題目和摘要是文章中最重要的元素之一，題目只有一個中心思想主

題。通常，經過研究本文的論述和辯證之後，我會改寫題目和摘要。一篇好的摘要和一個好的題目，可以通過網路中的文獻檢索，方便全世界對於這個議題有興趣人士的查詢，因此建議放在最後一步進行寫作，概括研究的最後發現和進行三言兩語的敘述。標題和摘要是期刊讀者決定是否繼續閱讀這篇文章的重要依據。一般來說，摘要通常僅涵蓋研究目的、材料與方法、結果以及統計意義，所以要概括條理分明的說明整篇文章的問題、目的以及結論，寫作的要訣如下：

(一)選取最具資訊性的有效題目（effective titles）：論文題目要短而簡單，因此，題目的字數應該少於20個字。這個題目是否能夠概括主要的發現或是說明問題？是否容易理解，並且容易讓讀者了解研究發現的重要性？是否可以引起讀者的興趣？因此，題目應該是最重要發現的簡明敘述，一句話就讓人一目瞭然，立即掌握到這一篇論文的精髓和重點。例如，需要便於索引（indexing），所以在題目中，最好含有重要的關鍵字。並且需要避免採用下列的用法，例如，不要使用問句；不要使用艱澀的研究方法；不要採用縮寫字，同時也不要採用新穎（new）或創新（novel）的字眼，會引起主編的反感。

(二)摘要需要具備論述的一致性和邏輯感：摘要需要以文章相同的結構進行呈現。因此，摘要中呈現的結果與結論是否和期刊論文寫的內容一致？是否採用和期刊論文中，一致性的專業術語？這些術語不可太過艱澀，但是也不能太過一般性，需要有讓人耳目一新的感覺。

(三)摘要的字數不宜過長：在期刊論文中，中文期刊規定摘要約 300-500字；英文期刊規定摘要約 150-300 字，有的期刊會規定摘要的字數大約在150-250個英文單字之間。因此，需要進行精簡，有些期刊會列出摘要的字數要求。

# 第四節　檢查格式和書目

參考文獻（references）應符合期刊的規範格式。每個期刊的要求不同，是否一定要遵循？我們可以採用EndNote或其他書目管理軟體，進行參考文獻的引用管理，並採用正確的格式。參考文獻的引用（citation）非常重要，所有實驗操作的參考來源都應該列出，以表示對於前人研究智慧財產權的尊重。在檢查格式和書目中，我們提出列出參考文獻、進行文字精煉以及格式化文字等說明。在參考文獻中，列出了在論文的研究和準備中所引用所有的文章、書籍以及其他來源。

## 一、列出參考文獻

參考文獻是依據作者姓氏的字母順序輸入。文獻引用方式，依據學科分類，可以分為化學領域（American Chemical Society, ACS）、電腦科學領域（Association for Computing Machinery, ACM）、物理學領域（American Institute of Physics, AIP）、醫學領域（American Medical Association, AMA）、社會科學領域（American Psychological Association, APA）、科學編輯委員會（Council of Scientific Editors, CSE）、電機電子工程師學會（Institute of Electrical and Electronics Engineers, IEEE）、人文領域（Modern Language Association of America, MLA），在寫作期刊的時候，需要依據期刊的需求進行寫作。此外，在美國又以芝加哥格式手冊（*Chicago Manual*）、美國心理學會出版手冊（*APA Manual*）以及美國現代語言學會格式手冊（*MLA Manual*）最為通行，又有三大格式之通稱，簡介如下。

### (一)芝加哥格式手冊（*Chicago Manual of Style*）

芝加哥大學出版社在1906年首次出版第一版的芝加哥格式手冊（*Chicago Manual of Style*），內容包括了書籍論文的編製、格式、出版以及印刷等需知。其中格式部分，註明了應注意的細節，包括標點符號、

人名以及數字的格式、引用文獻的寫法、圖表的製作、數學公式、縮寫以及注釋和書目的編目方式，在2010年出版了第16版，簡稱 MLA第16版，舉例如下。

## 1. 作者資訊型式（Author-date style）

研究發現學生不懂得在他們的作業中正確引用（Smith 2016）。

Research has found that students do not always cite their work properly (Smith 2016).

## 2. 期刊書目註記型式（Notes and bibliography style）

Heilman, James M., and Andrew G. West. "Wikipedia and Medicine: Quantifying Readership, Editors, and the Significance of Natural Language." *Journal of Medical Internet Research* 17, no. 3 (2015): e62. doi:10.2196/jmir.4069.

(1)在參考書目中列出作者姓名。

(2)文章標題要用引號。

(3)期刊名稱為斜體字。

(4)列出卷數、冊數。

(5)列出出版年。

(6)列出頁碼。

(7)列出數位物件識別號（Digital Object Identifier, DOI）。

## (二)APA 出版手冊（*APA Publication Manual*）

APA出版手冊中，採明APA格式，是社會科學領域的學術期刊經常採用的書目格式。APA格式全名為美國心理學會出版手冊（*Publication Manual of the American Psychological Association*），源自於1929年時一群心理學和人類學期刊的主編們聚會討論時，所擬出的參考手冊。從1929年第一版開始，歷經1974年、1983年、1994年、2001年、2009年，已經是第六版，簡稱APA6.0版。APA6.0版全書章節包含說明稿件的內容與組織、觀念的表達、APA編輯格式、稿件的準備與範本、稿件的接受與出版、期刊政策與編輯對稿件的管理、參考書目等。其中APA的編輯格式

中，對書目的寫作與引用，有詳細的介紹。

1. 作者資訊型式（Author-date style）

研究發現學生不懂得在他們的作業中正確引用（Smith, 2016）。

Research has found that students do not always cite their work properly (Smith, 2016).

2. 期刊書目註記型式（Notes and bibliography style）

Huang, C.-W., Chiu, Y.-H., Fang, W.-T., & Shen, N. (2014). Assessing the performance of Taiwan's environmental protection system with a non-radical network DEA approach. *Energy Policy*, 74,547-556. http://dx.doi.org/10.1016/j.enpol.2014.06.023

⑴在參考書目中列出作者姓名。

⑵列出出版年。

⑶文章標題不要用引號。

⑷期刊名稱為斜體字。

⑸列出卷數。

⑹列出頁碼。

⑺列出數位物件識別號（Digital Object Identifier, DOI）。

## (三)MLA格式手冊（*MLA Manual*）

MLA 格式是人文領域經常採用的一套格式指南。其源自於1977年美國現代語言學會出版的第一套手冊，載明研究與寫作、寫作要點、研究報告之版式、編製參考書目、著錄文獻來源、縮寫等，適用於人文學科研究寫作，尤其是英語研究、現代語言及文學研究、文學批評、媒體研究、文化研究以及相關學科等，MLA第8版於2016年發行，簡稱MLA 8。

1. 作者資訊型式（Author-date style）

括號內的參考文獻，應包含作者姓氏Smith，以及引用文獻所在的頁數，第22頁如下。

研究發現學生不懂得在他們的作業中正確引用（Smith 22）。

Research has found that students do not always cite their work properly

(Smith 22).

史密斯表示學生不懂得在他們的作業中正確引用（22）

Smith stated that students do not always cite their work properly (22).

2. 期刊書目註記型式（Notes and bibliography style, MLA 8）

Lorensen, Jutta. "Between Image and Word, Color, and Time: Jacob Lawrence's The Migration Series." *African American Review*, vol. 40, no. 3, 2006, pp. 571-86. EBSCOHost, search.ebscohost.com/login.aspx?direct=true&db=f5h&AN=24093790&site=ehost-live.

(1)在參考書目中列出作者姓名。
(2)文章標題要用引號。
(3)期刊名稱為斜體字。
(4)列出卷數、冊數、年份。
(5)列出頁碼。
(6)列出出版者、出版網址。

## 二、進行文字精煉

在進行期刊論文寫作的時候，需要進行句子的精煉（refinery）。強化文章的可讀性，例如可以自問讀者是否可以完全了解我要問的問題？我的遣詞用句及論述是否精煉？是否會有誤解的地方？此外，需要強化文字的精簡性。如果刪除某些句子，是否會影響論述的完整性？最後，需要強調文章的貢獻，在文章的結論，是否可以回答自己原來的問題和假設？

## 三、格式化文字（Formatting considerations）

依據參考文獻（references）進行書目對照，需要恪守遵循特定格式的準則，例如依據不同學科分類的期刊論文格式進行撰寫（Yeh and Woodward, 2012）。在投稿之前，需要了解不同期刊之間，針對格式和風格，都有非常嚴格的限制。可以說，投稿內容是自由的，但是期刊格式卻是嚴格的。電腦學者高德納（Donald Knuth, 1938-）於1978年發展電腦

排版系統以來，傳統期刊鉛字排版系統被淘汰，現代學者可以在自己的個人電腦（Personal Computer, PC）上，編排文字優美，且涵括複雜數學符號（MathType）的文字和程式編輯（Equation Editor）檔案。一般實證型論文投稿，建議參考《中英論文寫作的第一本書：用綱要和體例來教你寫研究計畫與論文》（葉乃嘉，2016）。最後在投稿之前，需要依據期刊的需求，檢查是否符合下列的規定：

㈠扉頁（Title page）
㈡本文（the Body）（本文各部分之間沒有分頁）
㈢前言（Introduction）（2-3頁）
㈣材料及方法（Materials & Methods）（7-10頁）
㈤樣本（Sample）（1頁）
㈥測量（Measures）（2-3頁）
㈦設計（Design）（2-3頁）
㈧程序（Procedures）（2-3頁）
㈨結果及討論（Results & Discussion）（2-3頁）
㈩結論（Conclusions）（1-2頁）
(十一)參考文獻（References）
(十二)表（一到數頁）
(十三)圖（一到數頁）
(十四)附錄




## 小結

實證型論文的撰寫方法，係關注於研究設計與方法的探討。在進行概述實驗設計和過程之中，需要進行細節描述，並且釐清問題：需要測試哪些研究假設？從文獻回顧及探討之中，設計了哪些實驗？進行了哪些調查？實驗過程、採樣方法以及數據搜集和分析的過程如何？如果有實驗的控制組（controls）和對照組，其差異性如何？需要釐清。

　　對於我們來說，因爲英語不是我們的母語，在英文期刊論文中的前言，是最難撰寫的一章。一篇好的前言，可以吸引讀者，並且獲得認可及接受（Swales, 1981）。

　　此外，撰寫研究論文最基本的目的，就是呈現研究結果。建議作者們在撰寫論文之前，應該先從研究結果開始考慮撰寫。例如我們可以根據研究結果，選擇合適的期刊格式，進行撰寫及投稿。依據研究結果和討論，我們可以檢視實驗設計所得出的數據結果，以及在數據的推論過程中，透過精美的圖表製作，了解實驗和驗證過程中，詮釋其結果背後所代表的意義。

　　此外，研究結果對於文章的結構和格式也有關係。因爲期刊論文的其他章節，都是和實證型論文的結果有關。例如在第一章前言以及第四章討論中，需要將本篇文章的實驗和調查結果，與前人研究的結果進行印證，是否有更新的發現，以推翻前人研究結果。

　　在第四章結果與討論這個章節中，主要以淺層討論爲主。深層討論需要留在第五章的結論中，並且多加著墨。因此，在撰寫結論中，希望留給讀者好的印象，最忌虎頭蛇尾或是過度推論。在此，可以適度添入一些個人主觀的思考內容，以增加讀者的閱讀樂趣。因此，在總結前述研究結果中，需要強調論點，並且呼應主題，以激起讀者的共鳴。此外，在未來展望中，規劃下一步的研究計畫（future plans），以展現作者對研究專題的系列性規劃能力，另一方面有助於吸引更多同儕關注，尋找有共同興趣的研究夥伴。

## 關鍵字詞（Keywords）

| | |
|---|---|
| 分析和討論（analysis and discussion） | 訴諸冗贅（argumentum verbosium） |
| 前提假設（assumptions） | 偏差樣本（biased sample） |
| 艱澀的字眼（big words） | 文獻引用（citation） |

巧合關係（coincidental correlation）　結論（conclusions）

偏差因素（confounding factors）　建構測量方式（construction of measures）

相關證明因果（correlation proves causation）　反駁論點（counter-arguments）

針鋒相對的辯證（controversial debate）　有效結論（effective conclusion）

實證研究（empirical study）　佐證（evidence）

外部效度（external validity）　圖表（figures and tables）

目的（goals）　研究假說（hypothesis）

假設演繹推理（hypothetico-deductive reasoning）　影響（implications）

推論（inference）　初始觀察（initial observation）

前言（introduction）　研究侷限（limitations）

文獻回顧（literature review）　論文初稿架構（manuscript structure）

材料與方法（materials and methods）　動機（motivation）

目標（objectives）　變數（parameters）

母群體（population）　信度及效度（reliability and validity）

參考文獻（references）　精煉（refinery）

研究設計（research design）　結果（results）

樣本數（sample size）　採樣程序規範（sampling procedure specifications）

| | |
|---|---|
| 虛假關係（spurious relationship） | 背景的陳述（statement of the background） |
| 結構的陳述（statement of constructs） | 問題的陳述（statement of the problem） |
| 因果關係的陳述（statement of causal relationship） | 刻版模式（stereotype） |
| 扉頁（title page） | |

# 第六章
# 非實證型論文撰寫方法

If we knew what we were doing, it wouldn't be called research, would it?

如果我們知道我們在做什麼，那麼這就不叫科學研究了，不是嗎？

—— 愛因斯坦 Albert Einstein, 1879-1955

## 學習焦點

在撰寫期刊的過程中，我們接受西方的教育，都是採用研究方法，進行假設演繹推估。但是隨著人文學科的興起，人文學科採用「言談」（discursive）、「敘說」（narrative）以及「論述性質」（argument-oriented）寫作。在研究方法上，這種人文學科採取的是非實證型寫作方式，和自然科學以及社會科學在研究方法上有極大的差異。例如，自然科學和社會科學的知識，是建構於方法學之上（method-oriented）。徐昱愷（2008）認為，科學研究者試圖將其知識宣稱（knowledge claims）建構在「研究方法」的價值中；但是人文研究者則是從「研究目的」著手，來決定如何探討文獻以及提出何種知識宣稱。所以，人文學科基本上很難在假設演繹推理的方法中，建構期刊論文架構。必須另闢蹊徑，以較為活潑的取徑（approach），建構論述，進行論文寫作。撰寫人文學科論文，可分為下列階段：

1. 問題提出。

2. 確定研究目的。

3. 提出研究問題。

4. 列出參考文獻。

5. 進行調查：觀察、參與、訪談、文件檔案紀錄。

6. 資料分析。

7. 詮釋資料。

8. 結論及建議。

9. 撰寫研究論文。

## 第一節　關鍵要素

在撰寫這一本書的時候，我曾經思考著，只有科學實證型的期刊論文，才是論文嗎？如果自然科學和社會科學領域，都是建構於「方法學」之上（method-oriented），企圖以證據的呈現進行脈絡的鋪陳，那麼人文學科可以仿照這一種手法，進行假設演繹推理嗎？在人文學科的寫作上，證據的鋪陳，是否需要考慮到信度和效度呢？如果在研究上只是個案分析，如何討論信度和效度？如果這個研究，只是說明理念，進行文獻評論，又需要如何進行呢？

但是，以上討論假設、信效度等關鍵要素，都是採用實證研究（empirical study）方法學中進行研究的要訣。也就是說，需要以方法、結構之嚴謹性，取代純粹述說故事的趣味性。上述的研究，只研究看得到的科學現象。因此，我們面對實證型論文撰寫方法，只是流於一種科學寫作模式嗎？或是，我們只是重視論文研究方法和研究結構的範式，而不重視研究背後的價值詮釋和理念判斷嗎？

我們發現在人文學科領域，沒有一種「放諸四海皆準」的研究方法。在不同研究方法取徑中，依據不同的研究議題，擁有不同的詮釋效果。也就是說，人文學科的寫作是主觀的。依據不同的研究問題、個案以及場域

的特性，人文研究者需要自行取擇、判斷以及解析最適合的研究方式。人文學科不能斷然或是冒然採用實證研究的方法學，包含一直斤斤計較如何清楚描述研究方法、總結前人研究以及顯示研究方法的重要價值。相反地，人文學科研究，強調主題背景概論（topic generalization），使用合乎邏輯的論述。在文章詮釋中，採用連貫性與轉折銜接，以及提出有力的論點，並且進行資料詮釋（徐昱憶，2008）。

上述人文學科的問題本質，和文章整體的「言談」（discursive）、「敘說」（narrative），以及「論述性質」（argument-oriented）有關。在非實證型論文中，雖然不一定強調假設驗證，但是在論述的論證過程中，也需要推理。例如，人文學科在進行期刊論文寫作時，需要摘錄要點（outlining）、梳理順序，以進行「言談」、「敘說」或是「論述」。

根據上述的觀點，採用科學方法很難進行人文學科期刊論文的撰述，試圖將科學期刊嚴苛的寫作模板格式，強加於人文學科之上，剛好是削足適履，並且會適得其反。人文學科有自己獨特的研究方法和取徑，並且依據這些方法進行文字梳理。這些方法類似於藝術實踐（art practice）和發想，是非實證型論文寫作時獨具的特色（Matusov and Brobst, 2013）。

在人文學科的研究中，需要以社會建構性（social constructionism）進行集體記憶（collective memory）的紀錄，從文獻探討、田野調查、個案研究、訪談等方法，進行社會資料的回溯搜集（方偉達，2016）。集體記憶是法國涂爾幹學派的社會學家哈布瓦赫（Maurice Halbwachs, 1877-1945）所創的名詞，集體記憶和個人記憶是分開來說的。集體記憶是在一個群體中或是在現代社會中，人群所享有、傳遞，然後一起建立不斷複製的過程（Halbwachs, 1992）。有了集體記憶，才可能有個體記憶的全面復活。在哈布瓦赫的觀念中，記憶需要來自集體回憶的過程，才能持續不斷地滋養。這種過程，是由社會和道德的支柱來維持的。

然而，它的源頭是複雜的；意思是說，集體記憶不是僅僅靠傳統的文字書寫來傳遞，針對沒有辦法進行考古或是根據可靠信史來交代的說法；薛芬和吉沃斯認為可以靠集體記憶的口述歷史，來交代過去（Schieffelin and Gewertz, 1985）。薛芬和吉沃斯認爲，在過去，歷史考古學指的是運用文獻或是考古上的材料建構民族史。對歷史學家和人類學家來說，傳統上人類歷史學指的是替沒有文字書寫歷史的民族重建歷史，這種觀念，即使不能說不對，也讓人覺得並不完全適當。人類歷史學最根本的是要考慮到當地人自己對事物構成的看法，以及他們從文化建構過去的方式。哈布瓦赫用集體記憶的觀念，來說明在家庭、宗教團體以及民族等不同的群體，過去的文化是怎麼被記憶的。他和佛洛伊德的想法是不同的，擺脫當時歐洲傾向於個人心理學的解釋，卻以爲要了解一個人或是一個集體對過去的記憶，不能不考慮記憶的社會文本脈絡（social context）。也就是說，在過去沒有文字紀錄的社會中，哈布瓦赫提供了一個新的研究領域的探討，探討如何以文化層面，來建構記憶的整體過程。

卡內騰指出以文字記錄爲主的記憶，和以實踐爲主的記憶是不同的，他提醒研究者去注意在沒有文字的社會中，透過觀察非文字的媒介來達成集體記憶的研究（Connerton, 1989）。這些媒介可藉由如口述歷史，並且拍攝當地的景觀、建築、飾物、禮儀器物以及考古遺跡等項目，來了解歷史洪流中，一個民族如何順應景觀，然後達成生存的目的。

記憶，只有在集體的情景中才能被喚起，也可以透過由一群人們對於過去重大事件的描述來喚起。然而，這種集體記憶是有選擇性的，因爲人們總是不願意回顧悲傷的歷史，而且每一種族群有他們與眾不同的集體記憶，因此，導致了不同的節慶、傳說、文學和藝術，來作爲人們集體記憶的象徵。哈布瓦赫認爲，這些記憶可以從個人的夢境、記憶印象和生活經驗挖掘出來（Halbwachs, 1992）。

相較之下，不論中西學術上的非實證性研究，不是以分析的角度進行，也並非在邏輯演繹的基礎上產生的。所以，在研究法中採用集體記憶（collective memory）爲觀點，進行的人文社會研究。我們可以採用文獻探討、田野調查、個案研究、訪談等方法，進行社會資料的搜集。

由圖6-1可看出西方實證型科學理解世界的方式，是由部分到整體。要能以數字反覆驗證、量測，藉由眞實物質世界可以依循到的證據基礎

**非實證系統**　　　　　　　　　**西方科學實證系統**

**共同基礎**

*整體的*

*同時包含具象和抽象世界的道德標準*

*注重知識與技能的實際運用*

*信任傳承的智慧*

*尊敬萬物*

*非結合實際試驗*

*非在地驗證*

*透過象徵與故事的溝通，與生命、價值觀及適當的行為連結*

*整合並應用到日常生活與傳統生存實踐*

*組織原則*
*兩者間的宇宙概念是統一*
*知識體系具穩定性，但可有所修*
*技能和程序*
*辨別模式*
*對自然定律的經驗觀察*
*重複理解*
*推斷和預測*
*心智習性*
*真誠並具好奇心*
*堅持不懈*
*知識體系*
*動植物生長特性*
*物體的運行與位置*
*土地與天空的循環*

*由部分到整體*

*受限於物質世界的證據與解釋*

*注重過程的理解*
*懷疑論*

*發展直接或間接觀察與量測工具的規模*

*兼具微觀與宏觀的理論*

*普世皆符的驗證能力*

*證偽的假說*

*文字紀錄的累積*

*程序、驗證與理論的對應*

*基於學科的基礎*

*有數學的模組*

圖6-1　非實證系統與西方科學實證系統發展特性

（修改自 Stephens, 2000；胡馨文，2014；方偉達，2016）

出發，強調以觀察、假設、實驗、驗證等過程來理解現象（Stephens, 2000）。而非實證型研究對於世界的認知，是先由理解世界整體的意義，然後才會再進一步去認知各個部分的意義，所有包含在生活內的事情都是一體的，強調須明白世界整體運作的脈絡，才能獲得研究個別知識的基礎（Stephens, 2000；Fang, Hu, and Lee, 2016；胡馨文，2014；方偉達，2016）。簡而言之，西方實證型科學研究是由微觀而具體，將所有對個別領域所形成的知識進行整合，構築我們對於現實世界的認知；相反的，非實證型研究是一種具體而微、由外到裡的整體主義思考取徑，兩者之間的認知體系，剛好是兩種相反的建構模式。分析兩者之差異，我們對照了非實證系統和西方科學實證系統的異同：

在漢文化中，文字的發明非常早。但是在臺灣，有信史以來的紀錄，其實並不完整，完整性僅止於四百年，更遑論上千年以上的文化信史了。因此，我們除了要閱讀文字之外，應該運用田野調查、個案研究、訪談等敘說分析方法，強化集體記憶搜集資訊的管道，理解受訪者的內心世界與價值觀等，採用歸納法以分析資料，並運用社會建構性（social constructionism）的觀點，搜集重要資訊。在調查方法中，可採用以文字為基礎的文獻探討；以個人記憶和集體記憶為基礎的田野調查、個案研究、訪談等工具。根據以上質性研究搜集資料的方式，發展出的研究流程，如圖6-2所示。

## 一、研究取逕

在調查研究方法中，人文領域的研究，可以採用以文字為基礎的文獻探討；以個人記憶和集體記憶為基礎的田野調查、案例研究、深入訪談、參與觀察等多樣化的研究工具，以積累足夠的知識，並且進行論述。

(一)知識：在「知其然，而不知其所以然」的階段，需要理解言談、敘說中所產生的知識重點。

(二)理解：根據言談、敘說中的觀念，用自己的話語，進行陳述，並且撰寫文字。

(三)應用：將言談、敘說中的概念，進行理論或結論整合分析，應用到自己的研究之中。

(四)分析：在研究期刊論文中，分解概念與方法，闡釋獨特的觀點，並且尋求邏輯性的結論。

(五)評估：依據個人價值判斷，說明這篇期刊論文的價值、強項（strength）以及研究限制，並針對這個主題進行批判性思考。

(六)創造：依據這篇期刊文章的論述重點，和其他文章進行對比整理，並根據這些知識與理論，設計新的未來研究。

圖6-2　人文領域的研究工具和流程（方偉達，2016）。

二、論述說明

　　如果呈現爲非實證型論文，體例較爲活潑，撰寫文章結構成分如表6-1，但是不限於這個體例：

㈠前言（Introduction）

㈡研究地區／研究夥伴的厚實描述（Thick description）

㈢言談（Discursive）／敘說（Narrative）

㈣論述（Argument）

㈤結果與討論（Results and Discussion）

㈥影響（Implications）

㈦標題、作者、摘要、關鍵詞、附錄、致謝詞、參考文獻，需要依據期刊的不同及規定，進行撰寫。

表6-1　非實證型論文撰寫文章結構成分

| 文章結構成分 | 目的 | 備註 |
|---|---|---|
| 標題 | 描述主要內容／發現 | 談到了擬定命題，進行「破題」。 |
| 作者 | 確定作者的身分和單位 | 從開始撰寫的時候，作者姓名就要想好，不要更換；除非在投稿之後，主編退回修改過程之中，有新成員加入，則依據貢獻度新增共同作者。服務機構也是一樣，寫法要一致。 |
| 摘要 | 介紹整篇文章的主要發現和影響 | 在摘要的寫法中，不要誇大不實，建議以平實的寫法進行書寫，不要賣弄艱澀的字眼（big words），不要用這一篇論文是第一次（first time）的研究等吹噓的字眼。 |
| 關鍵字詞 | 確保文章可以在期刊網站中被搜索到 | 關鍵字詞（keywords），可以查閱作者在期刊中使用的關鍵字詞，在關鍵字詞使用中，不要太一般，要比較特別。如果關鍵字詞選得好，論文發表之後，才容易被其他文章的作者檢索及引用。 |
| 前言 | 提出問題，並介紹文章結構 | 1.需要清楚地解釋題意及專有名詞，這是八股文中的「破題」。<br>2.接下來需要回答的段落是需要陳述研究動機（motivation）及其重要性（承題）：為什麼要做這份研究？你為什麼作這樣的研究？以及你期待能完成什麼目的？你的研究目的是什麼？ |

| 文章結構成分 | 目的 | 備註 |
|---|---|---|
| | | 3.如果你已經交代了研究的背景之後，開始進行「起講」。這一個研究，是要解決現有社會現象的缺陷？還是單純描述社會現象。或是你發現了什麼有趣的現象，讓你想繼續鑽研？然後，這項問題為什麼重要？解決了這項問題有什麼好處？需要在文章中，說明研究的目的等內容。包含了研究目的（goals）或是目標（objectives）。 |
| 研究地區／研究夥伴的厚實描述（Thick description） | 進行文獻回顧，以利研究地區／研究夥伴的厚實描述 | 在文獻回顧中，試圖將知識宣稱（knowledge claims）建構不同的研究問題、個案以及場域的特性之上。在研究中，人文研究者需要自行取擇、判斷以及解析最適合的研究方式，並且進行研究價值的探討。在文獻回顧中，了解前人的研究方式，進行厚實描述及評論，不能只是抄錄研究結果，不加以論述。<br>1.前人研究結果的優點、缺點。<br>2.前人研究方法學的優點、缺點。<br>3.將這一篇研究，針對前人針鋒相對的辯證（controversial debate），進行羅列，形成對於研究困惑中的假說（hypothesis）。但是，在非實證型論文撰寫方法中，如果是言談式（discursive）資料搜集，則不會有假設。 |
| 言談（Discursive）／敘說（Narrative） | 解釋研究資訊和數據如何搜集，透過言談／敘說方式，進行素材整理 | 1.針對研究目的，提出前提假設（assumptions）：透過敘說方式，進行文獻、錄音、影像、觀察的整理。在研究中說明上述研究材料，或是研究地點和研究方法（methods），要用過去式。<br>2.進行論述、分析和討論：從上述透過文獻、錄音、影像、觀察的整理結果之後，進行第一手敘說資料呈現。經過推論之後，了解前提假設是否支持，並且需要討論研究限制等。但是，如果是言談（discursive）式資料搜集，不一定會有前提假設（assumptions）和假設支持的情事。因為也許只是文獻整理的後設論述。 |

| 文章結構成分 | 目的 | 備註 |
|---|---|---|
| 論述<br>（Argument） | 討論研究的價值和意義 | 依據文獻、錄音、影像、觀察整理的結果，進行論述，討論研究的發現、價值以及代表意義。 |
| 結果與討論 | 描述研究發現 | 具足夠的佐證（evidence），並提出合理的推論（inference），說明並且詮釋社會、語言、文化、風俗、生活以及個人心理及習慣現象。蔡柏盈（2015）認為，人文學科多不會出現結果與討論，而是以研究主題為章節名稱。 |
| 影響<br>（Implications） | 集合問題、假設、發現、分析和討論 | 言談（discursive）／敘說（narrative）分析，會形成最後的結果，但是通常不會產生結論。如果勉強形成結論，則會碰到信度的問題，所以不可不慎。最後在期刊論文結束之前，將這一篇研究進行結語，包含了集合問題、假設、發現、分析以及討論等內容。 |
| 致謝詞 | 感謝贊助單位，感謝對於文章提供貢獻的人 | 主要感謝贊助單位的資助，如科技部。需要列出補助編號。 |
| 引用文獻 | 列出之前出版的前人研究 | 需要運用學術論文寫作格式（例如：MLA 8）。 |
| 附錄 | 期刊論文的補充表格、數據 | 附錄列在引用文獻之後，例如說明半結構式訪談大綱、補充表格、一手敘說資料以及二手資料數據等內容。 |

## 第二節　言談分析

依據《圖書館學與資訊科學大辭典》的說明，臺灣大學圖書資訊學系陳光華認為言談分析（discourse analysis）的意涵並不明確，需要和相關研究領域一併探討，方能有較一致的看法。言談分析可以應用於語言學、社會學、文化研究、人類研究、文學批評、符號學、認知心理學等研究，又稱為「論述分析」、「論域分析」以及「言說分析」等。所以依據言談分析（discourse analysis）的解釋，可以區分如下。

# 一、言談分析的觀點

(一)語言學的觀點：「言談」可能是一段口語的對話（conversation）或是一段或數段書面語的段落（paragraph）。所以在論文的分析方法中，是採取結構化的方式，理解言談真正的意義。在步驟上是藉由言談命題、建構命題之間的關係，並且決定言談之意義。

(二)社會學的觀點：前述語言學的處理模式僅是手段，其最後研究的目的，是要探討社會的影響（impacts）和社會實踐（practices）。

# 二、言談分析的方法

(一)內容分析（content analysis）：透過視覺性文本，或是透過文字文本的閱讀，去理解、詮釋「文本」構成的意義。

(二)扎根理論（ground theory）：強調從個案內容、資料中，進行「理論」建構。扎根理論提供近似科學的程序，帶有較多的嚴謹推理方法進行研究。

## 從易經風水到文本寫作
### 談傳統理論內容分析（content analysis）

　　談到傳統理論研究，我回想起萊布尼茲在1679年已經寫了「二的級數」，發明了二進位，1703年他看到法國漢學家布韋（Joachim Bouvet, 1662-1732）介紹《周易》八卦系統，發現八卦可以用他的二進位來解釋。萊布尼茲後來將研究成果發表在法國《皇家科學院院刊》上，以《二進位算術闡釋─僅僅使用數字0和1兼論其效能及伏羲數字的意義》，根據二進位來理解先天圓圖（先天六十四卦方圓圖），說先天原圖已經包含了他所發明的東西。

　　萊布尼茲說：「二進位乃是具有世界普遍性的、最完美的邏輯語言。」

　　當我看到這一段，向西方讀者介紹我在青年時代就耳熟能詳的文字；但是，也不知道有多少西方讀者，能夠懂得這些概念。北京清華大學建築系

教授鍾舸常挖苦我，說我在搞風水迷信，我們是在哈佛大學設計研究院念書的多年好友了。但是，我不搞風水，也不太相信風水。但是我好奇心的呈現，來自於我書櫃上的藏書，我的家中整個落地櫃子裡都是宗教、易經、風水、卜卦、紫微、八字、命理、占星的書，那是我初任行政院環境保護署官員之後，就養成了購買中國古代命理書籍的興趣。我在30歲的時候，用了化名令狐娃娃，幫國語日報寫了《星座啓示錄》等專欄。

在念國立臺灣師範大學附屬高級中學時，王金廣老師傳授我《易經》，我向王老師學了二十多年。在人生遭到困難之時，我常常會想到我在念師大附中教我國文的導師王金廣先生，他就像是我的尤達（Yoda）大師，教給我除了易經卜卦之術，更多的是為人處事謙沖謹慎的道理。

在2013年，和行政院環境保護署前綜合計畫處處長黃光輝博士共同發表了一篇SSCI期刊論文〈發展同心邏輯概念的環境影響評估系統：以風水超越論為例〉（Developing concentric logical concepts of environmental impact assessment systems: Feng Shui concerns and beyond）在《建築及規劃研究》（*Journal of Architectural and Planning Research*, JAPR, SSCI），在期刊誌謝中，我首先感謝易經啓蒙老師王金廣。這是一篇易經風水在環境影響評估上的研究，刊登在當年全世界唯一建築列入的社會科學引文索引（Social Science Citation Index, SSCI）的《建築及規劃研究》期刊。我對於這一篇文章非常重視，因為期刊的主編希德（Andrew Seidel）不知道如何找到期刊審查者進行審查；我也沒有採用西方科學中，進行任何黑格爾的正反合方法進行辯證。結果，在沒有案例分析，只談了理論基礎的內容之後，最後，在沒有審查意見就接受了，我很詫異。我記得是2012年7月18日被期刊接受，離我的二兒子方承舜出生才四天，他是2012年7月14日出生的。俗話說：「娶某前，生囝後。」總之，我這一輩子遇到第一次沒有給予審查意見，就被期刊接受論文的例子。

在這一篇期刊論文中，我設計了一個太極池（Huang and Fang, 2013; Shih, Zeng, Lee, Otte, and Fang, 2017）。我想起《易卦的科學本質》（田

新亞，1976）談到：「木，是高能態物質；土，是可塑態物質；金，是固態物質；水，是液態物質。」唯獨在現代高能物理學中，火無法以物質分類，只能說是燃燒現象。對於古希臘人強調《元素》是由「風、土、水、火」組成，中國人強調氣，而五行元素中缺風（「氣」），其「氣」的啓動機制由木、火、土、金、水周天循環作用及制約現象取代。《尚書・洪範》裡也提到：「水曰潤下，火曰炎上，木曰曲直，金曰從革，土爰稼穡。潤下作咸（鹹），炎上作苦，曲直作酸，從革作辛（辣），稼穡作甘（甜）。」

五行又因自身生斥特性，彼此交互作用產生了生剋制化作用。包括五種作用及五種現象，分別為「水剋火，火剋金，金剋木，木剋土，土剋水」制約現象；以及「木生火，火生土，土生金，金生水，水生木」循環作用。田新亞認為「水剋火：冷卻現象，火剋金：熔化現象，金剋木：分裂現象，木剋土：吸攝現象，土剋水：吸收現象」；而「木生火：燃燒作用，火生土：氧化作用，土生金：還原作用，金生水：潮解作用，水生木：光合作用」，這就是高能物理時代自然界（熱子（木）、光子（火）、引子（土）、聲子（金）、電子（水））的相生相剋理論。在制約現象下，五行元素是縮小、潛藏及逆氣而行的，上述作用形成液固體，而非氣體。在循環作用下，五行元素是擴大、活動而產生作用，進行粒子位差交換，如圖6-3。

我常常會問學生有沒有念研究所在研究上的困難。如果有困難，我輕鬆的說，走一趟太極池吧。這不是相信，而是感覺，感受一下太極池。後來，我發現彩虹也走過了，蒙古族的彩虹（Solongo Erdenebat）在2015年碩士論文通過，在入學兩年之內取得畢業證書。

我發覺中文的概念都不容易理解中國深奧的理論了，何況是改用英文的邏輯來發表？但是，既然萊布尼茲都能夠用英文發表中國傳統的精華了，我為什麼不能用英文發表我的見解呢？

「八卦由陰爻及陽爻構成的一套圖案，每卦又有三爻，代表天、地、人

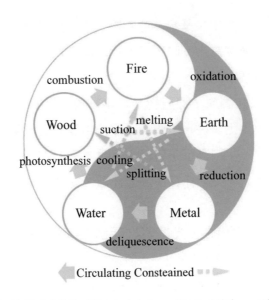

圖6-3　高能物理時代自然界〔熱子（木）、光子（火）、引子（土）、聲子（金）、電子（水）〕的相生相剋理論，本書作者方偉達繪製（Huang and Fang, 2013）。

三才，分別以天、澤、火、雷、風、水、山、地，又稱乾、兌、離、震、巽、坎、艮、坤八種自然界景觀的元素作為表徵，又可代表家人的順序象徵。其順序乾、兌、離、震、巽、坎、艮、坤，象徵人類胚胎的發育經歷，乾一代表胚胎的頭、兌二代表口、離三代表眼睛、震四代表足、巽五代表股、坎六代表耳、艮七代表手、坤八代表腹部（李一匡，1981）。依伏羲八卦圖所示，乾上坤下，和乾（天）在上，坤（地）在下的意思，對自然界的未知力量有極強的恐懼敬畏，如圖6-4。有識者認為此為宇宙代數學，甚至於十八世紀初德國數學家萊布尼茲創立二進制法，以及二十世紀電腦的發明皆根源於此。

　　也許，萊布尼茲早就有了這種二進制法觀點。但是，經過易經的啟發之後，突然頓悟，產生了他對於中國傳統觀點嶄新的科學詮釋，化成現代邏輯符號。

| Ordinal | 1 | 2 | 3 | 4 | 5 | 6 | 7 | 8 |
|---|---|---|---|---|---|---|---|---|
| Trigram name | Qián (乾) | Duì (兌) | Lí (離) | Zhèn (震) | Xùn (巽) | Kǎn (坎) | Gèn (艮) | Kūn (坤) |
| Trigram character | ☰ | ☱ | ☲ | ☳ | ☴ | ☵ | ☶ | ☷ |
| Landscape meaning | Heaven, sky, air | Lake, swamp | Fire | Thunder | Wind | Water, river | Mountain | Earth |
| Modem enviromental meaning | Energetic environment | Biological environment | Humanistic, social, and econmic environment | Sonic and physical environment | Atmospheric environment | Hydrological environment | Geographic environment | Geological environment |
| Household meaning | Father | Youngest daughter | Second daughter | Eldest son | Eldest daughter | Second son | Youngest son | Mother |
| Body part | Head | Mouth | Eyes | Feet | Buttocks | Ears | Hands | Abdomen |
| Four embiems | Mature yang | | Young ying | | Young ying | | Mature yang | |
| Binary opposition | Yang | | | | Ying | | | |
| Supreme ultimate | Chaos | | | | | | | |

圖6-4　八卦由陰爻及陽爻構成的一套圖案，本書作者方偉達繪製，參考李一匡：《易經解譯》（Huang and Fang, 2013）。

## 參考文獻

1. Huang. K.-H., and W.-T. Fang* (corresponding author). 2013. Developing concentric logical concepts of environmental impact assessment systems: Feng Shui concerns and beyond. *Journal of Architectural and Planning Research*, 31(1):39- 55. (SSCI, 89/93, ENVIRONMENTAL STUDIES; 33/38 URBAN STUDIES).

2. Shih, S. S., Y. Q. Zeng, H. Y. Lee, M. L. Otte, and W. T. Fang* (corresponding author). 2017. Tracer Experiments and Hydraulic Performance Improvements in a Treatment Pond. *Water* 9(2):137; doi:10.3390/w9020137 (SCI, 33/85, WATER RESOURCES) NSC 102-2218-E-002-008

# 第三節  敘說分析

敘說分析（narrative analysis）在考察話語、論述背後的深層意義，較適用於個人生命史和族群生命史的研究。敘說分析強調的是餐桌旁故事（The Story）的呈現。敘說分析的研究項目中，都會有一個感人肺腑的故事來源。有時候，這個故事圍繞一個特定的主題。有時候，這個故事是奠基於方法論的激辯。在期刊文章寫作中，需要以簡潔和詳細的故事情節，吸引讀者閱讀。

想想看，進行敘說分析（narrative analysis）時，需要摘錄逐字稿，分析受訪者的資訊，協助讀者了解訪談脈絡和概念描述。例如，如果要研究原住民的歷史和價值觀，則先採用現有理論和文獻，思考哪些因素是與種族、文化、習俗相關。在進行訪談的時候，這些概念必須進行條理陳述，進行訴說、轉錄、分析以及推論（Riessman, 2008）。

我在2016年於《永續科學》（*Sustainability Science*, SCI, SSCI）中，發表了一篇〈泰雅族的永續發展：傳統生態知識和狩獵文化的原住民科學〉（Atayal's Identify of Sustainability: Traditional Ecological Knowledge and Indigenous Science of Traditional Hunting Culture），是採用八位泰雅族獵人進行狩獵的訴說分析，我在本書第七章期刊論文的投稿分析，會說明這一篇文章如何被《永續科學》接受的投稿過程（P.287-301）。

在這個研究中，是探索臺灣島泰雅族的狩獵行為。我們可由狩獵知識與規範中的特殊文化內涵，形塑出獵人和生態和諧平衡的樣貌，以及獵人如何學習在自然界中競爭與生存規則。在狩獵中，他們使用求生技巧，進行環境變化判斷，運用傳統科學技術，以泰雅男子的榮譽與生存能力進行展現。透過對山林知識的學習歷程，也是讓泰雅族人了解在自然界的位置。泰雅族的獵人訓練，沒有特定的教育形式，多是由生活中的過程累積戶外科學知識。經由家族長輩傳授祖先累積與理解的信仰，再經由自我接受到的環境變動以及在操作過程中得知。他們融合過去經驗所形成的

世界觀，加總起來成爲個體自我的新世界觀。在與科學世界融合與累進的過程之中，形成最終的集體部落智慧。英文摘要原文如下（Fang et al., 2016）。

The history of Taiwan's Indigenous peoples is not well developed in written form, but has been passed down in oral form based on memories from the collective consciousness. However, tracing the cultural roots of Indigenous peoples' concepts of traditional ecological knowledge (TEK) and science is necessary to more deeply engage with Indigenous epistemologies. The main purpose of this narrative inquiry is to explore traditional concepts of the Indigenous Atayal aborigines of gaga (moral rules) and utux (faith) from a hunting culture, which has constructed their sustainability. This study was performed using qualitative social sciences. We listened to and collected stories by local tribes that live at elevations of 300–1300 m in northern Taiwan, and then conducted an analysis based on a joint construction of cultural meanings from rightsholders, such as Atayal officers, tribe leaders, and local hunters. Using concepts from TEK, we determined how these concepts of gaga and utux became established in the lives of the Atayal people, and how Indigenous Atayal hunters have devoted their skills to maintaining the culture which sustains their resilient landscapes and ecosystems. Through the special cultural connotations of hunting knowledge and specifications, the hunting behavior of Taiwan's Atayal can shape a harmonic balance with ecological systems, and facilitate learning about competition and rules of survival in the natural environment.

Keywords: Atayal, Indigenous research, Natural resources, Taiwan, Tribal knowledge

# 一、訴說

　　在這一篇文章的前言中，我採取建構野外自然動植物與整體環境系統的知識、了解，與建立價值世界觀的方式進行。所謂保育觀點，我們一直受到西方國家保育思維的支配。地緣政治保育力量，讓西方學者成為傳統領域學術界的精英成員，將外圍國家學術圈的學者，降到劣勢的地位。所以針對泰雅族的訴說分析，我敘說目前的研究情況，對於前人研究，尤其是狹隘的西方科學觀點，展開嚴厲的批評。

　　傳統生態知識的豐富生態意義，並非原住民固有的觀念，其實是以一種生態科學之基督宗教的修辭，加以浪漫化而重構的旁觀論點。博季（Buege, 1996）在分析「生態高貴的野蠻人」（ecological noble savage）的論述中，認為這些為使原住民族「去汙名化」觀點，實際上卻讓原住民族背負一種集體性的浪漫化刻板印象，此一刻版印象沒有考量到原住民族文化，也隨時代和現代生活影響，所形成變動的可能性，卻僅僅強調他們「傳統」中的生態智慧。因此，我在查證相關領域學者所撰寫的英文文獻之後，並且思考如何批判了十九世紀以歐洲中心為世界霸權的思想，撰寫了這一段文字（Fang et al., 2016）。

Research indicates that while a strong ecological ethic is common place among Indigenous peoples, it is not an innate characteristic of such populations (Smith and Wishnie 2000; Stearman 1994). Instead, the conservation movement within ecological science is more an outgrowth of Christian and Romantic rhetoric. In an analysis of the argument of the noble savage from Eurocentric thinking (Liebersohn 1994), Buege (1996) posited that the views rid Indigenous people of the stigmatization of being a savage but actually burdens aborigines with a questionable stereotype.

## 二、轉錄

　　敘說分析是以故事作爲研究對象。所以，在進行敘說分析轉錄的過程中，一般也是不完整，且有選擇性的（Riessman, 2008）。因爲敘說是關於過去某件特定時空下的故事，有邏輯的脈絡，可以在經驗世界中訴說此一經驗，並且轉錄（transcribing）此一訴說之經驗。

　　我們在進行田野調查的時候，發現當春夏之際，天氣逐漸開始炎熱，落入陷阱捕獲的獵物容易腐敗，這也是社會規範演變成社會禁忌的原因。除了以季節時間來管理資源之外，遵循傳統的獵人在狩獵時，會以觀察動物足跡與自然植物，例如地衣、蘚苔或動物常食用的食物消長的狀況，分辨山上動物當下的數量，藉以控制狩獵的數量；不過，在靠近部落的淺山地區，就較沒有狩獵季節的限制了（胡馨文，2014; Fang et al., 2016）。受訪者Y14511指出：

　　「夏天的時候，老人家是禁止我們上山的，主要也是因爲這時候天氣太熱了，尤其放陷阱那種，動物獵到一下子就壞了，所以我們大概都是冬天上山，一般獵人是沒有分啦，但也是爲了要防止這些動物越來越少的話，大概都有控制，不會整年度都去，因爲像山羌這個季節是懷胎的時候啊，也要留時間給獵物懷孕繁衍後代。」

　　受訪者C14427和S13827所說：

　　「我們大概都一個禮拜去兩次，夏天的話我們不放，只有冬天，因爲夏天的話沒有時間去巡陷阱的話一定是爛掉，所以夏天不放，夏天先讓他們活動活動，冬天的話一個禮拜才去一次也無所謂，冬天就算掛在那邊，也不會壞。3月以後較不會去狩獵。以前2月開始墾荒，沒有時間去狩獵，獵場也都讓它休息。」

When the temperature increases in spring and summer, trapped animals rapidly deteriorate. In addition to managing resources by season, hunters who follow hunting traditions observe animal tracks and natural plants (e.g., lichens and mosses) to determine the current number of animals in the mountains, to control the amount of hunting; however, fewer limitations exist in the shallow hills near tribal areas. We recorded and summarized dialogues from three respondents (S13827, C14427, and Y14511).

Respondent Y14511:

In summer, the elderly tribesmen prohibit us from going up the mountain, mainly because at this time, the weather is too hot to set traps. Animals that are trapped decompose quickly, so we usually go up the mountain in winter. General hunters are not subject to this limitation, but to prevent these animals from deteriorating, they are also prohibited, and will not go hunting all year. For example, this period is the breeding season for muntjacs, and we should give the prey time to propagate.

Respondents C14427 and S13827:

We set traps twice a week. We do not set traps in summer, only in winter, because in summer, we do not have time to patrol the traps, so the trapped prey will decompose. In winter, if we only go once a week to check the traps, it does not matter; the prey will not have decomposed. After March, we hunt comparatively less. Before we begin reclamation in February, there is no time to go hunting, so we allow the hunting ground to rest.

## 三、分析

藉由談話分析（conversation analysis），將獵人的個人經驗，以敘事或敘說方式表達，將敘說進行文本謄錄，以爲研究關注焦點的核心，並透

過厚實描述，討論研究主體是如何解釋事件。

　　從前述我們對於三位泰雅族獵人的訪談，驗證了文獻中相同的看法。泰雅狩獵季節性限制的因素，可分爲四點：㈠天氣入秋後天氣漸涼，動物的性情也會趨於溫順，並且會開始有一些規律的行爲模式讓獵人易於掌握；㈡部落農忙告一段落，從十一月到隔年三、四月是農閒期間，較有時間從事狩獵活動；㈢秋冬爲泰雅族視爲惡靈的毒蛇進入冬眠時期，蛇的動作靈巧，過去獵人因爲蛇毒而喪命的，比因爲和野獸搏鬥而死亡，還經常發生，所以這個時期讓獵人可以專注於狩獵；㈣考量未來的使用，即現代所謂永續觀點，暫停狩獵活動，以利自己獵區裡的動物繁衍順利，讓幼獸有生長發育的時間，維護獵場生態平衡。我將這一段分析，論述如下（胡馨文，2014; Fang et al., 2016）。

　　These interviews support views in the literature. Seasonal factors that restrict Atayal hunting can be divided into four parts: (1) When the weather becomes cooler in autumn, the animals become more docile, and begin to exhibit certain patterns of regulated behavior that facilitate hunters catching them. (2) Tribal farming ceases. November to March or April of the following year comprises the idle farming period, which provides more time to engage in hunting activities. (3) The Atayal regard poisonous snakes as ghosts that enter hibernation in autumn and winter. More hunters have been killed by snake venom than by fighting with other wild animals, and thus, during this period, hunters focus more on hunting. (4) They consider future use, or the so-called sustainable outlook of modern times.

四、推論

　　從上述的觀點進行分析，傳統原住民與山林關係是一個整體社群的概念，動植物、人類，甚至山林水文系統都彼此影響著，不論是原住民社

會乃至生態系，都是互助的、彼此依存的。我以喚起泰雅族的永續發展（Evoking Atayal's identification of sustainability）爲影響範疇，進行論述（Fang et al., 2016）。

The relationship from the intuition of comprehensive and immersive thinking between traditional aborigines and the mountains is a concept in which components of the entire community, including plants, animals, birds, humans, and even the hydrological system of the forest, affect each other.

從上述的泰雅族狩獵文化，可窺見泰雅人與自然環境的互動關係，是以一種崇敬與戒慎態度，同時透過許多規範與禁忌的文化機制，使臺灣的山林中野生動植物能永續繁衍。參考過去生物多樣性與野生動物保護的推廣和經營管理的工作經驗，可以發現在制定管理策略時，讓在地居民的參與，加入該地區原有的生活經驗與形態去發展，不僅較能夠讓當地居民認同，也有助於落實自然保育的目標，更能降低政府在行政上的負擔。以保守生態保育者的觀點來看，狩獵常淪爲野蠻的行爲，但若站在生態管理的觀點，是有機會經過溝通與資訊交換，反而能達到正面的效果，基於以上的部分研究顯示，原住民狩獵文化中，一些具生態理念的文化禁忌形成的規範，形成自然環境資源永續循環的機制。我再度進行下列的推論（Fang et al., 2016）。

Based on Atayal hunting culture, interactions between the Atayal people and the natural environment demonstrate reverent and cautious attitudes. Through numerous cultural mechanisms of norms and taboos, Taiwanese forests and wild flora and fauna have sustainable reproduction that can be shared with moderate use. Referring to previous work experiences in biological diversity and promoting and managing wildlife conservation, allowing residents to participate in developing management strategies can contribute to original life experiences and yield strategies for the region.

# 個案分析

## 泰雅族的祭典儀式

泰雅族的族名「Tayal」（Dayan），原意為「真人」或「勇敢的人」，考古學家認為在距今五千年前，泰雅族就開始在臺灣活動，分布地點包括臺灣北部的八縣市、十三個縣市轄地區，包括新北市烏來區、桃園市復興區、新竹縣尖石鄉與五峰鄉、苗栗縣泰安鄉與南庄鄉、臺中市和平區、南投縣仁愛鄉、宜蘭縣大同鄉與南澳鄉、花蓮縣秀林鄉、萬榮鄉與卓溪鄉等地。

泰雅族的儀式、祭典時傳唱部落歷史，是族人重要的生活、習俗，也是重要的學習方式。以慎終追遠的態度，用母語祝禱，對祖先、神靈表達感激和尊敬的儀式，可以說是社會活動鑲嵌的文化認同與教育過程，也能使部落年輕人認識自己狩獵文化的根源（Fang et al., 2016）。胡馨文（2014）在《泰雅狩獵文化中原住民生態智慧、信仰與自然之關係》論文中，以宜蘭縣大同鄉的四季村和樂水村為例，記錄2012-2014年之間，泰雅族祖靈祭的傳統，她以宜蘭縣崙埤部落近年來部落內部主要組織的崙埤部落社區發展協會以及大同鄉公所，輪流舉辦小米收穫祭為例，以圖6-5進行說明。

圖6-5　泰雅族主要傳統祭儀時節（胡馨文，2014；方偉達，2016）

一般來說為播種墾地的時間約在2月，因過去泰雅族制採輪墾、輪獵的方式，故3至5年就要換一塊土地，播種前先重新翻土整地。而小米播種的季節是在每年的3月，6月中旬採收時，就是收穫祭舉辦的時間。泰雅族最重要的祭典就是在小米收割後的7月到9月之間，由部落長老、頭目們開會，決定舉辦時間的祖靈祭，此祭典是泰雅族信仰的重要彰顯，也維繫了傳統的精神，展現出對祖先的感激與敬畏，也展現部落團結、共同承擔的意

義。祖靈祭舉辦重要要素，包含耆老對祖先歷史源流的口述；傳統習俗、禁忌等規範講解；呼喊家族逝世祖先的名字，邀請祂們一同前來享用族人一年辛苦耕種的收穫，並祈求來年的豐收。祭典是非常肅穆莊嚴的，早期只有部落男子可以參加，現在多半由公辦的方式舉行。

　　分析泰雅族學習的方式，以獵人文化為例，是透過個人在環境中的學習、觀察、模仿，使個人累積對自然世界知識的認識，是建構在生活經驗的基礎之上，並連貫到傳統文化本質。泰雅族學習知識的方式，跳脫了西方科學的認知，其知識學習的內涵，可分為五個類別，包含：一、社會制度：家族長輩與部落社會教育、共同勞動制度和群體的Gaga規範。二、自然類別：動植物生態特性、獵場空間辨別、如何管理運用。三、超自然概念：對靈——Utux的信仰認識、儀式與禁忌、自然占卜判讀。四、語言：過去祖先歷史、傳統生活規範與故事的吟唱和傳承，歸納如圖6-6。

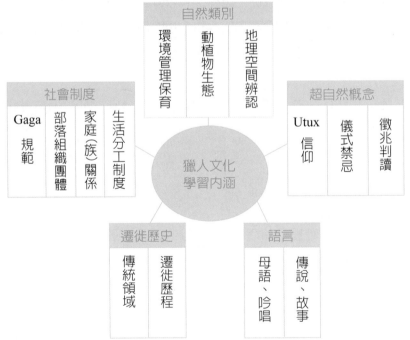

圖6-6　泰雅族傳統生態智慧學習內涵的來源與方法（胡馨文，2014；方偉達，2016）

## 第四節　檢查謬誤

進行人文學術文章的整理時，依據知識、理解、應用、分析、評鑑、創造的取徑進行。在撰寫期刊論文的時候，需要通過以上六種層次，不斷改寫期刊論文初稿，以循序漸進邁入學術的殿堂。但是，在人文學科的寫作中，因為英語不是我們的母語，需要更為加強檢查謬誤，在謬誤中，分為文獻引用的謬誤、推論結果的謬誤。

### 一、文獻引用的謬誤

在研究中，參考文獻的引用非常重要，所有論述的參考來源都應該列出，以表示對於前人研究智慧財產權的尊重。我們在檢查格式和書目中，列出參考文獻。一般來說，發生文獻引用的謬誤，包含了語境去除、定義謬誤、套套邏輯、匿名權威、訴諸權威以及全知論證等引用謬誤，如表6-2。

表6-2　文獻引用的謬誤

| 中文 | 英文 | 敘述 |
|---|---|---|
| 匿名權威 | Anonymous authority | 主張某專家支持某事，因此某事是對的，但該「專家」身分不明，因而令人懷疑是假資訊來源的一種。 |
| 訴諸權威 | Appeal to authority | 專家支持某事，因此某事是對的，但該專家說法的可靠性令人懷疑。例如：並非相關領域的專家，該專家在開玩笑，該專家只是談個人看法，專業社群對該專家的說法意見分歧，該「專家」身分不明等。 |
| 全知論證 | Argument from omniscience | 主張所有人都知道、都同意某事等。但人不可能全知，所以這種說法，多半是不可相信的。 |
| 語境去除 | Contextomy | 引用某人的說詞作為論證理據，卻忽略了語境，扭曲了原來的意思。 |
| 定義謬誤 | Fallacy of definition | 論證時對相關詞語不當定義，有三種用法：<br>1. 是把某特質定義為另一個詞語。<br>2. 是堅持使用說服性的定義。<br>3. 是堅持在使用詞語之前，一定要先定義。 |

| 中文 | 英文 | 敘述 |
|------|------|------|
| 套套邏輯 | Tautology | 把論述中關鍵詞的意義，轉換成自訂的定義，使原論述語義恆真，但是卻空洞無內容。 |

## 二、英文選字的謬誤

在我投稿《永續科學》（*Sustainability Science*, SCI, SSCI）中，引用了原住民族參考文獻，審查委員認為我用「現代」（modern）這個名詞，描述現代生活，覺得不以為然。並且將以下這些爭議性的術語列出，希望我進行修正。我想有的英文選字是概念上的落差，有的英文選字涉及到民族情感的分化，所以以下列出英文選字的謬誤，藉以修正用字。

在人類發展軌跡中，如果以創新、潮流進行對照，世界上有許多民族安於過他們自己的生活。不能以「過時、落伍的」語氣，進行價值判斷，否則很容易因為這些意識形態的爭議，被主編退稿。所以不要在學術論文中，使用下列單字，除非引用的文獻中包含這些貶抑的字眼。但是，在使用的時候，務必要進行批判，如表6-3。

表6-3　英文選字的謬誤

| 中文 | 英文 | 敘述 |
|------|------|------|
| 文明／非文明 | Civilized/ Uncivilized | Civilized/ Uncivilized剛開始是用來區別一個社會是否位於都市地區，但隨著文字異化，uncivilized產生了貶低的意味，建議避免使用uncivilized。 |
| 原住民族 | Indigenous | Indigenous代表某個原住族群和特定地區之間具有歷史關聯。由於臺灣屬於移民社會，在接受外來文化的影響下，對比原住民地區的族群產生文化衝擊。建議以移民社會的文化，進行影響分析。 |
| 現代 | Modern | Modern泛指現今的事物，藉以用於區別過去的事物。但是因為modern涵蓋現代東方和現代西方的科學觀，審查委員修改了我的前後文，特別囑咐我，是否將modern science改為western science較為恰當，以說明西方主流科學觀的影響。 |

| 中文 | 英文 | 敘述 |
|---|---|---|
| 遊牧的 | Nomadic | Nomadic形容經常遷徙，居無定所的人類族群，但即使我們想要找尋真正傳統遊牧民族的後代，他們可能已經不再採行逐水草而居的遊牧方式了。 |
| 東方的 | Oriental | Oriental這個字含有貶意，所以應該修正為Eastern。這是因為oriental在西方歷史，用於貶抑來自東南亞、印度次大陸、中東族群的英文單字，需要進行修正為eastern。 |
| 史前的 | Prehistoric | Prehistoric用於考古，係指文字發明之前的歷史，不可以用old或ancient隨意取代。 |
| 前工業化的 | Preindustrial | Preindustrial用於古代，不適合用於現代，否則具有貶抑的意思。 |
| 前現代的 | Premodern | Premodern形容工業革命前的生活，也可以涵蓋二十世紀之前的時期。不適合用於現代，否則具有貶抑的意思。 |
| 原始的 | Primitive | Primitive用於現代則有貶抑的意思。<br>不要用primitive culture（原始文化）等概念形容原住民，但是非關人類的事物則無妨，可以形容第一代原始的實物體。 |
| 野蠻的 | Savage | Savage用於現代，帶有貶抑的意思。在這一篇文章之中，我批判西方人使用noble savage（高貴的野蠻人）。因為這是貶低異族文化的侮辱性用詞。 |

## 三、推論結果的謬誤

在研究中，為了要提出證據，回答期刊論文原先的提問。所以，不是要為哪句話的觀點尋找證據，而是要替問題找尋證據。因此，應該要仔細檢查所有的證據，並推導出結果。在推論結果的過程中，容易產生下列的謬誤，例如是以偏概全、單方論證、分割謬誤、合成謬誤、輕率概括、偶例謬誤以及逆偶例謬誤等錯誤推論。在此推論結果謬誤的範例，有的明顯看起來就很荒謬，有的要仔細推想，才知道荒謬的地方在哪裡。請參見表6-4。

表6-4 推論結果的謬誤

| 中文 | 英文 | 敘述 | 推論結果謬誤的範例 |
|---|---|---|---|
| 偶例謬誤 | Accident fallacy | 基於一般性通則,導致「通則凌駕例外」,而否定例外。 | 1. 人們禁止使用嗎啡。所以癌症病人也不能用嗎啡。<br>2. 目前全世界尚未廢除死刑,所以我們也應該支持死刑。<br>3. 抽菸會導致肺癌。A抽菸抽了30年,一定會得肺癌。 |
| 逆偶例謬誤 | Converse accident fallacy | 基於某個例外的存在,導致「例外凌駕通則」,而否定一般性的通則。 | 1. 癌症病人可以用嗎啡,所以我們應該允許人們使用嗎啡。<br>2. 國人支持死刑,所以全世界都應該支持死刑。<br>3. A抽菸抽了30年都沒得肺癌,因此抽菸不會導致肺癌。 |
| 合成謬誤 | Fallacy of composition | 基於整體中的某些部分具有某性質,而推論整體本身具備該性質。 | 1. 人體由細胞組成,而細胞是看不見的,因此人體是看不見的。<br>2. 這一篇論文有一個論點是無懈可擊的,因此整篇論文都是無懈可擊的。 |
| 分割謬誤 | Fallacy of division | 係基於整體擁有某性質,而推論其中的部分或全部個體,都具備這種性質。 | 1. 這支交響樂團非常出色。因此,交響樂團中的每一位樂師都非常出色。<br>2. 宇宙已存在一百億年,宇宙是由分子組成的,因此宇宙中的每個分子都已存在一百億年。 |
| 輕率概括 | Hasty generalization | 未充分考慮一般性的情形,只憑不充足或不具代表性的實例或樣本,就推論出歸納性的結論。 | 1. 我認識的家人、同學、師長中,所有抽菸的人都沒有得肺癌,因此抽菸不會導致肺癌。<br>2. 以女性為戶長的單親家庭,容易陷入貧窮。所以,我們應該鼓勵女性儘量不要離婚。<br>3. 女性開始擔任主任時之平均年齡比男性來得大,且所累積的任教年資也比男性多。這顯示女性因為家務負擔過重及歧視,以致於升遷機會不如男性。 |

| 中文 | 英文 | 敘述 | 推論結果謬誤的範例 |
|---|---|---|---|
| | | | 4.常常在媒體看到小朋友吃不起營養午餐的報導，可見我國的經濟真的不好。 |
| 單方論證 | One-sided argument | 只提出支持論點的理由，而忽略不談反對的理由。 | 幾乎所有的天鵝都是白色的。大多數天鵝是白色的。通常，天鵝是白色的。 |
| 以偏概全 | Sampling bias | 以少數的例證或特殊的情形，強行概括整體。 | 我的朋友是原住民，他喜歡喝酒，所以原住民一定喜歡喝酒。 |

# 第五節　檢查格式和書目

　　非實證型論文的參考文獻，以投稿之期刊的規範格式進行EndNote書目管理。參考文獻的引用（citation）在質性研究中非常重要。在檢查格式和書目中，我們提出列出參考文獻、進行文字精煉以及格式化文字等說明。在參考文獻中，需要列出在論文的研究和準備中所有引用的參考文獻。

## 一、列出參考文獻

　　參考文獻是依據作者姓氏的字母順序輸入。文獻引用方式，依據學科分類，在非實證型論文中，屬於人文領域（Modern Language Association of America, MLA），在寫作期刊的時候，需要依據期刊的需求進行寫作。此外，在美國又可以參考芝加哥格式手冊（Chicago Manual），以下內容和實證型論文撰寫方法的文獻相同，簡介如下（已說明於本書P.225～P.228），讀者如已閱讀，可以忽略以下敘述（P.261～P.264）。

### (一)芝加哥格式手冊（*Chicago Manual of Style*）

　　芝加哥大學出版社在1906年首次出版第一版的芝加哥格式手冊（*Chicago Manual of Style*），內容包括了書籍論文的編製、格式、出版

以及印刷等需知。其中格式部分，註明了應注意的細節，包括標點符號、人名以及數字的格式、引用文獻的寫法、圖表的製作、數學公式、縮寫以及注釋和書目的編目方式，在2010年出版了第16版，簡稱 MLA第16版，舉例如下。

### 1. 作者資訊型式（Author-date style）

研究發現學生不懂得在他們的作業中正確引用（Smith 2016）。

Research has found that students do not always cite their work properly (Smith 2016).

### 2. 期刊書目註記型式（Notes and bibliography style）

Heilman, James M., and Andrew G. West. "Wikipedia and Medicine: Quantifying Readership, Editors, and the Significance of Natural Language." *Journal of Medical Internet Research* 17, no. 3 (2015): e62. doi:10.2196/jmir.4069.

(1)在參考書目中列出作者姓名。

(2)文章標題要用引號。

(3)期刊名稱為斜體字。

(4)列出卷數、冊數。

(5)列出出版年。

(6)列出頁碼。

(7)列出數位物件識別號（Digital Object Identifier, DOI）。

## (二)MLA格式手冊（*MLA Manual*）

MLA 格式是人文領域經常採用的一套格式指南。其源自於1977年美國現代語言學會出版的第一套手冊，載明研究與寫作、寫作要點、研究報告之版式、編製參考書目、著錄文獻來源、縮寫等，適用於人文學科研究寫作，尤其是英語研究、現代語言及文學研究、文學批評、媒體研究、文化研究以及相關學科等，MLA第8版於2016年發行，簡稱MLA 8。

### 1. 作者資訊型式（Author-date style）

括號內的參考文獻，應包含作者姓氏Smith，以及引用文獻所在的頁

數，第22頁如下。

研究發現學生不懂得在他們的作業中正確引用（Smith 22）。

Research has found that students do not always cite their work properly (Smith 22).

史密斯表示學生不懂得在他們的作業中正確引用（22）

Smith stated that students do not always cite their work properly (22).

2. 期刊書目註記型式（Notes and bibliography style, MLA 8）

Lorensen, Jutta. "Between Image and Word, Color, and Time: Jacob Lawrence's The Migration Series." *African American Review*, vol. 40, no. 3, 2006, pp. 571-86. EBSCOHost, search.ebscohost.com/login.aspx?direct=true&db=f5h&AN=24093790&site=ehost-live.

⑴在參考書目中列出作者姓名。

⑵文章標題要用引號。

⑶期刊名稱為斜體字。

⑷列出卷數、冊數、年份。

⑸列出頁碼。

⑹列出出版者、出版網址。

## 二、進行文字精煉

在進行非實證型期刊論文寫作的時候，需要進行句子的精煉（refinery）。強化文章的可讀性，例如讀者是否可以完全了解我的研究目的？我的遣詞用句及論述是否詰屈聱牙？是否會讓人有誤解的地方？此外，我的文字是否完整，是否已經強化文字的說服力？我的論述是否符合一致性？如果刪除某些句子，是否會影響論述的連貫性（coherence）？最後，需要強調文章的貢獻，是否閱讀起來感覺相當實用（pragmatic use）？

## 三、格式化文字（Formatting considerations）

　　依據參考文獻（references）進行書目對照，需要恪守遵循特定格式的準則，例如依據不同學科分類的期刊論文格式進行文字書寫。在投稿之前，需要了解不同期刊之間，針對格式和風格，都有非常嚴格的限制。可以說，投稿內容是自由的，但是期刊格式卻是嚴格的。電腦學者高德納（Donald Knuth, 1938-）於1978年發展電腦排版系統以來，傳統期刊鉛字排版系統被淘汰，現代學者可以在自己的個人電腦（Personal Computer, PC）上，依據人文與社會科學領域的規定，編排優美的文字檔案，並且進行文字編修（Belcher, 2009）。最後在投稿之前，需要依據期刊的需求，檢查是否符合下列的規定：

(一)扉頁（Title page）
(二)本文（the Body）（本文各部分之間沒有分頁）
(三)前言（Introduction）（2-3頁）
(四)材料及方法（Materials & Methods）（2頁）
(五)言談／敘說分析（Discourse/Narrative Analysis）（10頁）
(六)結果及討論（Results & Discussion）（2-3頁）
(七)影響（Implications）（1-2頁）
(八)參考文獻（References）
(九)表（一到數頁）
(十)圖（一到數頁）
(土)附錄

## 小結

　　在許多學科中，西方的研究方法占據著主導地位。但是，非實證型論文研究，開始注意原住民族的研究方法（Stewart, 2012）。非實證型論文的撰寫方法，屬於批判型論文撰寫的領域，為了解決父權宰制結構（patriarchal structures）的期刊作業方式（詳見本書第十章），我們可以

思考理解現代期刊的轉變，包含理解原住民研究、女權主義或酷兒的理論（feminist or queer theories），以減輕對於少數民族、性別、職業、階級的偏見。

因此，在西方主流價值觀的研究中，雖然有些學者開始討論是否多加考慮東方學者的研究，但是在東方文化保守價值觀的推波助瀾下，希望強調東亞文化的教育成就，需要提升非實證型論文的學術品質，以客觀性進行地方文化、非主流文化，以及少數民族語言文化的描述。也就是說，為什麼學者應該在其他領域中保持謙虛，聽取他人的意見。當期刊論文寫作中，聽取和衡量所有的證據，並且考慮了所有的前人研究之後，才能進行客觀的論述。近年來，多數人理解的非實證型研究，係由傅柯（Michel Foucault, 1926-1984）對於義理的闡述和發展。傅柯採用上述的方法，針對教育研究、傳播研究、文化研究等領域，進行深入的探索和剖析。因為非實證型研究也是屬於一種知識體系，但是承載著特定時空下的廣博知識。在分析中，將系統內部各主體的關係進行詮釋，因此，對於論文撰寫的方式，都產生了極大的影響。

## 關鍵字詞（Keywords）

| | |
|---|---|
| 偶例謬誤（accident fallacy） | 匿名權威（anonymous authority） |
| 訴諸權威（appeal to authority） | 全知論證（argument from omniscience） |
| 取徑（approach） | 論述（argument） |
| 論述性質（argument-oriented） | 藝術實踐（art practice） |
| 連貫性（coherence） | 集體記憶（collective memory） |
| 內容分析（content analysis） | 語境去除（contextomy） |
| 談話分析（conversation analysis） | 逆偶例謬誤（converse accident fallacy） |
| 言談分析（discourse analysis） | 言談（discursive） |
| 實證研究（empirical study） | 合成謬誤（fallacy of composition） |

| | |
|---|---|
| 定義謬誤（fallacy of definition） | 分割謬誤（fallacy of division） |
| 女權主義或酷兒的理論（feminist or queer theories） | 扎根理論（ground theory） |
| 輕率概括（hasty generalization） | 影響（implications） |
| 單方論證（one-sided argument） | 知識宣稱（knowledge claims） |
| 敘說（narrative） | 敘說分析（narrative analysis） |
| 要點（outlining） | 父權宰制結構（patriarchal structures） |
| 實用（pragmatic use） | 以偏概全（sampling bias） |
| 社會建構性（social constructionism） | 社會文本脈絡（social context） |
| 套套邏輯（tautology） | 厚實描述（thick description） |
| 主題背景概論（topic generalization） | 轉錄（transcribing） |

# 第七章
# 期刊論文投稿分析

I do not know what I may appear to the world, but to myself I seem to have been only like a boy playing on the sea-shore, and diverting myself in now and then finding a smoother pebble or a prettier shell than ordinary, whilst the great ocean of truth lay all undiscovered before me.

　　我不知道我呈現了什麼給這世界；但就我個人而言，我覺得我只是一個在海邊玩耍的孩童，把自己投入比平常所見更漂亮的貝殼與平滑的石子而已，但展現在我面前的是一片尚未被發掘的真理的海洋。

—— 牛頓 Isaac Newton, 1643-1727

## 學習焦點

　　論文的出版，隨著網路時代的興起，目前經歷著重大的變化，出現了從傳統的紙本印刷，到網路電子格式的興起。因此，我們需要在投稿期刊之前，界定研究形式及方向。如能能夠妥善擬定論文方向，決定論文架構，並且評估投稿期刊論文的可行性，將有助於研究及發表計畫的進行。為促使論文順利完成，在投稿之前，需要進行期刊論文投稿分析。在想要投稿的期刊網站中進行瀏覽，通常期刊網站主網頁中會說明該期刊刊載的主旨、收錄文章範圍、目標讀者。此外，通常還列有影響係數、論文類型、刊期、接受率、拒稿率，到接受之後見刊的周期，或是是否要繳交刊登費用等資訊。在投稿之前，這些投稿的條件，都需要進行期刊之間的比較。針

對這些期程，2016年6月號的《高等教育紀事》（*The Chronicle of Higher Education*）中有一篇文章，任職美國科羅拉多大學教育學系費汰（Erin Furtak）認為，要加強論文發表生產力（publication productivity），除了要評估之外，並且需要建立論文發表生產線（publication pipeline）。在這一篇論文中，作者談到下列論文發表生產線的步驟，讓作者知道每篇文章的進度，並知道該怎麼下功夫。根據下列精緻化的原則，沒準確追蹤期刊論文發表的過程，了解你現在在哪個步驟（Furtak, 2016）。這些步驟有助於期刊論文的投稿者，能夠追蹤、監督投稿的進度：

1. 論文構思期
2. 撰寫論文計畫書
3. 論文計畫書審查
4. 資料搜集
5. 資料分析
6. 論文初稿
7. 接近完成的論文
8. 論文投稿（submitting manuscript）
9. 論文評審中（under review）
10. 論文修改及重投（revise and resubmit）
11. 論文修改評審中
12. 論文接受（accept）／即將發表（in press）

## 第一節　目標分析

在投稿期刊的選擇中，有些研究人員會考慮期刊影響係數（impact factor, IF），這是一個專門的議題，我們另闢一個專章討論，詳如本書第

八章的論文期刊評估與影響。但是事實上在選擇期刊和投稿的過程中，還有很多「眉眉角角」的問題需要解決。例如，如何了解期刊投稿中，期刊的論文類型、刊期、接受到見刊的周期、拒稿率或是否要繳交刊登費用等資訊，都是需要做功課的。因此，如何選擇投搞的期刊，屬於一種專門的學問，需要進行目標分析，這個目標分析，需要從下列不同角色的立場，進行互為主體（intersubjectivity）的說明。

## 一、從讀者角度

國外一流期刊，都是來自於歐美的老牌民主國家。所以，期刊主編如果出缺，通常是遴選委員會受到出版集團的委託，從應徵者進行遴選，遴選出一位公正不阿、沒有利益衝突（conflict of interest）的主編。此外，因為期刊出版屬於商業機制所操控，因此，期刊主編會從讀者的角度，去推估這一篇期刊的「目標讀者」（target readers），也就是說，他會問下列的問題：

「哪些讀者會對你的文章和文章中所提供的資訊感到興趣？」

「這一篇文章，會吸引到一般讀者，產生廣泛的影響；還是專業讀者，產生深遠的影響呢？」

「這一篇文章可能會吸引哪些其他領域的潛在讀者（potential readers），讓他們對這些資訊同樣感到興趣？」

在期刊主編反覆思量之下，本來這一篇熱騰騰的期刊初稿，還沒端上桌，就不免在嚴峻的出版標準審查的氛圍之下，開始冷卻了下來。所以，身為期刊作者，需要考慮一下這一篇文章可能的讀者範疇，先做好適當的分析，思索這一篇文章的讀者群為何？要閱讀這一篇文章，所要涉及專業學科的訓練為何？從讀者的角度進行思量，才能夠進行目標期刊的選定。

## 二、從作者角度

身為一位作者，在研究生存的壓力之下，需要探討投稿的目的為何？從期刊投稿的作者身上，我們從功利的「目的論」進行解釋（teleological explanation），為了發表期刊，每一位作者可以說是費盡渾身解數，「衣帶漸寬終不悔，為伊消得人憔悴」，想盡辦法來擠進期刊窄門。所以，從目的論的角度來說，從作者剛踏入投稿期刊這個不歸路，不外乎出自於下列「利己」生存的動機；從動機中，我們需要思考行動策略。

### (一)發表動機

從功利型目的論的角度來看，發表期刊不外乎出自於下列動機：

1. **希望取得博士學位**：在臺灣，較嚴格的科系需要通過二篇同儕審查（peer reviews）期刊論文的門檻，通常希望是專業領域中系所認定的審查標準期刊。這二篇期刊，需要以第一作者或是通訊作者的名義發出，如果博士生是第一作者，博士論文指導教授列名通訊作者。

2. **希望取得教職工作**：在臺灣，某國立大學徵求助理教授的基本門檻，需要通過一年一篇、三年三篇的專業領域中系所認定的審查標準期刊。這三篇期刊，需要第一作者或是通訊作者的代表作，依據學校和科系自行認定。

3. **希望通過個人學術評鑑**：在臺灣，某國立大學針對助理教授通過新進教師續聘評鑑的基本門檻的審查，需要通過三年二篇專業領域中系所認定的審查標準期刊。這二篇期刊，需要第一作者或是通訊作者的代表作，依據學校和科系自行認定。此外，某國立大學針對副教授／教授，通過評鑑的基本門檻的審查，需要通過五年三篇專業領域中系所認定的審查標準期刊。其中這二篇期刊，需要第一作者或是通訊作者的代表作，依據學校和科系自行認定。如果未能審查通過，則不予以薪資晉級。

4. **希望獲得學術升等**：在臺灣，某國立大學升等基本門檻的審查，通過個人學術評鑑之後，需要通過至少四篇專業領域中系所認定的審查標準期刊。這四篇期刊，需要第一作者或是通訊作者的代表作，依據學校和科系自行認定，並且送交由外審委員進行審查。

從大學制定的規範或是潛規則（unspoken rules）來說，上述作者投稿期刊的動機中，都是來自於針對外部壓力的內部調控。也就是說，不是來自於投稿者純粹想要發表的單純動機，而是攸關於一位學者在錄用、評鑑、晉升等遙遙路途之中，所要擔心害怕的外在制度力量，所形成的自我掙脫的一種壓力反應。雖然教育部三申五令，希望建立多元評鑑和升等管道，但是在期刊作者處於論文高壓的「軍備競賽」中，這一套評鑑升等制度實施多年，目前看來都沒有暫緩論文減產的趨勢，反而有越演越烈的情形產生。

## (二)發表策略

在進行自我評估之後，需要考慮期刊投稿的策略，以進行投稿期程的規劃。一般來說，目前手上的工作，是屬於論文評論階段，還是處於論文實證階段？如果處於論文評論階段，當你希望文章產生的影響力係為更為廣泛，引用這一篇文章的人氣指數破表，可以考慮進行收錄論文評論型的期刊。如果，希望期刊的影響更為深遠，則會考慮將期刊文章投稿到學科劃分更為精細的專業期刊中。

所以，一位像是博士候選人是否能夠畢業，或是一位剛進系所的助理教授是否能夠通過續聘評鑑，在通過評鑑之後，提出升等的階段中，都讓年輕學者感受到龐大的時間壓力。因此，下列選擇投稿期刊的「時間壓力」和「質量壓力」，成為選擇期刊發表因素的重要原因。

1. 「先求有，再求好」：「先求有，再求好」是在「時間壓力」之下，依據博弈理論進行的投稿策略。在期刊的發表中，除了考慮一朝魚躍龍門，榮登頂級「夢幻期刊」（journals for dreams-come-true）的理想狀況之外，希望取得博士學位、希望通過學術評鑑的階段，在投稿期刊的策略中，應該是「先求有，再求好」。在競爭日益白熱化的學界中，最常聽到的一句話是：「最近好忙，在趕老闆要求寫的一篇文章，希望投稿到最知名的top期刊。」其實，以期刊審查的角度來說，最知名尖端的期刊，通常是兵家必爭之地，受到知名期刊接受的難度，遠遠高過於一般的

期刊。此外，我們了解知名期刊的主編，所邀請的期刊審查，都是學術界大老，通常學術界大老的生活非常忙碌，要通過開會、寫書、指導博士論文、接受政府的委託執行計畫，真正能夠義務幫忙審查期刊，真的時間非常有限。因此，在審查時間上，會耽誤很久的時間。所以，有很多博士候選人，為了期刊接受，才能獲得博士學位，往往需要漫長的等待審查時間。等到這些期刊審查委員有了時間，但是可能輕輕一揮，認定這篇文章「沒有發表的價值」，一句話否定了作者辛苦耕耘的歷程，很有可能整段投稿的流程，都只是白忙一場。所以，我會建議如果你是在希望取得博士學位、希望通過學術評鑑的「資格階段」，不妨考慮一下先投稿期刊等級不是那麼高的期刊，因為取得博士學位或是通過助理教授的續聘評鑑，都只是取得「獲准資格」的門票階段，可以下場進入競爭激烈的期刊界參加晉級比賽。在這個階段之中，實在不需要和頂級期刊進行纏鬥，應該考慮選擇排名稍微低一點的期刊，較容易被刊登，在刊登之後，年輕學者也有可能花費更多時間進行其他更為深入的研究，而不是陷在一直修改同一篇文章的過程中，浪費你的寶貴時間。

2. 「在精，也在多」：「在精，也在多」是在「質量壓力」之下，依據博弈理論進行的投稿策略。如果在臺灣要取得教職工作，以國立臺灣大學工學院為例，送審人撰寫的國際期刊，係以國外教授外審審查為原則，所以發表期刊論文的品質相當重要。一般來說，從事學術工作的年輕學者，在博士階段都被訓練要對自己的研究有信心，但是在已經累積一定數量的期刊文章之後，需要評估文章被頂級期刊接受的可能性，再加上秉持著「先求有，再求好」的投稿原則，可望讓頂級期刊可以接受。在這個階段之中，期刊的內容需要經營。一般來說，需要和自己教學領域相符合的期刊文章，才具有說服力。此外，取得助理教授教職之後，通過助理教授續聘評鑑，晉身副教授／教授升等的階段，等到建立了

一個龐大的研究團隊，帶領一群博碩士生在這個專業領域中進行前沿研究（frontier research），回顧一生曲折坎坷的研究路徑，才逐漸了解自身的研究，到底在國際學術圈中的評價和地位如何。

## (三)期刊選擇

坊間有許多不同類型的期刊，其中以評論期刊的影響係數較高，還有的期刊屬於專門發表特定內容的題目，例如實驗報告、實務探討或是新知通訊等學術交流活動。此外，綜合類期刊發表的是跨學科或是跨領域的研究。所以在選擇期刊之前，需要詳加閱讀期刊中的內容，依據期刊的屬性，進行目標期刊的選擇。在考慮投稿期刊之前，需要做好功課，了解期刊收稿的宗旨和收錄範疇（aims and scope），這些都在期刊網站上可以搜尋。此外，需要詳加閱讀投稿須知（notes for contributors）和作者指南（instructions for authors），以了解投稿期刊的格式，並且進行網路投稿（submit online）的準備。

以濕地界頗具盛名的國際期刊《濕地》（*Wetlands*）和《國際水產養殖》（*Aquaculture International*）來說，《濕地》和《國際水產養殖》是同一出版社施普林格（Springer）所出版的不同類型的期刊。此外，《濕地》（*Wetlands*）和《濕地科學與應用》（*Wetland Science & Practice*）是國際濕地科學家學會（Society of Wetland Scientists, SWS）所出版的不同類型的期刊，但是只有《濕地》（Wetlands）是委託施普林格（Springer）所出版的SCI期刊，但是《濕地科學與應用》（*Wetland Science & Practice*）不是SCI期刊。

《濕地》是國際公認在濕地科學界權威的學術刊物之一，屬於內容覆蓋面比較廣的科學期刊，而《濕地科學與應用》則是屬於應用型的期刊。如果有作者想要提出一篇實用型的濕地文章，那麼就需要考慮是應該投交到《濕地科學與應用》。因為《濕地科學與應用》讀者的範圍較大，在閱讀發表的影響力也較大；但是，《濕地科學與應用》不是SCI期刊。所以，當濕地學者投稿《濕地》，因為《濕地》對於投稿品質的要求比較高，對於地方實證型的文章內容，逐漸缺乏興趣，此外，因為太多文章屬

於沿海濕地的範疇，根據期刊主編奧堤（Marinus Otte）的看法，他希望在臺灣徵求更多的高山內陸型濕地（inland wetlands）的評論文章，而不是沿海濕地的文章。所以主編奧堤在審閱期刊審查者對於期刊稿件的退稿政策時，採取內部轉推薦的政策，比如一篇關於海洋濕地水產養殖的文章，被《濕地》拒稿之後，如果主編認為文章具有發表的價值，可能會轉推薦稿件至《國際水產養殖》，而不是《濕地科學與應用》。

## 期刊選擇的方法

### 需要進行沙盤推演

　　期刊選擇，是投稿的第一步。能夠投中好的期刊，因素很多。其中，撰寫文章的內容，剛好符合主編的胃口，也和現在新興的議題有關，就可以增加期刊發表的機會。如果在議題上，投到收稿宗旨不符的期刊，往往造成主編在第一時間就會未經審稿而逕行退稿（rejection without being reviewed），通訊作者也會很快就會收到退稿函（letter of rejection）。

　　收到退稿函之後，通常都會難過好幾天，但是可以難過，千萬不可以沮喪，並且要耐心閱讀審查意見，還要對於這一篇初稿懷抱著可以被接受的希望。

　　史密斯（Tiffany Smith）在《情緒之書：156種情緒考古學，探索人類情感的本質、歷史、演化與表現方式》（*The Book of Human Emotions*）談到，懷抱希望（hopefulness）是一種認知態度，或是能夠自我培養的思維習慣。可是希望是一種情緒，它所帶給我們的體驗，著實未必完全操之在我（Smith, 2016）。所以在期刊投稿中，是一種經常被拒絕的一種惡劣體驗。期刊拒稿會讓許多年輕學者，一直走不出這種「習得無助」（learned helplessness）的陰影，甚至在龐大的壓力之下，開始過著不快樂的生活。

　　2016年6月號的《高等教育紀事》（*The Chronicle of Higher Education*）中有一篇文章，任職美國科羅拉多大學教育學系費汰（Erin Furtak）認為，要避免經常被拒絕，需要加強論文發表生產力。第一步，要建立論文發表的

生產線。所以，在選擇目標期刊之前，不要好高騖遠，要先思考自己的需求，只要登出來就好？還是要考慮學校對於期刊的要求？一般來說，期刊選擇的方法需要考慮以下因素（Furtak, 2016）：

1. 期刊類型

    要明確了解期刊接受的宗旨和範疇，例如，這一篇期刊論文是屬於原創性研究、評論，還是案例報告，以及是否與期刊要求的文章類型相互符合。這一篇期刊論文的研究結果，會產生全球的廣泛影響？還是只侷限於專門領域的研究？也就是說，你的研究對象，是屬於國際通例，還是地方範疇？如果實驗數據是適用於全球範圍，可以投遞到國際期刊；如果實驗數據屬於較強的地區性研究，則應該選擇投遞給地區性期刊。此外，需要了解這一篇期刊，希望與哪些學門的同僚對話？學系是否支持某些刊物，或是否定哪些刊物？這一本期刊，是否有同儕評審制度，以便在學校被列入評鑑指標中的點數？

2. 近期趨勢

    有些期刊會以開放獲取的方式，在網站上提供刊登文章給讀者。此外，期刊網站首頁也會列出平均出版周期，以供投稿作者參考。

3. 邏輯段落

    期刊論文的研究，是否具備了完整性？是否作者可以聚焦於單一主題，並且講求段落的起承轉合，並有充分的證據支持研究的論述。

4. 研究結果

    論文的重點是什麼？是否有讓人驚豔的理論發現？還是淪於老生常談？
    如果研究只是前沿作業的初步結果，還需更多工作來驗證，那麼這一篇期刊的重要性為何？是否其他學者有互補的數據，來支持你的假設？

5. 目標讀者

    誰可能會讀這一篇期刊論文？

6. 研究方法

    研究是屬於臨床、技術、基礎科學？還是非實證性的研究？

### 7. 期刊字數

很多期刊，都會對投稿有字數限制。篇幅是否太長？超過了期刊所能容忍的限度？

### 8. 投稿規範

不可一稿兩投。投遞給期刊的稿件，必須全部作者都認為已經可以刊登的版本。因此，不論是論述、引用文獻、圖表、結論以及參考文獻等都需要齊備。投稿的格式也盡量需要符合期刊的要求。

## 第二節　投稿過程

期刊投稿，曠日費時，所以任職美國科羅拉多大學教育學系的費汰（Erin Furtak）認為，需要以2-2-2原則進行（Furtak, 2016）：「不管在何時，你需要有2篇文章在準備；2篇文章在審查中；2篇文章即將發表。」

當然，這種2-2-2原則，是需要累積相當功力才能建立的，對於剛開始起步的助理教授來說，這個指標公認起來相當困難。那麼，要如何準備投稿呢？

## 一、論文投稿（submitting manuscript）

在投稿論文的時候，如果是依據期刊論文的規定，現在需要審查的國際期刊，都有在網路上線上投稿的規定，需要進行線上註冊、索取帳號密碼、填寫基本資料，這些帳號密碼都需要妥善保存，在投稿的過程之中，需要附上自薦信（cover letter）。

### (一)自薦信（cover letter）

在線上投稿時，除了要寄出文章的稿件之外，應該要附上寫給期刊主編的自薦信。自薦信是主編對你產生第一印象的來源，也是還沒有看到稿件之前，評斷你的期刊寫作態度是否良好的根據。所以，如何寫出一封文

情並茂的自薦信，是一件非常重要的工作。一般來說，自薦信文字內容，應該簡潔有力，在信件中，需要包含下列的資訊：

1. 期刊編輯的姓名（editor's name）
2. 您投稿文章的篇名（manuscript title）
3. 您投稿文章之類型（publication type）
4. 投稿文章簡介，通常包括幾個小段落：(1)說明文章的標題、研究背景以及投稿的意願；(2)本稿件已經進行的研究方法、過程以及主要發現的簡要敘述；(3)接著可以說明本篇文章的貢獻，本研究可以引發期刊讀者興趣之處，說服主編為何這一篇投稿值得送交給審查委員進行審查。
5. 有關出版道德規範的免責聲明：是否曾經出版，或是有利益衝突的地方。應該要特別顯示為「本研究未曾出版，且未同時投稿至其他期刊之中」。最後，要禮貌性的表示期待接受期刊編輯的決定。

以下是自薦信的範例。

Dear Editor-in-Chief Prof. Masaru Mizoguchi　　　　　Month Date, Year

We would like to submit this research manuscript "Modelling Driving Forces of Avian Diversity in a Spatial Configuration Surrounded by Farm Ponds" for publication in your majestic *Paddy and Water Environment*. This paper neither the entire paper nor any part of its content has been published or accepted elsewhere. It is not being submitted to any other journal.

We used a geographic information system (GIS) and logistic regression model to analyze the relationship between avian diversity and landscape structure, with the goal to elucidate the spatial driving force of avian diversity in paddy irrigated ponds. Using GIS for integration and estimation revealed the extent of the influence of human activity on avian ecology, as well as the regions where this influence was present. We confirmed that small ponds contains more species than does a single large pond of the same total area to mind the gaps of SLOSS debate to secure bird conservation.

We hope you will find our work interesting and consider our manuscript for inclusion in *Paddy and Water Environment*. We look forward to hearing from you soon.

Sincerely yours,

Wei-Ta Fang, Ph.D.

Ph.D., Department of Ecosystem Science and Management, Texas A&M University, USA

M. Des.S., Graduate School of Landscape Architecture, Harvard University, USA

M. E. P., School of Geographical Sciences and Urban Planning, Arizona State University, USA

Associate Professor

Graduate Institute of Environmental Education, National Taiwan Normal University, 88 Ting-Jou Road, Sec. 4, Taipei, Taiwan 11677, R.O.C

e-mail: wtfang@ntnu.edu.tw

Tel:+886-2-77346558  Fax:+886-2-29336947

(二)扉頁（title page）

在扉頁中，需要以一頁A4大小的單頁，打字如下。需要載明題目、

作者資料，依序為Author A、Author B、Author C、Author D。如作者姓名、單位、地址，並且加入通訊作者（corresponding author）Author A的連絡方式，包含電子信箱、電話號碼、傳真號碼。

Modelling Driving Forces of Avian Diversity in a Spatial Configuration Surrounded by Farm Ponds

Author A · Author B · Author C · Author D

Author A (corresponding author)
Graduate Institute of Environmental Education, National Taiwan Normal University, Taipei City 116, Taiwan
E-mail:＿＿＿＿＿＿＿; Tel:＿＿＿＿＿＿＿; Fax:＿＿＿＿＿＿＿

Present Address:
Author B
Graduate Institute of Environmental Resources Management, TransWorld University, Yunlin County 640, Taiwan
Author C
Hydrotech Research Institute, National Taiwan University, Taipei City 106, Taiwan
Author D
Department of Biology, National Changhua University of Education, Changhua 500, Taiwan

在扉頁的底部，列出自行訂出縮簡標題（running header）。縮減標題不一定每個期刊都會要求，但是如果期刊要求，需要準備縮簡標題，以茲識別（2-4個字）。縮簡標題顯示在紙張每一頁的右上角，由期刊決定格式。

## (三)建議之審查者名單

在期刊投稿中，可以建議審查者（reviewers），也可以建議不要給誰審。在建議審查者名單之中，期刊主編會參考所推薦的審查者名單（至少3位），決定是否邀請其中的審查者，匿名審查。一般的慣例是，這些建議名單，主要是由主編／副主編進行參考之用，通常剛開始的時候，我是不會邀請的，以免有利益衝突的問題。但是，也有例外。

依據我擔任SCI期刊副主編的工作經驗，談到若以一篇文章需要三位同儕審查者來說，通常我需要送出10封邀請信，才能找到足夠願意審查的國際學者擔任審查。因此，如果真的這一篇文章都沒有教授願意審查，投稿者若能提供審查者建議名單，則對於我來說，會有一定的幫助。審查者的建議名單我會建議，需要國際化，不要找同一國籍的教授，因為需要利益迴避。

## 二、投稿過程（submitting process）

每一種期刊線上投稿的方式不一樣，但是大致上，都可以區分為下列的程序。

(一)線上註冊（register now）。

(二)填寫帳號（usename）、密碼（password），進入投稿網頁，進入 submit online。

(三)進入投遞初稿（submit new manuscript）。

(四)選擇文章形式（choose article type）。請點選原創性研究（original research）。

(五)在連結ORCID iD（link to ORCID profile），請填寫你的ORCID iD，例如http://orcid.org/0000-0002-xxxx-xxxx。ORCID iD是一種作者身分辨識號碼，像是一種確保作者辨識不會出問題的出版界國際身分證號。為了避免作者出現同名的問題，需要透過學校圖書館系統，協助申請，以確保作者身分和研究資訊正確符合。

(六)填寫題目（full title）。

(七)填寫共同作者姓名（add another author）。

(八)填寫補助單位資訊（funding information），如果接受科技部補助，需要再填寫補助單位（find a funder）科技部的英文名稱（Ministry of Science and Technology, Taiwan, ROC），並且將科技部的補助編號（award number），羅列如下：MOST 103-2119-M-000-000。並且將受補助人（grant recipient）姓名填妥。

(九)填寫摘要（abstract），注意摘要是否有200字的限制。

(十)填寫關鍵詞（enter keywords），關鍵詞約5個。

(十一)填寫期刊論文分類（select classification）。

(十二)填寫建議審查者（suggest reviewers）以及不建議審查者。

(十三)附加投稿檔案（attach files）。例如，扉頁（title page）、刪去作者姓名的投稿稿件（manuscript without authors' names）、圖檔（figures）等內容。圖檔需要依據規定，採取高畫質的方式進行製作。

(十四)等到上述資料上傳之後，在投稿系統之中，會內建從word檔轉檔成pdf的檔案，需要先下載轉檔爲pdf的文件看看。如果無誤，則網站會進行連結，或是可以自行返回到主選單（main menu）中，在連結步驟（action link）中，按鍵遞交（submission）檔案。

(十五)在編輯檔案過程之中，可以在行動連結（action link）中，進行刪除檔案（remove submission）、檔案編修（edit submission）或是寫電子信件（send e-mail）給編輯。

### 為什麼要勾選原創性研究（original research）？是否還有其他的選擇？淺談文章形式（article type）

在投稿時，投稿期刊網站會問你投稿形式。一般來說，投稿期刊網站上的投稿須知，都會告知刊載的論文類型。如果在你心中已經有屬意的目標期刊，需要了解這一本期刊，是否會接受你想要撰寫的文章形式。我們通常都

會勾選原創性研究，但是有時候原創性研究，需要花費多年的時間進行經營，時間和精力消耗也比較大。不過，還是有機會投稿其他形式的稿件，說明如下。

1. 原創研究（original research）：原創研究，內容需要涵括研究假說（hypothesis）、研究背景、研究方法、研究結果、研究發現以及討論和結論。原創性研究文章較長，字數需要限制在 5,000字到 6,000字，有些社會科學的期刊，可以接受 10,000字的原創研究論文作品。

2. 學術評論（review article）：學術評論文章，是針對研究領域中現有的文獻進行回顧和整理。通常在研究中，會針對特定問題或主題，分析在這個領域的主題中，已經發表期刊論文的統整工作，並依據文獻，提出較為平衡的觀點。所以，學術評論（review article）不是屬於一次文獻（primary literature）的文章，而是屬於二次文獻（secondary literature）的文章。可以分為下列三種文章，包含了：文獻回顧（literature review）、系統回顧（systematic review）以及統合分析（meta analysis）。學術評論屬於綜述性文章的邏輯辯證，所以篇幅會限制在5,000字到 6,000字，有些社會科學的期刊，可以接受 10,000字的原創研究論文作品；也有些期刊，接受短篇的學術評論。

3. 臨床試驗（clinical trial）：只有醫學領域才有臨床試驗，臨床試驗需要進行假設檢驗，依據研究方法、實際工作經驗、臨床執行試驗效果，進行假設檢定，並且列出試驗結果。因此需要龐大的病患群體進行統計性分析。臨床試驗文章和原創性論文的長度相仿。臨床試驗需要實際人體和動物試驗的經驗，採取高度研究道德標準和研究標準進行。

4. 臨床病例研究（clinical case study）：只有醫學領域才有臨床病例研究，在研究報告中，需要報告真實的醫療或臨床病例細節，通常報告的案例，對於現有醫學領域的知識，具有卓越的貢獻程度。所以，研究報告需要進行經驗的彙整，並且依據過去的案例和現在病例的研

究，討論疾病的症候、診斷以及治療方式，算是一次文獻，字數要求與原創論文相當。

5. 評述觀點（opinion）：前瞻性評述觀點文章，是針對研究領域中，探討基本概念或是想法的學術評論，通常屬於議論文（essay）的形式進行，以前瞻的觀念，針對相關領域的研究理論或假設，或是使用這種新的方法的見解，進行文章的解讀和分析。這類型的文章通常是建設性的批評，並有證據支持邏輯辯證的論述。因此，和學術評論（review article）不同的是，評述觀點（opinion）可以係為概念歸納的陳述，屬於二次文獻的文章，篇幅較短，約為 2,000 字的短文。

6. 書評（book review）：依據最新出版的書籍或報告，發表閱讀心得、觀點以及看法。通過書評的評論，可以讓讀者追蹤相關領域中最新出版的書籍、報告、影片等文獻。

## 第三節　審查程序

在期刊論文初稿（manuscript）完成，進行投稿的動作之後，期刊主編（editor-in-chief）會將稿件分派給其中一位副主編（associate editor, AE），副主編會交由2-3位審查委員（reviewer; referee）進行論文審查。

學術期刊與普通出版物最大的區別在於審稿制度，學術期刊除了學術編輯的初步篩選之外，採取了同儕審查（peer review）制度，一般會邀請2-3位同行審查委員，針對研究論文的重要性、創新性、嚴謹性等方面進行綜合評論。審查委員的遴選，是依據在同一領域有威望的，但是和作者無關的科學家，來進行檢查和評判。

審查委員提出文章內容修改的建議之後，退還給投稿者，進行論文修改。之後再度進行論文修改的審查，來來回回產生好幾輪的退退補補，等到論文接受之後，則考慮期刊發表。在審查中，因期刊的不同區分為單盲審查（single-blind reviews）和雙盲審查（double-blind reviews）。單盲

審查就是審查委員知道作者是誰。當然，知道作者是誰，如果是認識的人，難免有了先入為主的觀念，不能客觀的評價一篇文章。所以，有的期刊採取雙盲審查，希望評審委員客觀進行文章的審查。

因此，在冗長的審查程序之中，如何選擇想要投稿和發表的期刊，屬於一個非常複雜的問題。其中可以分為論文評審中（under reviews）、論文修改及重投、論文修改評審中，以及論文接受（accept）／即將發表（in press）階段。

在初審時，同儕審查委員會填寫「審查意見表」，依據期刊論文初稿，提出修正建議。其中結果有拒絕、修改後再審、接受等結果（黃熾森，2009）。

## 一、拒絕：以下為論文拒絕的可能問題

### (一)技術篩選（technical screening）未能通過

1. 本文包含疑似剽竊的內容，或者目前正在他種雜誌中進行審查。或是重新發布相同文章或是部分文章。投稿期刊內含未經許可使用文字或圖片。

2. 本文標題和內容，與之前出版的期刊內容之間，相似性太高（similarity），顯有切割的嫌疑。在兩篇文章中，如果出現了相同的公式、數字以及表格。或是作者刻意隱瞞第一篇文章，第一篇刊出的文章，沒有列在第二篇投稿文章的參考文獻之中，就有可能遭致拒絕，因為缺乏研究的新穎性。

3. 稿件內容不完整：缺乏標題、作者、任職機構（affiliations）、關鍵字、主要文本（main text）、參考文獻以及所有表格和圖形。

4. 英語不佳，不能進入同儕審查過程。

5. 數字不完整或不夠清晰，無法閱讀。

6. 本文不符合期刊格式和作者指南。

7. 參考文獻不完整或非常老舊。

## (二)內容篩選（content screening）未能通過

1. 研究內容不符合期刊目標和範疇。

2. 研究內容不完整，雖然內容討論期刊領域相關發現，但是忽略了更重要的工作。

3. 內容資訊和事實不一致（inconsistencies）：在一篇論文中，幾乎很難不可能有錯誤。因此，同儕評審可以協助挑錯，以改善稿件。因為我們不是運用英文作為母語，所以當我們以英語撰寫論文稿件，即使在語文文法表達上沒有問題，但是要善盡作者求證的義務，不能馬虎，否則也會遭到退稿的命運。

    (1)作者資訊和事實不一致。

    (2)圖說和內容不一致。圖1-12描述了……的特徵（在文章中，只有出現圖1、圖2以及圖3）。

    (3)在過去30年間，太陽能板發電效率產生了很大改變……[50-52]（但是，在論文中只有18篇參考文獻）。

    (4)Lee et al. [10]針對節約用水的行為，在2010年進行了社會規範和環境友善行為因果關係的研究（在引用文獻中，沒有提到Lee等人的參考文獻）。

    (5)Wei et al. [12]針對性別差異和環境行為之間的關係，進行了行為觀察研究（作者在參考文獻中寫了Wei et al.；然而，經查正確的名字應該引用是Lee et al.）。

4. 錯誤資料導致錯誤的研究結果：科學論文應強調正確性。但是，如果手稿中的學術推論有基本錯誤，稿件有可能遭致拒絕。

    (1)研究缺乏明確的對照組，或是缺乏其他比較指標，所以資料分析有嚴重缺陷。

    (2)研究不符合可以重複實驗的程序或方法。

    (3)資料分析不具有統計學意義，或不符合現地研究規範。

5. 內容呈現缺乏邏輯推論：一篇論文應該包含介紹、研究設計、結果、討論以及結論。如果論文在以上段落，討論不同的主題，缺

乏在邏輯思考的一致性，就可能會導致退稿的命運。

⑴這篇文章的文獻探討與研究問題無關。

⑵研究問題與研究設計不一致。

⑶研究結果的呈現沒有緊扣著研究問題。

⑷參數是不合邏輯的，非結構化，甚至於驗證無效。

⑸討論的部分，未基於這篇文章的發現，並與先前研究進行比較。

⑹結論未能在本文其餘部分的基礎上進行證明。

⑺最後實驗數據不支持結論。

⑻在下結論之時，忽略了大部分的引用文獻，這個結論突兀，和文獻的關聯性不高，甚至衝突。

6. 研究結果沉悶無趣。

⑴本文僅為檔案報告的呈現，未能顯現研究的趣味性。

⑵研究問題在研究領域不是特定有趣的主題。

⑶期刊的讀者對這些研究素材及結果不感興趣。

## 二、論文修改及重投（revise and resubmit）

上述的寫作所產生的問題，如果碰到宅心仁厚的審查，若不是給予拒絕，則會給予修正的機會，通常審查會希望作者進行期刊內容大修（major revision），可以趁著論文大修的機會，重新檢視期刊內容是否觸犯了上述的問題，好好的進行文字的撰述和修正，以利重新投稿。這個階段需要好好的寫出審查意見回覆信，並且在修正中，以紅字列出修正內容，並且附上變更內容的對照表。撰寫好了之後，重新上網進入投稿網站，上傳重投修正後的論文（revised manuscript）、審查意見回覆信以及變更內容對照表。

### ㈠審查意見回覆信（responding to editor）

審查意見回覆信內容撰寫的好壞，攸關投稿文章是否能夠被期刊接受。然而，在東西方文化的差異之下，會影響到審查意見回覆信的內容。

由於期刊論文採取同儕審查，所以審查的時候，都是採取高規格的標準，甚至以「雞蛋挑骨頭」的嚴格標準，看待這一份初稿。所以作者要對評審做出的批評給予反應，比如更改文章內容，提供更多的試驗結果，否則的話編輯可能會拒絕該文章。

## (二)變更內容對照表（responding to reviewer）

在修改文章之際，應該列出變更內容的對照表，主要是讓審查委員可以了解到，對於審查意見的回覆以及修正之後，在第幾頁第幾行進行了修正，方便審查委員進行查閱。

在我擔任SCI期刊副主編的工作中，我認為東方學者通常較為含蓄，當審查委員提出不同的意見，或是對於研究理論有所質疑時，在意見回覆中，較為隱晦而含蓄，有時候回覆意見繞了一大圈，不敢直接回覆問題，深怕觸犯了審查委員。此外，東方學者在撰寫文章時，習慣洋洋灑灑地一大篇，但是和研究發現及文章的結論，都沒有關係，造成研究焦點相當模糊（vague）。再加上運用的文字是不熟悉的英文，很容易在回覆意見中，造成辭不達意的問題，產成審查委員的誤解。

但是一篇科學期刊論文，應該說清楚講明白，只要敘述合理、實驗有據，大部分的審查委員是可以接受不同科學意見的。當然，在回覆審查意見中，對於審查委員，應該具備禮貌，回覆的語氣可以和緩，但是針對文章正確論述而被誤解的部分，在立場上一定要鮮明。並提出足夠的證據和文獻來支持敘述。

以下為審查意見回覆信（responding to editor）和變更內容對照表（responding to reviewer）共同寫法的一種範例，這是我常用的一種格式。這一篇期刊在審查委員的建議之下，認定為拒絕，但是期刊主編邀請的客座編輯（guest editor）宅心仁厚，給予大修（major revision）的機會。

說得更清楚一點，當我看了修正意見之後，我認為客座主編（guest editor）喜歡我這一篇文章，雖然有一位審查委員給予負面的評價，但是主編還是發出了修改後再交付審查的決定。在這種情況之下，代表著主編

希望給我一次回覆的機會，藉以修改論文，並且回覆審查意見。

　　經過文章大修之後，我重新撰寫一半的篇幅，進行大幅度的更動。這篇文章經過五次的修正之後，已經被接受，在2016年的《永續科學》（*Sustainability Science*, SCI, SSCI）中刊登。這個範例是說明不管東方和西方的文化差異，針對期刊審查的嚴厲批評，甚至威脅退稿的情形之下，我們都需要耐住性子，一一修正文章，並且進行回應，在回應的態度上，需要不亢不卑，以最誠意的態度，進行文章的修訂。在回覆意見中，如果能讓審查委員因此改變想法，期刊主編就有機會和立場進行接受刊登的決定。所以，在審查意見中應積極地針對問題，簡潔地回覆。相信審查委員，一定會被你的誠意所打動。

　　在審查內容中，包括三個部分，分別是文章重點摘要、提出關鍵問題、整體評價和建議。在論文初審當中，審查委員對我的論文，提出詳細的問題。因為對於文章的疑慮不只一項，所以以條列式的說明方式，讓我更清楚了解審查委員的疑問。此外，審查委員針對文章中的錯落字，對於數據的疑慮，還有在引用的文章列表中的文章內容，是否有引用上的缺失？是否張冠李戴？都提出糾正意見。

　　在此我不揣譾陋，列出上述內容的審查意見全文、審查意見回覆信以及變更內容對照表，主要是讓你看出撰寫的格式以及回覆意見的方法，而不是希望讓你看出我在初稿寫作時的種種缺陷，因為有一點自曝其短。這些文字上的鍛鍊和寫作技巧，需要多加以琢磨。因為我們畢竟不是英語系國家的學者，在英文上的陳述，自然有我們的缺失，但是只要勤能補拙，一心一意在期刊文章的字句上，以撰寫字字珠璣的方式，進行文章的雕琢，鉅細靡遺地回覆每一個細節。在回覆審查意見時，可以更清楚的讓審查委員在重新審查時，看到修改之後的文章和回應，並且展現我們希望發表文章的決心和毅力，相信一定會成功的。以下列出回覆意見時應該注意的事項。

　　以下文字，粗體字是我所加的，是針對重點進行強調。

**Sustainability Science**

**Ref.: Ms. No. SUST-D-14-00148**

**Title: Atayal's Identification of Sustainability: Traditional Ecological Knowledge and Indigenous Science of a Hunting Culture**

Reply to Reviewers of their Comments and Suggestions from Authors

Dear Chief Editors,

We are extremely grateful for the careful and professional reading that the reviewers have given our paper. We have taken their suggestions and criticisms to heart, and believe that the result is a significant improvement upon the original manuscript. All comments had been responded to reply from all suggestions as follows one by one. The following revisions in the manuscript are marked in red color. In addition, eight cited references were added in the manuscript as #1 reviewer's suggestion.

Guest editor's comments:

While the reviewer's have recommended a range of recommendations from major revisions to reject and resubmit, I find that reviewer 1 provides the clearest critique of the paper and as guest editor I am recommending reject and resubmit. The quality of the paper is currently not at a standard that would merit publication. If the authors are able to address the significant issues raised by the reviewers in the time allotted, then I would reconsider the paper for publication in the special edition.

In responding to the reviewers' comments, please focus on these particular points:

| Main concerns: | 1. The primary concern expressed by both reviewers and the guest editor is with the poor quality of English employed in the paper. I would recommend working with a reviewer who can assist with English grammar. |
|---|---|
| Reply | We have worked with a native English speaking writer who has been assisted with our English grammar. |
| Revised lines code | -- |

| Main concerns: | 2. Both reviewers also express concern about the language used to describe the Aboriginal communities described in the paper. Characterizing people as 'witches/wizards'; their beliefs as 'superstitious', and society as 'primitive' are outdated and considered by many as offensive. Please consider revising these terms. |
|---|---|
| Reply | We have carefully re-edited the languages, and removed these offensive terms with new revisions. We apologized for these misused terms. |
| Revised lines code | -- |

| Main concerns: | Reviewer 1 provides clear feedback regarding revisions for this paper and I would recommend utilizing these extensively for your revision. |
|---|---|
| Reply | Thanks for your valuable and distinguished comments. |
| Revised lines code | -- |

| Main concerns: | As reviewer 2 notes, a map showing the homeland of the peoples described in your article would be helpful. |
|---|---|
| Reply | Thanks for your valuable and distinguished comments. |
| Revised lines code | FIGURE (page 17). |

Reviewer #1:

| | |
|---|---|
| Main concerns: | This paper certainly fills a gap in the literature regarding Asia-based indigenous populations, and attempts to contribute to a growing literature on Traditional Ecological Knowledge. I would not recommend publication at this time, and my concerns are fourfold: editing for clarity, deeper engagement with the existing literature on TEK and Indigenous epistemologies, a better articulation of the methods used to "jointly construct" the results, and a re-structuring of the results and discussion so that the readers can better understand how this research is contributing to the literature. |
| Reply | Thanks for your valuable and distinguished comments. We have re-edited our manuscript for your concerns: (1)editing for clarity, (2) deeper engagement with the existing literature on TEK and Indigenous epistemologies, (3) a better articulation of the methods used to "jointly construct" the results, (4) and a re-structuring of the results and discussion. |
| Revised lines code | ABSTRACT section, INTRODUCTION section, LITERATURE REVIEW section (Research on Taiwanese Indigenous Peoples), METHODS AND MATERIALS section, RESULTS AND DISCUSSIONS section (*Gaga* System for Constructing TEK and Indigenous Science; Evoking Atayal's Identification of Sustainability) (page 1, line 10 through line 15; line 31 through 44; page 2, line 3 through line 4; line 14 through line 42; page 4, line 40 through page 5, line 3; page 5, line 17 through line 19; page 5, line 24 through page 6, line 15; page 8, line 13 through line 23; page 11, line 15 through line 23; page 12, line 5 through line 11; page 12, line 43 through line 46. |

| | |
|---|---|
| Main concerns: | My first reservation is that the paper on the whole needs serious editing so that the author's points come across clearly; it seems that the author(s) are not a native English speaker? I apologize if that is an incorrect assumption, but that is the impression I'm getting with the writing. Sentences need to be severely edited and concepts more fully unpacked; |

第七章 期刊論文投稿分析

| Reply | Thanks for your valuable and distinguished comments. We have worked with a native English speaking writer who has been assisted with our English grammar. |
|---|---|
| Revised lines code | -- |

| Main concerns: | for example, on page 3 one paragraph begins with this mega-sentence: "When mainstream society introspectively examines the social roots that have caused the environmental crisis, sentimental public opinion has often blamed the operation mode and values of mainstream society, and has actively sought other values of diverse cultures, in hopes of finding other possible solutions to the problem, such as the indigenous people (Liebersohn 1994; Nadasdy 2005), philosophy, and religion of oriental cultures (e.g., Buddhism and Taoism)(Girardot et al. 2001; Sofield and Li 2011; Tucker and Willams 1997), and other values, which have been overly romanticized in these cultures." The usual rule I go by is that a sentence should be no longer than 3 lines visually, or the reader will lose you; this sentence broaches 8 full lines, and many of its phrases are not really understandable. The sentence is very repetitive and could be rephrased thus: "Western societies blame themselves for the current environmental crisis, but the literature discusses how the "solution" has been to romanticize the peoples and practices of indigenous society and those of oriental religion and philosophy (e.g., Buddhism and Taoism)." |
|---|---|
| Reply | Thanks for your valuable and distinguished comments. We have removed original redundant statements and revised this for a new statement. |
| Revised lines code | INTRODUCTION section (page 2, line 14 through line 18) |

| Main concerns: | Later, on page 5 research questions are presented, but again needs editing and unpacking to make better sense: "However, whether the indigenous community maintains a natural interaction balance because of the effect of traditional ecological knowledge and norms or because of the past tribal life and hunting modes is worth exploring. As the tribal population decreases, less stress is placed on the ecological environment; how long can the ecological environment in the |
|---|---|

mountains of Taiwan sustain a complete state?" So what is "a natural interaction balance" as discussed in the literature? What is a "complete state"? What literature are you getting these research questions from? Usually, research questions are based on a review of the literature, and it does not seem that these questions (coming from a perspective of conservation biology?), does not match up with the literature engaged with earlier in the paper, about indigenous epistemologies. If the authors were really "jointly" producing this paper, wouldn't some of the research questions come from the community's perspective? I do not see how the literature thus cited is connected to the research questions that these sentences seem to represent.

| | |
|---|---|
| Reply | We have removed some vague terms, and added three references, such as Wilkie and Carpenter (1999), Smith (2005), and Takakura (2012). We highlighted our research questions based on the aforementioned literatures coming from a perspective of conservation biology and restoration ecology. Some questions were collected from a "jointly" producing in our manuscript. We also highlighted our research questions come from the community's perspective in terms of self-restraint to "our known nature" and the specification of ancestral spirits from "our unknown nature" (Utux and Gaga). |
| Revised lines code | INTRODUCTION section (page 2, line 19 through line 42) LITERATURE REVIEW section (Research on Taiwanese Indigenous Peoples)(page 4, line 40 through line 46) |

| | |
|---|---|
| Main concerns: | This is also why I suggest that the methods of this paper need to be much better explained; better models of explaining methods are provided in the citations listed below. Starting line 42 of page 3, the authors describe their methods as "this study performed various sampling interviews and analyses⋯" and I don't understand what that means in terms of how the sample of interviewees was selected. The author(s) are encouraged to more fully engage with the literature they present, rather than assume that the reader has also read all the same texts. In other words, if you are drawing on a concept from another paper, such as navigating "across academic and indigenous terrains" (line 32, pg 3), you need to explain what those authors argued to justify your use of that theory to build your data set. The methodology |

section, which is currently part of a paragraph on this third page, is not adequately explained. How many interviews? Over what time frame? Who was interviewed? What was asked? How exactly was analysis conducted to jointly construct "cultural meanings"? You don't need to show all your interview questions, but you need to give an example or two.

| Reply | Thanks for your valuable and distinguished comments. We have tried to reply and indicated in our manuscript as follows. |

1. We removed this vague statement: "this study performed various sampling interviews and analyses⋯"

2. We re-examined the theory concerning"posthuman" (more-than-human) from Watson and Huntington (2014), and re-built and re-organized our data set and theory.

3. About the methodology section, we added a new section of Methods and Materials to discuss our selections of interviewers, followed the concept "Triangulation 2.0" (Denzin 2012) to inspire dialogic democracy as follows:

(1) How many interviews? Answer: 8 people

(2) Over what time frame? Answer: May 2012 to May 2014

(3) Who was interviewed? Answer: Seven male Atayal (average age 51 ± 10) aged from 41 to 65 and one male Han Chinese. They were: 1) S13827, male Atayal, aged 42 years, the founder of local development associations, a local ecological guide, and a cultural guide with hunting experience; 2) L14329, male Atayal, aged 58 years, retired with hunting experience; 3) F14329, male Atayal, aged 52 years, founder of the Association for Aboriginal Culture and Education Development with less hunting experience; 4) C14427, male Atayal, aged 41 years, building porter with hunting experience; 5) W14427, male Atayal, aged 40 years, beer shipper with hunting experience; 6) Y14511, male Atayal, aged 65 years, retired teacher and tribe elder with hunting knowledge but less hunting experience; 7) K14614, male Atayal, aged 57 years, local officer and researcherof Atayal cultural identity; and 8) B12507, male Han Chinese, aged 45 years, youth leader for aboriginal accompanying hunting. We worked as partners to "decolonize"

research relationships between the Han Chinese and Indigenous peoples.

(4) What was asked? Answer: We asked these participants about three topics: (1) hunting knowledge and habits, (2) Atayal cultural heritage of hunting methods, and (3) linkages among Atayal hunting culture, identity, and experiences. From hunting knowledge and habits, for example, if they had experience with "hunting animals/fish", we asked: "Which way would be used for hunting? Which traps will you use for different animals? Which ways do you hunt for fish? How can you be sure that you can catch fish the next time?"

(5) How exactly was analysis conducted to jointly construct "cultural meanings"? Answer: To confirm the consistency of the final results, we used interviewer triangulation to avoid any potential bias inherent with one person to ensure reliability from other persons by a "narrative discourse" (Denzin, 2012). We, thus, found results that fit into our theoretical concept to jointly construct "cultural meanings". In order to paint a realistic picture from various interviewees to test their reality, we took photographs, reviewed government records (quantitative data), and complemented the "cross-cultural survey" (interview data) from "the one" (I) with "others" (we) and "the others" (they). .

| Revised lines code | INTRODUCTION section (page 1, line 31 through line 44) |
|---|---|
| | INTRODUCTION section (page 2, line 3 through line 4) |
| | INTRODUCTION section (page 2, line 14 through line 42) |
| | METHODS AND MATERIALS section (page 5, line 17 through line 19) |
| | METHODS AND MATERIALS section (page 5, line 24 through page 6, line 15) |

| Main concerns: | Same with your process of analysis. Demonstrate how the knowledge of this paper was "jointly constructed" through explaining the procedure—it is okay if it was iterative (in fact I would imagine to jointly construct would require multiple reviews/discussions with community members). But the author(s) do not explain whether this is the case; instead, what comes next is a high-level narrative of the state |

of knowledge of East Asian indigenous peoples, and this precedes the presentation of the research questions on pg 5. There is also a short revisit to methods in a paragraph on page 7, using the phrase "and performance in history texts and real-life situations." What is that? All methods should be talked about in one section, and usually AFTER your research questions—because after all, the research questions often determine what kind of data is collected, and how it is collected.

| | |
|---|---|
| Reply | 1. Watson and Huntington (2008) also presented an approach to collect an "assemblage of actors" by narrative stories embedded in the places and practices of hunting. They changed their first-person points of view to describe how knowledge of one hunting event becomes delineated. Based on these Indigenous learning methods, this study engaged in dialogue and analyses from a joint construction of cultural meanings from Indigenous participants and rights-holders such as officers, tribal leaders, and local hunters.<br><br>2. When we interviewed a person, we saw, felt, touched, and solicitously asked him/her to introduce other people we should meet in relating to or involving iteration, especially of a social and/or family network, with the first interviewer, second interviewer, third interviewer, etc. Some multiple reviews/discussions with community members were carried out in this survey. We followed the concept "Triangulation 2.0", i.e., "research is an interactive process shaped by the personal history, biography, gender, social class, race, and ethnicity of the people in the setting" (Denzin 2012). Denzin (2012) criticized how narratives or stories we reproduce from specific storytelling traditions are often defined as paradigms from naive postpositivism only in an evidence-based way. We, therefore, tried to be very careful to inspire dialogic democracy and tried not to arbitrarily rephrase Indigenous dialogues.<br><br>3. We removed vague terms of "and performance in history texts and real-life situations".<br><br>4. We rephrased our research questions based on our literature reviews coming from a perspective of Indigenous sustainable hunting (Wilkie and Carpenter (1999), Smith (2005), and Takakura (2012)). |

| | |
|---|---|
| | 5. Based on the question, we added in sequence by a section of Methods and Materials. |
| Revised lines code | LITERATURE REVIEW section (Research on Taiwanese Indigenous Peoples)(page 4, line 40 through line 46; page 5, line 1 through line 3) METHODS AND MATERIALS section (page 5, line 5 through page 5, line 46; page 6, line 1 through line 15) |

| | |
|---|---|
| Main concerns: | Conceptually, the paper needs deeper engagement with the existing literature. For example, is "mainstream society" one that is "Western" or "modern" in the way they think? Even in the Asian context? Because usually the contrast with Traditional Ecological Knowledge has been with those more specific terms—to that end, the author(s) are encouraged to not only engage more with the definitions presented in the literature they already cite, but to also refer to Watson and Huntington (2008) or Huntington and Watson (2013) to better link with more literatures specific to Indigenous and non-Indigenous epistemologies expressed through hunting. I would suggest to avoid the multiple paragraphs in the beginning critiquing how indigenous peoples are romanticized (or cut it to a sentence like I suggested above!), and instead explain the insights from these other literatures that actually engage more with Traditional Ecological Knowledge and who have indigenous peoples as authors and co-authors. Many of the article's citations list some great papers, but there is little discussion of the insights of these papers and how they relate to the author(s) research on(?)/with(?) the Atayal. |
| Reply | 1. We have referred to the concepts from cited Watson and Huntington (2008) and Huntington and Watson (2013), and deeply explain the insights from other literatures that actually engage more with Traditional Ecological Knowledge (TEK). 2. We used a more accurate term "Western" instead of "mainstream" to represent the society. |
| Revised lines code | INTRODUCTION section (page 1, line 37 through line 44) METHODS AND MATERIALS section (page 5, line 17 through line 19) |

| | RESULTS AND DISCUSSIONS section (Gaga System for Constructing TEK and Indigenous Science; Evoking Atayal's Identification of Sustainability)(page 11, line 15 through line 23; page 12, line 5 through line 11) |
|---|---|
| Main concerns: | Indeed, the structure of the results does not seem to be "jointly produced"—or even structured to answer the research questions. It rather reads like any ethnographic account from times long ago. The author(s) report on things like "hunting method" and "seasons" and "rituals and taboos" in very general terms, with not enough quotes from their work with these peoples. Yet there are some really interesting practices embedded in these overall descriptions of cultural practices, like the practice of "planting fish" (p 9). Examples like this provide evidence of a worldview that leads to sustainable practices on the landscape. Why not structure the results to actually better highlight these practices? What can we learn from this hunting society?—this should be the question that drives your results narrative. And try to highlight which of the ideas in the analysis are "jointly produced". I also do not understand the logic of the "Implications" section—isn't that information part of the results that report practices of hunting/gathering? |
| Reply | 1. We have reorganized the section by enough quotes from their work with our eight interviewers (seven male Atayal (average age 51 ± 10), and one male Han Chinese) for "hunting method", "seasons", and "rituals and taboos".<br>2. We have highlighted some practices from Respondents L14329, such as "planting fish" for the case study in sustainable practices.<br>3. We rephrase the statement so that it is clear to represent the Section of the results that report practices of hunting/gathering, such as "Evoking Atayal's Identification of Sustainability". |
| Revised lines code | ABSTRACT section (page 1, line 11 through line 14)<br>INTRODUCTION section (page 5, line 2 through line 3)<br>METHODS AND MATERIALS section (page 6, line 9 through line 15) |

| | RESULTS AND DISCUSSIONS section (Sustainability and Scientific Nature of Hunting Culture; Evoking Atayal's Identification of Sustainability)(page 7 line 1 through 13; page 8, line 13 through line 23; page 9, line 7 through line 11; page 9, line 22 through line 24; page 10, line 11 through line 20; page 11 , line 30) |
| --- | --- |

| Main concerns: | So I had much hope for this paper, given the gap in the literature. And it seems that the author(s) collected some interesting data about the Atayal, and have a great story to tell. The practices they report fits well with the existing literature, but the author(s) need to revise and edit this work to better show how their research advances or builds upon this existing literature. |
| --- | --- |
| Reply | We have revised and re-edited our work to better polish our manuscript from existing building-upon literature. |
| Revised lines code | -- |

| Main concerns: | Works cited<br>Watson, A. and O. Huntington. 2014. "Transgressions of the Man on the Moon: climate change, Indigenous expertise, and the posthumanist ethics of place and space," GeoJournal 79(6): 721-736.<br>Watson, A. and O. Huntington. 2008. "They're here—I can feel them: the epistemic spaces of Indigenous and Western Knowledges," Social and Cultural Geography 9 (3), 257-281. |
| --- | --- |
| Reply | We have referred to the concepts from cited Watson and Huntington (2008) and Huntington and Watson (2013) |
| Revised lines code | -- |

## Reviewer #3

| Main concerns: | *This manuscript deals with a little-known indigenous group and its concepts of ecological knowledge, moral rules and faith - the topic is of interest. |
| --- | --- |
| Reply | Thanks for your valuable and distinguished comments. |
| Revised lines code | -- |

| Main concerns: | * In cases the argument was difficult to flow due to the English - the meaning of several passages were unclear. A thorough editing involving the authors is needed (so that the editor does not misconstrue meaning). |
|---|---|
| Reply | We have worked with a native English speaking writer who has been assisted with our English grammar. |
| Revised lines code | -- |

| Main concerns: | * The terminology used at several points seems culturally loaded and dated (e.g., characterizing people as 'witches/wizards'; their beliefs as 'superstitious', and society as 'primitive'). |
|---|---|
| Reply | We have carefully re-edited the languages, and removed these offensive terms as well as removed an entire statement with new revisions. We apologized for these misused terms. |
| Revised lines code | RESULTS AND DISCUSSIONS section (Sustainability and Scientific Nature of Hunting Culture; Evoking Atayal's Identification of Sustainability)(page 8, line 26 through line 37, indicated in a new statement and carefully cited Tylor (1871) from his notions, but removed his 'primitive' term as well as other loaded and dated terms) |

| Main concerns: | * The goal of explaining the traditional concepts of Gaga, and Utux is partially successful (but hindered by the rough English). Drawing on an international literature and applying frameworks for conceptualizing traditional ecological knowledge to interrogate Gaga and Utux is one of the strengths of the article. |
|---|---|
| Reply | The rough English has been improved. A framework has been applied to interrogate Gaga and Utux. |
| Revised lines code | -- |

| Main concerns: | * Are the Atayal 'stake-holders' or 'rights-holders'? (page 4/line48). Many indigenous groups consider themselves more than 'stake-holders' and resist that terminology, but this may not be the case for the Atayal. |
|---|---|

| Reply | The Atayal are considered themselves as "rights-holders". |
|---|---|
| Revised lines code | ABSTRACT section (page 1, line 13) <br> LITERATURE REVIEW section (Research on Taiwanese Indigenous Peoples)(page 5, line 3) <br> METHODS AND MATERIALS section (page 5, line 22 through line 23) <br> ACKNOWLEDGMENTS section (page 13, line 14) |

| Main concerns: | * Is this a gender-specific study? The article makes generalizations about the Atayal culture, but in some places suggests that it is only dealing with the male sector of this culture (e.g. p.5/ line 35). This should be explicated clearly, not left implicit. |
|---|---|
| Reply | This is a gender-specific study to dealing with the male sector of this culture. |
| Revised lines code | LITERATURE REVIEW section (Research on Taiwanese Indigenous Peoples)(page 4, line 40 through line 42) <br> METHODS AND MATERIALS section (page 5, line 35 through line 46) |

| Main concerns: | * Several phrases need explanation (e.g. 'complete state' of 'ecological environment [4/42]; 'class interactive structure of traditional ecological knowledge and management systems [6/29], 'developed life applications in response to environmental changes' [8/13], etc.) Again, these problems might be solved by a careful editing of the language of the manuscript. |
|---|---|
| Reply | We removed some vague terms, and added new edition for the language problems of the manuscript. |
| Revised lines code | LITERATURE REVIEW section <br> METHODS AND MATERIALS section |

| Main concerns: | * A location map would be useful. |
|---|---|
| Reply | We added a location map for this manuscript. |
| Revised lines code | See Fig. 1 in page 17. |

## 三、論文接受（accept）／即將發表（in press）

在期刊初稿經過修訂，經過論文再度審查、意見回覆之後，期刊論文主編會依據同儕審查者的意見，給予論文接受（accept）。文章被接受之後，開始進入出版階段（production process）。

### ㈠進行完稿格式設定

期刊文字編輯會挑出一些小錯誤，需要我們在三天時間之內，確認這些地方是否進行清稿確認（proof reading）。

### ㈡清稿

完成清稿確認之後，文字編輯又會寄來一封郵件，確認其中一處修改。等到全部文章修改完成之後，文字編輯會再給通訊作者或是全部作者，進行最後一次確認。

### ㈢出版大樣（early view）

出版大樣（early view）已經是即將發表（in press）的階段。當審查文章被接受之後，如果在排版上不太困難或是沒有發現錯誤，差不多一個月就可以產生出版大樣。但是，在這個階段，需要等候刊登的時間，如果是紙本論文，等候期可能要排上一年，才會進入期刊的編目排定，也就是編定正式出刊的卷數、期數以及列出頁碼，正式印行紙本期刊。

## 四、收費問題

某些紙本期刊，過去可能會針對彩色圖樣收取彩色印刷的費用，但是這種情形隨著紙本期刊發行量的下降而逐漸減少。此外，如果你投稿的期刊，屬於開放獲取（open access）期刊，則可能會收取文章刊登費（article processing charge, APC），一般由作者、所在機構或是補助單位負擔。所以，在投稿時通訊作者應留意網站中的，對於期刊刊登之後的收費要求，這方面的資訊，在網站上都是公開透明的。

目前開放獲取的期刊越來越多，但是也有專門以營利為目的的開放獲取期刊。應該積極了解開放獲取（open access）期刊的真偽，維護期刊出

版的高規格標準。

在國外期刊網站中，列出相關英文編輯協助的機構（English editing services），有推薦的，平均每頁約8美金。此外，目前在國內也有相關的英文論文編輯及修改的編修公司。這些服務可以提供非英語系國家投稿作者在論文潤色的編輯服務，包括協助期刊論文中的英語修改，讓專業期刊英文用語的論述更爲清楚，有助於期刊主編、副主編以及審稿委員清楚了解你辛苦耕耘的研究成果，並且提高期刊論文的接受率。

# 小結

投稿期刊是學術界每一位學者都會經歷的過程。對於博士班學生來說，許多年輕學者，都是從和教授們共同撰寫文章開始，進行這一條學術發表的孤獨旅程。但是，即使在博士班期間，有機會以第一作者的身分投稿期刊，但是對於投稿的流程，也很可能是通過指導教授協助處理。因此，很多年輕學者，都是到了取得博士學位之後，當上助理教授，甚至當上了科技部研究計畫主持人（principal investigator, PI），才眞正的有機會獨自處理學術投稿的流程。由於科技部計畫完成之後，需要撰寫期刊論文，在期刊撰述中，除了單一作者（single author）之外，通常還有共同作者（co-authors）。萬一研究計畫主持人，剛好是對於研究貢獻最多的人員，他可以同時擔任研究的第一作者與通訊作者。

我的心得是，通常在回覆意見的時候，同時擔任第一作者（first author）兼通訊作者（corresponding author）是最孤獨的。爲了學校升等，許多學校要求助理教授／副教授升等成爲副教授／教授之前，一定要有一篇到數篇第一作者兼通訊作者的代表作，以作爲升等作品。在投稿中，通訊作者（corresponding author）肩負起期刊刊登的責任。如果，第一作者和通訊作者不同，則需要同心協力，定期討論期刊投稿的方式、審

查進度、評估期刊接受的模式。所以，整理本章投稿期刊的評估方式，可分為下列需要探討的面向。

1. 期刊的影響係數（impact factor, IF）：期刊是否被資料庫進行索引（indexing）等情況，這些索引是不是被學校所承認。

2. 期刊的出刊頻率：是否為週刊、雙週刊、月刊、半年刊等，並且留心是否存在著反饋較快以及出刊時間較為頻繁的期刊。因為出刊頻率越久，接受之後，排隊等待刊出時間越晚。

3. 是否為開放獲取（open access）：如果你經費較為充裕，可以考慮投稿開放獲取的期刊，或是需要較高發表費用的期刊，這些期刊的影響係數較高，同時接受期刊的比例也較高。

在選擇所要投稿的期刊之際，投稿者應先了解目標期刊的宗旨和收錄範疇（aims and scope）、主要讀者群（readership），並且思考何者對自己而言是最重要的因素。其次需要評估投稿文章的創新性（novelty）、相關性（relevance）以及內容的實用性（appeal）。所以在策略上，應該定期認真研究期刊網站，考慮編輯和讀者群對於哪些題材感到興趣，並且從期刊清單上，選擇要投稿的目標期刊。根據本章的標準，將期刊清單進行縮減，依據你要刊登期刊的具體需求，進行期刊投稿的排序。至此，通訊作者就可以開始撰寫投稿信，並且準備投稿的工作了。

## 關鍵字詞（Keywords）

| | |
|---|---|
| 論文接受（accept） | 任職機構（affiliations） |
| 宗旨和收錄範疇（aims and scope） | 文章刊登費（article processing charge, APC） |
| 文章形式（article type） | 副主編（associate editor, AE） |
| 書評（book review） | 臨床病例研究（clinical case study） |
| 臨床試驗（clinical trial） | 利益衝突（conflict of interest） |

| | |
|---|---|
| 內容篩選（content screening） | 雙盲審查（double-blind reviews） |
| 出版大樣（early view） | 主編（editor-in-chief） |
| 議論文（essay） | 前沿研究（frontier research） |
| 客座編輯（guest editor） | 影響係數（impact factor, IF） |
| 即將發表（in press） | 作者指南（instructions for authors） |
| 互為主體（intersubjectivity） | 夢幻期刊（journals for dreams-come-true） |
| 習得無助（learned helplessness） | 退稿函（letter of rejection） |
| 文獻回顧（literature review） | 主要文本（main text） |
| 大修（major revision） | 統合分析（meta analysis） |
| 投稿須知（notes for contributors） | 開放獲取（open access） |
| 評述觀點（opinion） | 原創性研究（original research） |
| 同儕審查（peer review） | 潛在讀者（potential readers） |
| 一次文獻（primary literature） | 計畫主持人（principal investigator, PI） |
| 清稿確認（proof reading） | 發表生產線（publication pipeline） |
| 發表生產力（publication productivity） | 讀者群（readership） |
| 未經審稿而逕行退稿（rejection without being reviewed） | 審查意見回覆信（responding to editor） |
| 變更內容對照表（responding to reviewer） | 學術評論（review article） |
| 審查委員（reviewer; referee） | 論文修改及重投（revise and resubmit） |
| 縮簡標題（running header） | 二次文獻（secondary literature） |
| 單一作者（single author） | 單盲審查（single-blind reviews） |

| | |
|---|---|
| 網路投稿（submit online） | 論文投稿（submitting manuscript） |
| 系統回顧（systematic review） | 目標讀者（target readers） |
| 技術篩選（technical screening） | 目的論解釋（teleological explanation） |
| 扉頁（title page） | 論文評審中（under review） |
| 潛規則（unspoken rules） | |

# 第八章
# 論文期刊評估與影響

In terms of truth and knowledge, anyone in authority, is bound to collapse in god laugh!

在眞理和認識方面，任何以權威者自居的人，必將在上帝的戲笑中垮臺！

—— 愛因斯坦 Albert Einstein, 1879-1955

## 學習焦點

在撰寫期刊的時候，了解期刊索引和期刊影響係數，是從事研究的基礎工作。本章依據《烏利希期刊指南》，了解二百多個國家，共計出版了四十多萬種的期刊，其中有四萬七千多種同儕評審期刊，目前一萬一千多種自然科學和社會科學種類的期刊，已經納入「科學指標網域」（Web of Science indexes），採用影響係數進行計算。在全球發行的期刊之中，下列五大出版集團所出版的期刊資料庫，囊括全球一半的期刊文章。例如，愛思唯爾（Reed-Elsevier）、施普林格（Springer）、布萊克威爾（Wiley-Blackwell）、法蘭西斯（Taylor & Francis）以及賽矩（Sage）等出版集團。這些期刊，通過嚴格的審查過程。收錄國際學者的論文。近年來，隨著網際網路興盛，學術網站已經容納了數百萬篇研究，在網路空間中，將人類知識體系透過網路空間進行串連。雖然紙本印刷的期刊逐漸式微，利用網路進行數位典藏，成爲時代的趨勢。

# 第一節 期刊索引

　　在正式投稿之前，需要進行期刊的索引評估。最主要是從學術期刊的資料庫中，通過網際網路的檢索，閱讀在知名學術期刊中刊載的研究論文，研究期刊發表的脈絡和趨勢，以掌握最新的學術進展。此外，我們也要設法將自己最新的研究成果進行撰寫，發表在這些學術期刊中，分享給全世界的同儕，以促成學術上的進步。那麼，全世界究竟有多少種期刊呢？以下進行說明。

## 一、期刊概況

　　依據《烏利希期刊指南》（*Ulrich's Periodicals Directory*）的全球期刊數量統計，目前收錄了二百多個國家的四十萬種以上的期刊，其中同儕審查（peer review）期刊只占十分之一，共有47,414種期刊。收錄刊物包括刊名、主辦單位、創刊日期、刊期、價格、編者、出版者、出版地、URL網址、發行量、杜威和國會圖書館分類號、國際標準刊號（ISSN）等，並指明被哪些索引收錄。以下是《烏利希期刊指南》的統計數據：

(一)期刊種類：403,241種期刊（2015年增加 7693種，增長率為1.95%）

(二)出版商：105,742個出版商（2015年增加1001種，增長率為1.0%）。

(三)同儕評審期刊：47,414種同儕評審期刊（2015年增加3427種，增長率為7.8%），其中綜合性期刊，包含了《自然》、《科學》、《自然通訊》、《美國國家科學院院刊》、《科學報告》、《公共科學圖書館》等著名期刊。

(四)開放獲取（open access）期刊：10,476種開放獲取（open access）期刊（2015年增加655種，增長率為6.7%），其中開放獲取綜合性期刊，包含了《自然通訊》、《科學報告》、《公共科學圖書館》等著名期刊。

(五)僅發行電子版本的期刊：24,825種僅提供電子版本的刊物（2015年增

長2,043種，增長率為9.0%），其中僅發行電子版本的綜合性期刊，包含了《自然通訊》、《科學報告》、《公共科學圖書館》等著名期刊，請參閱表8-1。

表8-1 國際知名綜合性期刊

| 期刊名稱 | 期刊中文名稱 | 首期出版時間 | 2016年影響係數（impact factor, IF） | 免費開放獲取（open access） |
|---|---|---|---|---|
| *Nature* | 《自然》 | 1869年 | 38.138 | 沒有 |
| *Science* | 《科學》 | 1880年 | 33.611 | 沒有 |
| *Nature Communications* | 《自然通訊》 | 2010年 | 11.47 | 免費開放 |
| *Proceedings of the National Academy of Sciences (PNAS)* | 《美國國家科學院院刊》 | 1914年 | 9.674 | 出版六個月之後，開放一部分 |
| *Scientific Reports* | 《科學報告》 | 2011年 | 5.578 | 免費開放 |
| *PLOS ONE* | 《公共科學圖書館》 | 2006年 | 3.234 | 免費開放 |
| *Proceedings of the Royal Society A* | 《皇家學會報告A》 | 1800年 | 2.192 | 出版兩年之後，開放一部分 |
| *Philosophical Transactions of the Royal Society A* | 《皇家學會哲學通訊A》 | 1665年 | 2.147 | 出版兩年之後，開放一部分 |

備註：《皇家學會哲學通訊》首度出版於1665年，後來一種刊物分成好幾種刊物，《皇家學會哲學通訊A》主要是綜合刊物，開始出版於1905年。《皇家學會報告》首度出版於1800年，後來一種刊物也分成好幾種刊物出版，《皇家學會報告A》主要是綜合刊物，開始出版於1905年。

截至2016年，《烏利希期刊指南》共統計有403,241種期刊，其中的47,414種為同儕審查期刊，共有105,742個出版商出版期刊。如果我們回顧2007年，當年《烏利希期刊指南》收錄56,886種期刊，其中的23,588種為同儕審查期刊。共有9,883家出版商，我們進行以下分析。期刊發展

是以倍數比例增加，在不到十年之間，同儕審查期刊擴增了兩倍，如表8-2。

表8-2 《烏利希期刊指南》的期刊總量和出版商成長趨勢

| | 期刊<br>(A) | 同儕審查期刊<br>(B) | 出版商<br>(C) | 平均出版同儕審查<br>期刊種數（B/C） |
|---|---|---|---|---|
| 2007年(D) | 56,886種 | 23,588種 | 9,883家 | 2.4種 |
| 2016年(E) | 403,241種 | 47,414種 | 105,742家 | 0.44種 |
| 增幅 [(E-D)/D]% | 608% | 101% | 969% | |

## 二、五大期刊出版集團

《公共科學圖書館》期刊（PLOS）曾經有一個研究，在2014年的「科學網域」（Web of Science）索引中搜索4,500萬篇期刊論文。顯示了愛思唯爾（Reed-Elsevier）、施普林格（Springer）、布萊克威爾（Wiley-Blackwell）、法蘭西斯（Taylor&Francis），以及賽矩（Sage）等五大出版集團旗下的同儕審查文章中，共計出版了全世界超過一半的學術論文，其中五大出版集團囊括了全球期刊的發表比例，依序為化學（71%）、心理學（71%）、社會科學（66%）、臨床醫學（58%）、工程（55%）、地球／太空（54%）、公衛（54%）、生物（51%）、數學（50%）、生物醫學（42%）、物理（36%）以及人文（21%）期刊的發表。

當第一本科學期刊《皇家學會哲學通訊》在1665年出版時，科學家認為自己的研究在期刊中發表，是宣揚新發現的一種方法。科學家專注於研究工作；出版商則負責排版、印刷以及發行。當數以萬計的學術期刊，組成了一個巨大的資料庫，期刊成了人類探索未知新知識的龐大載具。

到了1973年，五大出版社控制全球20%的科學期刊論文發表，但是到了2006年，這個數字已經飆升到50%。隨著網際網路出現之後，科學家開始質疑大型出版集團，是否仍然是有必要存在的，以及這些出版集團，是

否眞的應該享有這麼大的權力。愛思唯爾是其中規模最大的公司之一，在2014年上半年的科學、醫療和技術期刊總收入爲15億美元。加拿大蒙特里爾大學拉里維耶爾認爲，年輕的研究人員需要在著名的期刊上發表文章，以獲得終身任期，而資深的研究人員需要這樣做才能保持他們的研究計畫補助（Larivière, Haustein, and Mongeon, 2015）。

「但是，我們需要出版商做什麼？」拉里維耶爾等人寫道。

「他們提供什麼，對於科學界來說是如此重要？我們爲何集體同意將越來越大比例的大學預算用於購買期刊的預算上面？」這個問題的答案，隨著廣大研究人員孜孜不倦的追求期刊發表，將研究成果以學術論文的形式，發表在正規的學術期刊上，越來越白熱化。

## 三、西文引文資料庫

如果你在國外獲得博士學位，拿到學位之後，想要回到臺灣找到工作，或是你現在正在讀國內的研究所，以後想在臺灣的大學任教，那你一定需要了解什麼是引文資料庫。因爲，過去臺灣高等教育評鑑對於SCI、SSCI、Ei、AH&I資料庫的重視，已經到了相當推崇引文資料庫的境界。2003年，教育部採用Science Citation Index（SCI）、Social Science Citation Index（SSCI）以及Engineering Index（Ei），來評估國內公私立大專院校的學術表現，將三個資料庫收錄的論文數，依據各校分別加總並且排序，藉此作爲評鑑學校學術成果的量化指標（陳光華，2009）。如果，將研究成果以學術論文的形式發表，是科學研究最重要的環節之一。那麼，爲什麼亞洲學界，普遍重視SCI、SSCI的期刊呢？以下介紹SCI、SSCI、Ei、AH&I、Scopus的資料庫。

### (一)SCI期刊

SCI 是科學引文索引（Science Citation Index）的縮寫，由賈菲爾德（Eugene Garfield, 1925-2017）創建於1964年的期刊引文目錄。當初，賈菲爾德針對期刊的選擇模式，包括期刊出版標準、編輯內容、國際多樣性以及引文分析，進行考證，後來由美國的科學資訊研究所（Institute for

Scientific Information, ISI）所出版，成爲一種期刊文獻檢索工具。ISI 通過嚴格的選刊標準和評估程式，挑選期刊來源，建立資料庫，成爲全世界首創且蒐羅範圍最廣之參考工具，並且每年略爲增減，以做到收錄的文獻能涵括全球重要的西文研究成果。ISI的結果後來爲科睿唯安（Clarivate Analytics）所擁有，科睿唯安前身是湯森路透（Thomson Reuters）智權與科學事業部。SCI涵蓋超過一百種學科，收錄全世界出版的數、理、化、農、林、醫、生命科學、天文、地理、環境、材料、工程技術等自然科學各學科的核心期刊，如果包含了擴增版科學引文索引（Science Citation Index Expanded, SCIE），則涵蓋了超過八千五百種西文重要期刊。SCI期刊通過科學網域（Web of Science）和科學搜尋（SciSearch）等網路平臺進行付費服務。

目前ISI以「期刊引用報告」（Journal Citaiton Reports, JCR）查詢資料庫最爲便利，除了可以發現各期刊在個別領域中的排名（ranking），並且在查閱引用索引中，可以檢索特定作者的文獻，被世界各國多少文獻所引用。另外，只要主題相關，即使所用的關鍵字不同，也可以檢索到相關主題文獻。

ISI 選錄期刊過程，是一種採取淘汰遞補方式進行，標準相當嚴格。所以世界各國各大期刊主編，以期刊能被SCI和SSCI收錄爲榮。研究人員可以利用檢索法查詢引用相關文獻，以下說明SSCI期刊。

## (二)SSCI期刊

SSCI 是社會科學引文索引（Social Science Citation Index）的縮寫。爲美國科學資訊研究所（ISI）創立於1969年，收錄資料從 1956 年迄今的綜合性社會科學文獻資料庫。SSCI後來爲科睿唯安（Clarivate Analytics）所擁有，科睿唯安前身是湯森路透（Thomson Reuters）智權與科學事業部。SSCI期刊涉及經濟、法律、管理、人類學、商業金融、傳播學、犯罪學與刑罰學、人口統計學、教育與教育研究、特殊教育、環境研究、人機工程學、種族研究、家庭研究、地理學、老人病學和老人學、健康政策與服務、歷史學、科學史與科學哲學、社會科學史、工業關

係與勞工、資訊學與圖書館學、國際關係、語言與語言學、法醫學、護理學、哲學、規劃與發展、政治學、精神病學、心理學、應用心理學、生物心理學、臨床心理學、發展心理學、實驗心理學、數學心理學、心理分析心理學、社會心理學、公共管理、大眾健康、康復、社會問題、社會科學—生物醫學、社會科學—交叉學科、社會科學—數學方法、社會工作、社會學、運輸、城市研究、區域研究、女性研究等。

SSCI引文資料庫涵蓋了超過五十個學科三千多種西文社會科學學術期刊，SSCI通過科學網域（Web of Science）等網路平臺進行付費服務，目前以「期刊引用報告」（Journal Citation Reports, JCR）查詢資料庫最為便利，在其分類中，可以發現各期刊在個別領域中的排名（ranking）。

### (三)Ei期刊

Ei期刊創刊於1884 年，原名*Ei Village*，1989年改稱*Ei Engineering Village*，1990 年改稱*Ei Engineering Village 2*，簡稱EV2。EI期刊包含了Ei Compendex，為美國工程資訊公司（Engineering Information Inc.）建置的網際網路工程資訊服務系統，提供研究人員查詢各類工程相關資訊，主要工程類索引資料庫包括了 Compendex、United State Patent and Trademark Office、CRC Press、Industry & Specialty Standards Collections等資料庫之檢索，以及超過一萬個經過篩選評定相關網站的摘要查詢。Ei Compendex提供從1970年迄今工程方面期刊、會議論文、技術報告等類型資料的索引及摘要。收錄主題包含工程和應用科學的資料，例如：電機工程、化學工程、土木工程、材料工程、電腦與資料處理、應用物理、電子與通訊工程等。目前臺灣出版的《臺灣水利》、《農業工程學報》、《臺灣林業科學》，列為Ei期刊。

### (四)A&HCI期刊

藝術與人文引文索引（*Arts & Humanities Citation Index*, A&HCI）由ISI 所出版，收錄1975 年起至今有關9大學術領域，共28個學科，涵括藝術人文類期刊論文及其引用文獻，同時收錄藝展評論、戲劇音樂及舞蹈表

演、電視廣播等國際權威的期刊資料，提供網路線上檢索。在中文期刊中，目前收入A&HCI期刊為中央研究院歷史語言研究所出版的《歷史語言研究所集刊》以及中國大陸的《亞洲藝術》、《中國史研究》和《當代中國思潮》等刊物。

### (五)Scopus期刊

Scopus是愛思唯爾（Elsevier）於2004年推出的西文文獻搜尋系統，內容收錄了兩萬多種同儕審查學術期刊、四百多種商業雜誌（trade publications）、360種系列叢書（book series）。Scopus 涵括人文與藝術領域、社會科學以及生命科學的學術期刊文獻。選擇期刊標準包含了使用者需求，並且經由使用者推薦再交由內容選擇委員會（Content Selection Committee）審核，此外，刊物需要具備學術性及同儕審查制度、提供英文摘要以及定期出版。目前推出的期刊影響力指標（CiteScore），可於Scopus的功能中進行查詢。

## 四、中國大陸引文資料庫

### (一)中國科學引文索引（Chinese Science Citation Index, CSCI）

中國科學院於1989年建立中國科學引文資料庫（Chinese Science Citation Database，簡稱CSCD），收錄內容主要以中文科技期刊為主，而此資料庫把中國出版的科技期刊編入索引，作為SCI之補充資料庫，目前CSCI收錄中國數學、物理、化學、天文學、地學、生物學、農林科學、醫藥衛生、工程技術、環境科學和管理科學等領域出版的中英文科技核心期刊，以及優秀期刊千餘種。目前中國科學引文資料庫是「知識網域」（ISI Web of Knowledge）平臺上第一個非英文語種的資料庫。

### (二)中文社會科學引文索引（Chinese Social Science Citation Index, CSSCI）

南京大學於1997年開始建置中文社會科學引文索引（CSSCI）著重於社會科學和藝術與人文學期刊的收錄，到了2000年，「中文社會科學引文索引」（CSSCI）問世。目前期刊學科分類為：管理學、馬克思主義、

哲學、宗教學、語言學、中國文學、外國文學、藝術學、歷史學、考古學、經濟學、政治學（含：國際問題、臺港澳問題）、法學、社會學、民族學、新聞與傳播學、圖書、情報與檔案學、教育學、體育學、統計學、心理學、綜合性社科期刊、高校綜合性社科學報、人文、經濟地理、環境科學等。

## 五、臺灣引文資料庫

　　行政院國家科學委員會於1997年開始建立臺灣科學引文索引的試驗性計畫。此試驗性計畫曾建立一個原型資料庫，稱爲臺灣科學引文索引資料庫（Taiwan Science Citation Index，簡稱TSCI），後來國科會成立了社會科學研究中心和人文學研究中心，這兩個中心的任務之一，是建置「臺灣社會科學引文索引」（TSSCI）和「臺灣人文學引文索引」（THCI Core）。

### (一)臺灣社會科學引文索引（Taiwan Social Science Citation Index, TSSCI）

　　TSSCI是「臺灣社會科學引文索引」的簡稱，期刊收錄區分爲教育學、心理學、法律學、政治學、經濟學、管理學、區域研究及地理學。申請加入TSSCI期刊資料庫者，需要符合下列條件：1.凡由臺灣、香港、澳門與新加坡出版之人文及社會科學領域，具備匿名審查制度，並以刊載原創學術論文爲主之期刊。2.近三年刊行週期固定且出刊頻率至少爲一年刊，並刊行滿三年應出期數。3.每期刊登經匿名審查之原創學術論文至少三篇，或每年各期平均三篇。4.依「臺灣人文及社會科學引文索引核心期刊」基本評量標準計分，依據期刊格式、論文格式、編輯作業、刊行作業進行嚴格審查。

### (二)臺灣人文學引文索引（Taiwan Humanities Citation Index, THCI Core）

　　THCI Core是臺灣人文學引文索引的簡稱。科技部（前身爲行政院國家科學委員會）人文社會科學研究中心依據「臺灣人文及社會科學引文

索引核心期刊收錄要點」，自2006年起每年經由期刊評審委員會聯席會議決議後，進行討論THCI Core收錄期刊名單。THCI Core包括人文學學門設定爲文學一（中國文學、臺灣文學、原住民文學）、文學二（外國文學，含性別研究、文化研究）、語言學（含語言教學）、哲學（含宗教研究）、藝術、歷史等學門。申請加入THCI Core期刊資料庫者，需要符合審查條件，詳如「臺灣人文及社會科學引文索引核心期刊」基本評量標準。

### (三)學術引用文獻資料庫（Academic Citation Index, ACI）

　　學術引用文獻資料庫（Academic Citation Index，簡稱ACI）是由華藝數位股份有限公司，以臺灣地區出版的期刊爲主，所建置的引用文獻資料庫。目前提供期刊文獻查詢、引用文獻查詢及各學門以及期刊引用數據統計概況分析等功能。ACI中收錄了所有TSSCI、THCI Core以及臺灣地區所出版的重要期刊，目前共超過六百種期刊，收錄年代自1956年起迄今的期刊文章，期刊依據主題區分爲19學門，包含教育、圖資、體育、歷史、社會、經濟、綜合類、人類、中文、外文、心理、法律、哲學、政治、區域研究及地理學、管理、語言、藝術、傳播等（陳光華，2009）。

## 第二節　期刊影響

　　在期刊發表中，所謂最有影響力的研究成果，係指刊登這些成果的期刊文獻，大量地被其他的文獻引用。也就是說，通過先期的文獻被後來他人的文獻引用之後，來闡釋文獻之間的相關性，以及先前發表的期刊內容，受到當前發表的期刊內容，具有文獻引用的影響力，這是期刊影響的定義。現行的評量方法，是以計算出版刊物、計算引用次數以及刊物的影響力爲基礎，以下說明國際計算期刊影響的主要方式。

# 一、期刊影響的計算方式

## (一)影響係數（impact factor, IF）

　　國際期刊SCI、SSCI依據個人的論文被SCI、SSCI收錄的數量以及被引用次數，反映出個人的研究能力與學術水準。ISI 每年還出版期刊引用報告（Journal Citation Reports, JCR），針對SCI和SSCI 收錄的期刊之間的引用，以及被引用資料進行統計、運算，並針對每種期刊定義了影響係數（Impact Factor, IF）等指數加以報導。所謂影響係數（Impact Factor, IF），由賈菲爾德（Eugene Garfield, 1925-2017）所創，係指該期刊前兩年發表的文獻，在當年平均被引用的次數。一種刊物的影響係數越高，其刊載的文獻被引用率越高，說明這些期刊文獻刊載的研究成果影響力越大。一般來說，該指標是相對統計值，可克服大小期刊由於刊載文章的數量不同，所帶來的偏差影響。因此係數越大，其學術影響力也越大。所以，論文投稿作者可以根據期刊的影響係數排名，決定投稿的方向。

　　我們可以採用下列的計算方式，影響係數即A期刊前兩年（$Y_1$, $Y_2$）發表的論文，在統計當年（$Y_3$）的被引用總次數Ns（前兩年被引用的總次數），除以該期刊在前兩年（$Y_1$, $Y_2$）內發表的論文總數Nt（前兩年總發文量）。公式為：IF $(Y_3)$ = Ns$(Y_1,Y_2)$/ Nt$(Y_1,Y_2)$。

　　例如，某期刊2013年影響指數（IF）的計算

　　A期刊2012年的文章在2013年的被引次數：50；本刊2012年的發文量：100

　　A期刊2011年的文章在2013年的被引次數：50；本刊2011年的發文量：100

　　A期刊2011-2012的文章在2013年的被引次數總計：100 = (50 + 50)

　　A期刊2011-2012年的發文量總計：200 = (100 + 100)

　　A期刊2013年的影響係數（IF）：0.5 = (100÷200)

　　採用以上方法取決論文的重要性，並不一定正確。我們無法證明刊登在具有高影響係數（high IF）刊物的論文，其在學術地位的重要性會比刊

登在低影響係數刊物的論文高。舉例來說，如果一篇期刊論文，犯了致命的研究錯誤，就形同是學術叢林中的獵物，會一直被後來的學者不斷引用這一篇錯誤的論文，當作標靶進行致命的攻擊，產生了高引現象。

### (二)H指數

H指數（H index）是一種混合量化指標，用於評估研究人員的學術產出數量與學術產出水準。H指數在2005年由美國加州大學聖地亞哥分校的物理學者希爾施（Jorge Hirsch）提出，他將論文的質（引用次數）與量（數量）列入考慮。這個方法發表於《美國國家科學院院刊》（*PNAS*）（Hirsch, 2005）。到了2017年，這一篇期刊論文被引用了六千多次。H指數的計算基於研究人員的論文數量，以及其論文被引用的次數。希爾施認為，一個人在其所有學術文章中有N篇論文分別被引用了至少N次，他的H指數就是N。可以按照如下方法確定某學者的H指數：

1. 將某學者發表的所有SCI論文按被引次數從高到低排序；
2. 從前往後查找排序後的列表，直到某篇論文的序號大於該論文被引次數。所得序號減一即為H指數。

假設某學者，在Google學術搜尋（Google Scholar）中，已經發表了數篇專業論文，其中落在橫軸上的3篇論文引用率均為0；位於虛線及其上方的7篇論文的單篇引用率大於或等於7；另外6篇論文介於虛線和橫軸之間，它們的單篇引用率都大於0而小於7。因此該學者的H指數等於7，請參閱圖8-1。

希爾施認為，H指數的H解釋為高引用（highly cited），而不是他的姓氏Hirsch字頭。他承認該指數的限制，並且強調需要和其他學術指標結合起來，才可能比較準確地反映一個學者的真實學術成果和專業影響能力。以普林斯頓高等研究院的威騰（Edward Witten）為例，2017年獲得了H指數186，威騰的論文單篇引用率最高為九千多次；但是在物理學界，包括擁有名望且擁有獎項的年輕科學家就被漠視了。因為他們論文單篇引用率超過一萬餘次，但是，H指數卻不見得會超過186。邢志忠（2015）認為，學術評價僅僅依據個別量化指標是不夠的，儘管不缺乏

論文數 = 16
H指數 = 7

單篇引用率
= 論文數 = H

圖8-1　H指數（H index）是一種混合量化指標（邢志忠，2015）。

客觀性，卻無法完整地反映學者的思想深度和創新水準。

## ㈢CiteScore

CiteScore是愛思唯爾開發類似期刊影響係數（IF）的期刊影響力指標，以三年區間為基準，來計算每個期刊的平均被引用次數。CiteScore計算的數據來自於Scopus中二萬二千多種出版物，包括同儕審核的期刊、叢書、會議論文和商業期刊，提供期刊領域排名、期刊等級的相關資訊，來協助研究者判斷期刊的未來趨勢和目前被引用的依據。

以國際知名期刊《*Progress in Materials Science*》為例，在期刊中主要發表的文章，是有關材料科學與工程領域最新進展的研究評論，在2015年CiteScore是32.97。藉由 CiteScore Rank，發現在428種材料科學領域的期刊中，《*Progress in Materials Science*》排名第1名，為99th，係指此本期刊優於該領域的99%種其他期刊。在期刊趨勢方面，CiteScore Trend會整理期刊過去五年的引用表現，並列出趨勢圖。藉由CiteScore Rank與CiteScore Trend的協助，可以了解到期刊在所屬領域的排名，也可以參考期刊過去表現，預測未來可能的趨勢。

## 二、期刊影響的評論

　　以上採用統計方法的指數優點，在於能夠立刻取得無偏差的結果。研究機構可以採用龐大資料庫和分析方法，來追蹤學者的科學生涯，並且協助辨識如性別、種族等的潛在偏見。但是，還是有學者批評其中的弊病，相關的評論如下。

### (一)應設法呈現未來學者研究潛力

　　過於強調文獻引用的計量方法，會扭曲了期刊投稿的過程。雖然在頂尖期刊上發表的論文數，能夠提高年輕科學家發表論文的能見度。但是，上述的評鑑標準，只能表示過去的成就，不能預測未來。這些標準直接影響到學者過去的發展，例如論文數量。但是，這些要素也要能間接影響到學者未來的成就。因為，曾經發表許多論文的科學家，通常會保持這種高產量。但是當論文發表在許多不同期刊中時，會更能提高學者研究發展的潛力。在幾個截然不同期刊上都有著作發表的科學家，可能受到更為廣泛的訓練；對於科學的貢獻，也較為多元。

　　但是，上述的指標無法判定一位年輕科學家是否願意冒險犯難，進行團隊合作，通過解決複雜問題，創新能力及工作道德感。因此，由同儕評估科學貢獻和研究深度，才是預測科學家未來成就最好的方式，上述評估的方法則用來應用為輔助工具。

### (二)學術需要高度專業化和跨域化

　　英國瑪麗皇后大學的潘札拉薩（Pietro Panzarasa）分析了8,360位作者的9,325篇期刊論文，發現獲得引用次數最多的作者，大多數是和自己同一學科內的其他研究者合作，或是與跨學科研究者共同合作。但是假如作者不是專注於同一個領域，跨域合作的領域又很有限，論文獲得引用的次數，通常非常低。因此，高度專業化的研究人員，需要拓展視野，則可完成更多的論文獲得引用。這種獲得引用的科學家，屬於專業「中介者」，所發展的研究論文，都廣獲引用。

　　潘札拉薩認為，高度專業化有助提升學科內的名望與掌控知識的趨

勢，而廣泛合作，則可運用不同學科的資訊，培養優秀的跨學科處理能力。

# 第三節　數位典藏

　　目前，網際網路的資料庫，已經容納了數百萬篇研究，在網路空間中，還有許多分析工具可使用，將人類知識體系透過網路空間進行串連。雖然紙本印刷的期刊逐漸式微，利用網路進行數位典藏，成為時代的趨勢。以數位典藏期刊而言，目前推動的方式如下。

## 一、數位物件識別號（Digital Object Identifier, DOI）

　　數位物件識別號（Digital Object Identifier，簡稱DOI），係由國際數位物件識別號基金會（International DOI Foundation）所建立，現已逐漸被廣泛使用於期刊論文的辨識中。近幾年被期刊刊登的文章，都會被賦予DOI序號，DOI序號像是論文的身分證字號，只要知道這一串數字，就能夠檢索到該論文。DOI和文章的對應關係是永久存在的。不論文章的期刊名稱、分類如何改變，其DOI號都是不變的，大大增加收藏文獻的便利性。

　　那麼，如何搜尋文獻呢？可以簡單地將DOI複製，貼上Goolge搜尋引擎中，就可以找到文章的連結。此外，也可以透過DOI專用的搜尋引擎，如CrossRef或是華藝DOI註冊中心，將DOI貼上，便會跳出相對應的文章。例如，打上doi:10.3390/w9020137，就可以出現這一篇2017年出版的論文〈Tracer Experiments and Hydraulic Performance Improvements in a Treatment Pond〉。

## 二、CrossRef 系統作者辨識

　　CrossRef 系統作者辨識，引進一種類似電子化文章數位物件辨識號

（DOIs）的Contributor ID。CrossRef邀請書籍跟學術文章的作者，為其著作註冊。這些由作者列出的發表作品，接著就會連線到出版社的網站取得授權。

## 三、開放式交流

開放式期刊交流，是期刊業者向全球社會傳遞科學成果的最佳方式，其宗旨包括了開放教育、開放研究、開放源碼以及開放文化。大多數期刊業者在選擇這一種開放式交流的商業模式時，會選擇幾種方式。其中由讀者自行支付文章的閱讀取用費；另一種則是作者繳付數千美元的刊登費或是一筆終身年費，而讀者可以免費開放獲取（open access）。目前數位開放式交流模式，分析如下：

### (一)《PeerJ》模式

《PeerJ》在2016年的影響係數不弱（Impact Factor, IF = 2.18）。《PeerJ》向作者收取一次費用。例如，在2016年《PeerJ》的使用者只需要支付299美元，便可無限地自由存取或是投稿論文，使用者也可選擇每年繳交99美元或是199美元費用，以利存取、閱讀或是發表有限數量的文章。繳交299美元，作為終生會員制的註冊費，而後作者將可在此免費發表經過同儕審查的研究論文。《PeerJ》是由賓佛（Peter Binfield）和霍伊特（Jason Hoyt）共同策劃。賓佛以在世界規模最大的期刊《公共科學圖書館》（*PLOS One*）的經驗，和曾經在研究論文分享平臺Mendeley工作過的霍伊特共同創辦出新的商業模式。他們認為為顧客量身打造，採用開放取用文獻，讓論文出版程序更為流暢。

### (二)《PLOS One》模式

《公共科學圖書館》（*Public Library of Science*, PLOS One）在2006年成立時，以Beta版本開始發行，刊載的文章包含科學、社會科學以及醫學等領域的研究。在接受刊登之後，《PLOS One》向每篇文章作者收取1,350美元的刊登費，刊登任何研究方法正確合理的科學論文。選擇在《PLOS One》上刊登論文，是為了支持開放式科學文獻，自2006年發行

之後，《PLOS One》成為全世界文章刊載數量最多的期刊。英國劍橋大學動物學家羅素（Colin Russell）認為：「我認為開放式科學文獻，是未來科學出版要走的方向。」進入《PLOS One》網站的讀者，可以將讀後評論加在論文內容不同段落，寫下標記與注解，並為論文評分。此舉可以讓更多讀者，有機會提出評論。網路上的讀者群，能夠建立某篇論文的學術聲望。因為《PLOS One》接受各種學科論文，對那些從事跨學門研究的論文作者也較為有利，因為上述這些作者的心血結晶，常會遭受其他專業期刊的否定。

## 四、數位典藏影響

從傳統期刊的封閉存取，到期刊的開放存取過程，西方學者提出知識應當自由流動的信念。西方學者認為，通過更為開放免費的閱讀，可以藉由使用他人的知識，進行論文資料開放。為了促進研究專業化，在巨量資料的年代，應該積極鼓勵免費使用研究資料，推動下列的數位典藏影響：

(一)強化創新的可能性。

(二)加強期刊的社會責任。

(三)強化研究品質與卓越性。

(四)對研究過程獲取嶄新的觀點。

(五)激發學術的創造力，並發現新的研究領域。

(六)增加科學研究實踐的透明度，包括學術出版形式和研究資料的結果。

## 小結

「期刊檢索之父」賈菲爾德（Eugene Garfield, 1925-2017）在2017年2月過世。他生前警告說：「SCI指標不能濫用，也不能評價個人。」「因為，在一本期刊之中，每一篇期刊文章都是獨特的，從一篇文章到另外一篇文章，都存在差異。」因此，影響係數評估的是一種期刊指標，不應該用於評估個別的研究人員或是研究機構。例如，頗負盛名的《自然》

（*Nature*）期刊，在2004年，約有90%高引用的文章，只是源於當年25%的明星文章。此外，每種學科之間，因為領域不同，在影響係數也存在很大的差異。例如，在數學和物理科學領域，大多數的文章，僅有1-3%的引用比率；但是在生命科學中的文章，則有5-8%的引用比率。因此，如果評估期刊的社會價值和科學影響，需要更為謹慎地進行期刊引用的解釋。

此外，期刊主編為了提高論文引用的比例，大量收錄邀請資深科學家撰寫學術評論（review articles），而不是原創型研究文章（original research articles），以提高期刊的引用率。此外，期刊主編也會運用技巧，通過誘導作者在通過審查之後，補充引用同一種期刊的文章，甚至有些作者學會自我引用（self-citation），在一篇期刊之中，大量引用過去發表和這次研究主題較無關的文章，只是為了提高期刊的影響係數。因此，對於期刊中，是否應該完全剔除自我引用的文章目錄，存在著許多爭議。這些都是期刊學界中，一些不能說的公開祕密。

## 關鍵字詞（Keywords）

| 學術引用文獻資料庫（Academic Citation Index, ACI） |
| --- |
| 藝術與人文引文索引（Arts & Humanities Citation Index, A&HCI） |
| 中國科學引文索引（Chinese Science Citation Index, CSCI） |
| 中文社會科學引文索引（Chinese Social Science Citation Index, CSSCI） |
| 數位物件識別號（Digital Object Identifier, DOI） |
| Goolge學術搜尋（Google Scholar） |
| 高引用（highly cited） |
| 影響係數（impact factor, IF） |
| 期刊引用報告（Journal Citation Reports, JCR） |

原創型研究文章（original research articles）

公共科學圖書館（Public Library of Science, PLOS One）

學術評論（review articles）

科學引文索引（Science Citation Index, SCI）

自我引用（self-citation）

社會科學引文索引（Social Science Citation Index, SSCI）

臺灣人文學引文索引（Taiwan Humanities Citation Index, THCI Core）

臺灣社會科學引文索引（Taiwan Social Science Citation Index, TSSCI）

科學網域（Web of Science）

科學指標網域（Web of Science indexes）

# 第九章
# 學術名譽與研究倫理

Weakness of attitude becomes weakness of character.

態度上的弱點會變成性格上的弱點。

—— 愛因斯坦 Albert Einstein, 1879-1955

## 學習焦點

學術名譽是研究者的第二生命。因此,不當的抄襲行爲,可能會導致學歷認證、畢業學位、研究獎勵或是教授職務的撤銷。在嚴重的情形之下,學術剽竊者,會面臨到法律訴訟和求償的問題。因此,本章從東西方對於抄襲的案例進行分析,說明學術剽竊在古代被認爲是一種道德瑕疵;但是,到了今天,學術剽竊已經是一種觸法行爲,會造成學者形象一輩子的傷害。因此,我們需要了解在什麼情形之下,會造成抄襲的問題;或是在什麼狀況之下,可以避免抄襲問題的發生。如果「司法是皇后的貞操,不容懷疑」,那麼,「學術道德是學者最後的防線,不可不守」。一位優秀的學者,應該對於本身的研究,以最高的學術道德標準自我要求,要自我惕勵,常常警醒,以確保學術生涯的長久和順遂。

## 第一節 學術剽竊

學術論文是研究者的智慧結晶。因此,在學術生涯中,最忌諱有剽竊(plagiarism)的行爲。剽竊抄襲、弄虛作假的學風,自古以來就被認

為是一種道德瑕疵，受到學界的鄙視。西漢戴聖在《禮記・曲禮上》說：「毋勦說，勿雷同。」意思是不要竊取別人的言論，偽裝成自己的學說；同時也不要附和別人的說法，當成他人的傳聲筒。勦竊的行為，從古代就已經有了，但是到了今天，因為勦竊其他人的作品，涉及到法律問題，所以在論文寫作上，千萬不可不慎。以下我們討論勦竊的源流、勦竊的定義、勦竊的特徵、勦竊的行為，以及如何防止勦竊問題的發生，希望勦竊所造成的悲劇不再發生。

## 一、勦竊溯源

唐朝韓愈（768-824）在《南陽樊紹述墓誌銘》中也說：「惟古於詞必己出，降而不能乃勦賊。」這是中國對於「勦竊」的早期定義，意思是不要模仿抄襲。韓愈認為，古代文人所創造的文句，都是自己想出來的；但是後人無法自行創造好的中文造句，於是蓄意進行抄襲。

例如，三國時期諸葛亮（181-234）著《黃牛廟記》一文說：「趨蜀道，履黃牛，因睹江山之勝。亂石排空，驚濤拍岸。」但是，宋朝蘇東坡（1037-1101）寫的《念奴橋・赤壁懷古》，也出現了「亂石崩雲，驚濤裂岸，捲起千堆雪」的仿似句子。

隋煬帝楊廣（569-618）在《野望》中說：「寒鴉飛數點，流水繞孤村。斜陽欲落處，一望黯消魂。」這一句話，宋朝詩人秦少游（西元1049-1100年）用到《滿庭芳》的詞句：「斜陽外，寒鴉數點，流水繞孤村。」

在詩詞仿作句子和抄襲句子之間，古代名人是游移的，宋朝蘇東坡寫的《念奴橋・赤壁懷古》和秦少游的《滿庭芳》，都是宋朝著名的詞，但是談到原創者是時代更為古早的名人，原詩都經過改動過了。

在西方，勦竊這個英文單字「plagiarism」由來已久，在一世紀的時候，羅馬詩人馬蒂亞爾（Marcus Martialis, 38-102）使用拉丁語勦竊「plagiarius」這個單字，字面的意思是「綁架者」，抱怨其他人抄襲他的詩歌，他的詩歌遭到了抄襲同行的「綁架」。到了西元1601年，英國

戲劇家喬森（Ben Jonson, 1572-1637）將這一個「plagiarus」單字介紹給英語國家，描述有人犯有文學盜竊的毛病，直到1620年，「plagiarism」這個單字正式引入英語系國家。

東西方學者對於論文抄襲，都很敏感，在東西方，都遭到學者的鄙視。因為，抄襲和剽竊都是一種最惡劣的文風，因為掠奪了他人的文字生產成果，納為已有。但是西方對於個人知識創作和個人財產的重視，遠比東方國家要早。最早對於權利的尊重，來自於「工業產權」（industrial property），主要包括專利權和商標權的保護政策。例如，中世紀的威尼斯商人，採取政府授權登記制，允許商人買賣技術與紡織的圖樣，取得專利權之後，獨家販售。十七世紀，南宋理宗淳佑8年（西元1248年），國子監發給段昌武印製《叢桂毛詩集解》的執照。這些都是基於對商業專賣性的保護。

此外，個人創作的智慧財產權，應該比照商業保護，同時也能夠獲得保障。也就是說，保護「文學產權」（literature property）。英國在西元1624年訂下《壟斷規約》，確立了知識產權的概念。到了1769年，英國《每月評論》中發表的一篇文章。使用了智慧財產權，希望人類產出經濟或精神價值的心智活動成果，能夠受到法律保護。也就是說，從商業模式利益保護關係，到保護個人的利益關係，走了一段漫長的路。

## 二、剽竊的定義

論文剽竊係為學界中飽受爭議的話題，屬於侵犯智慧財產權中的著作權行徑。在學術界內，教授、研究人員和研究生的剽竊行為，被認為是一種學術不誠實，同時也是學術欺詐的行為。剽竊是學術研究論文被撤回的常見原因，違法者將受到學術界的譴責，甚至導致教授離職的命運。

國外一流大學針對論文剽竊，提出了下列的定義。

耶魯大學認為，剽竊是：「採用他人的文字言語，沒有引用來源。」

史丹福大學認為，剽竊是：「採用他人原始作品，但是不列出作者的出處，這些作品包含程式碼、公式、想法、語言、研究、策略，或是其他

形式的作品。」

普林斯頓大學認為，剽竊是：「故意採用他人的語言、想法或其他原始素材，而不承認其出處。」

布朗大學認為剽竊定義為：「將他人的想法或言語，包括口頭或書面逕行挪用，而不將這些詞語或想法，歸因於真正的資料來源。」

從以上美國長春藤名校針對剽竊的分析，剽竊係以挪用已經發表過的文章，並且由抄襲者直接挪用，或是稍作修改，以避免他人懷疑。但是上述的行為，涉及到道德責任和法律責任。因此，學術剽竊是一種在「思想、概念、詞語或結構的使用中，沒有適當地承認資料來源，並且沒有讓原創者受益的行為。」（Gipp, 2014）

## 三、剽竊的特徵

如果，從道德和法律因素進行考量，抄襲問題事關全球科學家的權益，應視為是違反公平機會的行為。此外，如果以他人的作品，作為發想來源或是從既有的研究中，擷取靈感是一回事；然而，逐字使用或是完全根據作者的思路發表論文，而不說明出處，給予原有作者應有的功榮，就算是剽竊了。更何況，有些論文報告為實驗結果，抄襲的人走的是旁門捷徑，並未真正從事任何實驗，那更不可取。我們檢核以上的定義，參考美國克萊姆森大學菲許門的論點，認為論文剽竊擁有下列五項特徵（Fishman, 2009）：

(一)採用他人的文字、理念或是思想產品。

(二)這些產品或資料可以歸因於他人或來源出處。

(三)抄襲作者不將產品歸因於所獲得作品的資料來源。

(四)在原創作者具有合法著作權利聲明的條件下。

(五)抄襲作者為了獲得財務利益、學術名聲或是學術地位。

菲許門的概念是，即使是概念抄襲，也是屬於抄襲的一種（Fishman, 2009）。這部分採用了相同的概念或原理進行文字創作，也許在學術上可能違反學術倫理，但是不一定造成著作權上的侵害。

# 名言的出處 《詩罷才識古人賦》
## 為什麼我想的句子，古人都已經說過了

　　我在念中興大學法商學院（現在的臺北大學）地政學系的時候，喜歡寫古文，1988年（22歲）我寫《讀古札記》：「前以爲文，屢議世史，早生帝朝，必禍獄文字，自無抑余，幻非以鬱。然身可繫也，而理不可廢也；冤可沉也，而道不可須臾離。」

　　1989年寫《火祭六月雪》：「一慟天地皆縞素，千悲乾坤同慘紅。」當時寫完後，沒有特別的感覺，直到1994年父親方薰之將軍從浙江探親歸來，我們兄弟編纂大伯公方本仁的家書，看到方本仁在民國初年被官派到中國東北，寫出：「時值大雪未休，乾坤縞素。」的句子，心中震動無比，在此之前，我從未看過大伯公的家書，1989年為何我寫出類似「乾坤縞素」的句子。心中想到，身為方家子孫，過去、現在、未來一定是有淵源的。於是，在1989年的時候，寫下了幾段文字。


孺慕　方偉達（1989年）

索髮斷莖得一闋，

詩罷才識古人賦。

恨不早生漢魏唐，

濡染顏色勝讀書。


諷粕　方偉達（1989年）

倉頡作字鬼神哭，

經傳名山傳千古。

昔日婍言詭奇書，

五四洋灑今見孰？


　　年輕時代，總是喜歡賣弄文字。不知天高地厚。但是總有「詩罷才識古

第九章　學術名譽與研究倫理

331

人賦」的感覺。也就是，好不容易想到一個句子，結果古人和前輩都已經說過了。我的原創構想，怎麼古人和前輩都已經創造了？我是不是出生太晚了。甚至，我只能慨歎地說：「人同此心，心同此理。」從此罷筆，不再寫詩，也不再寫想法，專心看古人的論述，當一個「述而不論」的平凡人。

當然，平凡人有平凡人的憂慮和痛苦，也就是對於不朽（immortality）的執著。我記得我在很小的時候，大概是6歲，念小學一年級吧。

有一天，我告訴我媽媽說，我睡不著。「為什麼？」

我很恐懼的問，「媽媽，是不是人都會死？」媽媽看著我這個奇怪的小孩，不發一語，我知道她是肯定的。我第二個問題更為驚駭。

「媽媽，是不是我也會死？」我後來才了解，我的這一種問法，是所謂的蘇格拉底辯證法。蘇格拉底是人，人都會一死，所以蘇格拉底會死。

我的媽媽更不搭話，重點是，我賴皮到不想睡覺。我說，我只要閉上眼睛，就看到死人骨頭，我的意思是骷髏頭，我哭喪著說。

我的哥哥方偉光比我大四歲，念小學五年級。他說，只要想到卡通影片，就很快睡著了。6歲的我，覺得他的說法真是滑稽。

等到小學五年級，看到文天祥說：「人生自古誰無死，留取丹心照汗青。」看了很佩服。

到了高中畢業，我18歲。面臨大學聯考的壓力，我在札記上寫下一句話勉勵自己：「也許，死亡並不恐懼，恐懼死亡的那一種恐懼，才是令人恐懼的呢。」但是，我近年來看到法國哲學家蒙田（Michel de Montaigne, 1533-1592）寫的《論恐懼》，他說：「我不是一個優秀的自然科學家，也不知道恐懼到底如何在我們的身體中運轉。但是，恐懼的確是一種奇異的感覺。」蒙田所著眼的是人性中的恐懼之情，在蒙田的筆下，我們看到了人在面對恐懼時，表現是多麼地卑微。他說：「我最恐懼的東西就是恐懼。」他甚至對於死亡，又補上一刀說：「探討哲學就是學習死亡。」

我們再看美國總統羅斯福在1933年的總統就職演說上說：「我們應該恐懼的是恐懼本身（We have nothing to fear but fear itself）。」這一句話，

在西方國家，已經變成了是陳腔濫調。我想，我雖然在18歲的時候，從來都沒有讀過蒙田和羅斯福的話，但是年輕時18歲的我，寫出了類似的句子；那麼，就應該要引用他們的論點，才是負責任的行為表現了，雖然我還是不太甘心，只能繼續吟誦我在21歲寫的句子：「索髮斷莖得一關，詩罷才識古人賦。恨不早生漢魏唐，濡染顏色勝讀書。」唸完這句話，順便自嘲一番，繼續對死亡產生恐懼。

看過《談死亡：知性的，理性的，感性的》（Béliveau and Gingras, 2010），再看《令人著迷的生與死：耶魯大學最受歡迎的哲學課》（Kagan, 2012），我就很有興趣探討老化和死亡的問題，尤其是壓力造成的老化，甚至是因為壓力太大，造成的中風問題。

我超過50歲了，看到了老化的神奇力量，看到很多私立大學當教授的朋友，處在極大的壓力之下，紛紛蒼老。他們在暑假，需要拚命的招生，確保19歲老虎年生入學的孩子，願意讀他們的學校。我關切的是老虎年出生，念小學一年級的孩子，聽說，一班只有十幾人。我的疑問非常多，12年後，臺灣還有多少大學存在？我看到了高等教育，充滿了淒涼、蒼老和死亡的氣味，我看不到欣欣向榮。

今年是2017年，我不知道到了2028年，臺灣高等教育的未來是什麼。如果高教教育的工作，只剩下解散私立大學或是輔導教授轉業，我不知道高等教育研究的崇高願景是什麼。我只知道，當大家念了博士，還需要當銷售員（sales），無法專注於研究和教學，只有拚命的招生、招生、再招生。這是國家高等教育的一種悲哀。

超過50歲之後，我寧可在生活上，鬆散一點；但是我發現，我的生活，更為緊張和忙碌。

## 四、論文剽竊的行為

在學術界，抄襲是一種嚴重違背道德良知的行為。對於研究生來說，論文撰述完成之後，因為會送到國家圖書館典藏，很容易被抄襲軟體進行

檢驗，看看是否有抄襲的行為。至於教授和研究人員，如果發生了剽竊行為，從暫停接受計畫案件的申請，到停止科技部計畫申請的裁定。甚至發生抄襲行為之後，研究者將喪失學術的信譽。我們以畢業論文的權益歸屬、期刊論文的剽竊為例，說明其中的權益和損害關係。

### (一)畢業論文的權益歸屬

在學校中，學生與指導教授很容易因為智慧財產權問題，產生糾紛。所以事先應就論文著作權歸屬及事後權利行使方式，包括論文公開發表、發表時著作人姓名標示、論文事後可做何種修改以及未來如何授權他人利用，達成協議，論文著作權說明如下。

1. 如果指導教授僅觀念指導，未參與內容表達之撰寫，則學生的論文著作權屬於學生。

2. 如果指導教授為觀念指導，且參與內容表達與學生共同完成論文，且各人之創作不能分離利用者，學生與指導教授為共同著作人，共享著作權，其著作權行使應雙方同意。

### (二)發表期刊論文的剽竊

我們從上述定義和特徵進行分析，學術剽竊採用的形式很多。剽竊有抄襲（包含自我抄襲），應該引註而沒有引註，合著人證明登載不實、實質貢獻數據造假、偽造同儕審查，以及發生了一稿多投的行為，都是在法律上屬於欺騙的行為。

1. 抄襲（plagiarism）與改寫（paraphrase）往往只有一線之隔。對於英語不是採用母語的研究人員來說，在進行英文期刊寫作時，切記不要因為模仿外國學者的字句，這算是一種結構抄襲的行為，從參考文獻中抄錄及借用語句，把「原創作者」的結構文法，A句型改變成B句型。但是，因為國際期刊論文是一種公開發行的工作，撰寫完成之後，即使有人協助改寫，都很難脫離抄襲的痕跡。在國外的語文訓練中，如果要進行引用（citation）前，都是先將書本合起來，用自己的話語訴說一遍，然後寫下來。千

萬不可邊看邊抄，以免和原著雷同，即使是抄襲語句的結構，也會犯了結構抄襲的問題。所以要注意，如果應該引註，而沒有加以引註，或是抄襲軟體檢測中，顯示相似度（similarity）太高，同樣地犯了抄襲的問題。

2. 自我剽竊（self-plagiarism）是一種欺騙的行為。所謂的自我剽竊，是採用回收或再利用自己的研究成果的方式，透過自我一再引用曾經發表過的文獻資料，或是以改頭換面的方式，讓自己的論文，以公開的內容，再度發表等行為，都是屬於自我剽竊。一般來說，以下是發生自我剽竊最常見的方式：

   ⑴論文摘要中有關於研究背景的介紹，產生自我抄襲行為。

   ⑵在不同論文的材料中，研究者將研究方法，採用相同的描述方式。

   ⑶在不同期刊的發表中，對於之前發表過的研究結果，產生內容重複的行為。

3. 合著人證明登載不實。論文期刊如果不是單一作者，擁有多個合著人。應該要將合著人的貢獻載明。但是如果登載不實，會損害到其他共同作者的權益，因此，也是剽竊的行為。

4. 在實質貢獻數據造假的問題中，剽竊被認為是違反研究倫理，研究者通常會面臨到停職、終止僱傭，或是面臨到補助單位法律追訴等嚴厲處置。

5. 偽造同儕審查的問題相當嚴重，涉及學術誠信的道德問題，而且涉及法律的問題，剽竊被認為是違反研究倫理，研究者通常會面臨到停職、終止僱傭或是面臨到補助單位法律追訴等嚴厲處置。

6. 一稿多投的行為非常不可取，除了造成期刊發行機構的商譽損失，同時也會造成投稿者名譽上的損失。

## 五、防範論文剽竊

### (一)適度引用

從上述分析來說，剽竊包含了抄襲的行為。在著作權法第52條規定：「為報導、評論、教學、研究或其他正當目的之必要，在合理範圍內，得引用已公開發表之著作。」

但是，什麼是「合理範圍內」？何謂「引號引用」？所謂「引號引用」（quotation），若是從學術研究的角度來看，應該是指以一部分或是全部抄錄的方式，利用他人著作，以提供自己著作參證、注釋或是評論之用。在引用的合理範圍內，不能損害被引用者的權益，也就是，如果引用他人的文字、圖表或是回顧其他人的學術研究結果，需要詳加進行「引用」（citation）他人姓名的工作。也就是說，不能掠奪他人之美，產生了「閱讀替代」效果。不能讓原有著作蒙塵，將他人的想法，延攬在自己身上，但是卻沒有將他人的名字掛在自己的著作之中。

國立臺灣大學建築與城鄉研究所教授畢恆達認為，在進行論文引註時，「只要有原文不動照抄的情況就必須使用引號，不管是一個子句、句子或段落，否則就算是抄襲。」（畢恆達，2005，頁38）因此，如果是照抄一段文字，需要採用「 」（引號），將照抄的文字納入「 」（引號）之中。畢恆達認為，「即使已經標明了原作者、出版年等出處資訊，可是原文引用卻沒有加引號、沒有註明出處頁數，這樣並不符合學術撰寫的規定。」（畢恆達，2005，頁38）

### (二)避免雷同

有關於剽竊，有時較難以進行客觀的判斷，裁定是否涉及抄襲行為。因此，在認定方面，需要經過主觀事實的判斷和比對。在著作權法中的「抄襲」，指的是「重製」或是「改作」的行為。如果兩種著作的內容「實質相似程度相當高」，可由後來發行的著作中，明顯看到先前著作的影子，但是後來的作者卻不標注原來作者的貢獻程度，就觸犯了抄襲的問題。

因此，對他人著作的「合理引用」，也不構成著作權法意義上的抄襲（第52條）。在著作權法中的「引用」，應該不限於上面提到論文的「引註」，有許多以他人已公開發表著作爲創作素材的嶄新創作，他人也可能依據上面所說的「引用」規定，主張其使用方式。例如，「如果只是抄襲一個構想，是否觸犯抄襲行爲？」某些人認爲，構想情節屬於一種思想範圍，如果有雷同的想法，並不是屬於侵權的行爲，因爲法律保護的係屬「思想表達」方式，而不是「思想本身」。著作權法中也規定，觀念的抄襲，並非著作權法意義上的抄襲（第10-1條）。

## (三)防範抄襲

因此，抄襲的認定，是要比對出是否和公開發行的版權資料相類似的程度。目前在許多大學中，採用剽竊檢測軟體，以發現可能的剽竊行爲。抄襲檢測軟體，以文章相似度以演算法進行比對。由於網際網路的快速發展，雖然拷貝文章的電子文本相當容易，但是經過網際網路的比對工作，同樣相當容易。在投稿國際期刊中，期刊編輯對於抄襲的處理流程如下：

1. 運用交叉比對，檢查是否存在抄襲。
2. 產生相似度報告（similarity report）。
3. 要求改寫或拒稿。

因此，當自己寫出一個句子或是一句話，擔心是否有抄襲的嫌疑時，最簡單的方式，是將這一段文字，直接貼到Google之類的搜尋引擎，看看是否產生滿篇都是紅字的極高相似度的問題。此外，目前市面上也有專門檢測文章，是否有抄襲情形的檢驗軟體，例如Turnitin，網址是https://www.turnitin.com/。

如果發現有抄襲的問題，應該進行有效改寫，讓改寫之後的英文文章語句，都具有其獨創性，甚至需要達到不存在有連續6個英文單詞和過去已經發表過的期刊文章或是網路文章相同的嚴格程度。

# 紀曉嵐剽竊方逢年了嗎？
## 談中國古代歷史的侵權行為

方逢年（1585-1646）是我的祖先，曾任明朝東閣大學士。他在學生撰寫的《帝京景物略》寫序，等到清朝入關之後，紀曉嵐（1724-1805）奉乾隆皇帝名義編書，將方逢年的序硬生生的拿掉，可見到了十八世紀末期，中國官方剽竊之風依舊盛行，文人也不以為恥。反正改朝換代了，前朝都是遺孽，但是前朝好的文學作品，卻竊為己有，換上自己的名字繼續發行，這也是在中國皇權時代輕視著作權的惡劣作風。連紀曉嵐這位在清宮戲中，總是扮演好官的人物，也不例外。

2006年我在臺北世界書局買《帝京景物略》的絕版書，因為我聽說是大學士方逢年作的序，但是我很失望，連方逢年的名字都沒有。《帝京景物略》一書傳本不多，集合歷史、地理、文化、文學著作於一體。詳細記載了明代北京城的風景名勝、風俗民情，是不可多得的珍貴史料。

《帝京景物略》最初刊行於1635年（明崇禎八年），原書前有方逢年寫的敘文。滿清入關後，翻刻的本子有刪改，清朝乾隆年間紀昀（紀曉嵐）將方逢年寫的敘拿掉，換成自己的序，這本書已經不是本來面目了；1979年在臺灣世界書局印行的《帝京景物略》，則是紀曉嵐刪改的版本。2007年中國書店委託金壇古籍印刷廠印刷的初刻本（崇禎八年版）是方逢年定稿的，他在序中第一句話寫到：「燕不可無書而難為書。」我彷彿看到如同連橫《臺灣通史序》「斷簡殘編，蒐羅匪易；郭公夏五，疑信相參，則徵文難」這句話。

我參考明史，進行方逢年的研究。將下列這一段資料，全部寫給了維基百科，讓維基百科進行刊載。

方逢年是明朝崇禎時的東閣大學士。明朝崇禎帝（1628-1644）用人多疑，在亡國前十六年間，用了50個宰相。自明太祖因胡惟庸案廢掉了宰相名稱，但是後來到明末都以東閣大學士為入閣輔政的宰輔名稱。方逢年是遂安人，依據明史中記載，1616年（明萬曆四十四年）考上進士，同榜登科

的還有後來當上刑部尚書的劉之鳳，方逢年在1624年（明天啓四年）主持湖廣鄉試的程策，以易經的論點寫出「泰交策」，用語如椽，以「巨璫大蠹」諷刺明朝宦官魏忠賢是國家大禍害，他勸諫皇帝不要因為可憐宦官的小忠小信，忘了他們的大奸大惡，而且說：「宇內豈無人焉，寧有薄視士大夫而覓皋、夔、稷、契於黃衣閹尹之流者哉。」方逢年的意思是：「天下都沒有人才了嗎？在位者都不用讀書人，還將這些太監宦官當作是堯舜時賢臣皋陶、夔、後稷和契這些人才在用。」這句話又犀利又幽默，但是宦官魏忠賢看到之後大怒，將方逢年貶官調外，御史徐復陽等人彈劾他，削籍為平民百姓。

到了崇禎初恢復原官職，當過禮部侍郎、國子祭酒和經筵日講官，向崇禎講課，1638年（明崇禎十一年），當時清軍由多爾袞率領越過長城攻打河北和山東，崇禎帝慌了，下詔廷臣推薦邊關的人才，方逢年推薦汪喬年等人，不久拔擢為禮部尚書，並且入閣拜相輔政。到了冬天，方逢年看到奏摺，他認為貪汙犯被判死刑，家產沒收，抄家滅族，而且親戚受連帶處分，幾乎等同於「瓜蔓抄」的殘忍，於是向崇禎表示應該以仁德治天下，對於犯罪較輕的應該予以赦免，刑部尚書劉之鳳也抱著同樣的看法，認為亂世宜用緩刑以利天下。崇禎看了很不高興，還懷疑劉之鳳收犯人的賄賂，想要治他們於罪，刑部尚書劉之鳳下獄後餓死，方逢年想要救他不成，罷官回到浙江遂安的家鄉，宰相任期只有七個月。

1644年李自成攻入北京，崇禎自縊，吳三桂引清兵入關，短短的一年之間，中原變色。後來到了南明諸王，福王朱由崧（1644-1645）在南京自立時，召方逢年官復原職，方逢年不願意去。1645年南京城破。方逢年聽說魯王避難在浙江臺州，擁戴魯王朱以海（1645-1653）在浙江紹興自立，稱魯王監國，魯王三次召請方逢年當宰相。1646年紹興城被攻破，張煌言帶著魯王搭船逃出舟山群島，方逢年追趕不及，與方國安等假意投降清朝。之後用蠟丸裝好書信，請密使通知福建的唐王朱聿鍵（1645-1646），但是事情洩漏出去被清兵察覺而殉國，後葬回遂安。總計在南明諸王（含威

宗太子王之明）共自立14人，除了後來自己除去魯王封號的朱以海，幾乎全部被清朝殺害。

　　無情的歷史，隨著清朝的覆滅，進入到二十一世紀。當我看到東閣大學士方逢年寫的《泰交策》，引用易經的泰卦，覺得文風雄渾，鞭辟入裡，讀起來特別暢快。後來在2000年的時候，我到哈佛大學念設計學院景觀建築研究所，鎮日浸潤在哈佛燕京圖書館，看著明史找尋祖先的蛛絲馬跡，試著寫出這一篇翻案文章。

# 第二節　研究倫理

　　在前一節中，我進行剽竊和抄襲的論述，甚至指控中國古代學者的劣跡。可見，古人所說的「天下文章一大抄」的行徑，其來有自。我認為這和孔子的教誨有關，在《論語・述而》中曾說，「子曰：述而不作，信而好古，竊比於我老彭」。孔子既然不願意著書，將古人智慧的心血結晶加以撰述，也並沒有發明自己的思想，只有傳述及剖析前人的想法，這成為了孔子一生治學的特點。所以，在儒家的倫理道德當中，過去並沒有對於剽竊涉及倫理道德的嚴厲指控，造成了自古至今的學術抄襲問題。

## 一、學術責任發軔於學者道德

　　從古人撰寫著作的現實生活經驗來看，古人的認知發展模式，是沒有抄襲的概念。也就是說，古人不認為抄襲涉及違反倫理。更具體來說，越來越多的證據揭示了古代學者的行為，產生了學術道德上的缺失。這些學者剽竊的行為，很少產生於知識意涵的提升。

　　在學術研究中，探索學者產生著作的道德動機、探索學術道德發展的認知結構，以及在學術進化觀點之間的連接性相當密切。因此，西方學者研究著作發展，朝向學者的道德意識和道德發展。這也反映了學者在研究中的心理層面的挑戰：「如果研究經驗和發展具備複雜性，但是在發

展研究階段中的價值意義，如何進行陳述？我們應該如何在學術圈中，有效提升學術道德。也就是說，在高等教育社會背景與認知發展結構的操作中，如何有效地確定學者道德動機和行為之間的影響？」我認為從道德動機中，除了要反省自身的良善動機，還應該要強化學者自身的良善行為。因此，我們現代人應該要基於西方智慧財產權下的個人意志行使權利，才能了解在學術和科技一日千里的發展之後，現代學者所要面臨的種種道德動機和行為之間的種種挑戰。以下以新加坡為例，探討學者的問責（accountability）的規範。

## 二、學術道德需要強化學者問責（accountability）規範

同樣是儒家社會，但是新加坡在西化之後，對於學者研究倫理的規範，建立得相當完善。例如，建構學術體系，嚴格把關高年資研究人員進入學術圈的門檻、加強資深研究人員的問責機制、研擬研究人員的淘汰與退出的機制、強化科學研究活動的體質，改善學術評比系統，減少學術論文造假和抄襲的現象。我們以《新加坡研究誠信宣言》進行說明。在前言中談到，「研究的價值與效益，極其仰賴研究的誠信。儘管研究的規劃與執行，可能會因為國家與學科領域而有所不同，然而不論研究在何處進行，原則與專業責任都是研究誠信的基礎。」這一段開宗明義談到了研究人員的權利和義務，並且強調研究屬於道德行為。因此，《新加坡研究誠信宣言》制訂了下列原則，本書引用之後，列為本章最後一段，對於研究規範的自我警惕。

㈠在研究的每一個層面都必須要誠實。

㈡研究人員對所進行的研究負有責任。

㈢與他人合作時，應有專業的禮貌並公平相待。

㈣為他人盡研究的良好管理之責。責任：

　1. 誠信正直：研究人員應對其研究的可信度負責。

　2. 嚴守規章：研究人員應明白並遵守與研究相關的規章與政策。

　3. 研究方法：研究人員應使用適當的研究方法，根據嚴謹的實證分

析做出結論，並全面且客觀地報導其研究結果與詮釋。

4. 研究紀錄：研究人員應清楚、準確地記錄所有的研究，使他人得以驗證與重複他們的工作。

5. 研究成果：一旦研究人員有機會確立其研究成果之優先權及所有權時，就應迅速且公開地分享其數據與發現。

6. 著述：研究人員應對他們所有發表著作、經費申請、報告及研究的其他陳述中的貢獻負責。作者名單應包括、且僅包括所有符合作者資格的人員。

7. 著作誌謝：研究人員應在其著作上感謝對研究有重要貢獻，但不符合作者資格的人之姓名及角色，包括撰寫人、資金提供者、贊助者及其他人員。

8. 同儕審查：研究人員在審查他人的研究時須恪守公正、及時、嚴謹且保密的原則。

9. 利益衝突：研究人員應在研究計畫、成果發表、公開談論及所有審查活動，主動揭露可能會影響其客觀立場及可信度的財務和其他層面的利益衝突。

## 小結

本章探討了學術名譽與研究倫理，以學術剽竊和研究倫理之間的範疇進行界定。所謂觸犯學術剽竊，都是因為個人私利使然。當然東方文化和西方文化中間，都有因為徇情而產生私心自用的情形產生。但是在著作權法的規範之下，我們必須妥善進行引用和抄襲之間的問題釐清。以「引用」來說，我們不要刻意衝高期刊引用點數，刻意「自我引用」，這樣雖然沒有觸法，但是違反個人道德。所謂「引用」，是在撰述著作的前提之下，基於參考、注釋或是評論的目的，在自己的論文中，採用他人著作的一部或全部的行為。我記得美國印地安納大學的波納（Katy Börner）分析過自1982年到2001年美國國家科學院論文集中所有論文，發現美國作

者較常引用鄰近地區學術機構的論文，她說：「每位研究者均閱覽無數，但到了要彙整引用書目，作者會考慮未來和誰見面比較容易。」所以，引用要追求旁徵博引，不要拘限於一定範疇，更不要自我設限，私心自用。這種問題，在東西方學界都存在。

此外，「抄襲」涉及到法律問題。學術上的「抄襲」，嚴重影響了研究人員的聲譽、學位取得以及教授升等。在本章中，我們了解到學術抄襲，即使沒有構成違反著作權法侵權行為，但是對於自身學術地位、學術道德文章上的傷害，絕對是一輩子的事情。因此，在研究中，我們需要研讀《新加坡研究誠信宣言》，並且身體力行，時時惕勵，避免學術違規的情形發生。

## 關鍵字詞（Keywords）

| | |
|---|---|
| 問責（accountability） | 引用（citation） |
| 工業產權（industrial property） | 文學產權（literature property） |
| 改寫（paraphrase） | 剽竊／抄襲（plagiarism） |
| 引號引用（quotation） | 自我剽竊（self-plagiarism） |
| 相似度（similarity） | |

# 第十章
# 研究賦權與生涯經營

Only a life lived for others is a life worthwhile.
只有利他的生活才是值得過的生活。

　　　　　　　　　　── 愛因斯坦 Albert Einstein, 1879-1955

## 學習焦點

　　研究生涯中，生活可以說是淡而無味，或是充滿興味，都是憑著個人的想像與體會。然而，大部分的時候，研究生涯也許充滿著時間與經費壓力，當研究人員處於壓力之下時，會出現不良的情緒，一旦感受到更多預先排程的寫作、發表、出版、升等，以及實驗室管理的沸騰情緒時，這些壓力就會反應在研究人員自身的健康之中，甚至會因為壓力太大，罹患了「論文妄想症」（周春塘，2012，頁32）。在大學中，全職教授，可能會因為升等、評鑑感到自我壓力。資淺的助理教授可能很難說出以上的壓力來源，因為這些壓力屬於個人隱私。此外，約聘教師可能會因為對於工作沒有安全感，所以感到壓力。本章中以團體動力學原理，強調在研究者孤獨的自我探索生涯中，應該學習團體互動，將研究壓力釋放，並且尋求同儕的慰藉。因此，本章研究生涯策劃與經營學習重點，強調利他的生活，如何透過規劃團隊的組成，認識志同道合的夥伴，並且依據同功群體的討論中，進行組織分享，以強化自我成長。

# 第一節　發表賦權

　　期刊論文在發表中，發表作者擁有人格權（personality rights），在論文著作中作者個人擁有發表刊物的智慧財產權（intellectual property rights）。這些權利，是對於發表人投注於期刊發表的心力、智慧、時間、財力，以及提升個人研究能見度和研究位階的犒賞。但是，發表出來的文章是死的，發表人才是活的。如果談到著作權人的人格權和智慧財產權，應該以提升作者的賦權（empowerment for author）為依歸。畢竟，期刊論文的發表者，才是期刊的核心，即使期刊文章發表再久，都是屬於耐久性的文字產品，經過時代的演進之後，相似的內容，還是可以更新創造新的研究價值。傳統上，對於期刊文章的原創作者來說，需要經過期刊審查之後，透過出版商等期刊中介機構，才能讓自己的作品進入期刊市場。在期刊審查層層把關之下，作者需要讓出自己的著作財產權，以換取作為論文的刊登機會。因此，如何提升個別作者的權利進行賦權最大化，並且通過開放獲取（open access）期刊的出版授權，增加投稿作者投稿成功及資訊分享的機會，或是透過權利的分享和運用，提升投稿作者專業的知能，賦予投稿作者更高的自主權，需要進行更深入的思考。以下以作者資格、兩性平權以及強化合作模式為題，進行分析。

## 一、作者資格

　　在期刊論文的寫作中，自然科學和社會科學在團體合作的作法並不相同。自然科學量化研究中，通常在實驗實證研究上，以團隊合作發表的情況居多，以單一作者名義發表的狀況較少。如果是自然科學和社會科學純粹理論探索，不涉及到實驗驗證，則有可能以單一作者（single author）方式發表。那麼，發表論文的時候，應該以單一作者發表，還是以多位作者的方式發表呢？然後，究竟是否需要進行團隊合作，打群體戰呢？

　　加拿大哥倫比亞大學榮譽教授泰勒（Iain Taylor）認為：「論文的作

者應該是爲了參與論文的設計和研究，並且能夠在任何場合依據文章的研究內容和研究方法，回答同儕任何問題的人。」泰勒認爲，依據作者數量而言：「一位還好，二位可以，三位極佳，四位太多。」

　　一般來說，一篇具有原創性實證論文，擁有至多六個作者，都是在合理範圍之內。但是如果一篇期刊論文，只有第一作者，或是至多兩位作者，他們的名字都會在引用時出現。但是，如果引用的論文，有三位或三位以上的作者，出現在較後面順序的作者，將會以拉丁文的「以及、其他、等等」（et al.）代替。許多期刊在參考文獻部分僅列出前三位作者的名字。因此，在期刊合作對象的評估方面，需要考慮不要太多人，以免稀釋作者的貢獻程度。

　　基本上，有些期刊會規範作者資格之標準，包含了符合作者資格之研究人員皆須被列爲作者，每位作者都應投注足夠的心力爲該論文中，適切等分的內容負起公開的責任。因此，成爲期刊作者的資格應具備下列要素：

　　㈠對論文構思、設計、資料取得、資料分析以及資料解讀，具有重大貢獻。

　　㈡撰寫論文草稿，並審慎嚴苛地修改論文的內容。

　　㈢確認最後要發表的論文版本。

　　目前許多期刊要求需要列出每位作者對於期刊論文的貢獻等資訊，說明在對論文構思、設計、資料取得、資料分析以及資料解讀、撰寫論文草稿以及確認最後要發表的論文版本中具備貢獻程度。我們以2017年發表的一篇SCI期刊文章爲例，其中共有五位作者，其排列次序爲A、C、D、E、B*，說明如下。

　　作者貢獻：A和B設計實驗；A和C進行實驗；A和C分析數據；D在討論結果方面做出了貢獻；A，B和E寫了初稿；A和B修訂了初稿文件。所有作者參與閱讀、修改和完成論文。

　　Author Contributions: A and B conceived and designed the experiments; A and C performed the experiments; A and C analyzed the data; D contributed in the discussion of results; A, B, and E wrote the original paper; A and B revised the paper. All authors participated in reading and finalizing the paper.

## (四)確認最後列名順序

在作者的排序，應該依據研究貢獻進行，以下說明角色扮演的方式。

### 1. 第一作者（first author）

在論文投稿的時候，第一作者（first author）通常需要從事大部分的研究、撰寫、修改以及文字鍛鍊工作。也因此，我們需要引用一篇論文時，通常提到的就是第一作者的名字，例如Fang et al. (2016) report that...（以下略）。

我認為如果以第一作者身分發表論文，對於博士學生的學術發展非常重要，一般來說，這些第一作者往往是迫切需要發表文章或獲得學術界認可的後輩們，例如是研究生、博士候選人、博士、博士後研究員或是希望晉升助理教授、副教授，以及教授的學者。

許多國內博士畢業的標準，都希望要求畢業博士在取得學位之前，要以第一作者的身分發表至少一篇期刊論文，甚至需要發到兩篇期刊論文。這也就是為什麼如果有兩位以上的博士學生，一起合發期刊，在作者排序中會有爭議。

此外，對於博士後研究員以及任職大學的教授來說，擔任第一作者發表期刊論文是爭取研究經費、申請教職及教職升等的重要因素，因此，英文論文發表的作者名單中，第一作者的排名非常重要。

### 2. 第一作者以外的作者

在第一作者之後，作者排序是根據對研究的貢獻程度而定。所以貢獻越多則排名越前面，不過有時候可能因為多位作者貢獻度相同，為避免作者排序爭議，建議在研究初期就討論決定作者排序。

### 3. 通訊作者（corresponding author）

在投稿的時候，期刊會要求一位通訊作者（corresponding author），

通訊作者會收到審稿進度、同儕審查意見以及得知審查結果等。雖然在一般期刊中，認爲通訊作者只是單純的行政角色。但是因爲通訊作者擔負起投稿的工作，這個角色和資歷有關。因此，通訊作者通常是研究計畫主持人或是資深研究人員，因爲研究計畫主持人或是資深研究人員的通訊地址，基本上不會變動。

所以，在第一作者以外的作者群，資深教授或是指導教授，則會列名爲第二作者，或是最後一位作者，例如是排名最後一位的通訊作者（corresponding author）。在第三順位之後，則爲其他作者群，其排列順序，依據貢獻度，從大至小依序排列。以上述刊登的期刊排列順序爲例，共有五位作者，其排列次序爲A、C、D、E、B*，在此，通訊作者的貢獻，視同第一作者，其扮演的角色說明如下：

1. A君：A君爲T大助理教授，實質指導C君之論文研究。參與論文構思、設計、英文撰寫、資料取得、資料分析以及資料解讀。

2. B君：B君爲N大教授，參與英文論文構思、場域設計、實驗設計、英文撰寫以及資料解讀。B君確認最後要發表的論文版本，擔任本期刊論文投稿的通訊作者（corresponding author），在作者姓名上右上方打上星號（*）。

3. C君：C君爲T大碩士，參與論文實驗設計、資料取得、資料分析以及資料解讀。

4. D君：D君係爲C君碩士論文指導教授，T大教授，參與實驗討論結果，並參與碩士論文初稿修訂。

5. E君：E君爲知名國際學者，知名W期刊（SCI期刊）主編，參與撰寫論文草稿，並審愼嚴苛地修改論文的內容。

上述的作者們，都應該要充分了解，並由第一作者和通訊作者解釋列名順序的原因。因此，針對作者資格的成因，應針對期刊論文的構想、設計、資料取得以及資料分析和解讀，具有重大的貢獻。並且需要進行撰寫論文草稿、參與論文修改討論，並且確認最終要發表的論文版本。

其他參加研究經費贊助，協助資料搜集和採樣，以及監督研究團隊的

主管，並不一定會構成作者的資格，除非是實質參與研究，並且在撰寫論文的過程中，占有一席之地，否則應該不構成掛名的原因。因此，研究單位的系所主管、研究中心負責人、協助研究採樣人員、場域施工人員、學術編輯、審查委員，也並不符合作者的資格，可以在致謝辭中，感謝他們對於論文具有貢獻的人員，表達感激之意。

致謝詞的對象，包含了提供研究技術支持、參與構思、曾經給予相關建議，以及閱讀初稿給予修改意見的學者，還有研究中的實驗對象等。另外，也需要感謝資助機構，需要列出實驗研究經費來源以及資助編號，致謝詞的寫法如下：

致謝詞：感謝T大H研究所的成員對於本研究初稿的貢獻。本研究工作獲得科技部的資助（NSC 102-0000 to A君；MOST 105-0000 to B君）。這篇文章也是由N大進行經費補助。我們感謝兩位匿名審查委員和學術編輯的建議，相關建議已經納入定稿本修正意見之中。

Acknowledgments: We thank members of the H Institute, T University, for their contributions to the manuscript. This work was supported by grants from the Ministry of Science and Technology (NSC 102 0000 to A; MOST 105 0000 to B). This article was also subsidized by the N University, Taiwan, ROC. The useful suggestions from anonymous reviewers and the Academic Editors were incorporated into the manuscript.

## 二、兩性平權

近年來，在科學期刊的發表上，女性科學家傑出的表現，讓人刮目相看。在科學研究中，因為個人在基因表現上的平均差異，遠遠大於男性和女性的性別平均差異。所以，爭辯男性科學家優秀，還是女性科學家優秀，是沒有意義的。此外，大部分科學家在期刊論文發表的努力程度，除了需要角逐智力和個人努力之外，其實更多的支持力量，是來自於家庭和

社會。但是，因為女性在社會中被定位為需要照顧家庭、撫育小孩，需要承受社會和家庭雙重的壓力，讓女性科學家的養成過程之中，不如想像中來得好。臉書（Facebook）營運長桑德柏格（Sheryl Sandberg）在《向前一步》（Lean in）一書中，提到女性常被要求要家庭和事業兩者兼顧，但是從來沒人這麼要求男性也需要這麼做（Sandberg, 2013）。她說：「有些日子我仍會一覺醒來，覺得自己是個騙子，不知道我是否屬於我所在的位置。」

(一)女性科學家比例較低

　　在國外科學研究生涯中，在不同職業階段中，從事科學的女性越來越少。以圖10-1為例，上圖示顯示為男性，下圖示顯示為女性。在高中時代，男女在科學學科中，幾乎是各半。但是從大學念理工農醫科系開始，女性比例明顯降低。到了大學教授階段，十位理工農醫科系教授主管當中，只有一位是女性。

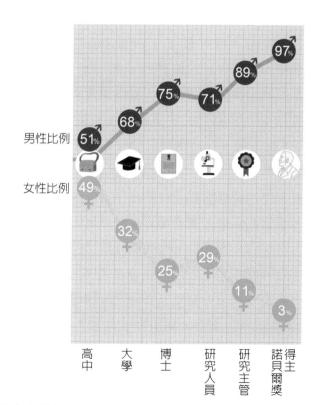

圖10-1　男女在科學學科中，隨著年齡遞增，女性科學專業者有遞減的趨勢。

以臺灣大專校院理工農醫科系來說，女性大學生人口比例為30%，和國外相仿，但是進入理工農醫科系的研究所之後，女性比例反而減少。在國立清華大學，博士班理工科系的女性研究生僅占10%，比歐美25%的比例還低，反映出女性科學家養成中的障礙，包含家庭和社會所存在的壓力。

其實女性對於科學的熱愛和男性是並駕齊驅的，但女性研究者的比例，卻隨著研究階段提升而逐漸減少。其中社會性別壓力，導致從女性博士到女性教授比例降低。此外，也有研究顯示，在同等的學術能力下，男性學者比女性學者更容易在學術界找到教職、獲得升等。

## (二)女性科學家擔任期刊審查委員比例較低

2017年《自然》（*Nature*）期刊呼籲，審查委員（reviewers）的性別比例，應該和兩性在職場的分布比例相當（Lerback and Hanson, 2017）。但是在2012年到2015年，女性教授僅占審查委員的20%，遠低於女性第一作者比例（26%）、女性共同作者比例（23%）、女性職業聯盟成員比例（美國地球物理聯盟）（American Geophysical Union, AGU）（28%），或是占全體研究人員中的女性比例（29%）。所以根據推估，女性擔任審查委員的參與程度較低，男性審查委員約占11,876人，平均每人審查2.1篇的文章；多過於女性審查委員，女性審查委員為3,043人，每人僅審查過1.8篇文章，以上問題出於父權宰制結構（patriarchal structures）的期刊作業方式。

女性參與期刊審查比例較低的原因有兩種。首先，作者會建議審查委員，有的編輯會參考建議的名單，邀請審查委員參與審查。研究發現，編輯邀請了29%的作者建議的審查委員，擔任期刊論文的審查委員。其中，在期刊審查過程中，女性編輯推薦女性審查委員占了22%，而男性編輯僅推薦17%的女性審查委員。這種態勢顯示男性的編輯委員，對於性別存在了偏見。甚至，在歐美期刊論文中，如果期刊主編和審查委員是帶有性別偏見的男性教授，男性則擁有獲得較高刊登機會。其中，男性編輯不邀請女性審查委員的原因，是因為男性編輯可能想像女性教授會對他們說：

「不，我不想審查。」

推論女性科學家拒絕審查期刊論文的主要原因，可能是她們的工作量太大。事實上因為女性科學家需要擔任家庭、社會以及慈善機構的服務活動，生活壓力較男性科學家更大，所以可能會婉拒審查的機會（Lerback and Hanson, 2017）。

### (三)女性科學家在高科技研究中代表性不足

在科學的領域之中，第一作者產生的論文，對於作者職業發展、學校聘用以及升等決定特別重要。我們以著名醫學期刊女性第一作者（first author）為例，在影響因子較高的期刊中，科學家分析從1970年到2004年的期刊發表中，美國和英國女性研究人員各占29%和37%。從1994年到2014年在六本英文醫學期刊中，如：《BMJ》、《JAMA》、《內科年鑑》（Annals of Internal Medicine）、《內科檔案》（Archives of Internal Medicine）、《柳葉刀》（The Lancet）、《新英格蘭醫學雜誌》（the New England Journal of Medicine, NEJM），平均來說，在3,758位作者中，女性第一作者占了1,273位，約為34%。從1994年的女性第一作者比例占27%，到了2014年女性第一作者比例提升為37%，提升幅度為10%，但是比例仍舊偏低。在期刊種類上來說，以《BMJ》的女性第一作者比例最高，但是以《新英格蘭醫學雜誌》（NEJM）的女性第一作者比例最低。美國流行病學者佛萊多認為，應持續關心女性在高科技研究中代表性不足的問題（Filardo et al., 2016）。

檢視其他自然科學領域，也有這樣的情形。例如，《自然》（Nature）期刊關切美國地球物理聯盟（American Geophysical Union, AGU）在2012年到2015年間出版的20種科學期刊，學者進行了兩性作者的研究（Lerback and Hanson, 2017）。其中，共有7,196名第一作者，發表了22,067份期刊文章。在大多數情況下，第一作者同時也是通訊作者的比例高達89%。女性為第一作者的比例為26%，如果不考慮作者順序，女性作者占作者比例為23%。總體而言在四年之中，女性列名為第一作者（n = 2,859），平均發表論文數量，較男性為第一作者（n = 8,098）的數

量，少了許多。

在國外期刊中，因為不見得所有的期刊都是雙盲審查（double-blind reviews），如果以參與美國地球物理聯盟的20種科學期刊審查為例，有許多義務參與的主編、副主編，最後會邀請年輕期刊的作者擔任審查委員，甚至在多年之後，邀請這些年輕科學家共同投標，向國家科學基金會申請研究計畫。審查委員也會告知作者自己是審查委員，和作者建立關係，促成未來的計畫合作。

因此，擔任期刊論文審查委員，可以學習重要的經驗，理解許多尚未發表的科學觀點，有助於改善自我的思考模式。因此，在國際期刊中，邀請更多的女性編輯擔任審查工作是必要的。期刊出版商應考慮進一步培訓和教育審查委員改善對於女性科學家的偏見和刻版印象。鼓勵論文作者推薦女性科學家擔任審查工作，讓更多科學期刊的主編、副主編邀請更多的女性科學家，擔任期刊論文審查工作，藉以強化女性科學家在高科技研究中的傑出貢獻，以發展科學語言中的兩性平權主張。

## 第二節　組織分享

二十一世紀的期刊發表，是集體主義的時代，任何單一作者單打獨鬥，除了需要花費更長的時間進行實驗室設置、資料貯存、實料探勘、數據分析、資料撰寫、初稿審查，以及進行投稿等冗長的工作，在今日多工處理（multi-tasking）的時代，資訊媒體發達，除了手機、語音、電子信箱、多媒體訊息（Google新聞、Facebook、LINE、Skype、微訊、微博）泛濫的今天，任何人要自外於這個社會網絡，可以說不可能，自然無法遁逃於天地之間。

所以，在組成期刊論文的寫作班子，加強分工的功能，是目前進行期刊論文寫作組織時，需要進行的工作。但是，當你想要坐下來好好寫一篇文章時，習慣在電腦螢幕上一口氣開起好幾個網頁視窗和檔案；中午時要

和學生碰面，談論文進度，還順便寫個備忘錄，每天總是覺得有很多事情要處理；回到家後邊看電腦，邊用Facebook、LINE、Skype等多媒體訊息聯絡、睡前又閱讀好幾篇應詳讀的英文期刊報告，並且回傳同儕及學生的E-mail。

這一種焦頭爛額的生活，相信是很多研究人員都有的夢魘。想到要進行的事情太多，無形之中，也給自己添加了壓力，甚至到無法應付的地步。此外，在許多的大學中，因為研究案的補助申請，帶來許多巨大的競爭壓力，那你完全符合目前研究人員的困境了！

這些巨大壓力不僅存在，大家也不知道如何開口討論這些壓力。在高等教育學術界，往往默認教職是高壓的工作，但是大家不知如何進行理論探討。因應上述人類社會學習（social learning）的困境，本節以期刊發展的生態組織原理、組織道德原理以及組織發展原理等三大原理為題，進行高等教育界在組織行為中的辯證。

## 一、生態組織原理

在期刊論文的寫作上，雖然孤獨，但是經過團隊合作的關係，強化了研究人員之間的社會網絡關係，從團隊合作，到了組織工作，需要探討組織原理。何謂組織原理呢？

如果我們以期刊刊登為例，涉及到排名、升等、個人學術聲望以及研究計畫，所以我過去常常戲稱：「SCI期刊是有錢人的八股文。」古代八股取士，莘莘學子需要進行苦讀，常常到了三更燈火五更雞，為了記誦孜孜不倦、熬夜再戰，是為了撰寫八股論文，考上科舉考試，以換取功名。但是到了二十一世紀，期刊論文的研究，已經不是一位研究人員關起門來，可以一肩獨挑大梁，而是需要透過集體努力，進行慎密分工的一種社會交換行為。也就是說，需要靠集體團隊努力，以換取期刊刊載的機會。

所以，一位學者的成功，通常不是個人的成功，需要伴隨著時間、空間以及所處的環境和人事，通過重重考驗，以通過狹窄的期刊錄取門檻。

俗話說：「一人得道，雞犬升天。」那是因為當時的時空「人、雞、

犬」都是處於同功群的狀態，當時此人的位階如果上升，那麼同在其地域時空低位階的人，同樣可以因為位階上升而相對爬升上去。位階的理論，在生態學上的演進十分突然，彷彿是隔代跳躍的理論進展。早在1925年物理學者羅卡（Alfred Lotka,1880-1949）發現系統中的「自我組織」（self-organization）理論，認為「自我組織」將產生最大能量吸攝及產出能力，這個用熱力學解釋的理論，形容各領域都會發現階層組織化的效果。

後來，生態學者奧登（Eugene Odum, 1913-2002）就說，一個封閉生態系中，一旦「自我組織」發生，就會產生系統中競爭和合作間的關係，最後達到一種動態「不」平衡關係，強勢的物種會主宰整個系統，這種不平衡和當時系統間生物所處的環境、營養和物種數量有關。這個「自我組織」概念，就像是「非我族也，其心必異」，因為不是同功群的生命，怎麼看都是不順眼，於是在生態系中，非同功群的生命體，一定會處於緊張的競爭狀態，以便占到一個可以生存的位置。因此，好的位置，由競爭性強的物種先占；不好的位置，由競爭性差的物種後占。甚至，因為時空環境改變，競爭性差的物種，越來越沒有位置，導致全軍覆沒。生物之間的優勝劣敗競爭，讓人望而生畏，彷彿是達爾文適者生存主張的再現。

這個理論和期刊發表有什麼關係呢？我們以學術界的「黨同伐異」為例，就可以知道其實學術界像是人類世（Anthropocene）的生態系。研究人員進行組織，以集體的力量，以拓展實力的方式通過研究計畫的申請，獲得研究資源。

然而，這個適者生存關係，打的是「組織戰」，而不是「個體戰」。

對於同功群生命體所占的地盤關係，要看當時的環境條件和限制。以環境限制來說，我們以生態系統中的洪水區為例，2017-2018年國際濕地科學家學會（Society of Wetland Scientists, SWS）總會會長，任職美國愛荷華州立大學的凡得沃可（Arnold van der Valk）向我分析了一個濕地故事，他說：「當一場環境災變來臨的時候，大洪水就像是環境篩子，篩去不適生存的濕地植物。」、「濕地植物各憑本事，其胎生根有早發的，有

晚發的，眞的環境條件太差，不免龜縮像個胎生種籽，等待時機，伺機而動。」

這一點就像是時機不對，在投稿時，屢戰屢敗，需要養望，努力強化自身的能力，以加強投稿的戰力，不能妄自菲薄，更不可懷憂喪志。

濕地植物學者凱帝（Paul Keddy）認爲，洪水不是唯一因子，應該要整體看洪水、營養、擾動、鹽分、競爭、牧養和藏籽能力。當時環境所處的營養有沒有營養？這個環境有沒有被外力干擾？這個地區土質是不是太鹹？物種競爭的關係怎麼樣？這個植物牧草是不是太好吃，被牛群吃光？植物種子在水旱災來臨時，能不能躲避災禍，也就是說懂不懂得「潛龍勿用」的龜縮哲學。

然後，在這個同功群的排列下，競爭性最強的植物，占到中央位置，因爲地力比較肥，干擾比較少；其他的同功群植物，競爭力較弱者站在外圍，形成同心圓的態勢。

基本上，因爲凱帝和凡得沃可的推演，可以推測一張植物分布演替圖說，好比是政軍界、學術界、企業界生態關係上的「陸官圖」。於是，環境主宰論好像超越命定論，可以判識一個人、一個功群、一個社會、一個國家會不會成功。凱帝說的原則是，「整編吧，一旦整編就改變原來權力統治版圖」；「反應吧，對環境反應的快，整個棲地上的功群就不會消失」。但是環境通常會受到週期影響，當一個環境改變的太厲害時，往往同功群的群體，因爲「命不夠硬、運氣太差、位置坐不穩」，就會遭到全軍覆沒的命運，那是生命競爭原則中殘酷的事實。於是，「反應」，就是看你能不能通過嚴酷的考驗。不能，請和權力版圖說再見。

看到上述二十世紀流行的生態組織原理，讓人不禁感觸良多。事實上，在學術網絡的關係中，過去有一種說法是「軍有軍閥、財有財閥、官有官閥、學有學閥」、「學而優則仕」，形成了二十世紀的「學霸現象」。但是到了二十一世紀，生態理論固然可以說明達爾文社會主義中的優勝劣敗、適者生存；但是更爲崇高的道德主義，形成了組織道德，反而更加強了學界的社會聯繫關係，而不是學閥獨大的壟斷角色。

## 二、組織道德原理

上述談論的是生態界的物種關係，或許和人類的道德關係不盡然相同。

道德發展會具備多種因素，包括熟悉的任務以及社會支持的功能性。一般人的實際生活經驗，常常歸因於兒童期和青春期的發展所造成的影響。因此，在道德體驗中，道德判斷和行動的複雜性，具備多重因子影響，例如，道德判斷的動機涉及受到了激勵策略的影響，才會發揮其道德價值。因此，研究人員相互支援的道德困境，才是目前最需要解決的問題。

「如果，在學術界，是否需要推己及人的道德同情，以挽救年輕助理教授的生存危機？」「算了吧，我們這些教授，連生存都成了問題，學生人數越來越少，每個寒暑假都要到校外招生，還管其他人的死活？」我聽到了私立大學校園中的竊竊私語。

因為，一般人都還是很功利，大家喜歡和過去、和現在的同儕進行比較。

「T大A教授不到四十歲就升到教授了，他還是我高中同學呢！」「那個傢伙怎麼能夠升到教授，他過去還是我在聯考時代的手下敗將呢！」這又是另外一種公立大學校園的竊竊私語。

美國哈佛大學商學院教授吉諾（Francesca Gino）針對「社會比較理論」，寫得更露骨，她說：「社會比較挑起的情緒不只是忌妒，還有威脅到自尊，並且對我們的人際關係產生影響。」我們變成功利，是保護自我的地位不受到威脅者的挑戰；然而，諷刺的是，因為排外，不希望一流人才導入團隊，造成團隊的內向性和內化性，導致組織的墮落和崩壞。因為我們不歡迎外來更為優秀的人才，因為為了自我保護地位不受損。因此，當個人道德良知和團體最大利益碰到兩難，是為了自利（自私的基因），導致組織崩壞；還是忽視小我的力量，完成總體的最大利益？也就是犧牲小我，完成大我的精神。我想一般人還是要做好自己，保護親信就好，很

難推己及人，完成更為大我的動機。

　　因此，如何在學界推己及人，達到互蒙共利的合作呢？我常常思考人生的意義，看到《意義地圖》（*The Map of Meaning*）這一本書（Lips-Wiersma and Morris, 2011）。我簡單將圖重繪，闡釋人類道德的意義和價值（圖10-2）。也就是說，我們這一群所謂的高等知識分子，究竟需要如何發揮潛能，發展內在的自我？如何和群體產生互動，力行服務的人生觀呢？因為不忍天下蒼生受苦，希望協助認識和不認識的博士同儕，以及博士班學生離苦得樂，因此動念起心，開始撰寫本書。這也是我凌晨三點即起，一有靈感，立刻揮筆立就，朝暮兼程、馬不停蹄地奮起直追。在一天至少要寫七小時的挑燈夜戰之下，終於在三個月內寫了21萬字，完成了這本書，也讓最初的發心塵埃落定。

圖10-2　生態組織原理，在於發展人類的良知和道德，以服務人群（Lips-Wiersma and Morris, 2011）。

## 三、組織發展原理

最成功跨領域期刊作者尋找的合作對象，通常也同意與他人合作，形成緊密的社會網絡關係。

英國瑪麗皇后大學的潘札拉薩（Pietro Panzarasa）研究過期刊合作的屬性。他認為，若這種學界同儕之間的聯繫網絡消失，身陷其中的研究人員，一定會在「眾聲喧譁」的資訊洪流中滅頂。因為隨著期刊論文的增加，每一個期刊學門越來越專業化。

過去可以用比較簡單的方式投稿，例如，美國西北大學社會學家烏茲（Brian Uzzi）和同事分析自1955年以來，共二百多萬件專利和2,000萬份研究論文，結果發現在1950年代初期，引用次數較高的研究論文，都是由單一作者完成，但是後來局勢逆轉，這種差距也越來越明顯。烏茲說：「二次大戰結束以前，科學家通常孤獨地坐在實驗室前研究，但是如今已經大不相同。」

現在的科學家，需要採用複雜系統，通過電腦程式進行運算，才能夠取得發表的一席之地。此外，在二十世紀研究人員以書信往來，交換意見；現在透過視訊、網路進行溝通交流，產生了跨國合作的契機。

過去科學學門範疇有限，學者之間在期刊論文中掛名作者，並不是一種成就指標。因為在二十世紀，學者的名聲是透過期刊發表，後來經由獲得國際大獎，透過記者訪問，由報紙、雜誌、電視、廣播等主流媒體進行口耳相傳，對於誰提出精闢見解，大家也有定見。但是如今學術圈的影響力大不如前，目前以視訊、網路直播、臉書、LINE分享資訊，人人都可以是大師級的人物。學者處於二十一世紀，除了要列名在白紙黑字的研究期刊之中，還要透過專屬網站、專屬電臺節目、網路節目、影音視訊，積極爭取社會認同、同儕認同、研究口碑以及廣納研究生登堂入室；並且在課堂上插科打諢，懇請大學部的學生給予更高的評鑑成績，以爭取升等的機會。

套句廣告臺詞：「教授，你累了嗎！」

在選擇合作對象中，到底是要找尋同儕中的精英攜手合作？還是要跨領域找尋新夥伴，搭配自己較弱的項目？在合作默契中，究竟是要建立長期的夥伴關係？還是要騎驢找馬，不斷地更換夥伴戰友？經過研究顯示，這些問題需要進行權衡利弊得失之後才來決定，並沒有清楚的規範可以依循，通常研究團隊需要融合專業、多元、傳統、創新，才能達到最成功的境界，研究者也需要積極努力，以強化合作模式，進行組織合作。

## 四、強化期刊論文合作模式

期刊論文的合作模式有研究室和研究室的合作，也有研究人員和研究人員之間的期刊合作關係，在期刊合作中，需要以團隊合作的名義，以共同撰寫計畫的方式，申請研究經費。在共同合作的面向中，需要強化下列的合作方式。

### (一)鞏固既有研究優勢

國際學者在選擇期刊論文撰寫的合作夥伴中，通常有幾種不同選擇。一種是依據個人較爲傑出的研究經驗，邀請國際上經歷與資源豐富的高知名度人士參與，以強化國際社會網絡關係。美國西北大學社會學家烏茲（Brian Uzzi）與研究同事分析1975年至2005年之間，共計420萬份研究期刊論文發表，烏茲及研究團隊從中選取樣本，依據研究人員獲得引用次數進行分級，後來發現研究人員若和同等級或是更高等級機構的人員合作，研究成果獲得引用次數較高。

依據經驗法則，在合作團隊中，最好有50%爲同等級或是更高等級機構的重覆合作者。因爲主要研究人員，如果以往具備合作的經驗，研究成功機率便會提高，因爲成員之間，已經經歷過相互熟稔的初步階段。在研究中，便可以漸漸納入相關學科領域的人員。

### (二)拓展學術網絡關係

一般來說，人類超過50歲之後，思維都會固定，爲了鞏固既有的學術地位，在提案計畫中，都會相對保守。因此，美國國家科學基金會資訊科學研究計畫負責人伊雅可諾（Suzanne Iacono）認爲：「我們能分辨

出哪些計畫是急就章而完成的，我們可不會將1,500萬美元的獎助金，給予從未合作出成果的團隊。」現今的計畫都要求提案必須包括團隊組成方案，伊雅可諾則表示，「我想更了解為何加入更多的學科團隊時，知識產出品質反倒下滑。」

依據伊雅可諾的說法，如果研究團隊成員過於廣泛，也可能導致失敗的命運。美國杜克大學教授康明斯（Jonathon Cummings）追蹤500件美國國家科學基金會資訊科學研究計畫，這些計畫雖然組成橫跨自然、社會與電腦科學界的團隊，但是，成員背景最多元的團隊，平均而言，效能最低。康明斯認為：「參與計畫的大學總數愈多，研究無疾而終的機率愈高。」因為在團隊擴大中，成熟的團隊常會盡力尋求研究上的共識、避免異端產生，稱為學術界的「同溫層」、「共鳴室」的協和性，學者之間只說彼此想聽的話，卻遮蔽了研究可能的真相。

所以，拓展學術網絡關係是必要的，但是要避免浮濫。美國哈佛醫學院數學家亞貝斯曼（Sam Arbesman）指出，若將跨領域研究視為高風險、高報酬事業，便能了解上述現象的產升原因。他說：「多元不等於更好，結果可能會走向極佳或是極差的兩種極端。」

(三)邀請新血加入團隊

在期刊研究合作的對象之中，應該要不斷注入新血，一方面培養科學界的生力軍，一方面確保研究成果能夠不斷地產出。最理想組成跨領域研究團隊人數，取決於現在的團隊規模。如果跨領域團隊成員流動比例偏高，約莫20人的研究團隊，可以維持較長的合作時間；但是如果團隊人數只有少數幾位，則可以產生穩定性較高的核心研究。此外，在期刊合作中，人員經常流動，對於小型研究團隊也有助益。美國西北大學工程學院教授亞馬拉（Luis Amaral）研究合作經驗，搜集自1955年至2004年之間，包括社會心理學、經濟學、生態學、天文學的32本期刊，115,000位作者發表的近九萬篇論文，發現在高影響力的期刊內，學者之間重覆合作比例明顯較低。所以，邀請新血加入研究團隊，可以保證研究的品質不斷提升。

# 第三節　自我成長

　　教授的生活，是處於一種緊張忙碌的競爭型生活。由於精於期刊論文寫作的方式，在針對人類相處的觀點來說，過於斤斤計較期刊積分和教學、服務和學生輔導點數，而失去了原有人性所應有的價值觀。愛因斯坦曾經說：「有一種現象已經明顯到了讓我毛骨悚然的程度，這便是我們的人性，已經遠遠落後我們的科學技術了。」

　　2016年8月4日，在《高等育紀事報》（*The Chronicle of Higher Education*）談到，在大學校園中，資淺的助理教授和約聘計畫型助理教授，通常因為他們面對的升等與工作壓力，成為自我成長中最脆弱的一群。

　　當他們身處高壓的環境，有些年輕學者甚至擔心吐露問題，會影響他們的前途。許多教授認為討論教授的心理建設，是一種「示弱」的表現。因此，學術圈並不常討論這個問題，因為這種問題會被解讀成為研究和工作上的弱點。因為在學術圈，學者腦筋中的思路，是最重要的知識生產工具與學校資產，如果你坦承自己的心理層面出了問題，或是感受壓力大到通過不了學校的評鑑，或是評鑑沒有通過，你可能會很擔心你的同儕、父母和家人，會如何解讀這些過不了關的訊息。所以在本書的最後一節，我想和教授同儕們探討人類成長原理、校園發展原理，以及在自我晉升之路中，如何讓這一條道路走得更順遂。

## 一、人類成長原理

　　在學術圈，聰明才智高者，大概30歲之前，可以拿到博士，可謂頭角崢嶸。但是我在30歲之前，在行政院環境保護署擔任薦任科員，到了39歲取得美國德州農工大學生態系統科學及管理哲學博士，在行政院環境保護署還是擔任薦任科員，沒有晉升。

　　我從來不信仰宋人呂蒙正「未遇之前」所說的：「人道吾賤，非賤

也，此乃時也、命也、運也。」我不是傳統的命運決定論（determinism）者，反而更加堅定讀書行善，可以改變命運。在公務體系不得志，我不想當一輩子的博士科員，後來受東海大學景觀學系賴明洲主任之邀，在40歲的時候，離開任職十餘年的環保署，到東海大學擔任客座助理教授。但是，賴主任在我過去第一年之後，他就因為肝癌病逝。我後來知道客座助理教授這個位子，其實只是代課老師的位置，不列入退休年資，連行政院國家科學委員會的計畫也不能申請，兩年之後，就必須離職。當年我從臺北南下，踏上為期兩年的東海大學客座生涯，並且在臺南大學兼課。每週從臺南教書回來，風塵僕僕地回到東海大學單身宿舍，可能是凌晨一點，如果回到臺北的家中，已經是凌晨三點。為了確保工作權利，我申請過三十幾所系所的教職。在臺灣，北中南東的大學，我都去面試過，全部以失敗告終。

我記得孔子曾說，如果一個人在40歲之前，還沒有出息的話，他認定這個人不會有出息。然而，人類際遇的「遇」與「不遇」，那是很難講的，有人很早就「遇」；有的人很晚才「遇」，但是「遇與不遇」，應該要四十多歲，可見真章。

我談的是西方科學界不談的「人生資訊學」，這在大學中的學術殿堂，同樣也是避而不談的。但是我借用命理的術語，進行人類成長原理解釋。我想要表達的是人類成熟的概念。當他成熟或是社會化了之後，就會覆蓋原來西洋星座、紫微斗數本命宮星星的特性，這種情形，通常發生在成年人的階段。例如，紫微斗數第一大限和第二大限出現在兒時，第三大限出現在青少年，第四大限出現在青壯年，等到第五大限時，三方四正又回復到第一大限的會照，大約是四十五歲左右。這時，人類本身已經趨於成熟，所以孔子說：「四十而不惑。」他的觀察是很入微的。因為歷經紫微星系所有星星的會照過，人生的風風雨雨、浪浪滔滔都已經經歷過。一個人，除了更能體會生命的奧妙，也正是人類最有魅力、最能夠扛起社會責任的時候。我常常安慰自己，生命會找到出路；時機，會交給準備好的茹苦之人。

這個故事最後的說法是，我是到了46歲的時候，才覓到臺灣師範大學環境教育研究所助理教授的職缺，順利銜接了曾任兵役、公職和私校（中華大學）的16年的退休年資。三年半之後，受到同儕鼓勵，晉升為副教授。

## 二、校園發展原理

然而，如果經過社會歷練，再回到學校攻讀博士學位，很多人不見得在30歲之前，可以順利取得博士學位，通常還需要磨個幾年，才取得學位；此外，取得博士學位的時間，要依據自身在社會歷練之中的時間而定。以我而言，我拿到博士是39歲，但是等到取得在中華大學休閒遊憩規劃與管理學系的正式專任教職，我已經是42歲。

美國電腦科學家兼歐巴馬總統醫療顧問的麥特（Matthew Might）曾經以連續的系列圖，說明博士之路。詳細的圖說，請參考圖10-3。

麥特認為，人類所有的知識，像是一個廣袤的圓形，雖然博大，但是有其界限。當你小學畢業時，你會知道一些事物。當你拿到學士學位時，你將擁有專業的方向。在取得碩士學位之後，你會加深對這個專業方向的了解。慢慢地，當你研讀研究文章，教授會帶領你走到人類知識的最前端。當你到了人類知識的邊界時，你會專注於一個專門性的問題。當然，你在這個邊緣努力了好多年。直到有一天，你在這個邊界突破了一點，這個突破點就是所謂的「博士」。但是這個博士並不像字面上所說得那麼「廣博」，而是相當「專精」，你可以說是專精之士，簡稱「精士」。當然，這世界對現在的你來說不一樣了。所以，毋望你的初衷，你將有遠大的鴻圖（bigger picture）。麥特期勉大家，取得博士之後，需要「繼續努力」。

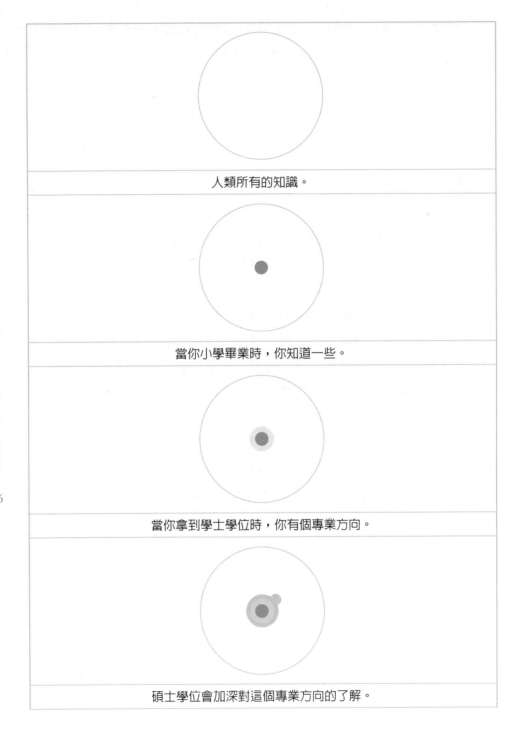

人類所有的知識。

當你小學畢業時，你知道一些。

當你拿到學士學位時，你有個專業方向。

碩士學位會加深對這個專業方向的了解。

讀研究文章會帶領你到人類知識的最前端。

當你到了人類知識的邊界時,你會專注於一個專門問題。

你在這個邊緣努力了幾年。

直到某一天,你在這個邊界突破了。

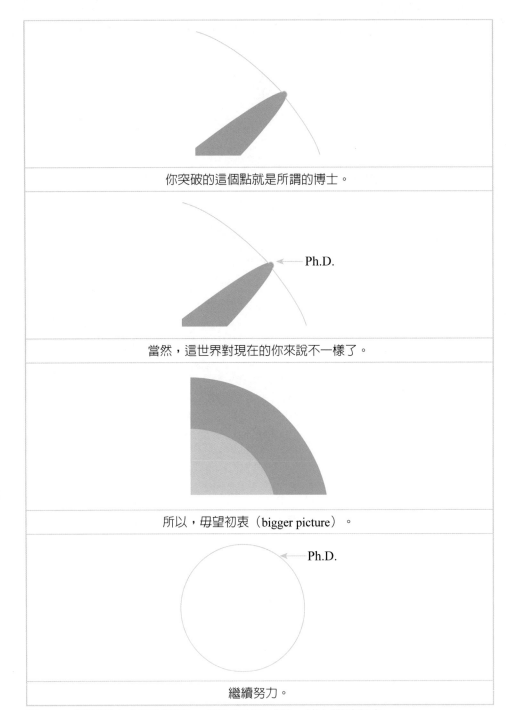

你突破的這個點就是所謂的博士。

當然，這世界對現在的你來說不一樣了。

所以，*毋望初衷*（bigger picture）。

繼續努力。

圖10-3　通過博士之路的忠告：「革命尚未成功，博士繼續努力。」
原圖作者麥特（Matthew Might），取材自http://matt.might.net/articles/phd-school-in-pictures/

## 三、自我晉升之路

　　然而，順利進入教職之後，面臨到「不出版，就走人」（publish or perish）的這一條不歸路。在學術圈奮鬥的朋友，都經歷過類似的生存挑戰。首先，需要從博士班的磨練中存活，在國內研究所，一位博士需要兩篇SCI、SSCI期刊發表才能畢業。接著，需要尋找教職，需要通過續聘評鑑，如果通過續聘評鑑之後，進入到終身教職制度（tenure-track）體系，等到取得終身教職（tenured）之後，才能鬆一口氣，放心地進行自己有興趣的研究。

　　什麼叫做終身教職制度？為什麼大學要設計這樣的制度呢？以美國大學為例，終身職制度源起於1940年代的美國，由美國大學教授協會（American Association of University Professors, AAUP）正式發出的聯合聲明所設計的保障制度。設計的目的在確保學術自由。如果大學教授的教學和研究，受到終身制度的保障，可以專心致力於教學、研究工作，不會受到政府和學校董事會的干預。在這個制度之下，一旦通過終身教職的教授，除非觸犯法律、涉及學術抄襲或是發生師生性醜聞等，否則學校無權將一位無辜的終身職教授解聘。

　　但是，剛獲得聘任的年輕助理教授，就沒有那麼幸運了。在美國的大學，取得正式教職的聘任，才是學術艱險之路的開始。一般接受聘任的助理教授，如果不是採計固定年限的契約制教職（term position），根據美國大學教授協會的建議，通常升等考核期間，設定為5-7年。其中，第一年結束會針對新進助理教授進行第一次的年度評鑑，接下來在第三年結束之前進行期中評鑑，最後在第六年結束之前，由系上投票，根據外審委員的建議，投票通過這位助理教授升等副教授的建議或是投票通過給予終身教職。

　　在美國哈佛大學，通過升等副教授，還不一定能夠成為哈佛大學終身職教授。這是在全世界第一流的大學必要之惡。我記得我在哈佛大學名義上的指導教授，他在副教授晉升教授的階段受挫，沒有取得終身職教授，

後來遭到哈佛大學解聘之後，黯然離開哈佛大學。

在終身職教授需要評鑑的項目，除了由系上的資深教授和外聘教授委員共同檢視這位受評教師的各項表現，考核的項目內容，除了對於研究（research）、教學（teaching）以及服務（service）等三項進行評鑑外，還會針對國際學術聲望（reputation）進行考核，例如獲得國際研究獎項、擔任期刊主編等工作，都是受評的項目，評鑑的項目如下：

(一)教學：除了學生對教師的教學評鑑報告之外，學校也會要求受評教師提交由資深教授旁聽教學後所給予的評鑑報告。

(二)研究：在研究年期中，平均一年的時間，至少需要發表以第一作者（first author）或是通訊作者（corresponding author）為名義的一篇學術期刊文章，才算合格。在發表的期刊中，不僅僅只看期刊論文的數量，還包含期刊的等級（ranking）和被引用的數目（citation），都會被作為評鑑的考量。

(三)服務：擔任學校兼任主管，參與校內的各種委員會，協助學校行政的推動，舉辦學術演講、學術研討會或是協助校內活動的籌辦等，都可以算是對學校的服務項目。在服務項目中，需要保持和系上所有教授之間的良好合作關係（collegiality），不要得罪任何一位教授。愛因斯坦曾經說過：「要打破一個人的偏見，比起崩解一個原子，還要困難。」如果在系上獨來獨往，像一隻孤鳥，和其他教授相處模式不佳，又沒有恩施其他教授的關係，即使各項表現都達到標準，但是很有可能會遭到其他教授挾怨報復，甚至有教授提議封殺，可能會無法通過審查。

(四)獎助：期刊論文和申請研究獎助金的關係，可說是學術評鑑體系「雞蛋」與「雞母」的關係，其中因果，如人飲水，冷暖自知。科學性質的研究雖然是一種探索性的行為，但和其他社會經濟活動一樣，涉及經濟規律中人力和資本的投入，所以也涉及到投資報酬、風險評估以及收益評估。因此，科學研究經費和研究論文，被認為是學術研究中，兩項評估指標，也是大多數高校和研究機構每年考核最常用的兩

個指標。如果沒有研究經費，則無法支助實驗室的儀器設備和耗材費用，更無法支應專任助理、兼任助理以及臨時人員的薪資，甚至無法參加國際學術交流，支付發表研究論文的國際期刊版面費用。同理可證，通過列舉研究論文刊登之後的事例，則可以證明自己的研究能量，獲得經費核准補助。

## 期刊名錄一覽

### 發表的期刊文章

以下為2008年找到第一份正式教職的工作開始，所發表過的期刊文章，我發表的SCI、SSCI、Ei、TSSCI期刊文章並不是很多，因為並未刻意經營期刊論文。看到自己的文章一篇一篇的被接受，當然是一種所謂在學術象牙塔中的產出成果。不過，對於在學術圈的年輕學者來說，努力發表文章，其實更像是為了保住工作的學習生存之道。但是，我認為一篇期刊的刊登，其功勞是隸屬於研究團隊，而不是我個人。

我個人對於中文專書寫作的期待和評價，其實比英文期刊文章發表，還要更高。但是這些專書，對於升等來說，是沒有幫助的。因此，在課餘期間，我的時間主要是用來撰寫中文專書，而不是都用來撰寫期刊論文，相反的，因為擔任SCI期刊副主編的關係，我相當熟穩期刊審查和編輯的過程。

我所撰寫的書，都是親力親為。每一個你所閱讀的字，都是我自己繕打、整理、編修以及親自校對的。在寫書方面，我從不假助理、祕書或是學生之手，他們不需要幫我這個忙，我常會自嘲我是一輩子的科員命。平均一年，我計畫要出版一本書，所以，我目前已經撰寫出版了十本書，您現在手上的這一本書，是我撰寫的第十一本書了。

以下列出我近年來發表的期刊，嚴格來說，其實和理工科系來比，並不是很多。但是因為我的研究涉及了自然科學和社會科學，在社會科學的研究領域之中，又涉及了量化研究和質性研究。因此，我願意將寶貴的時間抽出來，為新進學者撰寫這一本書，希望大家都能夠通過期刊審查的考驗。

1. Shih, S.-S, Y.-Q. Zeng, H.-Y. Lee, M. L. Otte, and W.-T. Fang* (corresponding author). 2017. Tracer experiments and hydraulic performance improvements in a treatment pond. *Water* 2017, 9(2), 137; doi:10.3390/w9020137 (SCI, 33/85, WATER RESOURCES) NSC 102 2218 E 002 008.

2. Fang, W.-T.*, H.-W. Hu, and C.-S. Lee. 2016. Atayal's identification of sustainability: traditional ecological knowledge and indigenous science of a hunting culture. *Sustainability Science* 11(1):33-43. (SCI, IF=3.373)

3. Fang, W.-T.*, B.-Y. Cheng, S.-S. Shih, J.-Y. Chou, and M. L. Otte. 2016. Modelling driving forces of avian diversity in a spatial configuration surrounded by farm ponds. *Paddy and Water Environment* 14(1):185-191. (SCI, 31/79, AGRONOMY). MOST 103-2119-M-003-003.

4. Fu, S.-F. Fu, P.-F. Sun, H.-Y. Lu, J.-Y. Wei, H.-S. Xiao, W.-T. Fang, B.-Y. Cheng, and J.-Y. Chou. 2016. Plant growth-promoting traits of yeasts isolated from the phyllosphere and rhizosphere of *Drosera spatulata* Lab. *Fungal Biology* 120(3):433-448.

5. Ng, E., W.-T. Fang, and C.-Y. Lien. 2016. An empirical investigation of the impact of commitment and trust on internal marketing. *Journal of Relationship Marketing* 15:35-53.

6. Fang, W.-T.*, C.-W. Huang, J.-Y. Chou, B.-Y. Cheng, and S.-S. Shih. 2015. Low carbon footprint routes for bird watching. *Sustainability* 7(3):3290-3310. (SCI, 154/216, ENVIRONMENTAL SCIENCES). MOST 103-2119-M-003-003.

7. Liu, S.-Y. Liu, S.-C. Yeh, S.-W. Liang, W.-T. Fang, and H.-M. Tsai. 2015. A national investigation of teachers' environmental literacy as a reference for promoting environmental education in Taiwan. *The Journal of Environmental Education* 46(2):114-132. (SSCI)

8. Sun, P.-F., W.-T. Fang, L.-Y. Shin, J.-Y. Wei, S.-F. Fu, et al. 2014. Indole-

3-Acetic acid producing yeasts in the Phyllosphere of the Carnivorous Plant *Drosera indica* L. *PLOS ONE* 9(12): e114196. doi:10.1371/journal. pone. 0114196 (SCI, IF = 3.534 MULTIDISCIPLINARY SCIENCES; 8/55) NSC102-2218-E-002-008.

9. Huang, C.-W., Y.-H. Chiu, W.-T. Fang, and N. Shen. 2014. Assessing the performance of Taiwan's environmental protection system with a non-radical network DEA approach. *Energy Policy* 74:547-556. (SSCI, IF=2.743)

10. Fang, W.-T.*, J.-Y. Chou, and S.-Y. Lu. 2014. Simple patchy-based simulators used to explore pondscape systematic dynamics. *PLOS ONE* 9(1):e86888 (SCI, IF = 3.534 MULTIDISCIPLINARY SCIENCES; 8/55) NSC 100-2628-H-003-161-MY2.

11. Shih, S.-S., P.-H. Kuo, W.-T. Fang, and B.A. LePage. 2013. A correction coefficient for pollutant removal in free water surface wetlands using first-order modeling. *Ecological Engineering* 61, Part A: 200-206. (SCI, 38/136 ECOLOGY; 10/42 ENGINEERING, ENVIRONMENTAL; 42/210 ENVIRONMENTAL SCIENCES). NSC 100-2628-H-003-161-MY2.

12. Huang, K. H, and W.-T. Fang*(corresponding author). 2013. Developing concentric logical concepts of environmental impact assessment systems: Feng Shui concerns and beyond. *Journal of Architectural and Planning Research* 31(1):39- 55. (SSCI, 89/93, ENVIRONMENTAL STUDIES; 33/38 URBAN STUDIES).

13. B.-Y. Cheng, W.-T. Fang, G.-S. Shyu, and T.-K. Chang. 2013. Distribution of heavy metals in the sediments of agricultural fields adjacent to urban areas in Central Taiwan. *Paddy and Water Environment* 11(1):343-351. (SCI, 36/78, AGRONOMY; 7/12, AGRICULTURAL ENGINEERING).

14. Shyu, G.-S., B.-Y. Cheng, and W.-T. Fang. 2012. The effect of developing a tunnel across a highway on the water quality in an upstream reservoir

watershed area—a case study of the Hsuehshan Tunnel in Taiwan. *International Journal of Environmental Research and Public Health* 9(9):3344-3353. (SCI, 91/210, ENVIRONMENTAL SCIENCES).

15.Liu, T.-C., G.-S. Shyu, W.-T. Fang, S.-Y. Liu, and B.-Y. Cheng. 2012. Drought tolerance and thermal effect measurements for plants suitable for extensive green roof planting in humid subtropical climates. *Energy and Buildings* 47(2012):180-188. (SCI, 4/57, CONSTRUCTION & BUILDING TECHNOLOGY).

16.Cheng, B.-Y., T.-C. Liu, G.-S. Shyu, T.-K. Chang and W.-T. Fang* 2011. Analysis of trends in water quality: constructed wetlands in metropolitan Taipei. *Water Science and Technology* 64(11):2143-2150. (SCI, 136/205, WATER SCIENCE AND TECHNOLOGY). NSC 99-2410-H-216-007.

17.Han, G.,W.-T. Fang, and Y.-W. Huang. 2011. Classification and influential factors in the perceived tourism impacts of community residents on nature-based destinations: China's Tiantangzhai Scenic Area. *Procedia Environmental Sciences* 10 (2011): 2010-2015. (Ei).

18.Fang, W.-T. 2010. River-continuum and flood-Pulse: Exploring ecological and hydrologic concepts in riparian-wetland. *National Taiwan Museum Special Publication* 14:101-111.

19.Fang, W.-T., H. Chu, and B. Cheng. 2009. Modelling waterbird diversity in irrigation ponds of Taoyuan, Taiwan using an artificial neural network approach. *Paddy and Water Environment* 7:209-216. (SCI, 36/78, AGRONOMY; 7/12, AGRICULTURAL ENGINEERING). NSC 98-2410-H-216-017.

20.Tseng, C.-M., W.-T. Fang*, C.-T. Chen, and K. D. Loh. 2009. Case study of environmental performance assessment for regional resource management in Taiwan. *Journal of Urban Planning and Development* 135:125-131. (SSCI,

16/37, URBAN STUDIES).

21. 施上粟、黃國文、俞維昇、陳有祺、方偉達*（通訊作者），2015。〈華江溼地小水鴨棲地復育方案選擇評估〉，《農業工程學報》61(1):65-80。（Ei）

22. 方偉達，2015，〈追思「環境教育之父」楊冠政教授〉，《環境教育研究》11(2):1-3。

23. 施上粟、胡通哲、陳有祺、張尊國、方偉達*（通訊作者），2012，〈以修正河川狀況指標法評估桂山壩操作方式改善後之河川復育效益〉，《臺灣水利》，60(3):1-10。（Ei）

24. 閻克勤、方偉達、解鴻年、王櫻燕、朱達仁，2011，〈新竹縣永續海岸整體規劃之研究〉，《建築學報》76（增刊）：1-21。（TSSCI）

25. 朱達仁、陳弘成、郭一羽、鄭安盛、方偉達、施君翰，2009，〈一個溪流生態環境綜合性評估模式之權重估計——以石門水庫自然旅遊地為例〉，《地理學報》，55:65-96。（TSSCI）

## 小結

本書許多章節文章，分享了許多不同類型與等級的期刊投稿策略和回應審查意見的心得，並不是代表我否認追求發表高水準、高影響力的學術期刊，以及追求卓越成就，所帶來學術尊崇的意義和價值。但是，對於學術圈的新進學者而言，了解自己的研究能力在哪裡，學習學術期刊的競爭生態和流程，會對於自己未來的學術發展和生涯規劃比較有幫助。

在《正向心理學》中，談到歐美文化，強調個人負責和追求地位，是幸福觀的主要元素。但是，亞洲人不一樣，東亞觀念是以儒家的角色責任為基礎。如果以功利主義的角度來看，西方國家和我們的思考模式不同。

傳統以來，東方的讀書人，自我期許是以宋朝學者張載（1020-1078）傳世名言所說的：「為天地立心，為生民立命，為往聖繼絕學，為萬世開太平」。

在現實主義中，求取淑世的名望地位，以為太平盛世奠基，成為繼往開來的學者使命。如果以馬斯洛（Abraham Maslow, 1908-1970），在需求層次理論中，建立所謂的「社交、尊重和自我實現」階層，那麼在東亞學界，則衍生出具有東方特色的「附屬、讚美、地位」的名望位階。那麼，除了升等正教授之外，得到「附屬、讚美、地位」之外，基本上在學界發展中的大學教師們，那是不會自我設限，藉以取得升等到正教授的位子，就會自我滿足的。

所謂一流的教授，還是想要立基於史丹佛大學索爾（Thomas Sowell, 1930-）所稱的「知識分子」（intellectuals）的巨擘概念。因此，本書在結尾中，不僅僅是要恭喜各位教師取得正式助理教授的教職，取得副教授的終身教職，或是取得正教授、特聘教授，或是榮譽教授等尊崇職位，而是企盼各位先進，既已通過現行學校基本的門檻，在取得大學中生存和發展的機會之後，應該積極通過對於社會的洞見，啟迪社會發展，引領整體社會正向思考及創建，才能建立獨樹一格的專業尊嚴。

## 關鍵字詞（Keywords）

| | |
|---|---|
| 人類世（Anthropocene） | 通訊作者（corresponding author） |
| 智慧財產權（intellectual property rights） | 第一作者（first author） |
| 多工處理（multi-tasking） | 知識分子（intellectuals） |
| 父權宰制結構（patriarchal structures） | 人格權（personality rights） |
| 自我組織（self-organization） | 單一作者（single author） |
| 社會學習（social learning） | 終身教職制度（tenure-track） |
| 固定年限的契約制教職（term position） | |

# 論文中常見邏輯推理的謬誤

| 中文 | 英文 | 解釋 | 錯誤的邏輯論述 |
|---|---|---|---|
| 一、命題邏輯謬誤 | Fallacy of propositional logic | 命題被視為是一種不可分割的整體。針對多個命題應用在真假值運算的形式系統之中時,主要運算子,會包括(非;¬)、聯言(且;∧)、選言(或;∨)、蘊涵(若;→),以及等值(若且唯若;↔)等。如果,違反命題邏輯系統運算規則,就構成了命題邏輯謬誤。 | |
| (一)肯定選言 | Affirming a disjunct | 命題邏輯的推理錯誤:「A或B」為真,且A(或B)為真,推得B(或A)為假。 | 1.A是美國科學家,或是華裔科學家。A是美國科學家。因此,A不是華裔。<br>2.湯姆是一隻哺乳動物,或湯姆是一隻貓。湯姆是一隻哺乳動物,所以湯姆不是一隻貓。 |
| (二)肯定後件 | Affirming the consequent | 命題邏輯的推理錯誤:「若A則B」為真,且B為真,推得A為真。 | 1.如果有火災,就會有濃煙。有濃煙。因此,有火災。<br>2.如果A買得起私人飛機,則A是有錢人。A是有錢人。因此,A擁有私人飛機。 |

| 中文 | 英文 | 解釋 | 錯誤的邏輯論述 |
|---|---|---|---|
| (三)條件式轉向 | Commutation of conditionals | 命題邏輯的推理錯誤：「若A則B」為真，推得「若B則A」為真。 | 1.如果有火災，就會有濃煙。因此，如果有濃煙，就是有火災。<br>2.如果A有博士學位，A就很聰明。因此，如果A很聰明，A就會有博士學位。 |
| (四)否定聯言 | Denying a conjunct | 命題邏輯的推理錯誤：「A且B」不為真，且A（或B）不為真，推得B（或A）為真。 | 1.A不是美國華裔科學家。A不是美國科學家。因此，A是華裔。<br>2.湯姆不是一隻哺乳動物，也不是一隻貓。湯姆不是一隻哺乳動物，所以湯姆是一隻貓。 |
| (五)否定前件 | Denying the antecedent | 命題邏輯的推理錯誤：「若A則B」為真，且A為假，推得B為假。 | 1.如果有火災，就會有濃煙。沒有火災。因此，沒有濃煙。<br>2.如果A買得起私人飛機，則A是有錢人。A不是有錢人。因此，A不會擁有私人飛機。 |
| (六)換質不換位或不當的換質換位 | Improper transposition | 命題邏輯的推理錯誤：「若A則B」為真，推得「若非A則非B」為真。 | 1.如果有火災，就會有濃煙。因此，如果沒有火災，就沒有濃煙。<br>2.如果A有博士學位，A就很聰明。因此，如果A不是很聰明，A就不會有博士學位。 |
| 二、量化詞邏輯謬誤 | Fallacy of quantificational logic | 「謂詞邏輯」是針對命題邏輯的擴充，主要引入了量化詞運算子「對於所有的」（∀）、「存在」（ョ）。誤用量化詞相關運算規則，就構成量化詞邏輯的謬誤。 | |

| 中文 | 英文 | 解釋 | 錯誤的邏輯論述 |
|------|------|------|----------------|
| (一)否定前提推得肯定結論 | Affirmative conclusion from a negative premise | 三段論邏輯的推理錯誤，一個前提為否定，結論卻為肯定。 | 1.有些犬科動物是狗，沒有狗比狼更有野性。結論：因此，有些犬科動物是狼。<br>2.有些中亞國家信仰伊斯蘭教，伊斯蘭教國家都不會接受其他宗教為國教。結論：因此，有些中亞國家會接受其他宗教為國教。 |
| (二)謬誤論證 | Argument from fallacy | 基於某種論證無效，推得其結論為假。形式上為「若A則B為假；故B為假」。 | 1.所有的貓都是動物。A是一種動物。因此，A是一隻貓。事實上，你的推論不成立。結論：A不是一隻貓。<br>2.我說英語。因此，我是英國人。你的推論不成立，美國人和加拿大人，也說英語。您不正確。結論：因此，你不是英國人。 |
| (三)爛理由謬誤 | Bad reasons fallacy | 基於某論證不健全，推得其結論為假。形式上為「若A則B；A為假；故B為假」或「若A則B為假；故B為假」。 | 1.如果太陽繞著地球轉，我們會看到太陽從東方升起，從西方落下。事實上太陽沒有繞著地球轉，你的推論不成立。結論：所以我們不會看到太陽從東方升起，從西方落下。<br>2.如果世界上有鬼魂，我們會看見鬼魂。事實上這世界上沒有鬼魂，你的推論不成立。結論：所以我們不會看到鬼魂。 |

| 中文 | 英文 | 解釋 | 錯誤的邏輯論述 |
|---|---|---|---|
| (四)互斥前提 | Exclusive premises | 三段論邏輯的推理錯誤，二前提皆為否定。 | 1. 動物不是昆蟲，昆蟲不是狗。結論：因此，狗不是動物。<br>2. 動物不是昆蟲，有一些昆蟲不是狗。結論：因此，有一些狗不是動物。 |
| (五)存在謬誤 | Existential fallacy | 不當假定推論中提及的集合「非空集」，即從「對於所有的X」，推理出「存在X」。 | 1. 天使有一對翅膀，所以，有些天使，有一對翅膀。<br>2. 人可以獲得永生，所以，有一些人可以獲得永生。 |
| (六)不當換位 | Illicit contraposition | 傳統邏輯的推理錯誤，把「全稱否定句」或「特稱肯定句」換位。例如從「沒有A是B」，推得「沒有非B是非A」。 | 1. 所有實驗藥品是無毒藥品。因此，所有的有毒藥品，不是實驗藥品。<br>2. 有些沒寫過論文的研究生是讀過書的。因此，有些沒讀過書的研究生，是沒寫過論文的。 |
| (七)不當轉換 | Illicit conversion | 傳統邏輯的推理錯誤，把「全稱肯定句」或「特稱否定句」換位。例如，從「所有A都是B」，推得「所有B都是A」。 | 1. 所有實驗藥品是毒品。因此，所有的毒品是實驗藥品。<br>2. 寫過論文的研究生都是讀過書的。因此，讀過書的研究生，都是寫過論文的。 |
| (八)四詞謬誤 | Fallacy of four terms | 三段論邏輯的推理錯誤，因為歧義等因素，造成實際上有四個詞，而非三個詞。 | 1. 所有的貓都是貓科動物。所有的狗都是犬科動物。結論：因此，所有的貓都是犬科動物。<br>2. 所有的希臘神都是神話。所有現代神是真實的。結論：因此，所有的希臘神都是真實的。 |

| 中文 | 英文 | 解釋 | 錯誤的邏輯論述 |
|------|------|------|----------------|
| (九)中詞含糊謬誤 | Fallacy of the ambiguous middle term | 三段論邏輯的推理錯誤，因中詞含糊不清，造成邏輯不連貫。 | 1.所有的獅子都是動物。所有的貓都是動物。結論：因此，所有的獅子都是貓。<br>2.所有的鬼魂都是想像的。所有獨角獸都是虛構的。結論：因此，所有的鬼魂都是獨角獸。 |
| (十)大詞不當 | Illicit major | 三段論邏輯的推理錯誤，大詞在結論中周延，卻在前提中不周延。 | 1.狗是寵物，貓不是狗。結論：因此，貓不是寵物。<br>2.所有中國人是亞洲人，A不是中國人。結論：因此A不是亞洲人。 |
| (土)小詞不當 | Illicit minor | 三段論邏輯的推理錯誤，小詞在結論中周延，卻在前提中不周延。 | 1.狗是犬科動物，狗是哺乳動物。結論：因此，哺乳動物是犬科動物。<br>2.中國位居亞洲，中國位居太平洋岸。結論：因此亞洲位居太平洋岸。 |
| (圭)蒙面人謬誤 | Masked man fallacy | 對內涵性語句不當使用代換原則 | 1.露意絲相信超人可以飛。露意絲不相信克拉克‧肯特（Clark Kent）可以飛。結論：因此，超人和克拉克‧肯特不是同一個人。<br>2.我知道蘇洛是誰。我不知道蒙面俠是誰。結論：因此，蘇洛不是蒙面俠。 |
| (圭)肯定前提推得否定結論 | Negative conclusion from affirmative premises | 三段論邏輯的推理錯誤，二前提皆為肯定，結論卻為否定。 | 1.狗是犬科動物，犬科動物是哺乳動物。結論：因此，狗不是哺乳動物。 |

| 中文 | 英文 | 解釋 | 錯誤的邏輯論述 |
|---|---|---|---|
| | | | 2.韓國位居朝鮮半島,朝鮮半島位於亞洲。結論:因此韓國不在亞洲。 |
| (齒)量化詞對調 | Quantifier shift | 謂詞邏輯的推理錯誤,不當把「對於所有的A……存在於A」,對調為「有一些B存在……對於所有的A……」。 | 1.每一個人都有信仰;有一些信仰,一定都會有人信奉。<br>2.對於臺灣來說,在中美洲有一些邦交國;因此,中美洲的國家,都是臺灣的邦交國。 |
| 三、三段論邏輯謬誤 | Syllogistic fallacy | 定言三段論,是傳統邏輯系統的一部分,主要處理由兩個前提推理出結論的推理規則。違反這些規則,就構成三段論邏輯謬誤。 | |
| (一)中詞不周延 | Undistributed middle | 三段論邏輯的推理錯誤,中詞在兩個前提中,都不夠周延。 | 1.狗是哺乳動物,貓是哺乳動物。結論:因此,狗是貓。<br>2.韓國位居亞洲,日本位居亞洲。結論:因此,日本是韓國。 |
| (二)無端對立 | Unwarranted contrast | 傳統邏輯的推理錯誤,把特稱肯定句與特稱否定句互轉。例如從「有些A是B」推得「有些A不是B」。 | 1.有些實驗藥品有毒。因此,有些實驗藥品沒有毒。<br>2.有些實驗藥品沒有毒。因此,有些實驗藥品有毒。 |

資料來源:Engel, 1994; Morris, 1994; Hamblin, 2004.

# 英語縮寫介紹

| 英語縮寫 | 英文 | 中文翻譯 |
|---|---|---|
| BC | before Christ | 西元前；公元前；主前 |
| BCE | before Common Era: before Christian Era | 西元前；公元前 |
| cf. | confer | 比較 |
| ch, chs, chap., chaps | chapter | 章 |
| ed., edn. | edition | 版本；書的版本。例如，3rd ed. 是第三版。 |
| ed., eds. | editor | ed. 或 eds. 是表示 editor 或 editors，意即編輯者。書籍的編輯者，通常是指搜集自己或是其他人的文章，編撰成書合輯起來的人。 |
| ff. | folio | 及以下。例如：pp. 20 ff. |
| n., nn. | note | 註釋。例如：p. 20 n. 2 |
| p., pp. | page | 頁。直接引用該頁數的文獻時，只引用該頁，用 p.；引用兩頁以上，用 pp.，需要註明開始和結束的頁碼，也即是page、page的意思。 |
| Ph.D., Ph.D | Doctor of Philosophy | 博士是教育機構授予的最高一級學位。但是，國外的博士有很多種說法。例如，哲學博士（Ph.D.）、理學博士（DSc/ScD）、文學博士（DLitt）、教育博士（EdD）、設計博士（D.Des.）、法學博士（S.J.D, J.D）。 |
| postdoc | postdoctoral researcher | 博士後，又稱博士後研究、博士後研究員，係指在取得博士學位之後，尚未取得正式教職，或是正式研究員的工作，在大學或研究機構中跟隨教授或是研究員，從事專門研究工作的博士。 |
| trans., tr. | translator | 翻譯者 |
| vol., vols | volume | 冊 |

資料來源：Redman and Maples, 2011.

# 拉丁語縮寫介紹

| 拉丁短語 | 縮寫 | 英文翻譯 | 中文翻譯 |
|---|---|---|---|
| a posteriori | | from the latter | 歸納地、後驗、以經驗為根據 |
| a priori | | from the former | 演繹地、先驗、以推論為根據 |
| ad hoc | | for this | 特設的、特定目的、即席的、臨時的、專案的 |
| anno Domini | AD | in the year of our Lord | 西元 |
| ante meri-diem | a.m. | before noon | 上午 |
| circa | ca.<br>c. | about; used especially in approximate dates | 大約 |
| cum laude | | with honor | 優等、拉丁文學位榮譽 |
| de facto | | from the fact | 事實上的 |
| de jure | | concerning the law, by right | 規則上的 |
| et alia | et al. | and others; and else-where | 以及、其他、等等，用於多個作者。例如：Fang et al., 2016 |
| et cetera | etc. | and the rest; and so forth; and so on | 以及、其他，諸如此類等 |
| et sequens | Et seq. | and the rest | 及以下。例如：pp. 20 et seq. |
| ex post facto | | afterwards | 事後的、有追溯效力的 |
| ex situ | | the opposite of "in situ" | 異位的 |
| exempli gratia | e.g. | for example; such as | 例如，用以舉出某個實例。 |
| ibidem | ibid. | in the aforementioned place | 同前引證，出處同上。作為最後的參考書目，用於註腳或是尾註，省卻再度寫下完整的書目。例如：Ibid. p. 20. |

| 拉丁短語 | 縮寫 | 英文翻譯 | 中文翻譯 |
|---|---|---|---|
| id est | i.e. | that is | 即，也就是說，用於說明、定義或是釐清。 |
| idem | | the same as previously given | 同上 |
| in situ | | in place or position undisturbed | 在原處 |
| Loco citato | loc. cit. | in the place cited; in the passage quoted | 在上述引文中 |
| magna cum laude | | with great honor | 極優等、拉丁文學位榮譽 |
| opere citato | op. cit. | in the work cited | 在列舉的著作中，在先前引用作品中，例如：Hatt, op. cit., p. 20。用於註腳或是尾註，省卻再度寫下完整的書目，但是不是最後的參考書目。 |
| per capita | | by heads | 按人頭算、每人 |
| per se | | by or of itself | 本身，本質上 |
| post meri-diem | p.m. | after noon | 下午 |
| quod erat demonstran-dum | Q.E.D. | which had to be shown | 即證 |
| quod vide | q.v. | identify a cross-refer-ence in text | 參見，用於相互參照 |
| sic erat scrip-tum | sic | intentionally so written; thus was it written | 原文如此，表示看似可疑，但是忠實引用原文，但是引用的句子中不正確或不常用的拼寫、短語，或是標點用法，為引述者在引用時後加上的片語。例如美國憲法：The House of Representatives shall chuse [sic] their Speaker... （"chuse"同於 "choose"，係為舊式用法） |
| status quo | | in state in which | 現狀 |

| 拉丁短語 | 縮寫 | 英文翻譯 | 中文翻譯 |
| --- | --- | --- | --- |
| summa cum laude | | with highest honor | 最優等、拉丁文學位榮譽 |
| versus | vs. | against | 相對照、相對立 |
| vice versa | | conversely; in reverse order from that stated | 反之亦然、反者亦然 |
| vide ante | | see before | 見前 |
| vide infra | | see below | 見下 |
| vide post | | see after | 見後 |
| vide supra | | see above | 見上 |
| videlicet | viz. | that is to say; namely | 即、就是說、換言之 |

資料來源：Redman and Maples, 2011.

# 參考文獻

## 一、中文書目

1. 方偉達，2016，《節慶觀光與民俗》，五南。
2. 田新亞，1976，《易卦的科學本質》，南洋大學研究院自然科學研究所。
3. 江宜樺、林建甫、林國明，2004，《社會科學通論》，國立臺灣大學出版中心。
4. 李一匡，1981，《易經解譯》，世界書局。
5. 宋楚瑜，2014，《如何寫學術論文》（修訂三版），三民。
6. 邢志忠，2015，《火爆的希爾施指數》，科學世界，6月號。
7. 吳珮瑛，2016，《老師在講你有在聽嗎？論文寫作之規範及格式》（第三刷），翰蘆。
8. 吳鄭重，2016，《研究研究論論文：研究歷程之科P解密與論文寫作SOP大公開》，遠流。
9. 周春塘，2012，《撰寫論文的第一本書：一步步的教你如何寫，讓論文輕鬆過關》（三版），五南。
10. 金坤林，2008，《如何撰寫和發表SCI期刊論文》，科學出版社。
11. 胡馨文，2014，〈泰雅狩獵文化中原住民生態智慧、信仰與自然之關係〉，國立臺灣師範大學環境教育研究所碩士論文。
12. 殷海光，2013，《思想與方法》，水牛。
13. 徐昱愷，2008，〈撰寫期刊論文的序論：寫作困難及寫作策略〉。國立交通大學英語教學研究所碩士論文。
14. 秦家懿（編），1999，《德國哲學家論中國》，聯經。
15. 張子超，1995，〈環保教師對新環境典範態度分析〉，《環境教育季刊》26：37-45。
16. 畢恆達，2005，《教授為什麼沒告訴我》，學富，頁38。

17. 陳光華，2009，〈引文索引與臺灣學術期刊之經營〉，《人文與社會科學簡訊》，10(3):68-81。

18. 黃文雄、黃芳銘、游森期、田育芬、吳忠宏，2009，〈新環境典範量表之驗證與應用〉《環境教育研究》6(2):49-76。

19. 黃熾森，2009，《如何與國際期刊評審對話》（SCI、SSCI），鼎茂。

20. 葉乃嘉，2016，《中英論文寫作的第一本書：用綱要和體例來教你寫研究計畫與論文》（三版），五南。

21. 蔡柏盈，2015，《從字句到結構：學術論文寫作指引》（第二版），國立臺灣大學出版中心。

22. 廖柏森，2006，《英文研究論文寫作──關鍵句指引》，眾文。

23. 趙民德，2009，《如何撰寫國際期刊──關於統計論文的撰寫》，鼎茂。

24. 德日進，2008，《德日進集：兩極之間的痛苦》，上海遠東。

25. 詹志禹、吳璧純，1992，〈邏輯實證論的迷思〉，《思與言》30(1)101-121。

## 二、英文書目

1. Ajzen, I. 1985. From intentions to action: A theory of planned behaviour. In Kuhl, J., and J. Beckmann (Eds.), *Action-control: From Cognition to Behaviour*. (pp.11-39). Heidelberg: Springer-Verlag.

2. Aronowitz, S. 1988. A writer's union for academics?" Thought & action. *The NEA Higher Education Journal* 4(2):41-46.

3. Belcher, W. L. 2009. *Writing Your Journal Article in Twelve Weeks: A Guide to Academic Publishing Success*, Sage.

4. Béliveau, R., and D. Gingras. 2010. *La Mort: Mieux la comprendre et Moins la craindre pour mieux célébrer la vie*, Groupe Librex.

5. Bird, J. 2007. *Engineering Mathematics*, Newnes.

6. Blaikie, W. H. 1992. The nature and origins of ecological world views: an Australian study. *Social Science Quarterly* 73(1):144-165.

7. Brockman, J. 2015. *This Idea Must Die: Scientific Theories That Are Blocking Progress*, Harper Perennial.

8. Buege, D. 1996. The ecological noble savage revisited. *Environment Ethics* 18(1):71-88.

9. Calaprice, A. 2010. Letter to J. S. Switzer, 23 Apr. 1953, Einstein Archive 61-381. *The Ultimate Quotable Einstein*, Princeton University Press.

10. Carroll, L., and C. L. Dodgson, 1977. *Lewis Carroll's Symbolic Logic*, Clarkson N. Potter.

11. Cone, J. D., and S. L. Foster. 2006. Dissertations and Theses from Start to Finish: Psychology and Related Fields, 2nd Edition, *American Psychological Association*, pp.12-13.

12. Connerton, P. 1989. *How Societies Remember*, Cambridge University Press.

13. Corballis, 2015. *The Wandering Mind: What the Brain Does When You're Not Looking*, University of Chicago Press.

14. Cotgrove, 1982. *Catastrophe or Cornucopia: the Environment, Politics, and the Future*, Wiley, p.166.

15. Creswell, J. W. 2008. *Educational Research: Planning, Conducting, and Evaluating Quantitative and Qualitative Research*, 3rd Edition, Pearson.

16. Devellis, R. F. 2011. *Scale Development: Theory and Applications*, 3rd Edition, Sage.

17. Douglas, M. and A. Wildavsky, 1983. *Risk and Culture: An Essay on the Selection of Technological and Environmental Dangers*, University of California Press.

18. Dunlap R. E., and K. D. Van Liere, 1978. The "new environmental paradigm". *Journal of Environmental Education* 9(4):10-19.

19. Dunlap, R. E., K. D. Van Liere, A. G. Mertig, and R. E. Jones. 2000. Measuring endorsement of the new ecological paradigm: A revised NEP scale. *Journal of Social Issues* 56(3):425-442.

20. Engel, S. M. 1994. *Fallacies and Pitfalls of Language: The Language Trap*, Dover Publications.

21. Fang, W.-T., H.-W. Hu, and C.-S. Lee. 2016. Atayal's identification of sustainability: traditional ecological knowledge and indigenous science of a hunting culture. *Sustainability Science* 11(1):33-43.

22. Filardo, G., B. da Graca, D. M. Sass, B. D. Pollock, E. B. Smith, and M. A.-M. Martinez. 2016. Trends and comparison of female first authorship in high impact medical journals: observational study (1994-2014). *BMJ* 352:i847.

23. Fisher, R. A. 1925. *Statistical Methods for Research Workers*, University of London.

24. Furtak, E. 2016. My writing productivity pipeline. *The Chronicle of Higher Education* June 06. http://www.chronicle.com/article/My-Writing-Productivity/236712.

25. Gipp, B. 2014. *Citation-based Plagiarism Detection: Detecting Disguised and Cross-language Plagiarism Using Citation Pattern Analysis*, Springer, p.10.

26. Halbwachs, M. 1992. *On Collective Memory*. In Coser, L. A. (Eds. & Trans.), The University of Chicago Press.

27. Hamblin, C. L. 2004. *Fallacies*, Methuen & Co.

28. Harari, Y. N. 2015. *Sapiens: A Brief History of Humankind*, Harper Press.

29. Heberlein, T. A. 2011. *Navigating Environmental Attitudes*, Oxford University Press.

30. Heese, M. 1968. Francis Bacon's philosophy of science. In Vickers, B. (Eds.), *Essential Articles for the Study of Francis Bacon*, Archon Books, pp. 114-139.

31. Hirsch, J. E. 2005. An index to quantify an individual's scientific research output. *PNAS* 102(46):16569-16572.

32. Hofstetter, P. 1998. *Perspectives in Life Cycle Impact Assessment: A Structured Approach to Combine Models of the Technosphere, Ecosphere and Valuesphere*, Kluwer Academic Publishers.

33. Holmes, J. 2015. *Nonsense: The Power of Not Knowing*, Crown.

34. Hopper, J. R., and J. M. Nielsen, 1991. Recycling as altruistic behavior: Normative and behavioral strategies to expand participation in a community recycling program. *Environment and Behavior* 23(2):195-220.

35. Huang. K.-H., and W.-T. Fang. 2013. Developing concentric logical concepts of environmental impact assessment systems: Feng Shui concerns and beyond. *Journal of Architectural and Planning Research* 31(1):39-55.

36. Idrovo, A. J. 2011. Three criteria for ecological fallacy. *Environmental Health Perspective* 119:a332-a332.

37. Kagan, S. 2012. *Death*, Yale Press.

38. Kounios, J. and M. Beeman. 2015. *The Eureka Factor: Aha Moments, Creative Insight, and the Brain*, Random House.

39. Kuhn, T. S. 1996. *The Structure of Scientific Revolutions*, 3rd Edition, University of Chicago Press.

40. Kurisu, K. 2016. *Pro-environmental Behaviors*, Springer.

41. Larivière, V., S. Haustein, and P. Mongeon. 2015. The oligopoly of academic publishers in the digital era. *PLOS ONE* 10(6): e0127502.

42. Le Morvan, P. 2011. Healthy skepticism and practical wisdom. *Logos & Episteme II* 1: 87-102.

43. Lerback, J. and B. Hanson. 2017. Journals invite too few women to referee. *Nature* 541:455-457.

44. Lierman, J. and E. L. Elliot, 2011. *Essay Writing Made Easy with the*

*Hourglass Organizer*, Scholastic Teaching Resources.

45. Lieberman, D. E. 2013. *The Story of the Human Body: Evolution, Health and Disease*, Pantheon.

46. Lips-Wiersma, M. and L. Morris. 2011. *The Map of Meaning: A Guide to Sustaining our Humanity in the World of Work*, Greenleaf.

47. September 2011 156 x 234 mmLocke, L. F., W. W. Spirduso, and S. Silverman. 2013. *Proposals That Work: A Guide for Planning Dissertations and Grant Proposals*, 6th Edition, Sage.

48. Matusov, E., and J. Brobst. 2013. *Radical Experiment in Dialogic Pedagogy in Higher Education and its Centaur Failure: Chronotopic Analysis*, Nova Science Publishers.

49. McCarty, J. A. and L. J. Shrum. 2001. The influence of individualism, collectivism, and locus of control on environmental beliefs and behavior. *Journal of Public Policy & Marketing* 20(1):93-104.

50. Monette, D. R., T. J. Sullivan, and C. R. DeJong. 2013. *Applied Social Research: A Tool for the Human Services*, 9th Edition, Brooks Cole.

51. Morris, E. S. 1994. *Fallacies and Pitfalls of Language: The Language Trap*, Dover Publications.

52. Moxley, J. M. 1992. *Publish, Don't Perish: The Scholar's Guide to Academic Writing and Publishing*, Praeger.

53. Pagels, H. R. 1989. *The Dreams of Reason: The Computer and the Rise of the Sciences of Complexity*, Bantam.

54. Paulhus, D. 1983. Sphere-specific measures of perceived control. *Journal of Personality and Social Psychology* 44(6):1253-1265.

55. Plato, and R. S. Bluck. 1962. *Meno*, Cambridge University Press.

56. Putnam, H. 1981. *Reason, Truth, and History*, Cambridge University Press.

57. Redman, P. and W. Maples. 2011. *Good Essay Writing: A Social Sciences*

*Guide*, 4th Edition, Sage.

58. Richmond, J. M. and N. Baumgart, 1981. A hierarchical analysis of environmental attitudes. *Journal of Environmental Education* 13: 31-7.

59. Riessman, C. K. 2008. *Narrative Methods for the Human Sciences*, Sage.

60. Rosenberg, M. J. 1968. Mathematical models of social behavior. In Lindzey, G., and E. Aronson (Eds.), *The Handbook of Social Psychology*, Vol. 1, Addison-Wesley.

61. Rotter, J. B. 1966. Generalized expectancies for internal versus external control of reinforcement. *Psychological Monographs: General & Applied* 80 (1): 1-28.

62. Russell, B. A. W. 1925. *What I Believe*, Kegan Paul, Trench, Trubner & Co.

63. Sandberg, S. 2013. *Lean In: Women, Work, and the Will to Lead*, Knopf.

64. Schieffelin, E., and D. Gewertz. 1985. *History and Ethnohistory in Papua New Guinea*, University of Sydney.

65. Schrödinger, E. 1996. *'Nature and the Greeks' and 'Science and Humanism' (Canto original series)*, Cambridge University Press.

66. Schwartz, M. and M. Thompson. 1990. *Divided We Stand: Redefining Politics, Technology, and Social choice*, University of Pennsylvania Press.

67. Shapin, S. 1998. *The Scientific Revolution*, University of Chicago Press.

68. Shih, S. S., Y. Q. Zeng, H. Y. Lee, M. L. Otte, and W. T. Fang. 2017. Tracer experiments and hydraulic performance improvements in a treatment pond. *Water* 9(2):137; doi:10.3390/w9020137.

69. Smart, A. 2013. *Autopilot: The Art and Science of Doing Nothing*, OR Books.

70. Smith, T. W. 2016. *The Book of Human Emotions: An Encyclopedia of Feeling from Anger to Wanderlust (Wellcome)*, Profile Books.

71. Snow, C. P. 2013. *The Two Cultures and the Scientific Revolution*. Martino Fine Books.

72. Stephens, S. 2000. *Handbook for Culturally-Responsive Science Curriculum*, Alaska Fire Science Consortium & Alaska Rural Systemic Initiative, p.40.

73. Stewart, L. 2012. Commentary on cultural diversity across the pacific: The dominance of western theories, models, research and practice in psychology. *Journal of Pacific Rim Psychology* 6 (01): 27-31.

74. Swales, J. M. 1981. *Aspects of Article Introductions*, The University of Aston, Language Studies Unit.

75. Tattersall, I. 2012. Master of the Planet. *The Search for Our Human Orgins*, St. Martin's Press.

76. Thompson S. C. G., and M. Barton, 1994. Ecocentric and anthropocentric attitudes toward the environment. *Journal of Environmental Psychology* 14:149-157.

77. Trochim, W. (Ed.) 1986. Editor's notes. Advances in quasi-experimental design and analysis. *New Directions for Program Evaluation* Series, NO. 31, Jossey-Bass.

78. Trochim, W. M. K., and J. P. Donnelly. 2006. *The Research Methods Knowledge Base*, 3rd Edition, Atomic Dog.

79. Trochim, W., and D. Land. 1982. Designing designs for research. *The Researcher* 1(1): 1-6.

80. Webster, J., and R. T. Watson. 2002. Analyzing the past to prepare for the future: Writing a literature review. *MIS Quarterly* 26: xiii-xxiii.

81. Yeh, S.-L., and J. A. Woodward, 2012. *Increase Science Productivity: The Secrets to Writing Winning Articles and Research Proposals*, National Taiwan University Press.

國家圖書館出版品預行編目資料

期刊論文寫作與發表／方偉達著. -- 初版.
-- 臺北市：五南, 2017.06
　　面；　公分.

ISBN 978-957-11-9162-1（精裝）

811.4　　　　　　　　　106005949

1XAX 論文寫作系列

# 期刊論文寫作與發表

作　　　者 — 方偉達

發 行 人 — 楊榮川

總 經 理 — 楊士清

總 編 輯 — 楊秀麗

副總編輯 — 黃惠娟

責任編輯 — 高雅婷

封面設計 — 黃聖文

出 版 者 — 五南圖書出版股份有限公司

地　　　址：106台北市大安區和平東路二段339號4樓

電　　　話：(02)2705-5066　　傳　　　真：(02)2706-6100

網　　　址：http://www.wunan.com.tw

電子郵件：wunan@wunan.com.tw

劃撥帳號：01068953

戶　　　名：五南圖書出版股份有限公司

法律顧問　林勝安律師事務所　林勝安律師

出版日期　2017 年 6 月初版一刷
　　　　　　2020 年 10 月初版二刷

定　　　價　新臺幣420元

全新官方臉書

# 五南讀書趣

## WUNAN
## Books
since1966

# 經典永恆・名著常在

## 五十週年的獻禮 —— 經典名著文庫

五南,五十年了,半個世紀,人生旅程的一大半,走過來了。

思索著,邁向百年的未來歷程,能為知識界、文化學術界作些什麼?

在速食文化的生態下,有什麼值得讓人雋永品味的?

歷代經典・當今名著,經過時間的洗禮,千錘百鍊,流傳至今,光芒耀人;

不僅使我們能領悟前人的智慧,同時也增深加廣我們思考的深度與視野。

我們決心投入巨資,有計畫的系統梳選,成立「經典名著文庫」,

希望收入古今中外思想性的、充滿睿智與獨見的經典、名著。

這是一項理想性的、永續性的巨大出版工程。

不在意讀者的眾寡,只考慮它的學術價值,力求完整展現先哲思想的軌跡;

為知識界開啟一片智慧之窗,營造一座百花綻放的世界文明公園,

任君遨遊、取菁吸蜜、嘉惠學子!